A. R. TORRE

Kill Girl

Mörderisches Begehren

Buch

Als Webcam-Girl verdient Deanna Millionen im Internet. Was ihre Kunden nicht ahnen: Deanna, die sie als »JessReilly19« kennen, wird von Mordfantasien gequält und verlässt ihr schäbiges Apartment so gut wie nie – aus Angst, jemanden zu töten.
Als einer von Deannas Kunden zu aufdringlich wird, lässt sie ihre Seite für ihn sperren. Was Deanna nicht weiß: Dieser Kunde ist Marcus Renza, einer der größten Grundbesitzer Floridas, der seine sadistischen Gelüste ungehemmt auslebt. Er ist besessen von JessReilly19 und schreckt vor nichts zurück, um sie in seine Gewalt zu bringen. Als sein Internetspezialist Deannas wahre Adresse herausfindet, gerät sie in tödliche Gefahr …

Autorin

A.R. Torre ist das Pseudonym der amerikanischen Autorin Alessandra Torre. Nach dem überwältigenden Erfolg ihres ersten erotischen Romans, den sie als E-Book selbst veröffentlichte und der bis an die Spitze der amerikanischen E-Book-Charts kletterte, rissen sich die Verlage förmlich um die junge Autorin. Alessandra Torre lebt mit ihrem Mann und ihrem Sohn im sonnigen Florida.

Von A. R. Torre bereits erschienen

Kill Girl – Tödliches Verlangen
Kill Girl – Mörderisches Begehren

A. R. TORRE

KILL GIRL

MÖRDERISCHES BEGEHREN

EROTIC THRILLER

DEUTSCH VON VERONIKA DÜNNINGER

blanvalet

Die Originalausgabe erschien 2015 unter dem Titel
»Do Not Disturb« bei Redhook Books, New York.

MIX
Papier aus verantwortungsvollen Quellen
FSC
www.fsc.org
FSC® C014496

Verlagsgruppe Random House FSC® N001967

1. Auflage

Redaktion: Lisa Bitzer
Umschlaggestaltung: © Johannes Wiebel | punchdesign,
unter Verwendung von Motiven von Shutterstock.com
WR · Herstellung: sam
Satz: Buch-Werkstatt GmbH, Bad Aibling
Druck und Bindung: GGP Media GmbH, Pößneck
Printed in Germany
ISBN 978-3-7341-0148-9

www.blanvalet.de

Für Dad. Danke, dass du immer stolz auf mich warst –
du bist der beste Vater, den sich ein Mädchen
wünschen könnte. Ich bin so glücklich, dich zu haben.

In Marathon, Florida, bei Meile zwei der alten Seven Mile Bridge, steht ein Baum. Er ist durch einen Riss im Asphalt gewachsen, hat als dünner Zweig begonnen, wurde dann zu einem Trieb und ist jetzt eine junge Kiefer, einen Meter fünfzig hoch, mit Ästen, die sich über die Breite eines Wagens ausdehnen. Der Baum steht auf dem kargen Streifen Beton, der den Überrest der alten Brücke darstellt. Meilenweit ging die asphaltierte Straße, bis sie in einer Sackgasse mitten in der Luft endet. Das Mittelstück der Brücke wurde vor Jahren abgerissen, um zu verhindern, dass sich menschliches Gewicht je wieder darauf niederlässt. Jetzt bietet diese Insel aus gerissenem Untergrund nur noch Vögeln, dem Regen, der Salzluft und diesem Baum ein Zuhause. Sie ist ein Ding der Unmöglichkeit, diese Kiefer, weil sie an einem solch unwirtlichen Ort wächst. Kein Erdreich, keine Nährstoffe, die sie daraus aufnehmen könnte, nur harter, unnachgiebiger Beton umgibt ihre Wurzeln. Und doch steht sie da. Von einem Trieb zu einem Baum herangewachsen, hat sie mit ihren Wurzeln den Beton zur Seite geschoben, hat sich von nichts ernährt und ist dennoch gediehen, hat Hurrikane, Tornados und Dürren überstanden, hat mit hemmungslosem Vergnügen Zweige und Nadeln hervorgebracht.

Ich sah den Baum, als ich fünfzehn war, den Kopf gegen ein warmes Fenster gelehnt. Ich hatte Kopfhörer aufgesetzt, und die Musik übertönte die unaufhörlichen Geräusche von Summer und Trent. Unsere Familie war nach Miami geflogen, hatte sich dort einen SUV gemietet und war hinunter nach Key West gefahren. Der Baum erregte meine Aufmerksamkeit, und ich hielt den Blick auf ihn geheftet, während unser Wagen an ihm vorbeirollte, über die neue Brücke gleich neben der abgerissenen alten. Sekunden später verlor ich ihn aus den Augen, während mein Vater weiterfuhr. Damals faszinierte mich der Baum.

Heute macht er mir schreckliche Angst.

Denn er führt mir eines deutlich vor Augen: Sosehr ich meine Triebe vielleicht unterdrücken kann, sosehr ich mich selbst vor Fallstricken und Auslösern schützen kann … *es* kann überleben. Die Finsternis in meinem Verstand kann leben, kann zu etwas heranwachen, das zu groß ist, um es unter Kontrolle zu halten.

TEIL 1

»Küss mich. Jetzt.«

1

Ich erinnere mich an den Nervenkitzel vor meinem ersten Date. Mein erstes Date war ein Junge namens Josie. Sein Name hätte der erste Warnhinweis sein sollen. Mich hätte auch stutzig machen müssen: sein ausgesprochenes Stilgefühl, seine Filmauswahl (*Hairspray*) und seine Neigung, aufgeregt mit den Händen herumzufuchteln, während er die letzte Staffel von *America's Next Top Model* beschrieb. Aber ich war fünfzehn, naiv und das ganze Dinner über wortkarg und nervös, während ich unter dem Tisch im Ruby Tuesday in einem fort meine Hände knetete und mich fragte, was ich mit ihnen tun würde, wenn er mich am Ende des Dates küsste.

Er küsste mich nicht. Es gab einen verlegenen Händedruck, bevor ich in mein Elternhaus flüchtete. Den Rest des Abends drückte ich schmollend mein Gesicht ins Kissen und analysierte jeden Teil des Dates. Ich versuchte zu ergründen, was mit mir nicht stimmte. Ohne Penis geboren zu sein – das war mein Problem. Aber selbst eine gute Fee hätte wohl nur in ihr kunstvoll besticktes Taschentuch gekichert und mir die Schulter getätschelt, wenn ich diesen Wunsch geäußert hätte.

Jetzt, acht Jahre später, ist dieser Nervenkitzel vor dem ersten Date wieder da. Es ist jedoch eine völlig andere Art als damals. Ich starre Jeremy über den Tisch hinweg an, während ich mich frage, ob ich das Date überstehen werde, ohne zu versuchen, ihn zu töten.

Die gute Nachricht ist, dass er eindeutig hetero ist. Hetero auf eine typisch amerikanische, wunderbare Art, neben der Josie wie die fleischgewordene Regenbogenfahne der Gay-Community aussieht. Ich konzentriere mich auf seine Züge, ein markantes Gesicht mit dunkelbraunen Augen, umrahmt von dichten Wimpern. Es sind Augen, die mich genau beobachten, während ein Lächeln diesen sinnlichen Mund umspielt, der zwei perfekte, perlweiße Zahnreihen verbirgt.

Ein Lächeln? Er sollte nicht lächeln. Ich sehe ihn stirnrunzelnd an, was ein Glucksen auf der anderen Seite des Tischs auslöst.

»Hör auf, so ein mürrisches Gesicht zu machen.«

Er streckt eine Hand nach meiner aus, schnappt sie sich und hält sie fest, bevor ich sie unter dem Tisch verstecken kann.

»Damit siehst du erst recht sexy aus, und …«

Er hält einen Augenblick inne, während er die Oberseite meiner Hand genau mustert. Zwischen seinen riesigen Händen sieht sie kleiner aus, als sie ist.

»Ich kann dich nicht schon jetzt auf die Palme gebracht haben. Wir haben noch nicht mal das Essen bestellt.«

Das Essen. Meine morbiden Gedanken werden von kulinarischen Tagträumen abgelenkt. Seit meinem einmaligen erfolgreichen Ausflug ans Tageslicht spiele ich mit dem Gedanken, meine Lebensmittel selbst einzukaufen. Meine Essenslieferungen abzubestellen und die Welt rohen Fleischs, frischen Obstes und regionaler Produkte zu erobern. Gesunde Ernährung ist mit Sicherheit eine angemessene Ausrede, um die Wohnung zu verlassen – auch wenn ich weiß, dass es eine Ausrede bleibt. Ich sehe auf die Speisekarte, berühre sie zögernd am Rand, klappe sie auf und werfe einen Blick in das Land der unbegrenzten Möglichkeiten.

Alle Gedanken an Tod und Gemetzel lösen sich in Luft

auf, als ich die Fotos der gebratenen Steaks sehe, die zwischen den Vorspeisen und den Desserts abgebildet sind. Es sieht so harmlos aus, als wäre es das Normalste der Welt, sich ein dickes Stück frischen roten Fleischs zu bestellen – eines, das nur mit einem brutzelnden Grill und sonst nichts in Berührung gekommen ist. Ich schlucke in der Sorge, ich könnte im wahrsten Sinne des Wortes über die laminierten Seiten sabbern.

Wir werden von einer Bedienung unterbrochen, einer erschöpft wirkenden Bohnenstange mit tiefen Falten und krausen Haaren, die uns kaum eines Blickes würdigt, während sie ihren Bestellblock zückt. »Was nehmen Sie?«

Jeremy sieht mich an. »Bitte, nach dir.«

Mein Blick huscht über die Seite. Die Unentschlossenheit nagt an mir, während ich von einer köstlichen Speise zur nächsten sehe. »Ich nehme das Filet, bitte.«

»Beilage?«, fragt sie gedehnt.

»Backkartoffel, bitte. Gefüllt.«

Der Gedanke an frischen Sauerrahm und, *oh mein Gott!*, echte Butter jagt einen Schwall von Euphorie durch meinen Körper. Jeremy sieht mich seltsam an, und weil ich meine Mundwinkel an den Ohrläppchen spüre, wird mir bewusst, dass ich breit grinse.

»Salat?«

»Ja, bitte. Mit Ranch-Dressing. Und könnte ich auch eine Portion Brokkoli bekommen?« Mein Blick klebt an der Gemüseliste fest. »Und Champignons«, ergänze ich rasch.

Die Bedienung hält ihren Stift in der Schwebe, während sie in meine Richtung sieht. Ihr Stift. Er ist billig, ein Kuli, das Ende abgekaut, sodass es nur noch ein krummes, knotiges Stück Plastik ist. Als mein Blick darauffällt, frage ich mich, ob er – wenn man schnell genug damit zusticht – die sonnengebräunte Haut ihres Halses durchdringen würde.

»Und grüne Bohnen.«

Ihr Mund verzieht sich zu einer Art Grimasse.

»Bitte«, füge ich hinzu.

Bitte. Bitte lass mich über deinem Körper stehen und dir beim Sterben zusehen. Ich werde noch ein »Ach bitte, bitte!« hinzufügen, wenn du mir versprichst, stark zu bluten.

Jeremy bestellt rasch, und der Krauskopf flüchtet, als wüsste sie, dass sie dem Tod nur knapp entronnen ist. Ich sehe ihr nach, bis ich von Jeremys Stimme in die Gegenwart zurückgeholt werde.

»Hungrig?«

Sein ironischer Tonfall gibt mir zu denken, und ich hebe den Kopf und sehe ihn an. »Entschuldige. Ich habe nicht an die Kosten gedacht.« Mein Blick fällt wieder auf die Speisekarte. »Ich hatte vor, meinen Anteil selbst zu bezahlen.«

»Es ist ein *Date,* du bezahlst nicht. Und die Kosten sind mir egal. Es ist nur …« Er zuckt mit den Schultern und lächelt mich an. »Du bist so zierlich. Bei den ganzen Diätmenüs, die du geliefert bekommst, dachte ich wohl, du wärst so ein Salat-ohne-Dressing-Mädchen.«

Ich grinse. »Die Diätpläne sind einfach. Und erfordern nicht viel Nachdenken. Ich habe seit … Es ist schon eine Weile her, seit ich zuletzt etwas Richtiges gegessen habe.«

Ich führe den Gedanken nicht weiter aus. Er weiß es. Jeremy weiß, dass ich mich seit drei Jahren in meiner Wohnung einschließe, dass heute, abgesehen von meinem verheerenden Road Trip vor zwei Wochen, das erste Mal ist, dass ich Apartment 6E verlasse.

»Vielleicht könnte ich mal für dich kochen.«

Ich lächele matt. »Warten wir ab, wie es heute Abend läuft.«

»Bis jetzt warst du artig.«

»Sie hat noch nicht die Steakmesser gebracht.«

Er lacht, als wäre es witzig, als würde keine echte Gefahr drohen. Ich lege die Stirn in Falten.

»Hör auf damit«, sagt er grinsend. »Und bitte entspann dich ein bisschen. Ich werde nicht zulassen, dass du mir etwas antust.«

Ich werde nicht zulassen, dass du mir etwas antust. Eine seltsame Ankündigung für ein erstes Date – aber eine, die gut zu uns passt.

»Sei dir nicht so sicher, dass du mich aufhalten kannst«, warne ich ihn.

»Kannst du bitte wieder nackt sein, wenn du es das nächste Mal versuchst? Das hat mir gefallen.«

Sein ernster Ton überrumpelt mich, und ein Lachen perlt auf einmal in mir hoch, hemmungslos auf seiner unberechenbaren Bahn.

Es ist gut möglich, dass das hier das seltsamste erste Date aller Zeiten ist. Aber ich benehme mich. Ich halte mein Steakmesser fest in der Hand und kann verhindern, es Jeremy in den Arm zu hacken. Ich konzentriere mich auf das Essen, stürze mich mit voller Wucht in den Genuss dieser unverpackten Köstlichkeiten ohne Konservierungsstoffe und Geschmacksverstärker. Jeremy ist die ganze Zeit über amüsiert, kaut sein Essen langsam, während er mich beobachtet und mit einer Ehrfurcht anstarrt, die mir bald schon auf den Geist geht, denn ich habe sie nicht verdient. Anschließend bestellt er jedes Dessert auf der Karte und sieht mit grenzenlosem Entzücken dabei zu, wie ich mir den Bauch vollschlage.

Um sechs Uhr verlassen wir das Restaurant, und eine Viertelstunde später stehen wir wieder vor meiner Wohnungstür. Der Anblick des stählernen Türblatts von dieser Seite ist mir unvertraut, fremd. Mir fällt auf, dass das metallene Schild mit der 6E darauf etwas schief hängt, fast lose ist, und dass mein Türknauf aus Messing ist, während die ganzen anderen Beschläge silbern sind. Natürlich ist es anders. Mein Schloss ist das einzige, das dazu gedacht ist, jemanden einzuschließen, anstatt Fremde fernzuhalten.

Ich wende mich nervös zu Jeremy um, betaste meinen Schlüssel, während ich überlege, was ich tun soll. Ich bin aus der Übung, nicht sicher, wie gut ich mich unter Kontrolle habe. Ich spüre die Panik, die sich meiner bemächtigt, den viel zu kleinen Flur, die Wärme und den Geruch von Jeremys Körper, *genau da,* ich müsste nur die Hand ausstrecken, damit wir uns berühren.

Er lehnt sich an die gegenüberliegende Wand, in einer lässigen, entspannten Haltung, so weit weg von mir wie nur möglich, und meine Anspannung legt sich ein wenig. Er ist aus der Gefahrenzone.

»Danke«, sagt er leise. »Für das Date.«

Ich erröte, denn es wäre an mir gewesen, diese Worte zu sagen. Ich bin vielleicht aus der Übung, aber ich bin mir ziemlich sicher, dass sich im Allgemeinen das Mädchen bei dem Mann bedankt, vor allem wenn er die Zeche für die halbe Speisekarte gezahlt hat.

»Dank dir«, sage ich.

»Ich würde dich gern küssen, wenn es dir recht ist«, sagt er.

Ich zögere. Es ist so dumm. Vor zwei Wochen haben wir drei Tage zusammen verbracht, unsere Körper nachts ineinander verschlungen, und sein Mund war während dieser Zeit unzählige Male auf meinem. Ich kenne seinen Kuss, ich weiß, dass ich ihn will – und noch viel mehr.

Vor zwei Wochen ... Vor zwei Wochen war ich gebrochen, und Jeremy hat mich geheilt. Jetzt bin ich wieder gesund, und meine Triebe sind so stark wie eh und je. Ich bin besorgt, was passieren wird, wenn er mir so nah ist, besorgt, wie mein psychotischer Verstand mit der Nähe umgehen wird: ob er sich in den Hintergrund verkriechen und stillhalten wird, um es mir zu gestatten, die Erfahrung zu genießen. Oder ob er die Zähne fletschen und zum Spielen herauskommen wird.

Ich lasse die Schlüssel auf den Boden fallen und strecke die Hände nach Jeremy aus. »Könntest du mich bitte festhalten? Nur zur Sicherheit.«

Ich weiche seinem Blick aus, während ich die Worte sage, starre auf meine Arme, die ausgestreckt auf seine Berührung warten. Dann spüre ich, wie er näher kommt, und ich sehe seine kräftigen Hände, die meine Handgelenke umklammern und mich zu ihm ziehen. Er schlingt seine Arme um mich und legt seine Hände auf einem Punkt auf meinem Rücken ab, wo sie sich berühren. In dieser neuen Position ist sein Körper dicht an meinem, mein Gesicht liegt in seiner Halsbeuge, und sein Atem beschleunigt sich, während er uns vorwärtsschiebt, bis mich sein Körper gegen die Stahltür zu meinem Apartment drückt.

Es ist zu viel, dieser Schwall von Empfindungen. Empfindungen, die ich vergessen habe, entweder absichtlich oder durch Vernachlässigung. Der harte Druck seiner Hüften gegen meine, seine warme Hand über dem dünnen Stoff meines Kleides, ein Bein, das sich zwischen meine beiden schiebt und sie spreizt, mein Becken, das sich instinktiv an seinem Schenkel reibt – eine Bewegung, die dazu führt, dass er mit leicht geöffneten Lippen zischend Luft holt.

»Deanna …« Er flüstert meinen Namen, während er den Kopf neigt, und für einen kurzen Augenblick herrscht Stille, als unsere Lippen innehalten, nur wenige Zentimeter voneinander entfernt.

»So?«, flüstert er, und ich kann zur Antwort nur nicken.

Dieses Verlangen. Es ist stärker als mein Blutdurst, und es begräbt jeden Gedanken in meinem Kopf unter sich. Ich will diesen Mann so unbedingt. Ich will ihn am Leben lassen, und ich will, dass er mich mit seinem Leben, seiner Süße, erfüllt.

Unsere Münder treffen sich, und ich schmecke das Aroma eines Pfefferminzbonbons, fühle die raue Berührung seiner Zunge an meiner und verliere jeden Gedanken in dem süßen Aufruhr unterdrückter Lust.

2

Hausarrest-Countdown: 3 Monate

Zweiundzwanzig Monate. Marcus hat zweiundzwanzig Monate weggesperrt wie ein Tier gelebt. Umgeben vom Abschaum der Gesellschaft, die Hälfte davon zu dumm, um die Umstände der Situation, in der sie sich befanden, überhaupt zu begreifen. Fast zwei Jahre an einem Ort, an dem er eineinhalb Meter neben einem Schwerverbrecher scheißen musste. Viel zu lange. Für einen Mann seiner Stellung, ohne Vorstrafen und bei der schwachen Beweislage … Die fünfjährige Freiheitsstrafe war lächerlich. Und die Tatsache, dass seine Anwälte zweiundzwanzig Monate brauchten, um ihn da rauszuholen, ist schlicht und ergreifend inakzeptabel.

Aber jetzt ist er frei, und der Schreianfall kann bis Montag warten. Jetzt, um 18:14 Uhr an einem Freitagabend, steht Marcus auf dem Gehsteig vor dem Gefängnis und atmet tief ein. Es ist frische Luft, die auf dieser Seite des Maschendrahtzauns anders schmeckt. Sie ist voller Hoffnung. Wiedergeburt. Nie wieder wird er hinter diesen Zaun treten. Nie wieder wird er den Griff der Gefangenschaft um seine Handgelenke spüren.

Er ist dumm gewesen. Nachlässig. Hat Fehler begangen, die er nicht wiederholen wird. Er wird in Zukunft mehr denken und weniger handeln. Schlauer sein.

Marcus tritt auf den wartenden Wagen zu, den schnittigen Bentley, in dessen Karosserie sich die Sonnenstrahlen spiegeln wie ein Signalfeuer seiner Seele. Die elektronische Fußfessel wiegt schwer an seinem rechten Knöchel und erinnert ihn an die drei Monate Überwachung, die vor ihm liegen.

Die hintere Tür geht auf, und er beugt sich in den Fond. Grinst in das Gesicht seines Anwalts. »Ich werde dich nächste Woche dafür zusammenstauchen, wie lange es gedauert hat, bis ich rausgekommen bin. Jetzt wird erst mal gefeiert.«

Türen schlagen, Umarmungen werden in der unbequemen Enge des Wagens ausgetauscht, dann beugt sich der Anwalt vor und setzt sich über Marcus' Vorschlag hinweg, indem er dem Fahrer ein paar Worte hinwirft.

»Komm schon«, knurrt Marcus. »Ich war weggesperrt und habe Hundefutter zu fressen bekommen. Ich habe zu Visionen eines Porterhouse-Steaks gewichst, das so blutig war, dass meine Zähne davon fleckig wurden.«

»Entspann dich, Marcus.« Der dünne Mann wirft ihm einen warnenden Blick zu. »Und pass auf, was du sagst.«

»Scheiße. Haben denn alle ihren Sinn für Humor verloren, während ich weg war?«

Im Wagen herrscht für einen Moment Schweigen, und ihm wird bewusst, wie vulgär er wirken muss. Er ist als Gentleman ins Gefängnis gegangen und als Tier wieder herausgekommen. Er zupft am Hemdkragen seiner Gefängniskluft, ein billiger Stoff, der sich inzwischen normal auf der Haut anfühlt. Wenn er zu Hause ankommt, wird er sich als Erstes umziehen. In seiner Steingrotte duschen und sich den Geruch des Knasts abschrubben. Einen Tausend-Dollar-Anzug anziehen und sich in Erinnerung rufen, wie es ist, ein Mann zu sein. Wie sich saubere Fingernägel anfühlen. Wie frisches Obst und hochwertiges Fleisch schmecken. Was es heißt, ein Mensch zu sein. Worauf er, Marcus Renza, einer von Floridas größten Grundbesitzern, ein Anrecht hat.

Eine Stunde später biegt der Wagen um die Ecke, die gesicherten Tore seiner Nachbarschaft ziehen an ihm vorbei, und seine Mundwinkel heben sich leicht. Er tauscht Stacheldraht gegen Eisentore. Gefängniswärter gegen Fußfessel. Ein Gefängnis gegen ein anderes. Aber drei Monate Hausarrest werden leicht sein verglichen mit dem, was er in letzter Zeit durchgemacht hat. Drei Monate, in denen er sein Haus, sein Bett, sein Personal hat. Mahlzeiten, die rund um die Uhr für ihn zubereitet werden. Einen Swimmingpool, einen Fitnessraum und Tennisplätze auf seinem Grundstück. Sein Büro. Immobilienbestände, die er überprüfen, Angestellte, die er wieder auf Zack bringen, Respekt, den er sich nach zwei Jahren Abwesenheit erneut verschaffen muss. Die Arbeit wird ihn ablenken. Die Arbeit hat ihn immer abgelenkt.

Ja, drei Monate werden leicht sein.

Er sieht eine Frau vorbeijoggen, der gelbe Sport-BH, den sie trägt, klebt feucht vom Schweiß an ihren Rundungen. Seine Finger hören auf, auf die Armlehne zu trommeln, und sein Nacken verspannt sich, während er gegen den Drang ankämpft, sich umzudrehen, auf ihren prallen Arsch zu starren und ihr nachzusehen, während sie sich entfernt.

Scheiße. Vielleicht wird es doch nicht so leicht sein. Es ist so lange her.

3

Jeremys Kuss wird fordernder, seine Hüften pressen mich gegen die Tür, seine Hände ziehen meine Handgelenke leicht nach unten, sodass meine Brust an seine gedrückt wird. Mein Kopf weicht zurück, und ich löse mich für einen Moment von seinen Lippen. Als sie sich wieder nähern, sind sie sanft, streifen fast unmerklich über meinen Mund, eine Liebkosung, von der ich mehr brauche, und er drängt sich an mich, während mein Mund voller Verlangen reagiert.

Ich bin in meinen Bewegungen eingeschränkt – sein harter Oberschenkel steckt zwischen meinen Beinen, mein Kleid ist hochgeschoben, und der Stoff seiner Jeans erzeugt ein köstliches reibendes Gefühl an meinem dünnen Slip. Ein leiser Laut entfährt mir, und Jeremy hält einen Moment inne. Mit der linken Hand umfasst er meine Handgelenke, hält sie fest umklammert, seine rechte gleitet sanft an meinem Bein hoch, schiebt sich unter mein Kleid und weiter nach oben, bis sie meine Hüfte erreicht.

Ich sträube mich gegen seinen festen Griff, ich will ihm mit den Händen durch die Haare fahren, sein Hemd hochschieben und über die Konturen seiner Bauchmuskeln gleiten, meine Finger im Hosenbund seiner Jeans vergraben und die Hitze seiner nackten Haut auf meinen Handflächen spüren. Sein Daumen malt ein verführerisches Muster auf die Innenseite meines Schenkels, und ich hebe das Bein höher, schlinge es um seinen Körper und drücke ihn fest an mich.

Sein Mund ist vollkommen, nicht zu fordernd. Er lässt sich Zeit und genießt die Berührung meiner Lippen, während er jeden Knopf an meinem Körper genau so drückt, dass ich bis zum Äußersten erregt bin. Dann zieht er sich zurück, gleitet noch einmal sanft mit seinen Lippen über meine, bevor er meine Hände loslässt und einen Schritt nach hinten macht. Ich versuche es zu verhindern, ziehe ihn mit dem Bein wieder zu mir, bevor ich schließlich aufgebe. Ich lehne erschöpft an der Tür, mein Blick ist auf Jeremy geheftet, Fragen rasen durch meinen Kopf, aber noch kommt mir keine über die Lippen.

»Gute Nacht.«

»Gute Nacht?«, stammele ich.

Das kommt unerwartet. Vielleicht ist mein Ego von Webcam-Chats mit fünfzigjährigen Männern und verwirrten Transvestiten ja über die Maßen aufgebläht, aber ich bin es gewohnt, begehrt zu werden. Schließlich verbringe ich zehn Stunden meines Tages virtuell im Bett mit Fremden. Und jetzt, mit einem Kerl aus Fleisch und Blut vor mir, bekomme ich einen Kuss und ein »Gute Nacht«?

Jeremy sieht auf seine Armbanduhr. »Du hast gesagt, ich soll dich spätestens um sieben zu Hause abliefern.«

Der Aufzug sucht sich genau diesen Augenblick aus, um zu ächzen. Er lässt ein lautes Rumoren vernehmen, das gleich in ein Quietschen übergehen wird. Sein schwerfälliger Aufstieg macht genau so viel Krach, dass seine Insassen sich vermutlich fragen, ob das seine letzte Fahrt sein wird, ob das der Augenblick sein wird, in dem er stecken bleibt und sagt: »Scheiß drauf, ich bewege mich keinen Zentimeter weiter.«

Aber schließlich schafft die Kabine den Aufstieg doch, und ich nehme Haltung an, während ich zusehe, wie die Türen langsam aufgehen. Noch etwas, das ich noch nie gesehen habe. Dieser lange Flur und die Bewegung der Türen. Ich habe sie tausendmal gehört, habe mir immer die Menschen vorgestellt, die aussteigen, die Mienen auf ihren Gesichtern, den Geruch ihrer Haut.

Eine Gestalt schlurft aus der Aufzugkabine, und ich erkenne den hageren Körperbau, den ich bislang immer nur verzerrt durch mein Guckloch gesehen habe. Die blasse Hand des Mannes fährt durch das kurze dunkle Haar, und er schiebt seinen Rucksack höher, während er vom anderen Ende des Flurs einen Blick auf uns wirft.

»Da bist du auf dem Holzweg!«, ruft er. Seine Stimme hallt von den schmutzigen Wänden wider, während er näher kommt. »Sie wird diese Tür nicht aufmachen.«

Ich lächele über seine Stimme, ungedämpft ohne die Tür zwischen uns, und werfe einen Blick auf Jeremy, um zu sehen, ob er die Bemerkung des Mannes versteht. Seine Miene verblüfft mich. Er sieht angespannt aus, löst seinen Rücken von der Wand und drückt die Schultern nach hinten, während er sich aufrichtet. Ich habe ganz vergessen, dass er Simon kennt, dass sie sich schon unzählige Male wegen der Pillenpäckchen, die er jeden Monat liefert, gezankt haben.

Simon hält inne, seine Schritte verlangsamen, als er ungefähr drei Meter entfernt ist, er mustert Jeremy misstrauisch. »Oh. Hey, Mann.«

Jeremy sagt nichts, nickt nur unbestimmt in Simons Richtung.

Dessen Blick huscht nach links, mustert mich von Kopf bis Fuß. Er lässt sich Zeit. »Bringt dich der Lieferjunge etwa hierher, um die Freakshow zu sehen?«, gackert er. »Ich habe viel aufregenderes Zeug bei mir zu Hause. Wenn du willst …«

Simon, ein Junkie par excellence, tritt grinsend näher, und ich sehe, wie Jeremy die Fäuste ballt.

Ich lächele breit, setze mein schönstes Unschuldslächeln auf – jenes, das meine Kunden lieben, jenes, das die ganze Anspannung löst, das einfach alle besänftigt. Simon kommt noch näher, und ich trete mit einem Mal vor, reiße das Knie hoch, genau in das weiche Fleisch zwischen seinen Beinen unter der Jogginghose. Der Tritt in seine Eier sorgt dafür, dass er die Augen fest zusammenpresst. Sein Oberkörper krümmt sich, während in einem einzigen keuchenden Atemzug alle Luft auf einmal aus seiner Brust entweicht. Er stöhnt auf, und ich schmettere meinen Unterarm gegen sein Kinn, drücke fest dagegen und presse ihn nach hinten gegen die Wand. Mit den zehn Zentimeter hohen Absätzen bin ich mit ihm auf Augenhöhe.

»Hi, Simon«, sage ich genüsslich, während ich zusehe, wie seine rot umränderten Augen panisch hin und her huschen. Die Erkenntnis legt sich langsam auf sein Gesicht. »Willkommen zur Freakshow.«

4

Jeremy zerrt mich weg. Nicht dass es wirklich nötig ist. Ich habe keine Waffe bei mir. Und mein Knie-in-die-Eier-Move ist so ziemlich der einzige Trick, den ich beherrsche. Er gehört seit der Mittelschule zu meinem Repertoire, einer Zeit, als ein im richtigen Moment gestreckter Mittelfinger fast ebenso effektiv war.

Wäre Simon von dem Angriff auf seine Eier nicht so überrumpelt gewesen, nicht immer noch überwältigt vom Schmerz, hätte ich ihn unmöglich nach hinten drücken, meinen Arm unter sein Kinn und fest gegen seine Kehle pressen können. Er erholt sich schnell, und als Jeremy mich wegzerrt, kommt er bereits wieder zur Besinnung und begreift, was passiert ist. Ein paar Sekunden später, und er hätte mich einfach weggestoßen. Daher bin ich froh, dass Jeremy dazwischengegangen ist. Er hat meine Glaubwürdigkeit gerettet, während er mir trotzdem das Gefühl gegeben hat, echt hart drauf zu sein.

Jeremy stellt sich vor mich hin, mustert mein Gesicht. »Geht es dir gut?«

Geht es dir gut? Ein unbeteiligter Zuschauer würde vermuten, dass er fürsorglich ist, dass er mich fragt, ob ich verletzt oder gekränkt oder in irgendeinem anderen Zustand bin, der einen Retter in der Not auf den Plan ruft. Aber ich weiß, was er in Wahrheit wissen will: ob ich mich unter Kontrolle habe. Ob dieser Ausbruch von Gewalt ein Funken war, der zu einem wild lodernden Waldbrand führen wird. Ich spüre ein warmes Gefühl in meinem Bauch aufwallen, weil Jeremy es versteht. Weil ihm bewusst ist, was möglich ist.

Ich sehe Simon an, dessen Miene zwischen Ungläubigkeit und Bewunderung schwankt, vermutlich eher im Hinblick auf mein Aussehen als über meine mickrigen Fähigkeiten, ihm in den Arsch zu treten.

»Neun Uhr?«, frage ich.

Er nickt, mit gesenktem Blick. »Ja. Tut mir leid wegen … Ja. Neun Uhr. Ich werde hier sein.«

Simon stolpert zur Seite, weicht Jeremys wütend funkelndem Blick aus und stürzt den Flur hinunter, bis das Klimpern von Schlüsseln die Ankunft an seiner Wohnungstür verkündet.

Jeremy flucht leise und nimmt meine Hand, hebt den Schlüsselbund auf, der immer noch auf dem Boden liegt, und rammt einen Schlüssel ins Schloss. Er dreht und drückt, bis der Knauf nachgibt, dann drückt er die Tür auf und tritt ein.

»Was ist aus unserem Abschied geworden?«, frage ich, mit den Füßen noch immer im Flur, die Arme vor der Brust verschränkt. Ich sehe zu, wie er wartet, mir mit einer Hand ungeduldig die Tür aufhält.

»Komm rein, bitte. Bevor dieses Stück Scheiße wiederkommt.«

Ich grinse über seinen Ton, der eher ein Knurren als eine klar artikulierte Aussprache ist, und genieße seinen gequälten Gesichtsausdruck, während ich langsam an ihm vorbei über die Türschwelle gehe. Ich werfe meine Tasche in die Ecke, genieße den Anblick, wie sie zu Boden fällt. *Ich bin normal. Ich kann ausgehen und nach Hause kommen und meine Handtasche auf den Boden werfen, als würde ich das jeden Tag machen.*

»Und hör auf, so selbstgefällig zu grinsen«, ergreift Jeremy wieder das Wort. »Dieser Spinner ist gefährlich.«

»Selbstgefälligkeit ist nicht unbedingt etwas Schlechtes. Und Simon ist harmlos. Er wird nicht die Hand beißen, die ihn füttert.«

»Bis jetzt wusste er nicht, wie du aussiehst.«

Ich zucke mit den Schultern, setze mich auf das Bett und schlüpfe aus den High Heels. Meine Füße tun verflucht weh. Ich sehe Jeremy an, wie er mit einem Stirnrunzeln im Gesicht dasteht, zur Tür gewandt, als würde er damit rechnen, dass sie jeden Moment aufgeht.

»Deine Fürsorglichkeit ist süß, aber ich komme schon klar.«

Mehr als das. Um genau zu sein, hoffe ich sogar, dass Simon den Flur wieder hinunterkommen und an meine Tür klopfen wird. Dass er versuchen wird, mich zu überreden, ihn hineinzulassen.

Auf einmal kann ich es kaum erwarten, dass Jeremy endlich geht. Ich hoffe, dass er abschwirrt, damit ich meinen Safe aufschließen und meine Messer hervorholen kann, damit ich Zeit habe, sie zu schärfen – nur für alle Fälle. Ich schließe die Augen, balle die Fäuste und versuche den Gedanken zu verdrängen, an etwas anderes zu denken als daran, wie leicht es wäre, Simon zu töten. Wie leicht es wäre, die Gegebenheiten zu ignorieren und selbst in Aktion zu treten. Zu Simons Tür zu gehen, anstatt zu hoffen, dass er meine abschließen wird. Wieder in meine High Heels zu schlüpfen und diesen Flur hinunterzuschlendern, mein Stilettomesser in der Handtasche versteckt. Er würde die Tür öffnen, mich hereinbitten und dann die wahre Bedeutung des Wortes »Freakshow« kennenlernen. Die Freakshow würde mein Neuanstrich seiner Wohnung mit seinem Blut sein. Seine Haut würde unter meinen Händen erkalten, während das Blut allmählich aus seinem Körper weicht …

Als ich eine Hand auf meiner Schulter spüre, reiße ich die Augen auf und zucke instinktiv zusammen.

»Geht es dir gut?«

Jeremys Blick huscht von meinem Gesicht zu meinen Händen, meinen Fäusten, die so fest geballt sind, dass die Haut an den Knöcheln weiß hervortritt.

Ich nicke und öffne die Fäuste, dehne die Hände und schüttele sie aus, um sie zu lockern. Ich versuche mich auf Jeremys Gesicht zu konzentrieren, den Worten zu lauschen, die er sagt, aber ich kann nichts hören. Das Dröhnen in meinem Kopf wird immer lauter, während ich an Simon denke, an das aufflackernde Interesse in seinem Gesicht – meine Gelegenheit! – und an die Möglichkeiten, die in Jeremys Gegenwart ungenutzt verstreichen. Das Dröhnen lässt ein klein wenig nach, als ich ihm in die Augen sehe, denn das flackernde Verlangen in ihren Tiefen bringt mich auf andere Gedanken.

Verlangen. Ein völlig anderes als mein eigenes, aber ebenso vorhanden.

Ich balle die Fäuste, hole schaudernd Luft und sage mit zitternder Stimme, bevor mein Wunsch zu töten übermächtig wird: »Küss mich. Jetzt.«

5

Er zögert keine Sekunde. Ich glaube, er ist bei mir, noch bevor ich meine Bitte vollständig ausgesprochen habe. Seine Hand kommt hoch, um meine Haare zur Seite zu streichen und mein Gesicht zu umfassen, seine Lippen legen sich auf meine, und mein Körper sackt nach hinten aufs Bett. Jeremy ist über mir, das Gewicht seines Körpers liegt warm auf meinem, und es fühlt sich anders an. Völlig anders als in den vergangenen Nächten, in denen wir uns aneinandergekuschelt und getröstet haben. Das hier ist pure, hitzige Leidenschaft, jeder Gedanke an Simon verdrängt von dem Sturm an Empfindungen, der mein Gehirn auf einmal überrollt.

Ich schließe die Augen und lasse ihn kommen. Lasse zu, dass seine Lippen mich berühren und sein Körper es sich auf meinem bequem macht. Meine Beine spreizen sich instinktiv, schlingen sich um seine Taille und ziehen ihn fester an mich.

Da regt sich auf einmal etwas in mir – meine Jungfräulichkeit.

Es ist schon komisch, wie der Verstand funktioniert. Binnen weniger Minuten gelange ich vom wahnsinnigen Wunsch zu töten zum lustvollen Schmachten nach Sex – und zur sinnlosen Debatte über meine Unberührtheit. Warum bin ich eigentlich noch immer Jungfrau? Es gibt keine moralischen Bedenken, die es verhindert haben. Eigentlich war es eher eine Frage der Gelegenheit. Ich habe es durch pures Glück bis zum neunzehnten Lebensjahr geschafft, Jungfrau zu bleiben, und danach habe ich mich drei Jahre lang in mein Apartment eingeschlossen. Jeremy ist der erste Mensch, den ich seitdem geküsst habe.

Ist heute Abend *der* Abend? Der Abend, an dem ich mich von meiner Jungfräulichkeit verabschiede? Manche würden sagen, dass ich sie schon vor langer Zeit verloren habe. Zum Beispiel als ich zum ersten Mal einen Dildo durch das dünne Jungfernhäutchen stieß, sodass ein paar Blutstropfen quollen, woraufhin mich mein verärgerter Kunde beschuldigte, meine Tage zu haben. Er hatte ja keine Ahnung, dass er mein Erster war … Noch viel weniger konnte er wissen, dass er in diesem sechsminütigen Internet-Chat Zeuge eines Schlüsselmoments war. Ich bin mir ziemlich sicher, dass er im Anschluss sein Geld zurückverlangte.

Ich drücke eine Hand gegen Jeremys Brust, unterbreche unseren Kuss. Sein Atem geht ebenso abgehackt wie mein eigener, und ein fragender Ausdruck liegt in seinem Blick, als er zu mir hinuntersieht.

»Kein Sex.«

»Okay.« Er zuckt mit den Schultern. »Ich habe sowieso kein Kondom dabei.«

Er küsst mich wieder, als wäre meine Bemerkung nicht der Rede wert, als würde sich seine Hose nicht ausbeulen, als wäre die Schwellung hinter dem Reißverschluss nicht offensichtlich, während er sich an meinem Körper reibt und mich durch meinen dünnen Slip jeden Zentimeter seines Verlangens spüren lässt. Ich gleite mit den Händen an seinem Körper hinunter, schiebe sie unter sein Polohemd, ziehe den Stoff hoch und über seinen Kopf. Sein Mund löst sich widerstrebend so lange von meinem, dass er aus dem Hemd schlüpfen kann.

Ich liebe das Gefühl seiner Haut auf meinen Fingerspitzen. Die heiße Oberfläche, die sich unter meinen Handflächen dehnt und atmet, während meine Finger über ein klar konturiertes Waschbrett streichen und dann höher hinauf, zu den Muskeln seiner Brust gleiten. Ich bewege die Hände wieder nach unten, bis sie das Leder seines Gürtels berühren, und schiebe sie unter den rauen Stoff seiner Jeans. Ein leichter Atemzug unterbricht unseren Kuss, und Jeremy keucht: »Hör auf!«

»Keine Ahnung, was du meinst«, flüstere ich.

Meine Hände bewegen sich rasch voran, streifen über das Gürtelleder, das Messing seines Knopfes, die Schnalle, die auf einmal geöffnet ist, stoßen auf weichen Baumwollstoff hinter dem Reißverschluss. Ich ziehe den Saum der Boxershorts leicht nach unten und werde mit einem kurzen Blick auf eine straff gespannte, glitzernde Eichel belohnt.

Ein Schwanz. Ein echter, lebendiger Schwanz. Der zuckt und wippt und nach mir lechzt.

Der letzte, den ich sah, war in den ersten Wochen auf dem College, als eine Freibier-Party an einem Freitagabend zu einem heftigen Herumknutschen auf einer schwarzen Ledercouch im ersten Stock führte, wo der kurze Stummel meiner neuen Bekanntschaft eine Ladung Sperma in meine Hand pumpte, nur wenige Augenblicke, nachdem ich das winzige Ding aus der Hose gepfriemelt hatte. Der Typ lachte verlegen, rülpste und stand auf, um noch mehr Bier zu holen. Ich sah ihn nie wieder.

Jeremys Schwanz ist völlig anders. Er ist anders als der des Collegetypen, anders als die fünfzehn Dildos, die nur ein paar Meter weiter liegen. Er ist *da,* ich kann ihn sehen, und ich will nichts mehr, als ihm die Hose herunterzuziehen, damit er herausspringt.

»Wenn du mich da anfasst, werde ich mich nicht mehr beherrschen können«, murmelt Jeremy.

Er will mich. Ich höre das Verlangen in seiner Stimme, kann die Leidenschaft in jeder seiner Berührungen spüren, seine elektrisierte Gänsehaut, als meine Hand noch weiter nach unten gleitet. Dieses Wissen verleiht mir Macht, es stärkt mein Selbstbewusstsein. Deshalb bin ich überrascht, als er auf einmal zurückweicht, ans Ende des Betts rutscht, mein Kleid hochschiebt, mit der Hand daruntergleitet und zögernd den Saum meines Slips berührt. Er sieht zu mir hoch, und ich nicke, nicht sicher, wozu ich mich damit eigentlich bereit erkläre.

Ich weiß nur, dass ich mehr brauche. Alles, was er mir geben will.

Seine Hände schieben sich unter den Saum meiner Pantys, ziehen an dem Stoff, und ich hebe die Hüften, um ihm zu helfen. Das glatte Gewebe rutscht in einer fließenden Bewegung an meinen Beinen hinunter, Jeremys Finger gleiten über meine Haut, während er mir die Pantys abstreift.

»Kein Sex.« Er wiederholt meine Worte, als würde er sich diese Tatsache in Erinnerung rufen müssen.

Bei seinen Worten richte ich mich auf, stütze mich auf die Ellenbogen. Ich sehe ihm begierig dabei zu, wie er sich vor das Bett kniet, meine Beine spreizt und mit den Händen über die Innenseiten meiner Schenkel streichelt.

»Ist das erlaubt?«

Ich weiß nicht, was er vorhat, wofür er um Erlaubnis bittet. Ich weiß nur, dass das Pulsieren zwischen meinen Schenkeln um Aufmerksamkeit schreit. Der Ausdruck in seinen Augen ist so verdammt sexy! Er ist ein loderndes Feuer, begierig wie mein eigenes. Wir sehnen uns beide verzweifelt nach mehr, als wir im Moment geben können.

Dann gleitet seine rechte Hand weiter nach oben, so weit, dass er den Daumen nur leicht bewegen muss, um damit über meine Schamlippen zu streichen.

Ich hole einmal tief Luft – die Berührung eines anderen Menschen ist so anders als meine eigene. Meine Finger verbringen Stunden in diesem Bereich, andere Gegenstände stoßen jeden Tag Hunderte Male zu. Ich sollte immun gegen Berührung sein, sollte die schwielige Kuppe seines Fingers kaum spüren, sollte einen auf cool machen und ihm einen »Was-hast-du-sonst-noch-zu-bieten«-Blick zuwerfen.

Aber ich tue es nicht. Allein schon diese sanfte Berührung seines Daumens erweckt mich zum Leben, jagt Empfindungen durch jeden Nerv meines Körpers. Er bewegt den Daumen wieder, führt ihn zurück zu meinem Schenkel, und ich krümme mich unwillkürlich. Mein Körper schiebt sich instinktiv seiner Hand entgegen, will mehr von dem, was ich eben so flüchtig erfahren habe.

»Ist das erlaubt?«, fragt er noch einmal, den Blick auf meinen geheftet.

Ich keuche fast, als ich ihn anstarre, mit seinem nackten Oberkörper zwischen meinen Beinen. »Ja«, stöhne ich und spanne mich innerlich an in einem jämmerlichen Versuch, das Verlangen niederzuringen, das dort immer heftiger wird.

Jeremy grinst und neigt den Mund zu meiner empfindlichsten Stelle hinunter. Bei der ersten Berührung seiner Zunge bleibt mir der Mund offen stehen. Meine Augen schließen sich unwillkürlich, und ich lege den Kopf in den Nacken.

Ich habe noch nie eine Zunge an meinem Kitzler gespürt. Ich habe noch nie dieses Gefühl genossen, dieses vibrierende Saugen, dieses köstliche Spiel einer talentierten Zunge an einem lusterfüllten Bündel Nerven. Es ist schockierend, wie unglaublich sich das anfühlt.

Meine Nervosität lässt langsam nach, und mein Körper entspannt sich, während meine Beine sich spreizen und Jeremy uneingeschränkten Zugang zu allem gewähren, was er will. Ich strecke die Ellenbogen aus, und mein Oberkörper sackt nach hinten auf die Matratze. Irgendwie finden meine Hände den Weg zu seinem Kopf, und ich fahre mit den Fingern durch seine kurzen Haare. Der Orgasmus baut sich in mir auf, wird größer, schneller, als ich ihn selbst je zustande bringen könnte. Einen Moment lang mache ich mir Sorgen, ich könnte zu schnell kommen, ich könnte keine Zeit haben, dieses unglaubliche Gefühl, das Jeremy in mir hervorruft, zu genießen.

Dann höre ich auf, mir den Kopf darüber zu zerbrechen. Ich höre auf zu denken und verliere mich in dem wunderschönen Gefühl, das er in meinem Körper auslöst. Ich denke nicht darüber nach, wie nah meine Finger an seinem Hals sind, vergesse, daran zu denken, wie nah meine Finger an seinen Augen sind, wie schnell sie sie verletzen könnten. Ich bin zu vertieft darin, der Ekstase zu begegnen. Und als sie kommt, ist es die vollkommenste Form von Wahn, die ich je erfahren habe.

6

Ich kehre zurück auf die Erde, meine bebenden Beine um Jeremys Kopf geschlungen. Dieser Orgasmus war besser als alles, was ich selbst je zustande gebracht habe.

Dann komme ich zu der Erkenntnis, dass ich eine Tür durchschritten habe – die Tür des Bewusstseins. Ich werde meine Orgasmen nie wieder genießen wie vorher, werde sie von jetzt an immer mit diesem Augenblick vergleichen. Ich schließe die Augen und frage mich, wie sich wohl Sex anfühlen wird. Wie sich Jeremys Schwanz von meinen Spielzeugen unterscheiden wird. Ob sich die unbekannte, ungesteuerte Bewegung mit meinen simulierten Stößen messen kann. Ich entspanne die Beine, nehme sie von seinen Schultern und spüre, dass er aufsteht. Als ich die Augen aufschlage, sehe ich ihn lächeln, ein schiefer, antörnender Gesichtsausdruck, den ich unwillkürlich erwidere.

»Du siehst zufrieden mit dir aus«, murmele ich.

Ich kenne die Benimmregeln für ein Date nicht. Ist jetzt der Moment, wo ich seinen Schwanz in den Mund nehmen muss? Aber mein Körper ist zu entspannt und mein Gehirn zu träge, um irgendetwas anderes zu tun, als hier zu liegen.

Jeremy lässt sich neben mir aufs Bett fallen, die Matratze quetscht sich unter dem zusätzlichen Gewicht zusammen, und wir starren beide an die Decke. Er legt einen Arm um mich, und ich hebe den Kopf kurz an, sodass er ihn darunterschieben kann. Dann bette ich mich auf seine starke Schulter.

»Ist das auch okay?«, fragt er.

»Ja. Das ist cool.« Ich lächele und genieße den Augenblick, Jeremys Wärme neben mir, und rolle mich leicht zur Seite, bis ich an seinen Körper gekuschelt daliege.

Da kommt mir ein Gedanke. »Geht es dir gut?«, frage ich plötzlich. Ich erröte, versuche die richtigen Worte zu finden, aber mein Vokabular ist zu voll von unfeinen Ausdrücken, um mich einigermaßen anständig auszudrücken.

»Es geht mir gut.« Er drückt mir einen sanften Kuss aufs Haar. »Ich hatte nicht vor, hier hereinzuspazieren und dich flachzulegen. Um genau zu sein, war ich sogar fest entschlossen, ein Gentleman zu sein.«

»Und nur darum ging es bei diesem Küsschen im Flur?«

»Küsschen?« Über seinen spöttischen Ton muss ich lächeln. »Nach deiner Reaktion zu urteilen, denke ich, mein Trick hat ziemlich gut geklappt.«

»Immer schön langsam, Casanova.« Ich pikse ihn in die Seite, und mir gefällt, dass mein Finger auf nichts als harten Muskel trifft. »Ich sorge nur dafür, dass du nicht zu hochnäsig wirst.«

»Verstehe. Bissige Kommentare sind deine Art, das Ego eines Mannes zu streicheln.«

»Streicheln ist eines meiner Talente«, necke ich ihn.

Jeremy knurrt bestätigend, dann rollt er sich auf die Seite, seine Hand berührt meinen Rücken und zieht mich näher, bis ich eng an ihn gedrückt bin, Bauch an Bauch. Dann nimmt er meinen Mund mit einem einzigen langen, atemberaubenden Kuss wieder in Besitz.

Zehn Minuten später, kurz vor der Geisterstunde, verabschieden wir uns voneinander. Eine Stunde später höre ich, wie ein Sperrriegel vor die Tür geschoben wird. Simon hat mich für die nächsten acht Stunden eingeschlossen.

7

Hausarrest-Countdown: 2 Monate, 3 Wochen

Vor einer Woche hat Marcus durch prunkvolle Türen ein leeres Haus betreten. Der abgestandene, schale Geruch wurde durch das Kommen und Gehen von Hausmädchen und Handwerkern leider nicht überdeckt. Es fühlte sich wie das Zuhause eines anderen an – die geschwungenen Treppengeländer, der Kronleuchter, der zehn Meter über ihm aufragte, all die Leute, die ihn anstarrten, als seien sie sich nicht sicher, wer dieser Mann mit den billigen Klamotten und dem unrasierten Gesicht überhaupt ist. Er durchstreifte daraufhin tagelang das Gebäude, suchte Zimmer auf, die er seit Jahren nicht mehr betreten hatte, nickte unbekannten Angestellten zu, während er versuchte, sich mit seinem früheren Lebensstil wieder vertraut zu machen.

Auch heute noch ist ihm unbehaglich, als würde er das Leben eines anderen Mannes führen, ein Hochstapler in einer Welt, die er früher einmal beherrscht hat. Es sind die kleinen Dinge, die ihn darauf aufmerksam machen. Der Duft eines gehobenen Lebensstils – etwas, was seine Nase neu erlernen muss, während jeder einzelne Geruch Erinnerungen und einen Teil des Mannes wiederbringt, der er früher einmal war. Eine Zigarre, frisch geschnitten, ihr rauchiger Duft und das süße Aroma, das sie verströmt, sobald sie angezündet ist. Der Zitrusgeruch von Möbelpolitur, nicht mehr als ein Hauch auf dem Lappen seiner Haushälterin, wenn sie ein Geländer abwischt. Die erdige Würze, die den Perserteppichen, den maßgefertigten Vorhängen und dem feinen Leder anhaftet. Der Merlot, dessen Bukett umso süßer in seiner Nase zur Entfaltung kommt, angesichts der Tatsache, dass die Flasche den Namen seines Weinguts trägt. Diese Gerüche trösten ihn. Helfen ihm zu begreifen, dass er wirklich zu Hause ist.

Doch er riecht noch mehr. Es sind die vertrauten Düfte, die ihm in die Nase steigen und langsam, aber sicher das Selbstvertrauen und den Stolz wiederkehren lassen, die das Gefängnis ihm genommen hat. *Angst.* Der älteren Frau, die sein Haus putzt, den Blickkontakt meidet und aus dem Zimmer huscht, wenn er es betritt, steht sie förmlich ins Gesicht geschrieben. *Unterwürfigkeit.* Der Geruch von Schwäche, die sich in einem schlaffen Händedruck, einem flüchtigen Nicken und hektischer Betriebsamkeit als Antwort auf seine Worte zeigt. *Respekt.* Der beste Geruch von allen, der ihm zeigt, dass die Kompassnadel nach Norden ausgerichtet, dass das Leben in Ordnung, dass er wieder der ungebrochene Herrscher seines Reichs ist.

Er betrachtet stirnrunzelnd seinen Fußknöchel, eine ständige Erinnerung daran, dass er tatsächlich noch nicht wieder ganz auf der Höhe ist. Die Fußfessel blinkt, die ganze verdammte Zeit. Gestern Nacht musste er die Füße unter die Bettdecke stecken, nur damit dieses verdammte Licht ihn nicht vom Schlafen abhielt. Er musste die bedrückende Schwere der Daunenfedern spüren, die sich auf seine Zehen legte. Sich freizustrampeln half nichts – das Gewicht senkte sich jedes Mal wieder, sobald er in der Bewegung innehielt. Diese verdammte Fußfessel! Sie klemmt die Haare an der feinen Haut um seinen Knöchel ein und bringt ihn dazu, dass er sich das Bein rasieren will wie eine Schwuchtel.

Es ist 6:04 Uhr morgens. Er sitzt an seinem Schreibtisch, den Stift in der Hand, die Unterlagen vor sich ausgebreitet wie einen Berg mit Bargeld. Den Kaffee hat er fast ausgetrunken, die weiße Tasse geht beinahe unter in dem Meer von Papier. Jeder Schluck hat ihn an den schwindenden Vorrat erinnert.

Wo ist das Mädchen? Sie hätte längst nachschenken sollen. Die Schwarze, die sie eingestellt haben, vermutlich, weil er sich zu dunklen Frauen nicht hingezogen fühlt, weil er seine Schlampen lieber blass und zitternd mag. Schwarze Frauen haben zu viel Attitüde. Geben Widerworte. Verdrehen die Augen. Lauter Verhaltensweisen, die eine schallende Ohrfeige verdienen. Er nimmt einen letzten Schluck, leert die Tasse, und seine Wut steigert sich, als einen Augenblick später die Bürotür aufgeht und sie hereinkommt, eine Kaffeekanne auf einem Tablett in den Händen.

Na endlich.

Er ignoriert sie. Konzentriert sich auf das Blatt mit den Mietabrechnungen, das vor ihm liegt, liest dieselben Zahlen immer und immer wieder. Die Ziffern verschwimmen vor seinen Augen, während sie näher kommt und ihm schweigend Kaffee nachschenkt. Sie riecht nach Kuchen. Die Tür fällt wieder ins Schloss, als sein Blick zur nächsten Zeile springt – sie ist weg. Er liest die Spalte zu Ende, macht sich eine Randnotiz und greift zum Telefon.

»Guten Morgen, Marcus.« Die Stimme seines Anwalts lässt auf einen hellwachen Mann schließen.

»Ich will diese Fußfessel loswerden. Das ist doch Schwachsinn. Ich bin ein angesehener Mann, Herrgott noch mal. Ich habe ein Geschäft zu führen, das kann ich nicht von zu Hause aus tun.«

»Es ist erst sechs Tage her. Einen Antrag beim Richter

kann ich frühestens stellen, wenn du einen Monat draußen bist. Versuch einfach, dich zu benehmen.«

»Habe ich eine andere Möglichkeit? Mein Gott, hättest du nicht wenigstens dafür sorgen können, dass irgendein niedlicher Arsch in meinem Haus auf mich wartet?«

Schweigen. »Es sind drei Monate, Marcus. Drei Monate, in denen der Richter jeden deiner Schritte genau beobachten wird. Wie auch die Familie McLaughlin, die Presse und jeder deiner Feinde. Du musst dich von Frauen fernhalten. Am besten für immer. Zumindest während dieser Zeit. Andernfalls landest du wieder im Gefängnis. So einfach ist das.«

»Ich war fast zwei Jahre weggesperrt. Es ist so lange her, dass mir sogar meine Haushälterin attraktiv erscheint.«

»Hol dir einen runter«, sagt sein Anwalt tonlos. »Und dann konzentrier dich auf irgendetwas anderes als Sex.«

Marcus legt auf. Trinkt einen weiteren Schluck Kaffee. Beschließt, wenn das Mädchen wiederkommt, ein Frühstück zu bestellen.

Aber das schwarze Biest kommt nicht mehr.

»Wo ist das Mädchen?«

Ein Mann, den er nicht erkennt, erhebt sich von seinem Platz am Küchentisch, das halb polierte Silberbesteck vor sich ausgebreitet. Er trägt eine schwarze Uniform, die Hose und das Button-up-Hemd mit dem Monogramm auf der Brust sind ein Hinweis darauf, dass er zum Personal gehört. Kein Namensschild nötig, da Marcus sich nicht um ihre Namen schert. Dieser hier hat rote Haare. Igitt. Er hat noch nie einen Rotschopf getroffen, den er nicht widerwärtig fand. Das Paradebeispiel ist Katie McLaughlin. Dieses Biest wird ihn bis ins Grab verfolgen.

»Verzeihung, Mr. Renza, welches Mädchen?«

»Das mir Kaffee nachgeschenkt hat. Es ist eine Stunde her. Ich möchte ein gottverdammtes Frühstück, ohne dafür durchs halbe Haus laufen zu müssen. Ich habe Dinge zu erledigen.«

Der Mann blinzelt. »Es tut mir sehr leid. Diana wurde gefeuert, Mr. Renza. Sie ist gegangen.«

»Gefeuert?« Marcus stemmt die Hände in die Hüften. Funkelt mit aller Kraft, die er angesichts der Tatsache, dass er noch im Morgenmantel ist, aufbringen kann. »Von wem?«

»Mr. Theland. Ich wurde dazugeholt von den …«

Er wendet sich ab, interessiert sich nicht für den Schwachsinn, der aus dem armseligen Mund des Mannes kommen wird. Noch ein Beispiel der Bestrafung: wie frei und unfrei er gleichzeitig ist. Seine Entscheidungen treffen andere.

Marcus geht den Flur hinunter, die nackten Füße klatschen über den unpolierten Granitboden. Er betritt das Schlafzimmer, indem er einmal hart gegen die Tür drückt, zerrt an der Kordel seines Morgenmantels und streift ihn ab. Er lässt sich auf das sorgfältig gemachte Bett sinken, während er mit einer Hand hektisch an seiner Pyjamahose zerrt. Marcus wühlt nach seinem Schwanz, der bereits hart und bereit ist, und holt ihn heraus. Er kneift die Augen zusammen, verkrampft die Zehen und konzentriert sich auf die Bilder, von denen er weiß, dass sie ihm Erleichterung verschaffen werden.

Er reibt.

Er zupft.

Der überbeanspruchte Schwanz zeigt kaum eine Reaktion.

Marcus spuckt in seine Hand und strengt sich mehr an. Schließt die Augen wieder und konzentriert sich erneut. Versucht die zweiundzwanzig Monate Enthaltsamkeit aus seinen Gedanken zu verbannen und sich an die Rundungen eines weiblichen Hinterteils zu erinnern. Wie er ihren Körper drückt und umklammert, während er in sie eindringt. Die Art, wie ihre Brüste wippen, wenn er sie vögelt. Wie sie stöhnt, als sie gebrochen ist.

Irgendwie, trotz der schwachen Erinnerungen, bringt er es zustande.

8

Ich sitze mit dem Rücken an der Tür und esse Apfelkuchen. Er schmeckt nicht wirklich nach Apfelkuchen, sondern nach einer industriell hergestellten Apfeltasche, die in der Mikrowelle aufgewärmt und mit ein paar faden Streuseln darauf verziert wurde. Aber ich bin gelangweilt und noch nicht müde genug, um schlafen zu gehen, also was soll's.

Ich kaue, und die Konsistenz des Apfelkuchens wird immer matschiger, während der Bissen von meiner Zunge im Mund hin und her geschoben und von meinen Zähnen zermahlen wird. Ich kaue und starre, den Blick, wie schon in den vergangenen sieben Minuten, aufs Fenster geheftet. Ich weiß nicht, warum ich dieses Fenster so anziehend finde.

Anziehend: falsches Wort.

Verlockend: besser.

Ich überlebe seit drei Jahren, weil ich mich nicht auf dieses Fenster konzentriere. An den meisten Tagen meide ich es. Ich decke es immer wieder mit Papier ab, und manchmal reiße ich es wieder herunter und starre hinaus.

Damals, als ich hier einzog, als ich idealistisch und verängstigt war und alles tat, was in meiner Macht stand, um meine Triebe zu unterdrücken, malte ich das Fenster sogar zu. Und ich trug eine frische Farbschicht auf, als ich mich ein Jahr später in meinem Cam-Schlafzimmer mit der Wandfarbe im Farbton »Rosenblüte« austobte. Ich kann an diesem Fenster rütteln, so viel ich will, es bewegt sich nicht. Ich weiß das.

Aber auf einmal, in diesem Moment, während ich einen großen Bissen des Apfelkuchens hinunterschlucke, will ich es offen haben. Ich will den Geruch der Nacht in meine Nase strömen lassen, will den Kopf aus dem Fenster halten und die Sterne sehen.

In jener Nacht, als ich zu Annie fuhr, sah ich Sterne. Eine ganze Menge davon, achtlos über dem Himmel ausgebreitet, als wäre ihre Existenz nicht der Rede wert. Neun Stunden lang bekam ich sie zu sehen. Und jetzt auf einmal, während ich das langweiligste Stück Apfelkuchen der Welt esse, will ich sie, muss ich sie sogar wiedersehen.

Ich stelle den Pappteller neben mir auf dem Boden ab und stehe auf. Gehe zum Küchentresen und öffne die Schublade. Nehme mir das einzige Messer, das ich stets griffbereit habe – ein Buttermesser. Was für eine wilde Frau ich doch bin. Ich umklammere das Messer fest und gehe zum Fenster. Fahre mit der Klinge an der Kante des Fensterrahmens entlang und beginne dann an der Farbe zu kratzen.

Kratzen. Ich konzentriere mich nicht auf die Aufgabe oder den Schmerz in meiner Hand, der dank der Anstrengung immer heftiger wird. Ich sitze auf einem Hocker am Fenster und kratze die getrocknete rosa Farbe vom Holz. Ich frage mich jedes Mal, wenn sich das Metall ins Rosa bohrt, ob ich das hier bereuen werde. Ist der Anblick der Sterne, der Geruch der frischen Luft, die Versuchung wert? Den Verlust einer Barriere? Ich ziehe das Messer durch den letzten Rest Farbe und lege es dann hin. Räume den Hocker beiseite, schiebe den Fensterriegel zurück und lege die Hände auf den hölzernen Rahmen. Halte einen Augenblick inne, während ich meine Entscheidung noch einmal überdenke.

Sie ist eindeutig falsch. Aber mein Wohlbefinden ist ein kleines Risiko wert. Ich brauche diesen Schritt. Ich muss beweisen, dass ich damit umgehen kann.

Ich drücke das Fenster hoch und schiebe es einen Spaltbreit auf. Die frische Nachtluft dringt lautlos durch die Ritze ins Zimmer. Ich stoße fester, der pfeifende Luftstoß wird kräftiger, dann schiebe ich das Fenster hoch, bis es nicht mehr weitergeht. Es ist offen. Ich lächele, wider besseres Wissen, und lehne mich durch die dunkle Öffnung nach draußen.

Sterne. Eine ganze Galaxie von ihnen, die sich über mir erstreckt. Ich starre sie an, und mir stockt für einen Moment der Atem, gebannt von dem ehrfürchtigen Anblick unseres Universums. Ich frage mich, was man von diesem Himmel aus sieht. Ob meine Familie irgendwo dort oben ist und zu mir runterschaut? Ich frage mich, ob sie stolz auf mich sind, oder ob sie mich gern anschreien würden, ich solle verdammt noch mal wieder in meiner Wohnung verschwinden. Das ist das Problem dabei, wenn man so lebt wie ich – die Verantwortung zu tragen, dass die Entscheidungen, die ich treffe, richtig sind.

Annie war richtig. Das weiß ich, das muss ich glauben. Ich gehe für einen kurzen, deprimierenden Moment zurück in die Wohnung und hole mir eine Decke, dann strecke ich vorsichtig einen Fuß durch das offene Fenster und setze mich auf das Fenstersims, in die Decke eingewickelt. Ich gleite mit dem Zeigefinger über eine kleine Blase an meinem Daumen. *Ich habe das Fenster geöffnet, und es ist okay.* Es ist Nacht, und ich bin, auf eine bescheidene Weise, frei. Meine Belohnung: die Sterne. Sterne, die ich vermisst, die ich mir drei Jahre lang an der Decke über mir vorgestellt habe. Ich lehne den Kopf nach hinten und sehe nach oben.

Und hier, unter diesem Himmel, verspüre ich zum ersten Mal Verständnis für all die Dinge, die ich nicht unter Kontrolle habe. Ich bin eine von Tausenden unter diesem Himmelszelt, niemand Besonderes oder Einzigartiges.

Ja, ich habe getötet. Ja, ich will noch immer töten. Aber während ich zu den Hunderttausenden von Lichtern hochsehe, die unbekannte Galaxien und Universen und meine vermisste Familie beherbergen könnten, verspüre ich … dort, irgendwo … ja … einen Hoffnungsschimmer.

Es muss einen Plan geben. Es muss einen Zweck haben! Ich bin, trotz allem, was in meinem Inneren vor sich hin rottet, ein guter Mensch.

Ich sitze da, den Kopf gegen den Fensterrahmen gelehnt, einen Haufen rosa Farbsplitter unter dem baumelnden Fuß im Inneren, und starre hinaus, bis meine Augen schwer werden und ich schließlich ins Bett gehe. Ich lasse das Fenster offen, mit der frischen Luft als Ausrede.

Sternenschimmer, Sternenpracht,
den ersten Stern sah ich heut' Nacht.
Die nicht zu töten, wünscht' ich mir,
die leben in meinem Herzen hier.

9

»Ich will dich nackt sehen.«

Nur mühsam kann ich ein Gähnen unterdrücken. Was für ein Schocker. Der Typ ist vielleicht originell. Bei einem Namen wie PluckTheBirds hätte ich eigentlich mehr erwartet. Aber das bekomme ich eben, wenn ein Typ seine Webcam eingeschaltet hat, aber vor einer kahlen Wand hockt, und sein Bedürfnis zu reden, anstatt zu tippen, darauf hinweist, dass er alle Hände voll zu tun hat.

Ich lächele, schlüpfe aus meinem Body und trete näher an die Kamera heran. Langsam streife ich den Hebe-BH ab, während ich die Kamerauhr genau im Auge behalte. Es ist eine schwierige Balance, die Minuten in die Länge zu ziehen, ohne die Kunden zu verprellen. Zum Glück beherrscht meine Online-Persönlichkeit JessReilly19 das Spiel perfekt. Ich drehe mich um, mit dem Rücken zur Kamera, krieche aufs Bett und schiebe mir den Slip über die Pobacken, als er spricht.

»Magst du Schmerzen?«

Ich halte inne. Seine Worte geben mir zu denken. PluckTheBirds sollte mich besser nicht dazu auffordern, mir die Haare auszureißen oder mich mit Nippelklammern selbst zu bestrafen. Dafür gibt es andere Mädchen auf dieser Seite. Mädchen, die umso geiler werden, je mehr Schmerzen ihren Körper quälen. Mädchen, die es in Sachen Wahnsinn locker mit mir aufnehmen können.

»In welcher Hinsicht?«

Ich halte damit inne, mir den Slip auszuziehen, bereit, mich aufzusetzen und sofort den »Chat-Beenden«-Button zu drücken.

PluckTheBirds antwortet sofort. »Ich mag Schmerzen. Ich will, dass du mich fesselst. Dass du mir wehtust, mir Schmerzen zufügst.«

Ich entspanne mich, kicke ein Bein zur Seite und sehe zu, wie mein Slip durchs Zimmer fliegt.

Oh ja. Ich mag Schmerzen.

Zwölf Minuten später bin ich im Begriff zu kommen. Meine Erregung steigert sich noch einmal, als mir klar wird, dass es gleich so weit ist. Das passiert selten in einem Chat – mein Körper ist im Allgemeinen zu gelangweilt von den Beschränkungen der digitalen Interaktion.

Aber dieser Mann, dieser Sub, will Schmerzen. Das ist etwas, was ich nur selten mache. Kunden, die eine solche Form des Verkehrs wollen, stehen normalerweise eher auf die Domina-Typen. Aber heute lief das Geschäft eher schleppend, und meine Finger sind taub von der Vibration meiner Spielzeuge. Also was soll's, ich bin hier, mit gespreizten Beinen, und zupfe mit solch hektischen Bewegungen an meinem Kitzler, dass Keith Richards stolz auf mich wäre.

Und ich schütte PluckTheBirds mein Herz aus. Bei unserem Rollenspiel sitze ich rittlings auf ihm, mit seinem harten Schwanz in mir. Ich habe die Hände fest um seinen Hals gelegt. Seine Arme sind ausgestreckt und an den Handgelenken ans Bett gefesselt, er ist hilflos und außerstande, mich aufzuhalten. Das hektische Pumpen seiner Hüften, mit dem er versucht, mich von sich abzuschütteln, treibt seinen Schwanz nur noch tiefer in mich hinein, das wilde Zucken seines Körpers erzeugt zusätzliche Reibung an meinen Schamlippen. Er ist hart, gegen seinen Willen. Nicht in der Lage, meinen Reizen zu widerstehen. Der sanften Berührung meiner Finger, selbst als sie sich um seinen Hals krallen und zudrücken. Ich zwinge ihn, mir in die Augen zu blicken, während er nach Luft schnappt.

Ich kann sein Keuchen hören, sein Flehen, während er, ebenso erregt wie ich selbst, um sein Leben bettelt. Und als er kommt, als sein Atem kurz und schnell geht und schließlich stockt – da stelle ich mir vor, dass ich mein Werk vollendet habe. Dass das Leben seinen Körper verlassen hat, dass er tot ist, dass ich ihn getötet habe. Dieses letzte Bild besänftigt meinen kranken Geist für den Rest des Abends.

In dieser Nacht schlafe ich wie ein Baby.

10

Zwei Abende später zerre ich eine Ladung Wäsche aus dem Trockner, eine Aufgabe, die mir dadurch erleichtert wird, dass neunzig Prozent der Teile in Wäschesäckchen für Feinwäsche vorsortiert sind, in speziellen Netzbeuteln, die meine Dessous schonen, mit ein paar Jogginghosen zwischendrin. Ich habe mir das Telefon zwischen Ohr und Schulter geklemmt und sehe immer wieder auf die Wanduhr, während ich die Trommel leer räume.

»Ich muss Schluss machen. Ich habe in ein paar Minuten einen Telefontermin.«

»Ich muss sowieso zu meiner Schwester fahren. Ist es Paul?«

Ich grinse über Jeremys Frage. »Ja, es ist Paul. Ich sollte aufhören, mit dir über meine Kunden zu reden. Sonst verliere ich noch meinen guten Ruf als verschwiegenes Camgirl.«

Ich sollte *wirklich* nicht mit ihm über meine Kunden sprechen. Ich habe sie schon immer offen mit Dr. Bryan erörtert, meinem Sextherapeuten, und unsere Gespräche waren stets geschützt von dem wundervollen Deckmantel der ärztlichen Schweigepflicht. Aber meine Gespräche mit Jeremy sind das nicht. Wenn er wollte, könnte er am Rande der I-10 eine Plakatwand aufstellen und die Geheimnisse meiner Kunden über vier Spuren Freeway-Verkehr öffentlich verbreiten. Ich bin mir nicht sicher, ob jemand darauf achten würde. Niemand weiß, wer IWearMommasPanties42 ist. Ich könnte, wenn es mir wirklich wichtig wäre, Mike darauf ansetzen. Aber ich bohre nicht nach, und Jeremy weiß keine Usernamen oder allzu intimen Details.

Ich habe nur über eine Handvoll Kunden mit ihm gesprochen – meine Stammkunden. Paul, der Süße, der mich täglich anruft, bis über beide Ohren verliebt ist in mich, ein Produkt seiner Fantasie. Frankie, mein neuester Finanzielle-Dominanz-Kunde, zu dem die Beziehung so lange halten wird, bis er sein Bankkonto leer geräumt hat. DoctorPat, mein Hausarzt, der mir die Pillen, mit denen ich Simon bezahle, im Tausch dafür verschreibt, dass ich ihm dabei zusehe, wie er seinen Hintereingang mit jedem phallisch geformten Gegenstand, den er zur Hand hat, traktiert.

»Paul bekommt mehr Gesprächszeit mit dir als ich.«

Ich halte auf dem Weg zum Bett inne, nicht sicher, was Jeremys Tonfall zu bedeuten hat. Ist es Eifersucht? Ich bin so aus der Übung, was Zwischenmenschlichkeit angeht, dass ich es nicht sagen kann. Aber nach den unterschwelligen Hinweisen zu urteilen, die er von Zeit zu Zeit fallen lässt, scheinen ihn die emotionalen Kunden mehr zu stören als die physischen. Was ich in gewisser Hinsicht verstehe. De facto ist unsere Beziehung aber so verkorkst, dass ein einstündiger Chat mit einem einsamen Mann noch das geringste unserer Probleme ist.

»Sind wir morgen Abend immer noch fürs Kino verabredet?«, fragt er.

Ich kippe den Wäschekorb auf meinem Cam-Bett aus, werfe den Korb beiseite und beginne mit dem nervenaufreibenden Prozess, die Reißverschlüsse der Netzbeutel aufzuziehen und meine Dessous herauszuschütteln.

»Ich weiß ja nicht, ob man vier Uhr nachmittags Abend nennen kann … Aber ja. Ich habe nichts anderes vor.«

Mein anderes Handy – das, das ich zum Cammen verwende – vibriert auf der Holzplatte meines Schreibtischs.

»Ich muss Schluss machen«, sage ich schnell.

»Bis dann, Baby.« In Jeremys Stimme liegt ein Lächeln, und ich reagiere auf seinen Tonfall, indem ich breit grinse.

»Bis dann.«

Ich beende das Gespräch und nehme das nächste entgegen, gehe zu meinem Computer, während ich rede. »Hey, Paul.«

»Hey. Ich bin im Chatroom.«

Ich scrolle meine Webseite durch, finde den privaten Chatroom mit Pauls Usernamen darin und klicke ihn an. Ich starte die Uhr, dann lege ich meinen Laptop beiseite und wende mich wieder der Wäsche zu.

»Okay. Ich bin drin. Wie war dein Tag bis jetzt?«

Wir finden ins Gespräch, die Worte fließen leicht. Ich kenne ihn, wenn ich ganz ehrlich bin, besser als Jeremy. Ich kann seine Reaktionen vorhersagen, könnte die Namen all seiner Familienangehörigen und den seines besten Freundes nennen, mit dem er aufgewachsen ist, und die letzten fünf Reparaturen, die er an seinem Bronco vorgenommen hat, einem Fast-Oldtimer, den er seit der Highschool fährt.

Er hingegen glaubt, alles über mich zu wissen. Bei unserem dritten Chat habe ich aufgehört, mir Dinge auszudenken. Das war, als mir klar wurde, dass sein Gedächtnis als registrierte Waffe gelten könnte, so scharf, wie es ist. Ich verwende so viele wahre Namen und Details, wie ich kann, und halte alles, was ich ihm erzähle, sorgfältig in einem Notizblock fest, den ich für unsere Chats aufbewahre.

Während unserer Gespräche lebe ich in einer Welt, die ich früher einmal hatte – der einer Collegestudentin im ersten Semester. Ich berichte Details über meine ehemalige Mitbewohnerin, Jenny, ein Mädchen, das inzwischen vermutlich schwanger und verheiratet ist, aber – in Pauls Version – noch immer die Wohnung mit mir teilt und nie Waschpulver kauft, nasse Handtücher überall auf der Veranda liegen lässt und Beziehungsdramen mit jedem Mann durchmacht, den sie finden kann. Paul weiß von Summer und Trent, auch wenn sie – in meiner Märchenwelt – noch immer am Leben sind und aufgeregt darauf warten, dass ich für die Ferien nach Hause komme. Trent hat in letzter Zeit eine Besessenheit fürs Videospielen entwickelt, und Summer versucht sich als Cheerleaderin bei den Pee Wees.

Ich liebe unsere Chats. Ich liebe die Bewunderung und Wärme, die in seiner Stimme liegen, die Art, wie er sich mich vorstellt. In Pauls Augen bin ich perfekt. Und in der Welt, die ich während unserer Gespräche erschaffe, ist mein Leben perfekt. Keine Gedanken an Mord, kein Blut in meiner Vergangenheit. Meine Familie ist am Leben und normal – sie lieben mich. Meine Welt ist offen und frei, ich bin eine normale Collegestudentin mit ganz normalen Problemen. Abschlussprüfungen. Beste-Freundin-Dramen. Die schwierige Entscheidung, wo ich die Frühjahrsferien verbringen soll.

Ich falte und sortiere Stringtangas, Slips, Pantys. Lege Push-ups, Bügel-BHs und Mieder sorgfältig in die Schubladen meines Schranks, hänge Bodys, Seidenmorgenmäntel und hochgeschlossene Schulmädchenblusen auf Bügel. Ordne meine Lederpeitschen, Dildos und Ballknebel. Ziehe die Bettwäsche ab, die nach Gleitcreme riecht, und ersetze sie durch eine frische rosafarbene Garnitur. Dann strecke ich mich auf besagter Bettwäsche aus und starre an die Decke, wünschte, ich würde Sterne sehen anstatt Strahler. Ich lausche Pauls sanfter Stimme und sehe auf die Uhr. Eine Stunde und einundzwanzig Minuten bis jetzt. Ich schließe die Augen und lache, wenn er einen Witz macht.

Dann klopft es an der Tür.

Ich setze mich stirnrunzelnd auf. Jeremy? Ich wüsste nicht, wer es sonst sein könnte. Aber es ist seltsam, vor allem da er in diesem Moment bei seiner Schwester zu Hause auf einem Ribeye-Steak herumkauen sollte. Ich gehe zur Tür und spähe durch das Guckloch, genau in dem Moment, in dem erneut geklopft wird.

Simon. Sein schwarzes Haar steht in alle Richtungen ab.

Mein Stirnrunzeln vertieft sich, ich nehme das Telefon vom Ohr und lege eine Hand über den Hörer. »Was gibt's?«, rufe ich durch die geschlossene Tür.

Der Kopf des Junkies schnellt hoch, die Augen auf einer Höhe mit dem Guckloch. Es ist eine seltsame Erfahrung, wenn man durch die verzerrte Sicht dieses Gucklochs angesehen wird. Wenn man zurücksieht und weiß, dass der andere einen nicht erkennen kann, trotz der Nähe und vermeintlichen Unmittelbarkeit.

»Hey. Ich wollte nur sehen, ob du zu Hause bist.«

»Ich bin immer zu Hause, Simon.«

Er lacht verlegen und sieht in beide Richtungen des Flurs, bevor er wieder auf das Guckloch starrt. »Stimmt. Kann ich reinkommen? Ich dachte, wir könnten vielleicht zusammen abhängen. Uns kennenlernen. Ich wollte mich für den Abend neulich entschuldigen … Ich habe Bier mitgebracht.« Er hält etwas hoch, was nach einem Sixpack aussieht.

Er hat Bier mitgebracht. Als ob Alkohol im Wert von sechs Dollar unsere Beziehung ändern würde, als ob er mich dazu bringen könnte, meine Tür zu öffnen und einen Fremden hereinzubitten, damit wir uns »kennenlernen«.

Ich werde ihn noch gut genug kennenlernen. Jeden Zentimeter von dem, was unter seiner Haut liegt. Ich möchte wetten, seine Muskeln sind trocken, die Drogen in seinem

Organismus entziehen ihm jeden Rest Blut oder Fett. Vermutlich wäre es ein Kinderspiel, ihn zu häuten. Bei dem Gedanken läuft mir fast das Wasser im Mund zusammen, bis ich von Pauls Stimme in meinem Ohr auf den Boden der Tatsachen zurückgeholt werde.

»Geht es dir gut?«

Paul. Ach ja. Der Typ, der mir sieben Dollar die Minute dafür bezahlt, dass ich ihm das Herz breche.

Ich trete von der Tür zurück, halte mir das Telefon wieder an den Mund. »Augenblick. Mein Nachbar steht vor der Tür und bittet mich um irgendetwas.«

Bittet mich, ihn aufzuschneiden. Ihn mit jedem scharfkantigen Utensil aus meinem Safe genüsslich zu filetieren.

Ich tue es fast. Lasse die Finger über das Rädchen des Safes gleiten, um die schwere Tür aufzuschließen. Nur für alle Fälle. Nur damit ich mich nicht davon abhalten muss, während Simon hier drinnen ist. Nur damit ich die Waffen an strategisch günstigen Stellen überall im Apartment platzieren kann. Fast.

Aber dann hole ich einmal tief Luft, entferne mich vom Safe und gehe zurück zur Tür. »Geh weg, Simon!«

»Aber … ich …«, setzt er erneut an, während er das Bier hochhält – eine erbärmliche, sinnlose Geste.

Eisgekühlte Limonade, und ich hätte ihm vielleicht geöffnet. Oder ein Malzbier-Shake, auf dem die Eiscreme noch auf der dunklen Kohlensäure schaukelt? Ich hätte die Tür eigenhändig eingeschlagen, um ihn hereinzulassen.

Stattdessen lehne ich die Stirn gegen den kalten Stahl, den Blick auf sein Abbild im Guckloch geheftet. »Lass mich in Ruhe«, fauche ich, während meine Hand das Telefon so fest umklammert, dass ich besorgt bin, ich könnte das billige Gehäuse zerbrechen.

»Was ist los?« Pauls Stimme klingt besorgt.

Ich ignoriere ihn, starre weiter durch das Guckloch.

»Na schön, tut mir leid.« Simon weicht zurück, hebt die andere Hand in einer »Reg-dich-verdammt-noch-mal-ab«-Geste. »Ich wollte mich nur entschuldigen. Vielleicht ist der Zeitpunkt nicht günstig.«

»Der Zeitpunkt ist *nie* günstig!«

Ich brülle die Worte und hoffe, dass meine Hand sie vor Paul verbergen wird. Ich spekuliere darauf, dass der Schrei in Simons Schädel eindringen und ihm die Sache klarmachen wird, bevor ich das warme Bier von seiner Leiche lecke.

Ich hole einmal tief Luft, halte den Atem an und stoße ihn dann aus. Zähle bis fünf, da ich für zehn nicht genug Geduld habe. Wende mich ab und trete von der Tür zurück. Wünschte, es wäre neun Uhr abends, und ich wäre eingesperrt. Verfluche Simon dafür, dass er einen einzigen Augenblick des Tages ruiniert hat, der sich normal angefühlt hat. Ich hole noch ein paarmal Luft und halte mir das Telefon wieder ans Ohr.

»Entschuldige. Mein Nachbar ist eine Nervensäge.«

Mein Tonfall ist so leicht, dass ich selbst beeindruckt bin. So ruhig, dass Paul einen Moment braucht, um zu reagieren.

»Äh … okay. Bist du sicher, dass es dir gut geht?«

»Ganz sicher«, sage ich aalglatt. Ich strecke mich wieder auf meinem Bett aus und beschwöre meine Hände, mit dem Zittern aufzuhören.

Sechs Minuten später legt Paul auf, und ich beende die Chatsession. 1 Stunde 31 Minuten. 636,09 Dollar verdient, und Simon ist noch nicht von mir abgeschlachtet worden.

Das Leben ist, soweit es das sein kann, gut.

11

Damals, als das Leben gut war, hatte Marcus ein System. Es wurde von seinem Sicherheitschef Thorat entwickelt, nachdem eines von Marcus' »Dates« die Cops gerufen und ihn wegen Vergewaltigung angezeigt hatte. Eine Prostituierte, die eine Vergewaltigung zur Anzeige bringen wollte ... Es war lächerlich.

Thorat steckte den Cops, die kamen, um einen Bericht aufzunehmen, ein paar Geldscheine zu, und der Polizeibericht und das Mädchen verschwanden auf Nimmerwiedersehen – zwei Probleme, um die sich sein Ex-Special-Forces-Angestellter kümmerte. Nach diesem Missgeschick übernahm Thorat die Organisation von Marcus' Begierden. Er nutzte sein umfassendes Wissen und seine ganze zwielichtige Intelligenz, um ein System zu entwickeln, bei dem Thorat die Mädchen beschaffte und anschließend wieder beseitigte. Marcus musste nur vorbeikommen und sich amüsieren. Seine Hände blieben sauber und seine Welt ebenso.

Marcus wartete immer in dem Cottage im Marschland, einem knapp hundert Quadratmeter großen Bau, seine persönliche Bumsbude. Er hatte seinen Spaß mit den Mädchen, ließ sich so viel Zeit, wie er brauchte, und stillte sein Verlangen – genug, um für ein paar Monate, vielleicht sogar ein Jahr auszukommen. Sie sträubten sich natürlich. Je mehr Stunden verstrichen, je eher die Wirkung der Drogen nachließ, desto heftiger setzten sie sich zur Wehr. Manche mehr als andere.

Am schlimmsten waren die, die sich nicht brechen ließen. Davon hatte er zwar nur eine gehabt, ein Mädchen vor sieben Jahren, aber dieses Mädchen hatte es nicht lebend überstanden. Der einzige Fleck auf seiner ansonsten weißen Weste. Er mochte dieses Ende nicht – die ganze Mühe eines Kampfes ohne die Belohnung, dass sie gebrochen und gefügig war. Die anderen Mädchen hatten alle so geendet: Er hatte sie gebrochen, er hatte über sie triumphiert, sie besiegt. Denn genau das war er, ein Sieger. War er immer gewesen, würde er immer sein. Und die Mädchen hatten das gelernt. Von seinen Fäusten. Von seinem Gürtel. Von seinem Schwanz. Letztendlich hatten sie sich alle gefügt. Hatten gefleht. Hatten ihm alles und jedes angeboten und ihm dann sogar noch mehr gegeben.

Er stillte sein Verlangen, und dann ging er. Die längste Session hatte bislang sieben Stunden gedauert, die kürzeste zwei. Er ging, und Thorat kam. Gab den Mädchen ein paar Vergiss-mich-Pillen und lud sie dann auf der Straße ab. Es war genau das Ende, das diese Huren verdient hatten. Die Glücklicheren wachten auf und fanden von allein den Weg nach Hause, ohne Erinnerung an das, was passiert war. Die weniger Glücklichen wurden von irgendjemand anderem gefunden. Jemandem, der anders war als Marcus, aber mit ähnlich gelagerten Interessen. Den zahllosen anderen Tierarten, die durch diese Straßen streunten.

Thorats System hatte funktioniert. Es war gut durchdacht, auf Schwachstellen überprüft, von Problemen bereinigt. Darüber hinaus bescherte es Thorat einen sicheren Job und die Chance, seine alten Fähigkeiten zu trainieren. Und Marcus kriegte den Nachschub, den er brauchte, ohne das lästige Risiko. Er schlug nicht über die Stränge, hielt sich zurück. Sorgte dafür, dass jede Erfahrung in seiner Erinnerung weiterlebte, ihm für eine gewisse Zeit über die Runden half. Er und Thorat wickelten im Laufe von zehn Jahren vierzehn perfekte Tauschgeschäfte ab.

Katie McLaughlin war das Biest, das das System zum Einsturz brachte.

12

Ich sitze auf dem Fenstersims, bei geöffnetem Fenster, spüre die kalte Luft erfrischend auf meinem Gesicht. Ein Bein baumelt im Freien. Gefährlich. Ich liebe die Gefahr. Liebe das Risiko. Was, wenn ich hinunterfalle? Ein Sturz aus dieser Höhe wäre vermutlich tödlich, aber vielleicht würde ich Glück haben. Knochenbrüche, innere Verletzungen. Eine Fahrt im Krankenwagen, fremde Hände auf meinem Körper. Berührungen. Interaktionen. Gespräche. Ein Abenteuer.

Ich beobachte den Lebensmittelladen an der Ecke. Dreizehn Leute haben ihn in der letzten Dreiviertelstunde betreten und verlassen. Ein paar sind mit dem Auto vorgefahren, ein paar zu Fuß gekommen, und ein Typ, ein hagerer Weißer, geht seit zwanzig Minuten vor dem Laden auf und ab und sieht noch zappeliger aus als ich um ein Uhr morgens in einer Mordnacht. Die Sonne sinkt über den Häuserdächern, wandert langsam tiefer, die Nacht bricht an. Ich sollte cammen. Ich habe mir zu viel Zeit mit dem Abendessen gelassen. Aber während die Nacht über uns hereinbricht, erhellt die Innenbeleuchtung den Laden an der Ecke und lässt ihn scheinen wie ein Signalfeuer. Jetzt kann ich hineinsehen. Kann die Reihen mit Lebensmitteln erkennen. Wenn ich angestrengt blinzele und viel Fantasie aufwende, kann ich die langsame Drehbewegung des Hotdog-Grills sehen.

Ich rolle mich vom Fenster weg, schwinge das draußen baumelnde Bein in die Wohnung und stelle mich hin. Als ich das Fenster herunterschiebe, klemmt die Scheibe in den Schienen, als wollte sie nur ungern gehorchen.

Drei Jahre lang hatte ich mich in meiner Wohnung eingeschlossen, bevor ich sie für einen einzigen langen und beschissenen Tag verließ. Wie fühlte ich mich, als ich an jenem Tag das ungewohnte Gewicht von Schuhen spürte, die mich über den Asphaltsplitt trugen? Als ich Luft holte und Gerüche, Brisen, Sonnenschein wahrnahm? Da hatte ich schreckliche Angst. Ich war besorgt, ich hätte es mit einem Gegner zu tun, dem ich vielleicht nichts entgegenzusetzen hätte: der Normalität. Sie ist ein verführerisches und gerissenes Biest. Ich war besorgt, ich könnte diesen kurzen Ausflug unternehmen und danach nicht mehr zurückkehren wollen. Mich nicht mehr in meiner Wohnung einschließen und den Riegel zu meiner selbstgewählten Isolation nicht mehr vorschieben wollen. Ich war besorgt, ich könnte meine Situation schönfärben und mir einreden, dass ich mit der Außenwelt umgehen könnte. Mich belügen, da ich mich so verzweifelt nach der Normalität sehnte, dass ich die Sicherheit anderer Leute gefährden würde, um sie zu bekommen.

Ist es das, was ich jetzt tue? Mich belügen? Mir einreden, dass ich stark genug bin, weil ich *nicht* stark genug bin, um der Normalität zu widerstehen? Ist mein Wille, normal zu sein, stärker, als mein Drang zu töten?

Ich lasse mein Gehirn einen kurzen Moment über die Frage nachdenken, so lange wie ich brauche, um mich richtig anzuziehen, dann reiße ich die Wohnungstür auf, stopfe die Hände in die Jackentaschen und gehe, einen Fuß vor den anderen setzend, den mit orangefarbenem Teppich ausgelegten Gang hinunter.

13

Ich kann das. Ich kann mich beherrschen.

Ein Snack, das ist alles, was ich will. In der Schaufensterscheibe klebt ein Plakat, das Reklame für Eis macht. Ich kann schon den ganzen Abend an nichts anderes denken. Ein Snickers-Eis. Das ist es, was ich wirklich will. Eines, das genau so weich ist, dass der Karamell mit der Eiscreme verschmilzt und ein einziger Biss den köstlichen Geschmack von Schokolade, Karamell, Nüssen und cremigem Vanilleeis auf meiner Zunge explodieren lässt. Das alles mit einer eisgekühlten Dose Dr. Pepper runtergespült, und ich könnte prompt einen Orgasmus kriegen.

Ich drehe den Türknauf zum Treppenhaus und stürme die Stufen hinunter. Ich kann das: Snickers-Eis. Dr. Pepper. Dann wieder ab nach Hause. Ich kann mich beherrschen. Ich werde es beweisen. Zum Teufel mit Ihnen, Dr. Derek! Zum Teufel mit euch, Killerinstinkte! Eiscreme. Dr. Pepper. Und dann nach Hause.

Ich lasse den letzten Treppenabsatz hinter mir und schiebe meine Bedenken beiseite, während ich mit einer Hand fest auf den Sperrriegel der Ausgangstür drücke. Der Himmel draußen ist dunkler, als ich erwartet hatte, die Nacht ist dabei, sich über uns auszubreiten. So schnell, dass ich den Sonnenuntergang vermutlich verpassen würde, wenn ich jetzt in meine Wohnung zurückkehrte.

Nacht: ein idiotischer Fehler! Ich hätte das hier tagsüber tun sollen. In meiner Mittagspause. Die Nacht ist gnadenlos, gefährlich. Nicht nur für andere – für mich selbst. Ich lebe in einer Gegend, in der Verbrecher die Straßen patrouillieren, in der das Heulen einer Polizeisirene ebenso häufig zu hören ist wie das Trällern eines Vogels. Ich sollte eine Waffe haben, irgendetwas, um mich zu verteidigen.

Verteidigen. Na klar. Wahrscheinlich noch etwas, womit ich mich selbst belüge. Aber ich stecke zu tief drin, um es zu erkennen.

Ich stolpere über eine eingebrochene Bordsteinkante und richte mich wieder auf. Wenigstens halten meine Triebe im Augenblick still. Ich müsste noch vier bis fünf Stunden durchhalten, ohne ein Massaker anzurichten, aber es dauert nur noch eine Dreiviertelstunde, bevor Simon vorbeikommt, um mich einzuschließen. Es wird kein Problem sein. Ich kann mich beherrschen.

Ich laufe den Gehsteig hinunter, kralle die Finger in das Futter meiner Jackentaschen. Lasse die Hände drinnen. In meiner Gesäßtasche steckt ein Zwanziger. Ich kam mir so reif vor, als ich ihn dort hineingesteckt habe – wie ein Kind mit Mommys Kreditkarte. Seht her, ich bin eine Erwachsene. Weil ich Geld habe. Weil ich allein aus dem Haus gehe. Weil ich mich beherrschen kann. Weil ich mir jetzt einen Snack kaufe, ohne zu versuchen, jemanden umzubringen.

Ich laufe den Gehsteig entlang. Eine dröhnende Hupe jagt mir einen Mordsschrecken ein, und ich zucke zusammen und mache ein paar hastige Schritte vorwärts, um einem Wagen auszuweichen, der aus einer Einfahrt herauskommt. Ich schaffe es, die Straße lebend zu überqueren, und stehe vor dem Laden, wo der zappelige Typ, den ich von oben gesehen habe, immer noch hin und her läuft.

Er kommt auf mich zu, während ich weitergehe. »Hast du Bares?«

Ich werfe ihm einen Blick zu, der, wie ich hoffe, das Ausmaß meiner Ungläubigkeit angesichts seiner Frage treffend zum Ausdruck bringt. »Keines, das ich dir gebe.«

»Bitte!«

Er streckt die Hand aus, als hätte ich vor, ihm etwas zu geben. *Gib* es ihm! Ich starre eine Sekunde auf seine Hand, schüttele den Kopf und schiebe mich an ihm vorbei. Mein Arm streift ihn, und auf einmal will ich meinen eigenen infizierten Arm abhacken und von mir schütteln.

Ist das hier das Leben vor meiner Haustür? Junkies wie Simon und der zappelige Freak? Leute, die glauben, sie können Fremde einfach so ansprechen und um Geld bitten? Als ob ihnen ein schlichtes »Bitte« freien Zugang zu allem gewähren würde, was in meiner Tasche ist!

Um mich vor weiteren Keimen zu schützen, ziehe ich den Jackenärmel weit herunter. Jetzt kann ich nach dem Türgriff greifen, ohne ihn mit der Haut zu berühren. Neben einem verblichenen Bild des Kamels aus der Zigarettenwerbung und einem Schild, das erklärt, dass sie nur 50 Dollar Bargeld haben, steht das Wort »Ziehen«.

Ich gehe hinein.

14

Ich bin so ein braves Mädchen. Ich beweise, dass ich mich beherrschen kann, indem ich den direkten Weg nehme und mich nicht ablenken lasse. An der hinteren Wand des Ladens entdecke ich die gelbe Eistruhe und marschiere schnurstracks darauf zu, gehe nicht über LOS, ziehe keine 200 Dollar ein und nehme der kleinen alten Dame, die sich das Kaugummiregal ansieht, auch nicht das Leben. Ich schiebe den Deckel der Kühltheke auf und betrachte die glänzenden Verpackungen. Mein erster Blick fällt auf einen braunen Riegel. Oh, wow. Vanille mit Schokoladenüberzug. Die Tankstellenkost ist während meiner Auszeit richtig raffiniert geworden.

Ich seufze erleichtert auf, als ich ganz hinten den Stapel Kingsize-Snickers entdecke. Ich nehme einen, überlege, ob ich zwei einpacken soll. *Ich kann immer noch wiederkommen und Nachschub holen,* sage ich mir und schiebe den Deckel der Eistruhe wieder zu.

Elf Schritte nach rechts. Limonaden. Reihen über Reihen, Stapel über Stapel. Ich zögere kurz bei der Kirschcola, aber dann gehe ich weiter, schnappe mir eine Dose Dr. Pepper und schließe die Theke.

Ich mache das so gut! Meine Gedanken benehmen sich, mein Verstand ist klar. Eine einfache Besorgung, die ganz offensichtlich kein Problem für meine Psyche ist.

Aber ich entdecke noch mehr. Tampons in der Reihe vor mir. Putzmittel. Red Bull. Ein Nähset. Telefonkarten. Ich könnte weniger online kaufen. Öfter hierherkommen. Nur über die Straße, es gibt keinen Grund, es nicht zu tun. Ich muss mir Trinkwasser nicht flaschenweise im Internet bestellen; sie verkaufen es hier.

Ich trete an die Kasse, ein Mann ist vor mir dran. Kahlköpfig. Alt. Klein. Trotzdem zu groß, um es mit ihm aufzunehmen. Er tritt an den Tresen, schiebt dem Kassierer einen Lottoschein hin, mit Bleistiftpunkten gesprenkelt.

Ich warte, trete von einem Fuß auf den anderen. Meine Füße sind heiß und jucken. Sie sind es nicht gewohnt, in Socken und Schuhe eingezwängt und dem Gebläse eines übereifrigen Heizgeräts ausgeliefert zu sein.

Irgendetwas stimmt nicht mit dem Lottoschein des Typs vor mir. Gesprächsfetzen schweben über seine Schulter zu mir, zusammen mit dem Geruch von … Ich schnuppere verstohlen. Ist das Sägemehl? Mein Blick fällt auf sein Gesäß. Abgewetzte Jeans, dunkle Waschung. Stiefel. Ein rotes T-Shirt, auf einer Seite so weit hochgeschoben, dass man eine Spur von etwas sieht, das … Ich blinzele, trete näher. Beuge mich leicht zur Seite, um es besser betrachten zu können.

Ich glaube, das ist ein Leatherman.

Mein Herzschlag beschleunigt sich, trommelt einen euphorischen Rhythmus in meiner Brust.

Mein Vater hatte einen Leatherman. Es war ein Weihnachtsgeschenk, ausgewählt von meiner Mutter, mit einer Schleife umwickelt und unter den Baum gelegt. Ich sah zu, wie er es auspackte, hatte meine Kopfhörer bereits eingestöpselt, sodass mein iPod alle nervigen Gedanken an Zeit mit der Familie aus meinem Kopf verbannte und die Geschenkauspack-Erfahrung mit der Musik von Mötley Crüe untermalte. Mir fiel nichts Besonderes an Moms Geschenk auf, und ich lächelte höflich, während er die neun winzigen Messer mit großen Ahs und Ohs bewunderte, dazu die vierzehn anderen Funktionen des Leathermans, mit denen man Weinflaschen entkorken, Brillenfassungen aufschrauben, zupfen, lochen, stanzen und sägen konnte. Ich lächelte, und ich lauschte der Musik, während ich mich fragte, ob irgendwelche der anderen, noch auszupackenden Geschenke unter dem Baum für mich bestimmt waren. Im Verlauf der nächsten zwei Jahre hatte ich hin und wieder Bedarf an Dads Leatherman – legte meine schmalen Hände um das Metallwerkzeug, schnitt Draht oder schraubte die Rückseite der Fernbedienung ab. Ich dachte nie an die vielen Arten, wie man es zum Foltern verwenden könnte. Zum Töten.

Aber jetzt, wo sich der Lottokönig vor mir alle Zeit der Welt lässt, mit dem Bleistift einen neuen Schein zu bearbeiten und langsam seine Kästchen auszufüllen, und mich das Kratzen von Blei allmählich in den Wahnsinn treibt, kann ich mir alle möglichen Arten vorstellen, wie man dieses Werkzeug verwenden könnte. Wie die vierzehn anderen Funktionen die neun Messer so ergänzen könnten, dass er sich die Seele aus dem Leib schreien würde.

Meine Hände ballen sich reflexartig zu Fäusten, und ich spüre, wie der zerquetschte Eisriegel zu schmelzen beginnt. *Du verfluchter Scheißkerl.* Wenn mich dieser Lotto-Loser auch nur einen Bissen meines Schokolade-Erdnuss-Vergnügens kostet, werde ich die Verstümmelung gleich hier und jetzt vornehmen.

Ich räuspere mich, was aber nicht die geringste Reaktion bei ihm auslöst. Er kratzt. Kritzelt. Hält inne, sieht zur Decke hoch, als würde er versuchen, sich an eine geheimnisvolle Zahl zu erinnern. Kritzelt weiter. Füllt aus. Ich seufze so laut wie nur menschenmöglich, während ich mich frage, wie lange es dauern würde, seine Hand, die den Bleistift umklammert hält, mit der kleinen Säge abzutrennen, die in diesem Leatherman an seinem Gürtel steckt. Ich trete etwas näher und bücke mich, um mir die Schuhe zuzubinden – natürlich nur, um das Werkzeug genauer zu betrachten. Mir fällt auf, dass es ganz locker in der Gürteltasche sitzt, sodass es mit einer einzigen schnellen Bewegung herausgezogen und aufgeklappt werden könnte, um die scharfen Spitzen der Zange freizulegen.

Meine Finger um den Eisriegel drücken noch mehr zu. Wenn ich den Leatherman aus der Tasche am Gürtel herausreiße, wird der Kerl einen Moment brauchen, um zu reagieren, einen Moment, um herumzuschnellen. Bin ich schnell genug?

Ich trete einen Schritt zurück, als der Mann sich aufrichtet und seine Rubbelkarte über den Tresen schiebt. *Gott sei Dank.* Ich atme zitternd aus und weiche noch einen Schritt zurück, kneife die Augen fest zusammen, während ich mich einen Moment lang verfluche. *Verdammte Schwäche!* Sie hätte diesen Moment um ein Haar ruiniert.

Der Mann vor mir setzt sich in Bewegung, stopft den Lottoschein in die Gesäßtasche seiner Jeans, nickt dem Kassierer zu und geht mit entspannten Schritten in Richtung Tür. Ich versuche einen letzten Blick auf den Leatherman zu erhaschen, bevor ich an die Kasse trete. Dann fällt mir das Leuchtdisplay neben der Kasse auf, das in stolzen Lettern einen Hundert-Millionen-Dollar-Jackpot anpreist. Ich lege meine Einkäufe auf den Tresen.

»Tut mir leid, dass es so lange gedauert hat.« Der Kassierer mit dem ungepflegten Einmonatsbart keucht. »Heute Abend ist die große Ziehung. Alle kommen her.« Er sieht auf, zieht einen Mundwinkel hoch. »Glauben Sie, heute ist Ihr Glückstag?«

Glaube ich, dass heute mein Glückstag ist? Ich denke über die Frage nach, dann zucke ich mit den Schultern, in der Hoffnung, aus dem Laden zu kommen, bevor mein Verstand einen Kurztrip ins Land des Wahnsinns unternimmt.

»Na klar. Geben Sie mir zehn Quick-Pick-Lose. Und die Ziehung ist heute Abend?«

»Ja. Um zehn. Die Zahlen werden im Schaufenster angezeigt, falls Sie so spät noch hier in der Gegend sind.« Er schnieft laut, zieht den Rotz eines ganzen Tages durch die Nase hoch, dann reißt er einen Schein ab, wirft ihn auf den Tresen und zählt mein Wechselgeld ab. »Viel Glück.«

»Danke.«

Ich raffe meine Ausbeute zusammen und verlasse den Laden, spüre die Kälte des metallenen Türgriffs wohltuend an meinen Fingern. Ich nicke dem zappeligen Typen freundlich zu und trete von der Bordsteinkante, beschleunige meine Schritte, während ich die Straße überquere. Fast zu Hause. Ich hole einmal tief Luft, will mir diesen Augenblick fest ins Gedächtnis einprägen. Das Knirschen des Asphalts unter meinen Schuhen. Das Flattern meiner Haare im Wind, während ich die Straße überquere. Das taube Gefühl in meiner Handfläche, die Dose Dr. Pepper, die zu kalt ist, um sie zu halten, die ich aber nirgends hinstecken kann.

Zehn Schritte. Fünf Schritte. Drei. Einer.

Ich balanciere die Gegenstände auf den Armen und ziehe die Tür auf. Die Luft im Treppenhaus ist nur ein klein wenig wärmer als draußen, und ich sprinte die Stufen immer schneller hoch, während ich mich um mein Eis sorge.

Meine Sorge ist unbegründet. Das Snickers ist perfekt, als ich endlich die Verpackung aufreiße. Und als ich mich aufs Fenstersims setze und mit Hingabe in die kalte Schokolade beiße, ist das Zischen der frisch geöffneten Dose Limonade die perfekte Ergänzung. Ich bleibe dort sitzen, bis ich mein Eis aufgegessen habe und es vollständig Nacht geworden ist. Die Lottoanzeige im Schaufenster blinkt mich fröhlich an. Samstagabend. Vielleicht könnte mein kleiner Ausflug zu einem Ritual werden. Ein Eiscreme-und-Limonaden-Snack am Samstag. Einen Lottoschein kaufen und den Samstag abseits der Kamera verbringen. Die Wochenendfeier zu Ehren meiner mörderischen Abstinenz.

Ich stehe auf, schlürfe den letzten Rest Limonade und werfe die Dose in den Papierkorb. Dann betrete ich mein Cam-Schlafzimmer. Zeit zu arbeiten.

Um Viertel vor elf, zwischen zwei Chats, schlendere ich wieder ans Fenster, hebe meine Jeans vom Boden auf und fische den Lottoschein aus der Hosentasche. Ich studiere die Laufschrift-Anzeige im Schaufenster des Eckladens und stelle fest, dass unter meinen zehn Quick-Pick-Losen nicht ein einziger Gewinn ist. Keine zwei Dollar, keine zweihundert Millionen. Vielleicht habe ich nächstes Mal mehr Glück. Vielleicht nächste Woche.

Ich habe es getan, trotz meiner Bedenken. Ich habe bewiesen, dass ich mich beherrschen kann.

15

Um 2:18 Uhr morgens dringt Bush aus den Boxen der Stereoanlage, die Budweiser-Flasche vibriert im Rhythmus des Basses auf dem Metallschreibtisch. Die Welt draußen ist still, aber die Leitungen des Internets sind lebendig, ein Gewirr nächtlicher Aktivität. Mike wechselt immer wieder zwischen den Bildschirmen, die Finger ununterbrochen auf der Tastatur, und tippt eine Nachricht, während Beleidigungen und dumme Sprüche über eintausend Meilen Cyberspace hinweg verschickt werden.

Hinter ihm macht er eine Bewegung aus, ein Körper, der sich in einem Bett herumrollt. Jamie. Ihre roten Locken kleben auf ihrer Haut, während sie seinen Namen haucht. Die Frau, die er dafür bezahlt, dass sie sein Leben in Ordnung hält, die zweimal die Woche kommt, sonntags und donnerstags, Taschen mit Lebensmitteln in ihren pummeligen Händen. Sie füllt den Kühlschrank auf, kocht, was das Zeug hält und macht es sich anschließend auf der Couch bequem. Dort sitzen sie dann meistens und rauchen Gras, sehen fern und quatschen dummes Zeug. Essen. Einatmen. Anhalten. Ausatmen. Lachen. Und wieder von vorn.

Irgendwann wird er sich zu ihr legen, einen Arm um sie schlingen und sie an sich ziehen. Sie ist gut gepolstert, so gut, dass es sich, wenn sie sich auf seine Brust sinken lässt, wie ein bequemes Kissen anfühlt. Eines, das atmet, Trost spendet und so herrlich feminin nach Vanille riecht. Manchmal öffnet sie den Reißverschluss seiner Hose, holt seinen Schwanz heraus und treibt ihn damit in den Wahnsinn. Manchmal tut sie es nicht. Sie haben nie gevögelt, haben sich nie geküsst, aber er hat sie gern um sich. Sie haucht dem Raum, haucht ihm selbst Leben ein.

Er dreht sich zu ihr um, dann tippt er auf ein paar Tasten und stellt die Musik ein bisschen leiser. In seinem Einsiedlerleben vergisst er manchmal die allgemeinen Umgangsformen. Wie andere Leute leben.

Jamie ist betrunken, die leeren Flaschen auf dem Fensterbrett sind ein Beweis ihres gemeinsam verbrachten Abends. Bald wird er sich zu ihr legen. Hier Schluss machen und ins Bett kriechen. Sie an sich drücken. Sie wird es zulassen. Sie lässt es immer zu. Er mag es, wenn sie bleibt. Mag den Geruch einer Frau in seinen Laken, ihr Atmen an seiner Brust, während sie schläft. Einen Moment lang fragt er sich, ob sie ohne das Geld auch kommen würde. Er bezahlt sie nicht dafür, dass sie mit ihm zusammen trinkt, seinen Schwanz lutscht, in seinem Bett schläft. Aber wenn er sie nicht für die anderen Dinge engagieren würde, wären sie dann trotzdem befreundet? Würde sie vorbeikommen? Mit ihm abhängen?

Er konzentriert sich wieder auf das Bildbearbeitungsprogramm. Mike lässt sich Zeit. Er bewegt die Maus mit ruhiger Präzision, legt ein Foto von Deannas Gesicht über das Bild der betrunkenen Studentin, deren nackter Körper in sexy Pose auf der Matratze liegt. Im Hintergrund ist der Name einer Bar in Neonschrift zu lesen. Die Belichtungen der beiden unterschiedlichen Fotos sind völlig unterschiedlich, ein überdeutlicher Hinweis darauf, dass das Foto manipuliert ist. Daher arbeitet er weiter. Hellt Deannas Gesicht auf, ergänzt dann die Schatten der Bar, das schwache Schimmern von Neonlicht. Macht das Ganze ein bisschen körnig – ein Beweis schlechter Beleuchtung mit einem billigen Fotohandy. Er hat es nicht eilig, überprüft seine Arbeit mehrmals, und als er damit fertig ist, löscht er die versteckten Dateiinformationen des Fotos und schickt das Bild Deanna, zusammen mit vier anderen ähnlichen Kreationen. Morgen wird sie die vermeintlichen Schnappschüsse auf ihrer Facebook-Pinnwand posten, und ein weiterer Baustein ihrer gefakten Existenz wabert durchs Netz.

Sie, auch bekannt als JessReilly19, ist eine beliebte Studentin. Besorgt sich Bier mit gefälschtem Personalausweis. Mag Livemusik und Partys.

Er, auch bekannt als HackOffMyBigCock, ihr Kommilitone auf dem College. Mag Fitnesstraining, Football und Lapdance. Versucht sich als Hacker, wenn er nicht damit beschäftigt ist, auf dem Campus das große Wort zu führen.

Wir leben alle unterschiedliche Lügen.

16

Jeremy klopft um sechs an meine Tür. Ich verziehe keine Miene, sondern drehe noch ein bisschen mehr auf, krümme den Rücken und steigere mein Fingerspiel bis zum Oh-mein-Gott-ich-komm-gleich-Punkt. Der Kunde reagiert wie erwartet, und mein Chat, der leicht eine Viertelstunde hätte dauern können, endet einhundert Sekunden später bei sieben Minuten. Ich lächele, winke und hüpfe vom Bett, während das »Chat-beenden«-Fenster den Bildschirm ausfüllt.

Dann reiße ich die Tür auf und werfe Jeremy einen mitfühlenden Blick zu. »Entschuldige, Baby.«

»Schon gut. Ich kenne die Spielregeln.« Er löst sich von der gegenüberliegenden Wand und steckt sein Handy ein, bückt sich, hebt ein Paket hoch und betritt das Apartment. Die Tür kickt er mit einem Fuß zu, dann mustert er mich anerkennend, während er sich vorbeugt, um mir einen Kuss auf den Mund zu drücken.

»Lass mich rasch etwas anziehen.«

Ich gewöhne mich allmählich wieder daran, Kleidung zu tragen. Die Wärme und Berührung von Baumwolle zu spüren, die zusätzliche weiche Schicht, wenn ich auf dem harten Betonboden meiner Wohnung sitze. Als Jeremy das erste Mal nach der Arbeit bei mir vorbeikam, konnte er sich nicht konzentrieren, sein Blick blieb sekundenlang an meinem nackten Körper, mit nichts als High Heels bekleidet, hängen. Er bat mich höflich, mit möglichst wenig Worten, mir etwas anzuziehen, bevor er mich bei lebendigem Leib auffressen würde. Damals war es wirklich niedlich. Wenn ich die Geschichte heute nacherzähle, klingt sie unheimlich.

Ich schlüpfe in eine Jogginghose und ein Sweatshirt, streife die hohen Hacken ab und schleudere sie in Richtung Bett. »Habe ich schon wieder eines bekommen? Von wem ist es diesmal?«

Er stellt es auf den Tisch, den er letztes Wochenende gebaut hat, falls man darunter versteht, fünf Holzteile zusammenzusetzen und sie anschließend mit einhundert Schrauben zu verbinden. Jeremy bestand darauf, dass ich einen Tisch bräuchte, und es ist mir fast peinlich zuzugeben, wie oft ich seitdem an ihm gesessen habe. Ich sitze noch immer gern gegen die Wohnungstür gelehnt da. Lausche der Welt da draußen, auf meinem geheimen Guck- und Horchposten zu dem Leben der anderen sechs auf dem Flur. Aber ich gebe zu, es ist nett, einen Tisch zu haben, vor allem, wenn Jeremy hier ist. Er bietet Platz, um Essen darauf auszubreiten oder seinen Laptop abzustellen. Er unterstellt, dass ich normal bin. Dass nicht alles in dieser Wohnung einen existenziellen Zweck hat.

»Keine Ahnung, woher, war nicht zu erkennen. Irgendein Name, irgendwo in New York. Im Flur steht noch mehr.«

Die rechte Seite meiner Wohnung ist ein Meer von Kartons, zu einhundert Prozent geliefert von Jeremy. Ich bin kein Fedex-Mädchen. Diese kurze Geschäftsbeziehung endete schon nach der ersten Lieferung, als der Typ sich weigerte, ein Paket dazulassen, ohne mein Gesicht zu sehen. Jeremy ist bei UPS, schon immer, seit unserer ersten Begegnung vor drei Jahren, als er nach einer kurzen Auseinandersetzung durch die geschlossene Wohnungstür meinen Eintausend-Dollar-Computer im schmuddeligen Flur stehen ließ. Seitdem hat er mir unzählige weitere braune Pakete geliefert. Die Geschichte unseres Kennenlernens wird von dem Berg von Kartons dokumentiert, die meine Wohnung füllen.

Er geht zurück zur Tür, hält sie so lange auf, dass er sich noch zwei Pakete schnappen und sie in die Wohnung schleppen kann. Der obere Karton ist klein, die zweite Lieferung größer. Bei ihrem Anblick halte ich entzückt inne, und mein Mund verzieht sich zu einem Grinsen.

»Ist das … für mich?«

Jeremy sagt nichts, schenkt mir nur ein schiefes Lächeln und lässt das große Paket neben dem Kühlschrank fallen.

Ich kann mir das fette Grinsen nun nicht verkneifen. Es wird immer breiter, als würde es mir das Gesicht zerreißen, so heftig, dass mir die Wangen wehtun. Kein brauner Lieferkarton, sondern ein Geschenk: Plastik, straff gespannt über vier Lagen Dr. Pepper. Viermal achtzehn Dosen, eine Riesenmenge frischer, sprudelnder Limonade. Alles nur für mich, um meinen Kühlschrank aufzufüllen und das tägliche Verlangen nach süßer, klebriger Brause zu befriedigen.

Die Wucht meiner Umarmung wirft Jeremy fast zu Boden.

TEIL 2

»Bitte«, flüstert er
mit angespannter Stimme.
»Tiefer.«

17

Hausarrest-Countdown: 2 Monate, 2 Wochen

Ein stilles Haus. Stille, ein Luxus, den Marcus nie wirklich zu schätzen wusste, bis er mit siebzig anderen Männern in einen Betonblock eingepfercht wurde.

Ein rascher Blick auf die Uhr bestätigt: 23:14 Uhr. Kein Wunder, dass sein Schwanz hellwach ist. Er ist an seinen nächtlichen Einsatz gewöhnt, in der völligen Finsternis der Zelle, die sogar Marcus' angespannte, verkrampfte Züge und das Beugen und Strecken seiner Füße verbirgt.

Jetzt steht er von seinem Schreibtisch auf. Er ist frei, sich zu bewegen, wohin er will, frei, jedes verdammte Licht im Haus einzuschalten und sich durch jedes Zimmer zu vögeln, sollte ihm der Sinn danach stehen. Nur dass hier niemand ist, den er vögeln könnte. Ein Problem, vor allem angesichts seiner aufgestauten Geilheit.

Seine Finger zucken, greifen nach dem Handy, das auf dem Schreibtisch liegt, ein getreuer Gefährte, der nach zwei Jahren noch immer funktioniert. Komisch – seine Entlassung ist schon zwei Wochen her, und er wundert sich noch immer, dass er einfach zum Telefon greifen kann, ohne dafür in einer Schlange anstehen zu müssen. Er scrollt nach unten, bis er die Nummer von Patricia findet, einer Frau, die er seit zehn Jahren kennt. Er zögert. Patricia ist seine einzige Möglichkeit, an eine Muschi zu kommen. Er kann keine Angestellte, keine Bekannte anrufen; alle machen sich in die Hose wegen dieses McLaughlin-Schwachsinns. Er tippt ihre Nummer an und hält sich das Handy ans Ohr.

»Du machst wohl Witze.«

Die stählerne Stimme ruft ihm prompt Patricias schmale Gestalt und scharfe Augen in Erinnerung. Ihr Tonfall schon bei der Begrüßung lässt kaum Zweifel an ihrer derzeitigen Meinung über ihn aufkommen.

»Pat«, beginnt er mit warmer Stimme. »Es ist lange her.«

»Zu kurz, Marcus. Sag mir *nicht,* dass du ein Mädchen willst«, zischt sie, und ihr herablassender Ton stellt klar, wie die Antwort auf diesen Vorwurf lauten sollte.

Er lässt sich auf seinen Schreibtischstuhl sinken und zwingt sich zu einer entspannten Entgegnung, während seine Finger nach irgendetwas suchen, das sie zerbrechen können. Der Bleistift, den er gleich darauf in der Hand hält, knackt leise, als er sauber in zwei Hälften zerteilt wird.

»Nein, nein. Ich wollte mich nur melden. Jedes Missverständnis ausräumen.«

»Missverständnis?«

Der kalte Unterton in ihrer ruhigen Stimme jagt ihm einen Schauer über den Rücken. Ein Ton mit mehr Strenge, als er mit seiner Gürtelschnalle ausüben könnte. Frauen sollten nicht in diesem Ton mit Männern reden, findet Marcus, und auf einmal will er die nächsten Worte aus ihrem Mund gar nicht mehr hören.

»Du hast ein Mädchen in einer Gasse in der Stadt abgeladen, in der ich nicht einmal eine Zigarettenkippe fallen lassen würde. Es ist ein Wunder, dass sie gefunden wurde. Ganz zu schweigen von dem, was du ihr angetan hast. Hör zu, du *Scheißkerl.«*

Ihr Satz endet in einem Zischen, und er kann sie sich vorstellen, über ihren Schreibtisch gebeugt, mit den perfekt manikürten Fingernägeln, die sich um den Hörer krallen, während sie faucht: »Wenn du glaubst, dass ich dich auch nur auf zehn Meilen an meine Mädchen heranlasse, hast du den Verstand verloren! Was dein Sexleben betrifft, bist du in dieser Stadt tot. *Tot.*«

Sie unterstreicht das Ende ihres Satzes mit einem entschiedenen Klicken des Telefons.

»Mein Gott.« Marcus flucht, sieht auf das Display des Handys, das bestätigt, dass Patricia aufgelegt hat, und wirft es auf den Schreibtisch. Das Plastikteil schlittert über Papiere, bevor es schließlich liegen bleibt. Er starrt das Handy an, während er das Gespräch in Gedanken noch einmal durchgeht. Er hat die Reichweite der Prozessberichterstattung unterschätzt. Die Auswirkungen seiner Rufschädigung. Die Tatsache, dass ihn Katie McLaughlin davon abhält, eine Prostituierte zu bekommen, ist verdammt lächerlich. Und er ist *nicht* im Begriff, so tief zu sinken, dass er sich eine Hure vom Straßenstrich besorgt. Mal davon abgesehen, dass er, ruft er sich in Erinnerung, während er mit einem Fuß wackelt, nicht in der Lage wäre, zu einer zu fahren.

Egal. Es muss in dieser Stadt von Wohlstand und Sex einhundert Patricias geben.

Er schaltet den Computer an, wartet darauf, dass er hochfährt. Er klickt das Internet-Icon an und starrt ausdruckslos auf das Suchfeld des Browsers, bevor er »Escorts in Miami« in das leere Feld eingibt.

Er wählt den ersten Treffer aus, den die Suchmaschine ausspuckt, und der Bildschirm füllt sich rasch mit einem Gitternetz von Videos, die lebendig zu sein scheinen – lauter Frauen in unterschiedlichen Stadien der Entkleidung, auf Betten, Bühnen, unter der Dusche. Verwirrt scrollt er nach unten, dann wieder hoch, durchforstet die Tabs oben auf der Seite, aber das Wort »Escorts« steht nirgends. Ist das hier ein Auswahlverfahren für Kunden, die Nutten treffen wollen? Oder eine Online-Version von Prostitution? Marcus begreift es nicht.

Nur aus Spaß führt er kurz darauf die einfache Anmeldung für den Zugang zur Seite durch, hinterlegt ein paar hundert Dollar und lehnt sich voller Neugier nach vorn auf die Tischplatte. Er klickt ein besonders auffälliges Gesicht an, eine lächelnde Brünette. Unter dem Bild steht ihr Name. *JessReilly19.*

18

Ich lehne mich zurück und streiche mit einer Hand träge über die Bettdecke, während ich den Nachrichten-Stream im freien Chat verfolge. Das hier ist das Wartezimmer, der Ort, an dem ich verführerisch zwinkere und lächele und lache und einen der wartenden Männer überrede, den »In-privaten-Chat-einladen«-Button anzuklicken, sodass die Uhr zu ticken beginnt und das Schröpfen ihrer Kreditkarte einsetzt. 6,99 Dollar pro Minute. Dieser Preis hat mein Imperium aufgebaut und Hunderte von Männern in die Privatinsolvenz manövriert.

BBQKING: verdammt du bist heiß.

LSUfreshman: bitte zeig deine titten.

JoeyBaby111: sind deine brüste echt?

Ich lache, gleite mit einer Hand langsam unter das Tanktop und zupfe leicht am Saum, um den Jungs ein bisschen mehr Haut zu zeigen.

»Joey, meine Brüste wären viel größer, wenn sie operiert wären. Diese beiden Hübschen sind, wie Gott sie schuf. Und LSU, ich kann meine Titten im freien Chat nicht zeigen, aber ich würde sie dir sehr gern privat vorführen.«

LSUfreshman: ich bin pleite.

HungBlackCock betritt den Chatroom

MommasBoy: machst du auch familienchat, baby?

Divorced4646: zieh deinen slip aus und dreh dich um.

freebird71 betritt den Chatroom

»Ich mache auch Familienchat, MommasBoy.«

Ich lächele, gleite mit der Hand über meinen Bauch nach unten und spiele am oberen Saum meines Slips herum. Familienchat ist leicht, die Jungs spritzen ihre Ladung im Allgemeinen ab, sobald die Wörter *Mutter, Schwester* oder *Bruder* fallen. Das Internet bringt alle möglichen Typen zum Vorschein, darunter auch Männer, die nichts lieber wollen, als am String-Tanga ihrer eigenen Schwester zu schnuppern. Was für ein Genuss.

420allday: zeig mir kurz deine muschi bitte.

BBQKing: machst du privat auch anal?

MommasBoy: ich will ein rollenspiel mit dir als meine Mom spielen.

HungBlackCock: das ist widerlich.

MommasBoy: schwarzer schwanz ist widerlich.

Divorced4646: zieh dir strumpfhosen an. durchscheinende.

HungBlackCock: den schwarzen schwanz von deinem daddy würdest du nicht widerlich finden.

shavedandhard4u betritt den Chatroom

jeff001972 betritt den Chatroom

MommasBoy: das ist doch total unlogisch.

Ich ignoriere die Streitereien, gleite mit einem Finger über die Fernbedienung und zoome mit der Kamera auf mein Dekolleté, lasse die Arbeit von der Hochauflösung erledigen. Ich wundere mich, dass ich noch immer hier bin. Normalerweise hätte mich längst irgendjemand mit in den privaten Bereich genommen.

FREIER CHAT BEENDET. freebird71 hat PRIVATEN CHAT BEGONNEN.

Ich zoome die Kamera so weit heraus, dass er mich lächeln sehen kann. »Hey, free«, schnurre ich.

freebird71: hey.

»Was suchst du heute Abend?«

freebird71: fotze.

Ich versuche nicht die Stirn zu runzeln und mir die Genervtheit nicht anmerken zu lassen, indem ich meinen Körper herumrolle und ihm die Rundungen meines Hinterns zeige. »Ich mag dieses Wort nicht.«

Als Nächstes höre ich den Signalton einer eintreffenden Nachricht und rolle mich wieder nach vorn.

freebird71: ich hab das noch nie gemacht.

Ich stelle fest, dass nicht die Spur einer Entschuldigung in seiner Nachricht zu finden ist. Also versuche ich noch einmal zu lächeln. Es ist spät, und ich werde allmählich zappelig. Ich hoffe, er ist kein Chatter. Es ist leichter, mich normal zu geben, wenn ich die Finger in mich gesteckt habe und das Stöhnen und die zusammengebissenen Zähne auf Erregung und nicht auf meinen mühsam in Schach gehaltenen Blutdurst zurückzuführen sind.

»Wie heißt du?«

freebird71: marcus.

»Und, Marcus, möchtest du, dass ich meine Kleider anbehalte? Oder soll ich sie ausziehen?«

Das Gute an diesem Typen ist, dass Zeit für ihn kein Problem zu sein scheint. Die schlimmsten Kunden sind die, die wollen, dass du dich in den ersten fünfzehn Sekunden ausziehst und loslegst. Sie stöhnen schon bei den ersten Worten, die sie tippen, und hetzen dich, als wäre es die Schlusskurve des Kentucky Derby. Wenn dieser Chat in dem Tempo weitergeht, kann ich in aller Seelenruhe eine halbe Stunde und ein paar hundert Dollar aus dem Typen herausquetschen.

freebird71: lass sie erst mal an, aber zieh dein shirt hoch, damit ich deine titten sehen kann.

Ich trage nur den Slip und das eng anliegende Tanktop, tief ausgeschnitten, ohne BH darunter. Ich ziehe es so weit hoch, dass meine Brüste entblößt sind. Dann lege ich mich auf die Seite, zoome die Kamera heraus, bis ich vollständig im Rahmen zu sehen bin, der Slip knallrosa auf meiner Haut, die Haare offen, sodass sie mein Gesicht umrahmen. In dieser Position, in diesen Kleidern sehe ich aus wie ein ungezogenes junges Mädchen, das vor seiner Webcam in Fahrt kommt, bereit, für ein bisschen Anerkennung alles zu tun. Es ist genau das, nach dem die Männer verrückt sind.

freebird71: kleine titten. sie sind hübsch.

»Danke.« Ich gleite mit den Händen darüber, zupfe mit einer Hand sanft an meinen Nippeln, necke sie, bis sie sich zusammenziehen, wie feste rote Beeren an meiner Haut, ziehe mit der anderen Hand am Saum des Slips und spanne ihn straff über den Konturen meines Venushügels.

freebird71: was kann ich von dir verlangen?

Von mir *verlangen?* Ich denke über die Frage nach. Neulinge lassen sich auf eine Weise kontrollieren, die bei erfahrenen Cammern nicht möglich ist. Sie glauben, was man ihnen sagt, denn sie kennen es nicht anders. Aber irgendwann wird dieser Typ die Regeln kennenlernen, wird alle Lügen, die ich gesponnen habe, entlarven. Da mir meine Arbeit Spaß macht, gibt es kaum – falls *überhaupt* – einen Grund zu lügen, zumindest nicht bezüglich der Dinge, die auf dieser Seite erlaubt sind. Ich befeuchte meine Lippen.

»Du kannst mich *bitten,* fast alles zu tun. Ich darf nicht gegen das Gesetz verstoßen, das heißt, alles Illegale ist tabu.«

freebird71: was ist illegal?

Ich beiße die Zähne zusammen. Dieser Typ will es echt wissen. »Akte des Defäkierens oder Urinierens. So tun, als wäre ich jünger als achtzehn. Bestialität.«

freebird71: alles andere geht.

Am Ende seiner Nachricht hätte eigentlich ein Fragezeichen stehen sollen. Entweder ist er ein nicht sehr intelligenter Neuling, oder … Ich bin fast im Begriff, diesen Chat zu beenden. Auf mehrere Dinge an ihm bin ich nicht unbedingt scharf.

»Du kannst mich *bitten,* alles zu tun«, wiederhole ich. »Das heißt nicht, dass ich es tun werde.«

Letztendlich tue ich alles, worum er mich bittet. Es ist nicht schwer. Es ist nie etwas Kreatives, Perverses oder Illegales dabei.

Auch freebird71 will mich, sobald er in Fahrt gekommen ist, nackt sehen. Dann vögelt er mich von hinten, während ich vornübergebeugt den Po vor der Kamera in die Luft recke. Ich stöhne seinen Namen, während ich so tue, als würde ich gleich kommen. Er will mir den Hintern versohlen und mir sagen, was für ein ungezogenes Mädchen ich war. Will, dass ich ihm sage, dass es wehtut, dass er zu groß ist, dass ich ihm sage, wie heiß und feucht ich nur seinetwegen bin, und dann, wie groß er sich in meinem Mund anfühlt. Als er kurz davor ist, will er auf mein Gesicht kommen, und ich knie mich hin und sehe hoch in die Kamera. Ich flehe ihn an, mir ins Gesicht zu spritzen, und schlucke dann seinen imaginären Saft wie die gute Schlampe, die ich vorgebe zu sein.

Es ist merkwürdig. Dieser Kerl fühlt sich seltsam beherrscht an und tippt im Schneckentempo. Das ist nicht unbedingt meine Art von Romantik – aber wenigstens dauert sie lange. Und das bedeutet Geld und Ablenkung.

Zum Schluss, als das Tippen aufhört und ein langer Moment des Schweigens eintritt, schalte ich die Kamera auf Weitwinkel um und strecke mich auf dem Bett aus. Mein Atem verlangsamt sich – einen Orgasmus vorzutäuschen ist weitaus anstrengender, als man vielleicht erwarten würde. Ich atme und starre auf den leeren Bildschirm. Warte darauf, dass er etwas sagt. Jetzt ist die Zeit für Komplimente, die kurze Phase, in der sich Worte über den Bildschirm ergießen, sollte der Kunde überhaupt so lange im privaten Chat herumhängen. Die meisten halten ihren Finger über dem »Chat-beenden«-Button in der Schwebe, um ihn zu drücken, sobald ihr Orgasmus einsetzt, um ja nicht einen Penny mehr als das zu bezahlen, was ihre Sehnsüchte verlangen. Aber freebird71 hat sich bis jetzt nicht lumpen lassen, daher warte ich ab und sehe hübsch aus. Er soll ruhig denken, dass er meinen zügellosen sexuellen Appetit gestillt hat.

freebird71: ich würde das gern persönlich mit dir machen. wo wohnst du?

Ha. Na klar.

Ich strecke rasch eine Hand aus und drücke für ihn auf den »Chat-beenden«-Button. Damit zeige ich dem Neuling von Anfang an, wo es langgeht. Wenn er wirklich wissen will, wo JessReilly19 wohnt, kann er sich die falschen Hinweise, die Mike so kreativ überall verstreut hat, gern zusammenreimen. Das University-of-Iowa-Sweatshirt, das über meinem Schreibtischstuhl hängt. Der Facebook-Account, der als dritter Treffer bei Google erscheint, wenn man nach »Jess Reilly« sucht. Die Vorwahl meines Handys und sogar meine Adresse, von der mir die Post hierher nachgeschickt wird. Wir haben hart an der Illusion gearbeitet. Sie mit Social-Media-Accounts, gefälschten Freunden, Userprofilen und Campus-Aktivitäten untermauert. Wenn Kunden nach etwas suchen, stoßen sie auf eine Flut von Informationen. Und zwar so schnell und einfach, dass kein Grund besteht, tiefer zu bohren. Sie finden, was sie wollen, weitere Fragen erübrigen sich. Das System wurde eigens für diese Art Kunden entwickelt, diese Art, die mir einen Schauer über den Rücken jagen, weil sie offenbar nicht ganz richtig im Kopf sind.

IN FREIEN CHAT ZURÜCKKEHREN?

Ich schlüpfe in mein Tanktop und meinen Slip und kehre zurück in den freien Chat.

19

PRIVATER CHAT BEENDET von JessReilly19. IN FREIEN CHAT ZURÜCKKEHREN?

Marcus starrt auf den Bildschirm. Das war's? Der Chat ist zu Ende? Er bewegt die Maus, drückt auf »JA«. Der Bildschirm zeigt wieder die Homepage, ein Gitternetz sich bewegender Körper, umrahmt von Usernamen und Dollarzeichen. Der Schwanz erschlafft in seiner Hand, und Marcus zieht den Bund seiner Jogginghose hoch und stopft ihn wieder hinein.

Er sieht auf die linke obere Ecke des Bildschirms, wo sein Saldo, eben noch der leuchtend grüne Betrag von dreihundert Dollar, jetzt in einer gelben Schriftart angezeigt wird. 76,32 Dollar. Hmm. Nicht schlecht. Sein billigster Orgasmus in zwei Jahren. Der billigste *weibliche* Orgasmus. Die im Gefängnis kamen alle von seiner rechten Hand oder von Männern, und der Höhepunkt hatte jedes Mal einen leicht säuerlichen Beigeschmack. Es ist nicht leicht zu kommen, wenn man auf einen männlichen Mund starrt, der den eigenen Schwanz verschlingt. Selbst wenn die meisten tatsächlich ziemlich gut lutschen, weil sie wissen, worauf es ankommt.

Josh war sein Liebling im Knast. Ein Junge, zwanzig Jahre alt, mit einem dichten Haarschopf, der seine grünen Augen fast vollständig bedeckte. Marcus nahm ihn sich früh zur Brust, drückte die Schultern des Jungen nach unten, während er ihm erklärte, wie die Macht in diesem Gefängnis verteilt und was der Lohn für seine Mühen war. Bessere Behandlung. Komplette Übernahme der Kantinenrechnung. Schutz vor den Schlägertypen, die die Flure durchstreiften. Das alles im Tausch gegen eine Viertelstunde Blowjob. Der Junge war gefügig und kniff die Augen fest zusammen, während er an Marcus' Schwanz würgte und ein dünnflüssiges weißliches Rinnsal aus seinem Mundwinkel sickerte. Aber das war nur das erste Mal gewesen. Acht Monate später war Josh auf den Geschmack gekommen, lutschte im halben Block C Schwänze und lebte wie im Paradies.

Dort drinnen, fast zwei Jahre lang von nichts als Testosteron umgeben, an einem Ort, wo die weiblichen Wachleute schlimmer waren als die Kerle selbst, bemerkte Marcus, dass er fast so etwas wie eine kleine Schwäche für Schwuchteln entwickelte. Ein-, zweimal holte er sich hinter Gittern sogar zu dem Gedanken an einen Schwanz einen runter. Daher ist es gut zu wissen – und durchaus zweihundert Dollar wert –, dass eine Muschi ihn noch immer scharf macht.

Dieses Mädchen, Jess Reilly, hat richtig gute Arbeit geleistet. Die hochauflösende Kamera hat ihm genau gezeigt, was ihm fehlte, hat ihm wieder das Gefühl gegeben, ein Mann zu sein, und er will mehr davon. Will wissen, wie sie atmet, wenn er keuchend seinen Schwanz in sie steckt, will fühlen, wie straff ihr Arsch ist und ob er heiß wird, wenn er ihn fickt.

Aber sie hat den Chat beendet. Ihr Gesichtsausdruck hat sich leicht verändert, bevor sie ihn wegklickte, wurde vorsichtiger, als er die schlichte Frage nach ihrem Wohnort stellte. Sie ist eine Hure – es wäre doch sicher gut fürs Geschäft, die Kamera liegen zu lassen und den Kunden in Fleisch und Blut zu empfangen. Geld wird sie überzeugen. Das tut es immer. Nächstes Mal wird er ein paar Tausender hinblättern, und dann wird sie eine andere Tonart anschlagen. Der Verlockung des Geldes erliegen sie alle, egal ob es Geldscheine oder Diamantohrringe sind. Schlampen sind Schlampen, und ob sie von einem Schwanz mehr oder wenig gefickt werden, ist bedeutungslos.

Er schwenkt in seinem Sessel herum, wendet sich vom Computer ab und starrt durch das riesige Fenster, das die ganze hintere Wand seines Büros darstellt, auf die funkelnden Lichter der Großstadt in der Ferne. Irgendwo in der Finsternis stehen die Obstbäume. Ein halber Hain mit dem Besten, was Florida zu bieten hat, fünfzig der wertvollsten Acres des Bundesstaats, die sich in einem dunklen Meer vor ihm erstrecken. Die Nacht dehnt sich vor ihm aus – leere Stunden mit viel Zeit zum Nachdenken. Es sind immer Momente, in denen der Teufel lauert.

Sein erstes Mädchen hat er während leerer Stunden vergewaltigt, auf einer achtzehnstündigen Busfahrt. Die nervenaufreibende Reise nahm einfach kein Ende, jeder Zwischenstopp brachte neuen Abschaum an Bord und schärfte sein Bewusstsein für das junge Ding neben ihm erst recht. Die ersten sechs Stunden verbrachte er damit, dagegen anzukämpfen. Die siebte Stunde, einen Plan zu entwickeln. Die achte, neunte und zehnte Stunde, ihr Vertrauen zu gewinnen. Die zwölfte Stunde, ihre Schreie zu ersticken, als er ihr während des fünfzehnminütigen Stopps die Jungfräulichkeit raubte. Er ließ sie blutend und weinend auf dem Gelände hinter dem Imbiss liegen und stieg in letzter Minute wieder in den Bus. Aalte sich in dem Erfolg seines Unterfangens, während der Greyhound die Interstate entlangzuckelte.

Das ist zwanzig Jahre her. Damals, als er ein armer Junge aus Philadelphia auf dem Weg in den Süden war, in der Hoffnung auf Muschis und das große Geld. Bereit zu tun, was immer erforderlich war, um beides zu bekommen. Sechs

Stunden, nachdem er sich das Mädchen genommen hatte, stieg er aus dem Bus, den Geruch von ihr noch immer an seinen Händen, und lernte Miami kennen, zu einer nächtlichen Stunde, zu der auf den Straßen nur Ärger lauerte. Damals hatte er achtzig Dollar in der Tasche, und er fühlte sich unaufhaltsam.

Marcus atmet einmal tief aus und schließt die Augen, erinnert sich an das Gefühl von früher. Er wünscht sich, es würde wiederkehren. Jetzt, in seinem alten Leben, fühlt er sich unvollkommen – er braucht Bestätigung, dass er die Kontrolle hat. Dass er Willen brechen und sich nehmen kann, was nicht freiwillig gegeben wird. Er braucht diesen Rausch von vor zwanzig Jahren, und in diesem Haus, in dem er eingeschlossen ist, kann er ihn nicht bekommen, da die Polizei jeden seiner Schritte überwacht.

Noch zwei Monate und ein paar Tage. Dann wird er frei sein. Dann wird er sich ein Mädchen suchen und sich die letzten zwei Jahre seines Lebens zurückholen.

20

Während Jeremy das Gefühl meiner Lippen, der Rundungen meines nackten Körpers kennt, kennt Dr. Derek meine Seele. Er hat ihre schwarze Tiefe gesehen, er weiß, was ich denke. Es sind Dinge, von denen ich mir nicht einmal vorstellen kann, sie Jeremy zu beichten. Dinge, bei denen Teenagerjungen die Nachttischlampe anknipsen würden. Dinge, die mir selbst mehr Angst einjagen als irgendjemandem sonst, da ich den Schlüssel zu meiner Selbstbeherrschung in den Händen halte.

Derek hat mir nie das Gefühl gegeben, dass ich mich für meine morbiden Fantasien schämen sollte. Er ist, von allen Leuten, die ich kenne, derjenige, der mich am wenigsten verurteilt. Er ist stets völlig ungerührt von den dunklen Geständnissen geblieben, die mir über die Lippen kommen, ist nie zusammengezuckt. Aber während er mich in mancher Hinsicht besser kennt als irgendjemand sonst, ist er in manch anderer völlig ahnungslos. Er weiß nicht, womit ich meine Zeit verbringe. Weiß nichts von dem Cam-Bett, den Kameras, den Spielzeugen, von den Männern, die durch meine Lautsprecher flüstern, von der bildhaften Art, in der ich einen sexuellen Akt beschreiben kann. Er denkt, dass ich Webseiten entwerfe, dass ich den ganzen Tag mit Plug-ins, virtuellen Einkaufswagen und Grafikdesign verbringe. Anfangs habe ich gelogen, um die Kontrolle über das Gespräch zu haben, um unsere Unterhaltung von meinen Alltagsaktivitäten wegzulenken und sie auf das zu richten, was wirklich wichtig ist: meine Fantasien zu beenden, mein Gehirn gesund zu machen. Es mir zu ermöglichen, in die Welt zurückzukehren.

Und jetzt? Jetzt, da wir meine Krankheit bis zur Erschöpfung ausdiskutiert, sie aus jedem erdenklichen Winkel betrachtet und seit zwei Jahren mit unseren Sitzungen kaum Fortschritte gemacht haben, könnte ich meinen Job eigentlich zur Sprache bringen. Aber warum? Zu welchem Zweck? Wenn ich ehrlich bin, will ich es ihm nicht sagen. Weil es mir peinlich ist. Es ist mir unangenehm, im Sexbetrieb zu arbeiten *und* geisteskrank zu sein. Derek weiß so viel über mein wahnsinniges Gehirn, und dennoch behandelt er mich – auf eine verrückte Weise –, als wäre ich unschuldig. Das will ich nicht ruinieren. Außerdem bin ich mir ziemlich sicher, dass der spießige, sittenstrenge Derek es nicht gutheißen würde, dass ich als Camgirl arbeite. Dass er die Worte, die ich tagein, tagaus in den Mund nehme, die Dinge, die ich vor der Kamera tue, nicht befürworten würde. Er würde das alles irgendwie schlechtreden, eine psychologische Sahnehaube obendrauf setzen und allerlei mögliche klinische Gründe für meine Motivation finden, ausgerechnet dieser Arbeit nachzugehen. Und vermutlich würde er mir Schuldgefühle deswegen einreden.

Daher habe ich es ihm nicht gesagt. Aller Wahrscheinlichkeit nach werde ich es auch niemals tun.

21

»Wie läuft's in der Arbeit?«

Die Frage lässt mich innehalten, einen Löffel Pfefferminz-Schokoladenchips-Eiscreme auf halbem Weg zum Mund. Das Eis ist von *Edy's,* Jeremy hat mir eine halbe Gallone davon gebracht. Mein Kühlschrank, der früher nie mehr als Trinkwasser in Flaschen enthielt, wird auf einmal auf Arten genutzt, die er vermutlich längst vergessen hat.

Ich schiebe mir das Eis in den Mund – es hat schließlich keinen Sinn, einen Löffel dieser Köstlichkeit zu vergeuden – und denke über die Kalorien nach, während sich die süßliche Kälte in meinem Mund ausbreitet. Ich muss aufpassen. Ich habe mich in den letzten drei Jahren ausschließlich von Diätmenüs ernährt. Vermutlich hätte ich gar nicht zunehmen *können,* selbst wenn ich es versucht hätte. Jetzt, wo Jeremy immer wieder mit Tüten voller Kohlenhydrate, Kalorien und Desserts vor meiner Tür steht, könnte ich leicht ein paar Pfund zulegen. Dann müsste ich mich der Gruppe von Mädchen anschließen, die in ihrem Cam-Profil das »Üppige-Kurven«-Kästchen angeklickt haben.

Jeremy wartet geduldig, sein fester Blick ein Hinweis darauf, dass ich um eine Antwort nicht herumkomme. Ich zucke mit den Schultern, und das plötzliche Stechen in meinem Kopf kündigt fröhlich den Beginn eines Kältekopfschmerzes an. Ich zucke zusammen und warte darauf, dass er vergeht. Wow. Hatte ganz vergessen, wie sich *das* anfühlt.

»Gut. Viel zu tun.«

»Irgendwelche neuen Kunden?«

Ich sehe zu ihm hinüber. Die bewusst beiläufig hingeworfenen Worte lösen einen Alarm in einem Teil meines Gehirns aus, der nicht mit Eiscreme beschäftigt ist.

»Aber ja. Ich habe jeden Tag neue Kunden.«

»Irgendwas Interessantes dabei?«

Ich ziehe eine Augenbraue hoch. »Ich habe das Gefühl, du willst auf irgendetwas hinaus.«

Er lehnt sich zurück, betrachtet den Aufbau rings um mein Bett. »Eigentlich nicht. Bin nur neugierig, was da läuft. Ich weiß, du hast mir gesagt, du machst Cybersex, und ich habe dein ganzes Equipment gesehen, aber ich nehme an, ich weiß nicht wirklich, was ich mir darunter vorstellen darf.«

»Cybersex?«

Ich kratze mit dem Löffel über den Boden des Bechers, lade ihn mit Eiscreme voll und stopfe ihn mir in den Mund. Der Kältekopfschmerz reagiert sofort darauf – *autsch!* Eisige Splitter jagen durch meinen Schädel, Splitter, die tief in mich eindringen und sich auf ihrem Weg durch meine Gehirnwindungen schmerzhaft drehen. Ich komme blinzelnd wieder zu mir und verziehe das Gesicht zu einer Grimasse, die niemand als sexy bezeichnen würde. Dann lege ich den Löffel weg und gelobe Zurückhaltung.

»Das ist gar nicht so kompliziert. Willst du dir ein paar Chats ansehen, bevor du gehst?«

Es ist sein dritter Besuch dieser Art. Ein spontanes Vorbeikommen. Ich habe einen festen Freund, und er ist nach der Arbeit »vorbeigekommen«. Ich fühle mich so normal. Der Gedanke, ihn zu töten, ist mir nicht einmal durch den Kopf gegangen.

Bei seinen ersten beiden Besuchen waren wir träge. Lagen

in der Löffelchenstellung auf meinem Bett, während er mir mit einer Hand durch die Haare fuhr. Ein paarmal glitten seine Finger langsam und zögernd unter meinem Shirt nach oben oder unter den Saum meiner Shorts. Bei seinem letzten Besuch ging ich danach nicht einmal wieder online. Wir redeten einfach immer weiter, und seine Hand wanderte über meinen Körper, zog mich an sich und zeichnete Muster auf meine Haut, während er meinen Nacken liebkoste und mir flüsternd von sich erzählte. Über seine Familie. Über seine Kindheit. Beides keine Themen, die Tod oder Blut beinhalten.

Er schüttelt den Kopf. »Nein. Ich will nicht, dass du dich meinetwegen unwohl fühlst.«

Ich stelle den Becher hin. »Ich glaube nicht, dass es mir an diesem Punkt möglich wäre, mich unwohl mit dir zu fühlen. Sieh dir einfach ein, zwei an.«

Sein Kiefer spannt sich an, ein neuer Ausdruck – einer, den ich noch nie bei ihm gesehen habe. Es sieht niedlich aus, auf eine trotzige Art.

»Nein, schon gut. Ich will es gar nicht sehen. Erklär mir einfach, was dabei passiert. Erzähl mir, wie das funktioniert. Ich würde mich komisch dabei fühlen, es mir anzusehen. Als würde ich in deine Privatsphäre eindringen. Was du da tust, ist etwas sehr Persönliches. Erzähl mir einfach, wie es funktioniert.«

Ich lege den Kopf auf die Seite, überlege, wie ich meine Chats am besten beschreiben könnte. Dass jeder anders ist? Geprägt von den Wünschen des Kunden, entwickelt er sich in jede beliebige Richtung, in die seine Fantasie abschweifen könnte.

»Ich habe eine bessere Idee.«

22

Ich lächele in die Kamera und warte auf eine Aufforderung. Ich trage Unterwäsche, ein rotes Spitzendessous, durchscheinend genug, um neckisch zu sein, aber so züchtig, dass er mich bitten wird, es auszuziehen. Ich befeuchte meine Lippen und lausche auf seinen zitternden Atem.

»Ich weiß nicht, was ich sagen soll. Ich habe das noch nie gemacht.«

Ich lächele. »Sag mir, was du tun würdest, wenn du hier wärst. Würdest du wollen, dass ich näher komme? Oder würdest du zu mir kommen wollen?«

Ich zoome die Kamera heran, schwenke sie mithilfe der Fernbedienung in meiner Hand über meine Brüste, die feine Spitze über meinem Bauch und das kleine Stückchen Seide zwischen meinen geschlossenen Schenkeln.

Er stöhnt leise auf, und ich spüre, wie sich mein eigener Atem beschleunigt.

»Gott, das Bild ist so … echt. Kann ich … kann ich dir sagen, was du tun sollst?«

»Ja. Hier geht es nur um dich. Sag mir, was du willst, dass ich tue.«

»Spreiz deine Beine ein bisschen. Ich will sehen … ja. Zoome auf die Stelle. Bitte.«

Das *Bitte* ist ein Nachgedanke, unbeholfen ans Satzende angehängt, als wäre er sich nicht sicher, ob das, worum er gebeten hat, schicklich ist. Ich lächele, mit dem Gesicht außerhalb des Rahmens, amüsiert über sein Zögern. Das wird ein Spaß werden. Er hat keine Ahnung, wozu ich imstande bin. Ausnahmsweise einmal fühle ich mich bei unserem kleinen sexuellen Gerangel selbstsicher, als hätte ich die Oberhand.

Ich lege mich auf die Seite, zoome die Kamera heran, bis sie genau auf die Stelle zwischen meinen Schenkeln gerichtet ist, eine Seitenansicht, die den detaillierten Schnitt meines Slips zeigt. Ich ziehe ein Bein an, beuge es am Knie und gleite mit einer Hand sanft an meinem Innenschenkel nach unten, bis meine Fingerkuppen ins Bild kommen.

»Was würdest du tun, wenn du jetzt hier wärst? Würdest du das hier wegschieben?«

Ich gleite mit den Fingern unter den winzigen Slip und schiebe leicht den Stoff zur Seite – nur ein Hauch von Bewegung, genug, um ihm zu zeigen, dass ich rasiert bin, genug, um ihn zu necken, um zu bewirken, dass seine Worte schneller kommen und gedankenlos fließen.

»Ja.« Es ist nicht mehr als ein raues Flüstern.

»Ja *was?*«

»Ich würde das da wegschieben. Ganz zur Seite. Es so weit wegschieben, dass ich deine … Muschi sehen kann.«

Das Wort klingt so seltsam aus seinem Mund – so unerwartet, dass ich für einen Moment aus der Rolle falle. Ich sehe verblüfft auf, muss meine Orientierung, meine Fassung erst einmal wiederfinden.

Dann zupfe ich fester als nötig am Seidenstoff meines Slips und lasse die Hüften sanft kreisen. Ich will die Oberhand zurückgewinnen, will noch einmal das Zittern und die Unsicherheit in seiner Stimme hören. Ich schiebe den Slip ganz zur Seite und entblöße meinen intimsten Bereich vor dem hochauflösenden Auge der Kamera. Glatt. Rasiert. Und feucht. Ich gleite mit einem Finger nach unten, über meine Schamlippen und zu dem Spalt, der schon längst bereit und willig ist und um Aufmerksamkeit bettelt. Diese Erfahrung ist neu für mich – mein Körper kann es kaum erwarten, mit dem Spiel zu beginnen.

»Ich will, dass du deinen Schwanz herausholst, Jeremy. Hol deinen Schwanz heraus und streichele ihn für mich.«

Mein Arm – der, auf den ich mich gestützt habe – knickt ein, und ich lege mich entspannt auf das Bett, arrangiere mein Gesicht und meinen Körper so, dass mein Oberkörper im Hintergrund des Bildausschnitts zu sehen ist, damit Jeremy mitbekommt, wenn ich mir über die Lippen lecke und in die Kamera starre. Ich stelle mir sein Gesicht ganz nah an meinem vor, den gebannten Ausdruck in seinen Augen, wenn er erregt ist. Ich habe diesen Blick schon früher bei ihm gesehen, habe gesehen, wie Jeremy sich nur mühsam beherrschen konnte, wenn er mich zärtlich küsste, während die Erektion seine Unterhose ausbeulte. Und genau jetzt, während ich mir diesen Ausdruck in seinen Augen vorstelle, will ich ihn bei mir haben. Ich will, dass er sich die Shorts herunterreißt und mit voller Wucht zustößt, mich jeden harten Zentimeter spüren lässt, bis …

»Gott, ich will dich so unbedingt ficken.« Er hält einen Moment inne. »Entschuldige, das hätte ich nicht sagen sollen …«

»Sag's mir.«

Ich keuche und stecke zwei Finger in mich. Ich habe die Beine gespreizt, damit er es sehen kann. Aber ich brauche mehr als diesen schwachen Vorstoß meiner Finger. Ich brauche ihn, steif und hart, ohne Kondom, nichts als die Hitze seiner Haut in mir, während er mich stößt, mich ausfüllt und nimmt und mir Leben, Lust und Erfahrung einhaucht.

»Sag mir, was du willst.«

»Ich will mit dir Liebe machen. Ich will …«

»Mehr!«, keuche ich, stemme mich hoch und spreize die Finger, entblöße mich vor der Kamera, starre voller Verlangen in die Linse und zeige Jeremy, dass ich ernst meine, was ich sage. »Ich *brauche* dich. Ich *will* dich. Sag mir nicht, was du glaubst, dass ich hören will. Hier geht es um dein Verlangen. Sag. Mir. Was. Du. Willst.«

23

Jeremy hat gedacht, er würde diese Seiten von ihr kennen. All die komplexen, verworrenen Seiten dieser Frau. Der Frau, die nur zögernd auf seinen Kuss reagiert, als hätte sie Angst zu zerbrechen, wenn man ihr zu nahe kommt. Der Frau, in deren Augen ein Feuer lodert und die irgendeine dunkle Seite hat, vor der er wohl besser das Weite suchen sollte – die ihn aber nur noch mehr anzieht. Der Frau, die sich an ihn klammern sollte angesichts des Ausmaßes ihrer Einsamkeit, die aber stattdessen stark ist, unabhängig, mitunter sogar abweisend, vor allem dann, wenn er erwartet, dass sie sich an ihn anlehnt. Jeremy hat gedacht, er würde all diese Seiten von ihr kennen, aber er hat sich getäuscht.

Dieses Mädchen auf dem Bildschirm ist eine Frau. Sie hat die Beine gespreizt, ihren schönen Körper ungeniert vor ihm ausgebreitet, ohne eine Spur von Unsicherheit. Sie muss nicht verwöhnt oder respektiert werden. Sie will etwas, das dick und hart in seiner Hand liegt, das so sehr nach Aufmerksamkeit schreit, dass es wehtut, und um Erleichterung fleht. Deanna starrt ihn durch den Bildschirm an, mit loderndem Blick, komplex und selbstbewusst, und fordert ihn heraus.

Jeremy steht auf und stellt sich vor den Computer. Er würde sich wünschen, er hätte eine eigene verdammte Webcam, nicht nur dieses Headset – eine Möglichkeit für sie, das Ausmaß seines Verlangens nicht nur zu hören, sondern zu *sehen.*

Zeit, die Samthandschuhe auszuziehen.

»Ich will dich nehmen, während du auf dem Rücken liegst, deine Beine um meine Hüfte schlingst und die Fersen in mich presst. Ich drücke deine Handgelenke nach unten und dringe in dich ein. Ich will dich richtig tief vögeln. Mit langsamen, harten Stößen, bei denen die Muskeln deiner Muschi meinen Schwanz zusammendrücken. Ich will, dass du jedes bisschen von mir spürst, während ich mich bewege. Ich will sehen, wie deine Brüste wippen, während ich immer schneller werde, während ich die Kontrolle verliere und dich gedankenlos ficke. Ich will, dass du deine Hände in meinen Rücken krallst. Dich an mich presst. Ich will deinen Busen an meiner Brust spüren, während ich dich richtig hart rannehme.«

Er ist außer Atem, ein Lusttropfen quillt aus seiner Eichel, und seine Faust bewegt sich an seinem Schaft auf und ab, während er zusieht, wie diese wunderschöne Frau immer wieder die Finger in sich steckt und wie sich ihr Körper im Rhythmus ihrer Stöße zusammenzieht und krümmt. Jeremy knurrt, spürt ein besitzergreifendes, Jahrmillionen altes Gefühl in sich aufwallen, ein animalisches Verlangen, das an ihm zerrt. Er will alles von dieser Frau. Er will sie beschützen, sie beruhigen, sie in den Armen wiegen – und mit seinen Stößen zu der Seinen machen.

»Verdammt, Dee!«, keucht er auf. »Du bist zu perfekt für mich. Ich will dich auf Arten, die schlecht für mich sind. Ich will dich hochheben und auf jeder verdammten Oberfläche in deiner Wohnung ficken. Ich will, dass du in meinen Händen den Verstand verlierst und mit meinem Schwanz in dir kommst, will dich durchvögeln, bis du fertig bist. Ich will dir gehören. Ich will der beste und einzige Mann sein, den du je nimmst. Ich will dich um meinen Schwanz geschlungen spüren, während ich in dir komme. Und ich will dich auf den Mund küssen und dir den Atem rauben und dich mit mir ausfüllen.«

Sie zittert, krümmt den Rücken, ihre Finger sind ein verschwommener rosiger Punkt auf dem Bildschirm, und sie stöhnt auf. Die Kamera zeigt einen Teil ihrer Hand, die das Bettzeug umklammert, und ihren Körper, der sich ein wenig vom Bett hebt. Aber es sind die entzückenden Geräusche ihres Orgasmus, die den letzten Damm in Jeremy brechen.

Er kann sich nicht mehr beherrschen. Seine Hand hält seinen Schwanz umklammert, und er flüstert ihren Namen, während sein Körper erstarrt, sein Kopf nach hinten kippt und der Orgasmus kommt.

24

Ein Mann muss sich von Zeit zu Zeit Erleichterung verschaffen. Muss das ganze brutale Ausmaß seiner Kraft spüren. Muss sein Potenzial voll ausschöpfen und das Ergebnis betrachten. In Marcus' jüngeren Tagen wurde das in einem Kampf erledigt, wenn er sich auf einen jüngeren Gegner stürzte. Mit den Fäusten auf ihn eintrommelte und ihn mit den Füßen trat, bis der Junge nur noch ein besiegtes, feiges Häuflein Elend war.

Das Leben verändert sich, wenn man erwachsen wird. Wenn alle anderen immer weiter wachsen und man selbst so bleibt, wie man ist, ein ein Meter siebzig großer Zwerg. Gezwungen, aufzublicken. Ein Mann sollte den Kopf nicht heben müssen. Kein richtiger Mann.

Mit seinen Fäusten konnte er sich in der Vergangenheit keinen Respekt mehr verschaffen – jedenfalls nicht gegenüber einem größeren Mann. Daher suchte sich Marcus neue Waffen. Erreichte neue Höhen. Gewann Macht. Und Geld. Mit Geld konnte man die Leute auf alle möglichen Arten einschüchtern. Und mit dieser Einschüchterung fand er seinen Halt wieder. Sein Selbstvertrauen. Aber er brauchte noch immer Bestätigung. Das war der Punkt, an dem die Mädchen ins Spiel kamen. Sie gaben ihm das Gefühl von Überlegenheit und Männlichkeit, das er seit seiner Jugend vermisste.

Am elften November, drei Jahre zuvor, war er nach vier Stunden endlich fertig. Wandte sich von der Schlampe ab, zog den Reißverschluss seiner Hose zu, während er zu dem runden Tisch des Cottages ging, nahm seine Schlüssel und die Brieftasche und steckte beides wieder ein. Er überprüfte die Vorderseite seiner Hose auf Spuren. Nichts. Er nahm sich das weiße Anzughemd, das über dem hinteren Stuhl gehangen hatte, und schlüpfte hinein.

Stille im Raum. Er warf noch einmal einen Blick zurück. Das Wimmern hatte sich gut angefühlt, solange es anhielt, bevor ihr Stöhnen und ihre Schreie erst von seinem Gürtel und dann von seinem Schwanz erstickt worden waren. Aber völlige Stille war ein Problem.

Marcus trat an das Bett und riss ihren Kopf hoch. Ihre Augen waren geschlossen, ihre Gesichtsmuskeln erschlafft. Er holte aus und schlug sie mit dem Handrücken heftig auf die Wange, und das klatschende Geräusch war befriedigend, das kurze Zucken ihrer Augen beruhigend. Sie atmete noch immer. Er war kein Tier, Herrgott noch mal. Töten war etwas für Tiere. Er war ein Mann, der sich im Griff hatte.

Er ließ sie gefesselt liegen, ließ seinen Blick anerkennend über ihre ausgestreckten Arme gleiten, die Abdrücke seiner Finger, noch immer sichtbar in den Blutergüssen. Ihre Beine gespreizt, das kurze Zucken seines Schwanzes bestätigte, dass er mächtig war.

Er schloss die Tür hinter sich und sperrte sie ab, zückte sein Telefon, während er zum Wagen ging. Seine Lungen dehnten sich aus und zogen sich wieder zusammen, während er tief ein- und ausatmete. Die Achse seiner Welt war wieder ausgerichtet, sein Selbstbewusstsein zurückgekehrt, seine Männlichkeit intakt.

»Thorat. Ich bin fertig. Schaff sie weg.«

Es war der elfte November. Keine vierundzwanzig Stunden, bevor Katie McLaughlin sein Leben ruinierte.

25

Die »Chat-Beenden«-Nachricht ertönt, und ich drücke auf den Knopf auf meiner Fernbedienung. Die Scheinwerfer erlöschen mit einem leisen Seufzer. Ich entspanne mich auf der Matratze, nicht im Geringsten verwundert, als mein Handy vibriert, gedämpft vom Bettzeug, und meine Hände tasten über den Stoff, bis sie das Telefon finden. Ich nehme mit einem Lächeln ab.

»Hey, Baby.«

Jeremys Stimme klingt kehlig, als wäre er eben erst aufgewacht und würde seine Halsmuskeln dehnen.

»Hey.« Ich grinse über seine belegte Stimme und stelle ihn mir ausgestreckt auf seinem Bett vor, mit bebender Brust, seinen Schwanz in der Hand. Befriedigt.

»Und?« Ich warte.

»Ich glaube, ich habe mich eben in dich verliebt.«

Ich glaube? Es ist nah, so nah, dass mein Herz rast und meine Brust sich zuschnürt. *Will ich das? Bin ich bereit dafür?* Ich tue die Feststellung mit einem Lachen ab und rolle mich auf den Rücken.

»Das sagen sie alle.«

»Ich will dich sehen. Jetzt.«

Mein Lächeln wird breiter, und ich stütze mich auf und sehe auf das Display. »Es ist zu spät. Es ist fast zehn.«

»Dann morgen?«

Ich erröte. »Morgen.«

»Sind sie alle so? Deine Chats?«

Das Lächeln vergeht mir prompt angesichts der Verletzlichkeit seines Tonfalls. Mit einem Mal droht sich mein ganzes Cybersex-Talent ins Negative umzukehren, während seine Gedanken vermutlich in Dauerschleife das Was-wäre-wenn abspulen.

»Nein«, sage ich leise. »Keiner von ihnen ist so.«

Das ist, in mancher Hinsicht, wahr. In manch anderer Hinsicht ist es eine der schlimmsten Lügen, die ich je jemandem aufgetischt habe. Ich bin schon früher so erregt worden. Bin schon oft zum Klang der Stimme eines Mannes gekommen. Ich habe Spaß an meinem Job. Ich habe Spaß an der Flucht, die er mir bietet. Ich verstehe, dass ein fester Freund ein Problem mit dem haben könnte, was unter den Scheinwerfern in meinem Cam-Schlafzimmer vor sich geht. Es ist mehr als verständlich. Es ist zu erwarten. Und während mein Rausch nachlässt, frage ich mich, wie groß dieses Problem werden wird. Ich frage mich, ob meine gerade erwachende Liebe es wert ist, mein Online-Leben auszulöschen. Ohne die Cyber-Interaktion kann ich nicht in meinem Apartment bleiben. Ich würde verrückt werden. Noch verrückter.

»Nacht, Baby.« In Jeremys zärtlicher Stimme liegt ein etwas beklommener Ton.

»Gute Nacht.«

Ich lege auf. Ich wünschte, es wäre früher am Tag. Wünschte, ich könnte ihm seine Sorge nehmen. Wünschte, er könnte vorbeikommen und mich gegen die Wand drücken und seinen Mund auf meinen pressen. Aber es ist spät. Um diese Uhrzeit? Da könnte es ebenso passieren, dass ich ihn töte, anstatt ihn zu küssen. Und das wäre eine Tragödie.

Denn trotz unserer Probleme und der tiefen Gruft, in der ich meine niederen Triebe verscharrt habe, glaube ich, dass ich auch dabei bin, mich in ihn zu verlieben.

26

Die Freiheit kann eine Droge sein. Je mehr man bekommt, desto mehr will man haben. Es war leichter, als ich mich völlig vor ihr verbarg. Als ich mich drei Jahre lang in meiner Wohnung einschloss und vergaß, wie die Freiheit schmeckte.

Jetzt bin ich erst seit ein paar Tagen in meiner Wohnung und fange bereits an, Platzangst zu kriegen. Ich sehne mich nach den Augenblicken voll frischer Luft und sternenüberzogenem Himmelszelt, nach den Gerüchen des echten Lebens, den echten Geräuschen. Leute, die lachen, Paare, die sich streiten, eine Hand, die meine eigene berührt.

Jeremy ist eine Hilfe. Seine Besuche sind der beste Teil meines Tages, und jedes Paket, das er liefert, ein Besuch. Dann schalte ich die Scheinwerfer aus, versetze meinen Computer in den Ruhezustand, und wir essen zu Mittag, im Schneidersitz auf dem Boden, mit dem Rücken gegen die Wand gelehnt, oder am Tisch, wo wir geräuschvoll Limonade schlürfen und essen. Das Essen führt im Allgemeinen zum Austausch von Küssen, und wir haben schon ein paarmal wild herumgeknutscht, dort auf dem Boden, haben die Pizzaschachteln beiseitegeschoben. In diesen Momenten erinnert er mich immer an die eine Sache, die *noch* besser als Essen ist.

Aber er bleibt nicht lange. Nicht unter der Woche, wenn wir beide nach der Uhr arbeiten und meine geilen Kunden ungeduldig warten. Er küsst mich zärtlich und geht, nimmt meine Post und meinen Müll mit nach unten, und sein uniformiertes Hinterteil versetzt meine Fantasie verführerisch in Schwingungen, während ich die Tür schließe.

Diese Besuche halten mich über Wasser. Helfen mir durch den Rest des Tages, bis Simon mich abends einschließt. Immer öfter kehre ich zurück ans Fenster, und mittlerweile bin ich froh, dass ich im sechsten Stock wohne. Zu hoch oben, um einen Sprung in Erwägung zu ziehen, oder eine Klettertour über die Backsteinfassade. Das Klicken des Türschlosses ist mein nächtlicher Wecker – die Erinnerung an mein mordlustiges Unterbewusstsein, dass die Geisterstunde naht, dass es meine düsteren Fantasien juckt, die Flucht zu ergreifen. In den schlimmen Nächten ist das der Moment, in dem ich die Kameras ausschalte, mich von den geröteten Gesichtern und liebeshungrigen Forderungen meiner Kunden verabschiede. In den schlimmen Nächten erkunde ich meine eigenen kranken Träume. Ich bin wie meine Kunden – wandele am Abgrund entlang, jongliere mit meiner Vorstellungskraft und hoffe, dass ich nicht ausrutsche. Hoffe, dass ich nicht über diesen gefährlichen Rand stürze und meine Begierden auslebe.

Ich war da, um Ralph aufzuhalten, um Annie zu retten, bevor seine Fantasien Wirklichkeit wurden. Aber wer ist da, um mich aufzuhalten? Wer wird mich in Schach halten? Wer wird mich stoppen, bevor ich wieder töte?

Im Augenblick ist es Simon, der gewissenhaft jeden Abend den Schlüssel im Schloss umdreht, der mich in dieser Wohnung hält. Das Schloss an der Tür, deren drei Zoll Stahl sicherstellen, dass ich drinnen und die anderen da draußen in Sicherheit bleiben.

Ja, auch wenn ich mir ein paar Freiheiten, ein paar Schritte in die Welt der Normalität gestattet habe, habe ich dennoch die Kontrolle über mich nicht verloren. Mir ist bewusst, zu bestimmten Zeiten brauche ich noch immer Unterstützung. Wie zum Beispiel nachts. Da ist es noch immer am schwersten. Es ist die Zeit, wo der Drang zu töten am stärksten ist.

Heute Nacht ist eine schlimme Nacht. Ich höre, wie der Schlüssel gedreht wird, und beruhige mich, und die Anspannung in meinen Armen löst sich, während ich meine Gliedmaßen ausschüttele. *Eingeschlossen.* Andere sind in Sicherheit. Wenigstens vor mir.

27

Kaum bin ich wieder im freien Chat, kündigt ein Signalton aus den Lautsprechern den Beginn eines privaten Chats an. Ich richte mich aus meiner trägen, lässigen Haltung auf und nehme eine Position ein, die sämtliche Vorzüge meines Körpers bestmöglich zur Geltung bringt.

freebird71 hat PRIVATEN CHAT BEGONNEN

freebird71: hey.

Ich lächele. »Hey. Wie geht's?«

freebird71: gut. ich habe neulich mit dir videogechattet. erinnerst du dich?

Sein Username sagt mir nichts. Es muss schon etwas Extremes passieren, damit ich mich an jemanden aus dem Chat erinnere.

Ein Typ hat im letzten Monat dreiundzwanzig Mal mit mir gechattet. An *den* kann ich mich erinnern. Auch wenn er dank seines Usernamens – ElephantCock4You – ohnehin schwer zu vergessen war. Genau wie sein dreißig Zentimeter langer Prügel. NuttyBuddy73, der seinen Penis mit Erdnussbutter bestrichen und dann abgeleckt hat? Auch an den kann ich mich erinnern. Aber freebird71 sagt mir nichts – nicht dass ich das je vor ihm zugeben würde.

»Na klar!«, rufe ich ihm fröhlich zu. Ohne dass er es merkt, wechsele ich den Bildschirm, öffne das Textdokument, das ich stets im Hintergrund bereithalte, und gebe mit ein paar raschen Tastenanschlägen seinen Usernamen ein. Zwei Anmerkungen stehen neben seinem Namen: *Marcus. Hat mich gefragt, wo ich wohne.*

Ich strecke mich wieder auf dem Bett aus. Lächele, während ich meine Beine so spreize, dass die Aufmerksamkeit auf meinen knallrosa Slip gelenkt wird. »Du bist …« Ich lege den Kopf auf die Seite, als würde ich angestrengt nachdenken. »Marcus, richtig?«

freebird71: richtig.

freebird71: gut.

freebird71: zieh dich aus. ich will dich sehen.

Ich ziehe mich aus.

Ich berühre mich.

Ich öffne die Spielzeugschublade und werde kreativ.

Der zwanzig Zentimeter lange weiße Dildo ist sein Lieblingsspielzeug. Ich tue so, als ob er auch mein Lieblingsspielzeug wäre.

Zum Schluss unserer Session bittet er mich, mich hinzuknien und in die Kamera hochzusehen. Ich lecke mir die Lippen, öffne den Mund und flehe. Lecke mir seinen imaginären Saft von den Lippen und sage ihm, dass er köstlich schmeckt.

Chat-Timer: 37:02.

Er will mehr. Eine zweite Runde.

Ich hüpfe vom Bett. »Ich hole mir nur rasch einen Schluck Wasser.«

freebird71: ok.

Ich werfe einen Blick auf die Wanduhr. 15:15 Uhr. Ich frage mich einen Moment, in welcher Zeitzone der Typ lebt, ob er in seinem Büro oder im Pyjama zu Hause ist. Es ist so schwer zu sagen, wenn sie nur tippen, wenn ich den Ton oder die Lautstärke ihrer Stimme nicht hören kann. Mir sind die Cammer lieber, deren Stimmen durch die Leitungen kommen und die mich einen Blick in ihre Seele werfen lassen.

Meine Lieblinge sind die Flüsterer. Sie geben der ganzen Geschichte ein Gefühl von Heimlichkeit, vermitteln mir die Vorstellung, dass sie ihren Job oder ihr Leben aufs Spiel setzen, um mich virtuell zu vögeln.

Ich schlüpfe rasch in einen frischen Stringtanga, öffne den Kühlschrank und schnappe mir eine Flasche Wasser. Die Kühlschranktür fällt zu, während ich den Verschluss der Flasche öffne, einen Schluck trinke und zurückkehre in die Hitze der Scheinwerfer.

Er ist noch immer da, und die Uhr in der rechten oberen Ecke des Bildschirms verrät mir, dass ich mit meinem Spaziergang zum Kühlschrank eben um die zwei Dollar verdient habe. Ich nehme noch einen Schluck aus der Flasche und betrachte mich im kleinen Übertragungsfenster, sehe meine geröteten Wangen, die Schattierung nackter Haut. Ich führe die Flasche nach unten. Reibe das kalte Plastik über meine Brüste. Meine Brustwarzen reagieren prompt und werden hart, während die hochauflösende Kamera jede Reaktion einfängt und die feuchte Flasche eine glitzernde Spur auf meiner Haut hinterlässt.

freebird71: mach das noch mal.

Ich ignoriere ihn einen Moment, lehne den Kopf zurück, nehme noch einen Schluck Wasser, bewege die Kamera über die kleine Fernbedienung und zoome näher heran.

Die Kunst der Verführung ist mir inzwischen in Fleisch und Blut übergegangen. Das Necken. Ihnen etwas zu geben, von dem sie gar nicht wissen, dass sie es wollen, und es dann so lange zurückzuhalten, bis sie keuchen.

freebird71: mach das noch mal!

Ich gehe zum Bett, setze mich im Schneidersitz hin und richte die Kamera so auf meinen Körper, dass ich vollständig zu sehen bin. Ich stelle die Flasche in die Kuhle zwischen meinen überkreuzten Füßen und meinem Schritt, spüre das kalte Plastik am kleinen Dreieck des Stringtangas. Es wird einen feuchten Fleck hinterlassen. Das wird ihm gefallen. Ich lege die Fernbedienung der Kamera beiseite, gleite mit den Händen über meine Brüste, verreibe die Feuchtigkeit darüber, streiche sanft über die Nippel, drücke das Fleisch meiner Brüste, neige schließlich den Mund und nehme eine rosa Brustwarze in den Mund.

freebird71: gott, ich will dich so unbedingt vögeln.

freebird71: wie viel?

Es ist gefährlich – aber ich höre nicht auf. Erstens einmal habe ich Spaß dabei. Und zweitens ist dieser Typ ein potenzieller dicker Fisch, ein Mann, der nicht auf die Minuten achtet, der innerhalb einer Woche für einen zweiten Chat zurückgekommen ist. Ich habe immer ein paar dicke Fische an der Angel, fünfzehn, zwanzig, aber ich bin immer auf der Suche nach mehr, brauche immer frischen Nachschub.

Ich beschließe, seine Frage zu ignorieren, nehme die Flasche und reibe sie mir wieder über die Brüste. Mein feuchter Stringtanga klebt an meinem Venushügel fest, an dem eben noch die Flasche lehnte.

freebird71: wie viel würdest du verlangen, wenn ich dich für sex herfliegen lasse?

Ich werfe der Kamera ein Lächeln zu, trinke die Flasche leer und werfe sie dann achtlos beiseite.

»Vergiss es, Marcus.«

freebird71: 1 000 dollar.

Ich verbeiße mir das Lachen. Eintausend Dollar ist ein durchschnittliches Angebot, wenn es von Sechs-Minuten-Chattern kommt, den Typen, die sparen, um dann fünfzig Dollar für einen Orgasmus auszugeben. Dieser Chat hier läuft inzwischen seit fünfzig Minuten – das sind dreihundertfünfzig Dollar, die dieser Kerl ohne Zögern hingeblättert hat. Ein Eintausend-Dollar-Angebot von ihm ist fast eine Beleidigung.

»Ich bin ein Camgirl, Marcus, keine Prostituierte. Lass es einfach.«

Das Lächeln verleiht meinen Worten einen Hauch von Freundlichkeit, aber meine Hand bewegt sich näher zur Maus. Ich habe es versucht, habe ihm eine Chance gegeben. Das »Chat-beenden«-Fenster wird meine Haltung deutlicher zum Ausdruck bringen als Worte. Das tut es jedes Mal, und die Kunden kommen reumütig wieder und benehmen sich.

Seine Antwort flackert in der kurzen Pause auf, bevor mein Finger auf die Maus drückt.

freebird71: verdammt neckisch.

PRIVATER CHAT BEENDET von JessReilly19. IN FREIEN CHAT ZURÜCKKEHREN?

Ich öffne das Textdokument, ergänze seine IP-Adresse und eine Notiz. Markiere ihn für Mike, damit er Informationen über ihn einholt. Er ist vermutlich ein dicker Fisch, aber er ist auch ein potenzielles Problem. Es kann nicht schaden, ein bisschen mehr über freebird71 zu erfahren.

28

Hausarrest-Countdown: 2 Monate, 1 Woche

Marcus' Hand hält in der Vorwärtsbewegung inne, und sein Schwanz erschlafft prompt. Der Schwall von Wut, der in seinem Inneren auflodert, trägt nicht dazu bei, seine weiche Latte wiederzubeleben.

Zwei Chats mit diesem Biest, und sie hat beide Male einfach aufgelegt! Beim ersten Mal war es ihm egal. Er war schon gekommen, hat nur noch höflich Small Talk betrieben. Aber diesmal? Was war das denn? Sein halb aufgerichteter Schwanz, der in seiner Hand lag? Ihr biestiger kleiner »Lass-es-einfach«-Kommentar? Das ist etwas, was man zu einem Untergebenen sagt. Nicht zu seinem Arbeitgeber. Nicht zu ihm, dem gottverdammten Marcus Renza.

Ein Laut dringt aus seiner Kehle, tief und hohl, das Knurren eines wilden Tiers, und seine Hand zittert leicht, als er sie ausstreckt, die Maus berührt und den Button anklickt, der ihn zurück auf die Startseite bringt.

Die Wut baut sich weiter auf. Diese Respektlosigkeit! Dieser abweisende Blick in ihrem Gesicht. Marcus schließt die Augen, stellt sich ihren süßen nackten Körper vor, all das, woran er sich aus dem Leben *davor* erinnern kann. Er denkt an das Gefühl ihrer Haut unter seinen Händen und das Keuchen ihres Atems in seinem Ohr. Was er tun würde, wenn er mit ihr zusammen wäre. Sie würde sich ihm unterwerfen.

Sie würde fliehen. Sie würde sich ergeben. Sie würde Respekt zeigen. Er atmet einmal kontrolliert aus und versucht sich wieder zu konzentrieren, während seine Hand an der schlaffen Haut seines Schwanzes zerrt und er ungeduldig die verfügbaren Chatrooms überfliegt.

Ein anderes Mädchen. Das wäre eine Option. Eine bessere als sie.

Er klickt eine Brünette mit einem ähnlichen Körper an. Der Raum hinter ihr ist grau anstatt rosa. Marcus sieht, wie das Mädchen lächelt und die Haare zurückwirft. Sich vorbeugt und mit langen, metallicblauen künstlichen Fingernägeln auf der Tastatur herumtippt. Igitt! Jess Reilly war wenigstens sauber. Gesund. So sauber und gesund, wie ein Mädchen eben sein kann, das einen künstlichen Schwanz lutscht.

Marcus sieht zu, wie sie tippt, und fragt sich, was sie tut. Dann erscheint eine Textzeile im Fenster – eine Zeile, die rasch nach oben wandert, während einhundert Antworten ihr folgen. Warum redet sie nicht? Er kann leise Musik im Hintergrund hören, das heißt, ihr Mikrofon funktioniert. Er klickt den »In-privaten-Chat-einladen«-Button an, und die anderen Teilnehmer verschwinden.

Nichts ändert sich. Das Mädchen blickt eine Minute in die Kamera, mit gelangweilter Miene. Dann streckt sie eine Hand aus. Klickt ein paar Tasten an.

HotSexxxyGirl4You: hi.

Er lässt seinen Schwanz los. Streckt eine Hand aus, um zu antworten.

freebird71: warum redest du nicht?

Das Mädchen starrt auf den Bildschirm. Blinzelt. Blinzelt noch einmal. Dann bewegen sich ihre Lippen, und gebrochenes Englisch kommt heraus. »Ich kann reden. Nicht viel.«

Ihr Akzent ist stark, ein hässlicher ausländischer Einschlag in der Sprache, eine raue Stimme, als hätte sie nicht viel Übung mit den Silben. *Dafür* blättert er sieben Dollar die Minute hin? Bei Jess Reilly hatte er das Gefühl, es sei ein fairer Deal. Jetzt fühlt er sich wie ein armer Mann, der zu einer Straßennutte geht – was garantiert mit einer Geschlechtskrankheit und einer gestohlenen Brieftasche endet.

Er tippt.

freebird71: lieber nicht reden. was machst du?

Noch ein langes Blinzeln. Als ob sie die Frage nicht verstünde.

HotSexxxyGirl4You: ich mache alles für dich. du törnst mich an.

Er seufzt. Spielt mit dem Gedanken, in den freien Chat zurückzukehren und sich ein anderes Mädchen zu suchen. Stattdessen legt er die Hand wieder um seinen Schwanz und beschließt herauszufinden, was genau »alles« bedeutet.

Fünfzig Minuten später, als die Session mit der automatischen Aufforderung zu einer weiteren Zahlung unterbrochen wird, beendet er den Chat, zieht ein Kleenex aus der Schachtel auf seinem Schreibtisch und wischt sich den Schwanz der Länge nach ab. »Alles« war jede Menge. Das Mädchen hat sich einen Ballknebel in den Mund gesteckt. Die Beine gespreizt und sich die Faust in die Muschi geschoben. Sich mit dem Metallende der Handschellen ins Gesicht geschlagen, bis ihre Lippe aufplatzte und die Tränen flossen. Sie ließ sich auf alle viere nieder und bellte wie ein Hund, als er es ihr befahl. Würgte an Analperlen, nachdem sie sie in sich gehabt hatte. Brachte sich an den Rand der Verzweiflung, bis er endlich kam. Für sieben Dollar die Minute hat er sich ihre Selbstachtung gekauft und sie in Fetzen gerissen.

Er wartete die ganze Zeit darauf, dass sich ihre Hand zur

Maus bewegte, dass sie auf den Button drückte, den Jess Reilly so leicht betätigt hatte. Aber das tat sie nicht. Sie hörte zu, zeigte sich, wurde nicht frech. Sie war verdammt langweilig, selbst als ihre Lippen bluteten und ihr Arsch geschunden aussah. Er hatte das Gefühl, in einer Pferdeshow zu sein, nicht bei der erstklassigen Möse, die er normalerweise besucht. Jess Reilly ist, trotz ihrer arroganten Art, erste Sahne. Amerikanerin, Herrgott noch mal. Das, was sein Schwanz selbst jetzt, nach dem Orgasmus, will.

Er fährt den Computer herunter, steht auf und geht zur Dusche, um den virtuellen Dreck von sich abzuwaschen.

29

CaliCouple111: hey.

Ich beuge mich vor, winke in die Kamera, rufe ein begeistertes Hallo.

CaliCouple111: können wir unsere Webcam einschalten?

Ich weiß nicht, warum Kunden mich das fragen. Es ist keine Aktion, die eine Erlaubnis erfordert, und angesichts der Tatsache, dass mein Tarif steigt, wenn sie ihre Webcam mit mir teilen … Ich kann mir nicht vorstellen, warum irgendeine Cammerin darauf mit etwas anderem als einem begeisterten Ja antworten würde.

Aber ihre Frage verrät mir zweierlei. Zum einen handelt es sich um mehr als nur eine Person. Zum anderen sind sie höflich und unsicher. *Neu.* Ich grinse.

»Na klar. Nur zu! Ich kann es kaum erwarten, euch zu sehen.«

Ein Fenster erscheint auf meinem Bildschirm, zeigt mir ein Schlafzimmer und zwei Gestalten, die auf der Bettkante hocken, mit gefalteten Händen und vollständig bekleidet. *Vollständig.* Mit Schuhen und Socken, der Mann mit Krawatte, die Frau mit drei Schichten Kleidern und schwerem Schmuck. Ich lächele breit, während ich jedes Detail genau betrachte und mein Verstand auf Hochtouren arbeitet.

Es ist ein teurer Hintergrund. Schweres Holz, ein professionell eingerichtetes Zimmer, bodenlange Vorhänge, getäfelte Wände, der Rand eines Kamins an der linken Seite des Bildausschnitts. Sie verwenden eine hochwertige Kamera, die den Fokus nicht verliert, eine, die schick und klar und hochauflösend ist.

Ein attraktives Paar Ende vierzig. Der Pullover der Frau verbirgt eine unglaublich üppige Brust. Der Anzug des Mannes sitzt gut, er scheint in Form zu sein. Sie sehen beide aus, als wären sie aus einer Tommy-Hilfiger-Anzeige gestiegen, und wirken ein bisschen zu adrett für eine Webcam. Ich fühle mich underdressed in meinem dünnen T-Shirt und dem knallrosa Stringtanga.

Der Mann spricht, seine Stimme ist dunkel, er rollt die Worte mit einem leichten Einschlag, der von Collegebildung und guter Erziehung zeugt. Ich nehme an, dass er aufs Dartmouth College gegangen ist, für eine angesehene Firma arbeitet und einen Mercedes fährt.

»Guten Abend, Jessica. Mein Name ist Ted, und das hier ist Susannah.«

Die Frau lächelt, und ich erwidere die Geste, rolle mich auf die Seite, um es mir etwas bequemer zu machen.

»Freut mich, euch beide kennenzulernen. Woran seid ihr heute Abend interessiert?«

»Susannah würde mich gern mit einer anderen Frau sehen. Wir dachten uns, du könntest vielleicht ein kleiner Schritt in diese Richtung sein.«

Ich mag seine Stimme. Sie fühlt sich sexy an, als würden Fingerspitzen über meine Haut gleiten, und sie sorgt dafür, dass meine Schenkel sich anspannen.

»Klingt interessant«, sage ich sanft. »Schwebt euch ein bestimmtes Szenario vor, oder soll ich den Anfang machen?«

»Ich mache den Anfang.« Ted steht auf, zieht sein Jackett aus und wirft es aufs Bett. Er beginnt mit dem beiläufigen und äußerst anregenden Akt, seinen Krawattenknoten zu lockern.

Ich knie mich hin und nutze ihre Ablenkung, um ein Spielzeug in die Halterung zu stecken, die auf Augenhöhe mit der Kamera an einer Halterung befestigt ist.

»Susannah, knie dich vor mich hin.«

Ich verkneife mir ein Lächeln, Teds Worte geben meine Gedanken wieder. Doch ich warte ab, denn sein Ton verrät mir mehr, als es jede Antwort könnte. Er hat die Kontrolle.

Sie kniet sich in ihrer eng sitzenden Anzughose vor ihn und sieht in sein Gesicht hoch, während er sich das Hemd aufknöpft und auszieht. Netter Oberkörper. Muskulös, durchtrainiert. Er treibt Sport, aber nicht wie ein Besessener.

»Kannst du mit der Kamera ein bisschen näher herangehen?«

Ich rutsche ans Fußende des Betts und schalte auf eine Kamera um, die von oben, über dem Spielzeug, auf mich hinuntersieht, ungefähr so, wie er es tun würde.

Susannah springt auf, verschwindet aus dem Bildausschnitt, dann sehe ich, wie die Kamera herumschwenkt, sehe, wie er sich zu mir umdreht, klar eingefangen von der Kamera. Er öffnet seinen Ledergürtel und zerrt an seinem Hosenknopf herum.

Ein Schwall freudiger Erregung durchzuckt mich, während seine Frau sich wieder vor ihn hinkniet. Ein Lächeln umspielt Teds Mund, während er sanft ihren Hinterkopf berührt. Sie streckt eine Hand aus, legt sie zögernd an seinen Reißverschluss und dreht sich dann zu mir um, sieht genau in die Linse, und ich erhasche einen kleinen Einblick in ihre Seele.

Wir sind vielleicht einhundert oder zweitausend Meilen voneinander getrennt, aber es ist erstaunlich, was für Verbindungen über die Kamera entstehen können. Ich kann verstehen, warum die Kunden mich zu kennen glauben, warum sie glauben, einen Anspruch auf mich zu haben. Ich fühle es auch. Doch für mich ist der Kunde einer von Tausenden, und ich bin – für viele von ihnen – die Einzige. Es ist ein gefährlicher, ungleicher Balanceakt auf einem Drahtseil, und ich kann zu jeder Zeit das Gleichgewicht verlieren und in die Tiefe stürzen.

30

Hausarrest-Countdown: 1 Monat, 3 Wochen

Marcus ist nicht der Einzige, der Jess Reilly den Vorzug gibt. Das wird ihm bald klar. Bei seinen ersten beiden Chats hatte er Glück, dass er ihre Aufmerksamkeit so leicht für sich gewinnen konnte. Sie ist eine der beliebtesten Frauen auf der Webseite, ihr Fenster ist ständig grau, weil sie in einer privaten Session ist. Er hat ein paar Abende damit verbracht, die Seite immer wieder zu aktualisieren, in der Hoffnung, sie in genau der Minute abzupassen, in der sie in den freien Chat zurückkehrt – nur um von irgendeinem anderen User geschlagen zu werden, der genau dasselbe getan hat. Es war aufreibend, wie ein Lakai zu warten, um die Chance zu betteln, eine Hure bezahlen zu dürfen.

Dann, nachdem er es zwei Wochen lang immer wieder versucht hat, erwischt er sie endlich.

»Ich kenne dich.«

Sie lächelt in die Kamera, und er spürt die Wärme in sich hochsteigen. Er streckt eine Hand aus, um zu tippen, aber er wird von ihrer Stimme aufgehalten.

»Wir haben schon mal gechattet, stimmt's?«

Ich habe Hilfe. Die Namen wiederkehrender Kunden werden in Blau statt Rot angezeigt. In einem von hundert Fällen kommt es zu einem Fehler im System, und ich begrüße eine

Person, die mich nie zuvor gesehen hat, aber diesmal werde ich mit einer schnell getippten Textzeile belohnt.

freebird71: ja. ich habe versucht, mit dir zu chatten, aber du bist immer in privaten sessions.

Ich runzele die Stirn auf eine Art, die Bedauern zum Ausdruck bringen soll, und wünschte, ich wäre irgendwo anders. Irgendwo unter Leuten, unter lebenden, atmenden Kreaturen, durch deren Adern Blut fließt, die schreien, wenn sie verletzt werden. Heute ist eine schlimme Nacht. Eine, in der mein Verstand nicht beim Cammen bleiben wird und meine Hände eine Kehle drücken wollen, bis es knackst.

»Es tut mir leid. Die Seite wird in letzter Zeit oft besucht. Wenn du dich zu meinem Fanclub anmeldest, kann ich dir eine SMS oder ein Pop-up schicken, sobald ich in den freien Chat gehe.«

freebird71: super.

Ich lächele. »Ja. Das ist ein netter Service.«

Nett insofern, als dem Kunden vierzig Dollar im Monat allein dafür berechnet werden, dass er zum Geldausgeben ermuntert wird. Nett insofern, als es die Zeit verringert, die ich damit verbringe, die Typen loszuwerden, die nur im freien Chat herumhängen.

freebird71: die anderen mädchen reden nicht.

»Die meisten von ihnen sind Ausländerinnen. Oder an einem Ort, an dem man sie nicht hören kann.«

freebird71: warum nicht?

»Warum man sie nicht hören kann? Vielleicht haben sie Familie oder eine Mitbewohnerin.«

freebird71: hast du eine?

Eine seltsame Frage, aber eine, die ich schon hundertmal gehört habe. »Nein. Ich wohne in einem Apartment auf dem Campus. Ich hatte Glück und habe ein Einzelzimmer bekommen.« Ich lächele, als wäre das eine echte Meisterleistung von mir.

freebird71: fester Freund?

Noch eine häufige Frage, auf der Beliebtheitsskala auf einer Stufe mit *Wie viele Spielzeuge hast du?, Machst du anal?* und *Sind deine Titten echt?*.

Ich schüttele wieder den Kopf. »Nein.«

freebird71: warum nicht?

Ich gebe die Antwort, die immer geht. Eine, die die Kunden glauben.

»Mein Job ist nicht mit einem Freund kompatibel. Die meisten Typen wollen nicht mit einem Mädchen ausgehen, das sich nackt im Internet zeigt.«

Ja. Ich bin ein echter Glückspilz. Denn ich habe einen Freund, der bei meinen mörderischen Neigungen ein Auge zudrückt *und* es mir erlaubt, den ganzen Tag fremde Männer im Cyberspace zu vögeln.

Ich lächele breit, während ich ein Gähnen unterdrücke. Meine Stimmung heute Abend ist seltsam. Ich bin verbittert und wütend, und ich weiß eigentlich nicht, warum. Nach diesem Chat gehe ich offline. Ich bin unkonzentriert und zu kurz davor, mit Informationen herauszuplatzen, die mein Online-Image beschädigen könnten.

freebird71: ich will dich vögeln.

Tja … offenbar ist es vorbei mit dem netten Geplauder. Ich bin fast erleichtert, obwohl meine Kehle das Stöhnen leid ist und mein Körper heute schon so oft bearbeitet wurde, dass man ihn als verausgabt bezeichnen könnte.

»Wie willst du mich haben?«

freebird71: auf den knien vor der kamera. hol dir einen flogger.

Ich schüttele den Kopf. »Keine Peitschen. So etwas mache ich nicht.«

Ich wechsele den Bildschirm und sehe auf das Datenblatt meines Kunden, lese die Anmerkung, die neben seinem Usernamen steht: *Will ein persönliches Treffen.* Ich kann mir nicht vorstellen, was für Mädchen sich mit diesen Typen persönlich treffen. Die Risiken, die sie eingehen, obwohl wir doch schon genug verdienen. Mehr als genug.

Ich knie mich hin, schalte auf die Kamera um, die von der Höhe eines durchschnittlichen Mannes auf mich hinuntersieht.

»Soll ich deinen Schwanz lutschen?«

freebird71: ja.

»Schwarzer oder weißer Schwanz?«

Eine lange Pause.

freebird71: weiß. hör auf zu quatschen und lutsch ihn.

Ich klemme einen hautfarbenen zwanzig Zentimeter langen Realskin-Dildo an den Ständer vor mir, halte ihn in Sichtweite der Kamera mit beiden Händen fest und sehe hoch. Dann neige ich den Kopf zur Seite und starre in die Kamera.

»Bitte.«

Ich bewege mich nicht. Ich lutsche nicht. Ich warte.

Dreißig Sekunden verstreichen.

freebird71: bitte was?

»*Bitte* lutsch ihn.«

freebird71: ist das dein ernst?

Ich lasse den Schwanz los, lasse ihn herunterhängen, starre in die Kamera und warte. Wieder eine Minute verstreicht. Wieder sieben Dollar verdient.

freebird71: na schön. BITTE lutsch meinen schwanz. das ist doch lächerlich.

Ich gehorche, schnappe mir das Spielzeug und sehe hoch in das Kameraauge. Ich gleite mit der Zunge über die Spitze des Spielzeugs, bevor ich es mir langsam in den Mund schiebe. Ich schließe die Augen, während ich mich zurückziehe, nehme mir Zeit und überlasse die Arbeit meiner Hand. Ich lasse ihn gut drei Minuten zappeln, dann beginne ich, den Plastikschwanz wie wild zu lutschen.

Ich habe ihn fast vergessen, bin in Gedanken irgendwo anders, und mein Mund führt die Bewegungen roboterartig aus – lutschen, würgen, tief hineinstecken, necken –, als ich den Signalton einer neuen Nachricht von ihm höre.

freebird71: dreh dich um. hündchenstellung, und sei leiser.

Das ist eine Bitte, bei der ich normalerweise gar nicht erst überlege. Mein Stöhnen mit einem Kissen zu dämpfen – das ist so ziemlich das Harmloseste, was es in Sachen Dominanz gibt. Aber heute Abend … und dieser Kunde …

Ich nehme den Schwanz aus dem Mund und schiebe die Halterung und die Kamera weiter nach unten, auf eine passende Höhe. Abschließend stehe ich auf und schlüpfe aus meinem Slip. Ich lasse mir Zeit, bevor ich mich wieder hinknie, den Hintern zur Kamera gewandt. Ich nehme die Hündchenstellung ein, gewähre ihm einen Blick, der ihm gefallen wird, und rutsche nach hinten, bis das Spielzeug genau vor meiner Öffnung ist. Dann warte ich ab, wende den Kopf um und sehe in die Kamera. Wackele ein bisschen mit dem Po, damit das Spielzeug mich neckt, ohne in mich einzudringen.

freebird71: fick mich.

»Bitte«, sage ich in einem scharfen Ton.

Seine Antwort kommt prompt.

freebird71: fick dich.

Ich lache. Setze mich auf. »Noch eine Chance, freebird. Sag bitte oder such dir ein anderes Mädchen.«

freebird71: fick dich.

Ich strecke eine Hand aus und beende den Chat. Fahre den Computer runter und schalte die Scheinwerfer aus. Meine Hände zittern leicht, und ich gehe ans Fenster. Gleite mit den Händen über den Riegel. Ich brauche nur einen kurzen Blick auf die Sterne. Nur einen Atemzug dieser Luft. Nur für eine Minute, dann werde ich einschlafen. Ich berühre das Metall des Riegels. Presse die Hände gegen die Scheibe, um das Zittern zu unterdrücken.

Das Ausmaß meines Verlangens ist auf einmal beängstigend groß. Ein Hinweis auf den drohenden Kontrollverlust. Ich sehe zu, wie meine Hände auf der Scheibe liegen und zittern, und denke an die Gefahr, die jenseits des Glases lauert. Ich muss mich zusammenreißen! Darf keine der Freiheiten, die ich mir gestatte, *brauchen.* Darf nicht so süchtig nach der Außenwelt werden, wie ich es nach den Gedanken an den Tod geworden bin.

Ich nehme die Hände vom Fenster. Vielleicht bin ich doch nicht in der Lage, mit dem Geruch von Freiheit umzugehen. Ich werde allmählich schwächer. Auf einmal traue ich mir selbst oder irgendwelchen meiner Rechtfertigungen nicht mehr. Ich wende mich vom Fenster ab und gehe duschen.

Mit verkniffenem Mund greift Marcus nach der Maus und drückt den Button, der ihn zurück in den freien Chat bringt.

Dieses kleine Biest. Sie denkt, sie hat die Macht, sie kann ihn winseln lassen wie einen Hund. Es gibt eintausend andere Mädchen auf dieser Seite. Wen kümmert es, ob sie kein Englisch sprechen? Wen kümmert es, ob sie Tattoos und Piercings haben? Wen kümmert es, ob sie sich ohne Widerworte von ihm benutzen lassen?

Diese hochnäsige Fotze. Ihn »bitte« sagen zu lassen, als wäre er ein Kind. Er *bezahlt* sie. Sie sollte ihr Geld nehmen wie eine gute Hure und sich bei ihm bedanken. *Ja, Sir. Was immer Sie wollen, Sir.* Nicht dasitzen mit ihrer versteinerten Miene und verlangen, dass er ihr den Arsch küsst.

Gott, wenn er sie nur vor sich hätte. Er würde sie brechen. Sie würde winseln. Vor ihm wimmern. Gott anflehen, bis er mit ihr fertig wäre, und dann wäre der einzige Name, den sie noch wüsste, seiner.

Er aktualisiert die Seite. Drückt immer wieder auf den Button. Sucht sie in dem Meer von Schlampengesichtern. Aber sie kommt nicht wieder, zu dieser späten Stunde ist sie vermutlich zu Bett gegangen.

Dieses Biest.

Er wichst zu dem Gedanken, wie er ihr das Grinsen aus dem Gesicht schlägt, wie sich seine Hand im Rhythmus zu dem Geräusch ihrer Schreie bewegt.

Er wird sich ihren Respekt verschaffen, sie in die Schranken weisen. Am besten persönlich. Er ist ein mächtiger Mann. Es wird passieren.

31

»Guten Tag, Deanna.«

»Hey, Doc.« Ich beiße in einen Apfel und halte das Telefon von meinem Mund weg, während ich kaue.

»Wie geht es Ihnen heute?«

»Habe noch niemanden getötet.« Ich lächele, erwarte – hoffe auf – ein Kichern. Aber ich sollte es besser wissen. Die einzige Reaktion ist ein missbilligendes Schweigen, und ich schneide eine Grimasse in den Hörer. »Das war ein Witz, Derek. Es geht mir gut.«

»Nehmen Sie Ihre Medikamente?«

»Ja«, sage ich. Die Lüge rutscht mir ganz selbstverständlich heraus, so perfekt, dass ich beschließe, es näher auszuführen, nur weil mir langweilig ist und wir eine halbe Stunde totzuschlagen haben. »Ich denke darüber nach, die Pille zu nehmen. Wird das eine Auswirkung auf die anderen Medikamente haben?«

Wieder Schweigen. Ich grinse, wünschte, ich könnte sein Gesicht sehen.

»Warum?«, stößt er schließlich hervor, in einem angespannten, unbehaglichen Tonfall.

»Warum was?« Ich beiße ein weiteres Mal fröhlich von meinem Apfel ab.

»Warum wollen Sie die Pille nehmen?«

»Aus demselben Grund, aus dem es normale Leute auch tun. Um eine Schwangerschaft zu verhüten.«

»Sie haben Sex?«

»Ich denke darüber nach.«

»Deanna, ich glaube nicht, dass das eine gute Idee ist.«

Ich ziehe die Augenbrauen hoch. »Ich bitte Sie nicht um eine Erlaubnis. Es ist mein Körper. Mein Leben.«

Es ist nicht so, dass ich überrascht bin von Dereks Reaktion – er würde meine Pläne, eine Beziehung zu Jeremy aufzubauen, sicher auch nicht gutheißen. Aber Dereks Reaktion führt mir die Risiken vor Augen, die es beinhaltet, wenn Jeremy und ich diesen nächsten Schritt tatsächlich tun sollten. Die Risiken, die eher emotional als körperlich besorgniserregend sind. Ich habe keine Angst, dass ich ihn während des Aktes körperlich verletzen könnte. Er hat mich bei unseren letzten Begegnungen gut genug in Schach gehalten, um diese Befürchtung zu zerstreuen. Außerdem scheinen alle mörderischen Gedanken das Weite zu suchen, sobald ich sexuell erregt werde. Aber in emotionaler Hinsicht … sind wir beide in Gefahr, glaube ich. Ich laufe Gefahr, mich in einen Mann zu verlieben, der eines Tages die düsteren Seiten meiner Seele entdecken und mich verlassen wird. Er läuft Gefahr, sich in ein Mädchen zu verlieben, das ihn eines Tages töten könnte.

»Das ist zu gefährlich, Dee. Was, wenn Sie die Kontrolle verlieren? Wenn jemand von Leidenschaft hingerissen wird, ist es oft vorbei mit dem gesunden Menschenverstand und der Fähigkeit, richtige Entscheidungen zu treffen …« Derek verstummt.

»Ich werde nicht mitten beim Vögeln innehalten und ihn erwürgen«, bemerke ich trocken. Ich werfe das Kerngehäuse meines Apfels in Richtung Abfalleimer und stöhne auf, als ich ihn verfehle.

»Wann haben Sie vor, intim zu werden? Wird es tagsüber oder nachts sein? Haben Sie das alles … durchdacht?«

Seine Stimme ist vor Erregung laut geworden, und ich würde eine Million Dollar wetten, dass er in diesem Moment steht oder hinter seinem Schreibtisch auf und ab geht, das Gesicht verzerrt vor Frustration.

Ich verdrehe die Augen, stehe auf und gehe hinüber zu dem Apfel, hebe ihn auf und werfe ihn weg. »Ich habe nicht das Gefühl, dass ich ans Töten denke, wenn wir … Bitte sagen Sie nicht ›intim sind‹. Damit klingen Sie uralt. Und Sie sind … was? Unter fünfzig, richtig?«

Es ist ein erbärmlicher Versuch, etwas über ihn herauszufinden. Ich weiß so wenig über diesen Mann, abgesehen davon, dass er eine Stimme hat, mit der er beim Telefonsex ein Vermögen machen könnte, sollte ihm je der Sinn danach stehen. Ich habe mir einmal überlegt, Mike auf ihn anzusetzen, aber das erscheint mir irgendwie indiskret, wie etwas, das man einem Freund nicht antun sollte. Außerdem machen meine Fantasien von Derek die ganze Geschichte nur umso witziger. Vermutlich ist er in Wahrheit ein dickbäuchiger Zwerg mit Vokuhila-Frisur – aber das stelle ich mir lieber nicht vor. Ich male ihn mir zurückgelehnt in seinem Schreibtischsessel aus, ein gut aussehender Typ mit Brille und offenem Hemdkragen, der lässig den Stift über das Papier wandern lässt, um sich Notizen zu machen, während er die andere Hand nach unten ausstreckt und seinen härter werdenden Schwanz rubbelt.

»Wie lange spielen Sie schon mit diesem Gedanken?«, lenkt er von meiner Frage ab. »Intim zu werden?«

Ich stelle mir vor, dass er immer noch die Hand an seinem Penis hat und dass seine Stimme deswegen so belegt klingt. »Eine Weile.«

Er ist eindeutig unter fünfzig.

»Und bitte reden Sie nicht von ›intim‹. Nennen Sie es einfach beim Namen.«

»Und … das heißt?«

Okay, ich bilde mir das nicht ein. In seiner Frage schwingt eindeutig etwas mit. Etwas Sexuelles, Unterschwelliges.

Ich muss lächeln, senke meine Stimme und ändere den Tonfall. »Vögeln, Derek. Verrücktes Schrei-meinen-Namen-lauter-Vögeln.«

Schweigen. Vielleicht bin ich mit meiner Antwort ein bisschen zu weit gegangen.

»Die Zeit ist um, Deanna«, sagt er kurz angebunden, und ich werfe einen Blick auf die Wanduhr. Eigentlich haben wir noch acht Minuten.

Derek fährt fort: »Ihre Medikamente werden keinen Einfluss auf die Pille haben oder von ihr beeinflusst werden. Bitte denken Sie daran, dass ich Ihnen dringend empfehle, jegliche sexuelle Aktivität zu unterlassen, da sie einen weiteren Schub auslösen könnte. Vor allem nachts.«

Ein Klicken, endgültig und entschieden, kommt durch die Leitung, und er hat aufgelegt. Ich sehe zur anderen Seite meiner Wohnung, zu meinem Sexbett, auf dem Kameras, Spielzeuge und Dessous verstreut liegen. Mich jeglicher sexuellen Aktivität enthalten. Also bitte.

32

HackOffMyBigCock: bist du da?

JessReilly19: ja.

HackOffMyBigCock: du hast vor ungefähr einem monat einen kunden markiert. einen freebird71.

JessReilly19: ja.

HackOffMyBigCock: sein name ist Marcus Renza. er wurde kürzlich aus dem gefängnis entlassen.

JessReilly19: na toll. weswegen?

HackOffMyBigCock: vergewaltigung und schwere körperverletzung.

JessReilly19: super. danke für die schnelle warnung.

HackOffMyBigCock: du hast letzten monat 32 leute markiert, da hat sich viel arbeit angehäuft. außerdem gehe ich deinem superschlauen ton zufolge davon aus, dass du noch am leben bist.

JessReilly19: vorläufig.

HackOffMyBigCock: soll ich ihn auf deinen seiten und in den sozialen netzwerken sperren?

JessReilly19: nein, er ist ein dicker Fisch. ich werde aufpassen. wenn er sich danebenbenimmt, gebe ich dir bescheid. dann kannst du ihn immer noch sperren.

HackOffMyBigCock: ich könnte noch mehr tun.

JessReilly19: bemüh dich nicht. ich kann selbst auf mich aufpassen.

HackOffMyBigCock: das habe ich nie bezweifelt, baby.

JessReilly19: danke für die info.

HackOffMyBigCock: gern geschehen. der rest der liste war sauber.

JessReilly19: muss schluss machen. geile männer warten.

HackOffMyBigCock: bis später, sexy baby.

33

Verbrecher gibt es in allen Formen und Variationen. Ich bin sicher, niemand hätte meine Mutter mit ihrer sauberen Schürze über der gebügelten Hose, ein makelloses Lächeln im Gesicht, verdächtigt. Oder mich, das nette Mädchen in rosa Top und weißem Slip, das nicht älter als achtzehn aussieht, wenn es auf seinem Bett kniet und in die Kamera lächelt.

Aber ich weiß es besser. Egal, wie das Äußere erscheint, egal, wie süß oder gut oder freundlich jemand aussieht, ich sollte ihm nicht vertrauen. Ich sollte ihn nicht so nah an mich heranlassen, dass er mir wehtun könnte. Nicht einmal Jeremy. In mancher Hinsicht *erst recht nicht* Jeremy.

Ich habe mir seit meinem Gespräch mit Derek immer wieder den Kopf darüber zerbrochen. Habe hin und her überlegt, ob das Ganze die Mühe überhaupt wert ist. Meine Rolle in unserer Beziehung besteht nämlich gerade hauptsächlich darin, Jeremy emotional nicht zu nah an mich ranzulassen. Ich habe mich ihm auf körperlicher Ebene genähert, habe zugelassen, dass er mit seinen kräftigen Fingern über meinen Körper streicht; meine Haut dürstet nach seiner Berührung, und mein Mund verzehrt sich nach seinem. Aber ich werde ihm nicht gestatten, mein Herz zu berühren. Es ist nicht fair, ihm zu erlauben, mich zu lieben – nicht, wenn er nicht wirklich weiß, *was* er da liebt. Er weiß nicht, wen er streichelt, wen er über das Fertiggericht des Asiaten küsst. Er glaubt, es zu wissen, er glaubt, dass ihm meine dunklen Begierden, andere zu verletzen, bewusst sind, und er fühlt sich deswegen sicher. Aber er weiß nicht, was ich getan habe, welche Leben ich ausgelöscht habe … Kann seine Liebe ohne diese Information überhaupt aufrichtig sein?

Unsere Beziehung begann so zögerlich. Die Angst vor meinen Taten hat uns so viele Beschränkungen auferlegt, wenn wir uns sahen, dass wir kaum mehr als die Grundlagen erörtert haben. Und im Laufe der Zeit habe ich ihm behutsam beigebracht, bestimmte Themen zu vermeiden. Über meine Arbeit reden wir. Aber jede Diskussion über den Tod wird vermieden. Er hat versucht, mich nach meiner Vergangenheit zu fragen, und wohin ich gefahren bin, als ich mir an jenem Abend vor ein paar Monaten seinen Truck geborgt habe. Aber ich habe geschwiegen, und er, der respektvolle Jeremy, hat mich nicht weiter bedrängt.

Ein Teil von mir denkt, dass ich es ihm sagen sollte. Dass ich ihm eine Vorstellung davon vermitteln sollte, was sich hinter der Fassade verbirgt, die er zu kennen glaubt. Vielleicht würde er meine Befürchtungen ernster nehmen, wenn er wüsste, wie es um mich bestellt ist. Vielleicht würde er dann mehr tun, um sicherzustellen, dass ich abends eingeschlossen werde. Vielleicht würde er dann verstehen, warum ich darauf beharre, dass wir auf Steakmesser, Glasflaschen und alles mit scharfer Klinge verzichten. In meinen schwachen Momenten denke ich darüber nach, ihm all diese Dinge zu sagen. Meine Vergangenheit – zumindest einen Teil davon – mit ihm zu teilen. Vertrauen, das Öffnen der Büchse der Pandora, die meine schwarzen Geheimnisse birgt, könnte für eine tragfähige Beziehung nötig sein. Und vielleicht wird er ja, wenn er weiß, wozu ich imstande bin, gar nicht davonlaufen. Vielleicht wird er bleiben.

Vielleicht. Oder er wird zum ersten Mal ein bisschen gesunden Menschenverstand an den Tag legen und zusehen, dass er sich aus dem verabschiedet, was wir eine Beziehung nennen.

Ich denke immer wieder über die Möglichkeiten nach, wende die Worte hin und her, die ich für mein Geständnis verwenden würde, aber mein Mund bleibt bislang verschlossen. Ich kann es ihm jederzeit sagen. Aber ich kann die Wahrheit nicht mehr zurücknehmen, wenn sie erst einmal laut ausgesprochen ist. Und ganz ehrlich? Ich weiß nicht, wie ich reagieren würde, sollte Jeremy tatsächlich gehen.

Mein Schweigen ist egoistisch – ein Umstand, der zusätzlich wenig dazu beiträgt, mit dem Geständnis endlich herauszurücken. Aber Egoismus ist derzeit das geringste meiner Probleme.

34

Ich sehe zu, wie die Uhr in Jeremys Truck auf 19:40 Uhr springt. Ich teste die Grenzen aus, verstoße gegen meine eigenen Regeln, bin später draußen, als ich es sollte. Dr. Derek würde das nicht gutheißen, aber Dr. Derek kann mich mal kreuzweise.

Ich will das hier tun. Es versuchen.

Wenn ich scheitern sollte, dann ist Jeremy hier, um mich aufzuhalten. Ich habe keine Waffen bei mir; er wird mich bald zurück nach Hause bringen, rechtzeitig, um mich einschließen zu lassen, daher dürfte alles glattgehen. Ich will nur einen Abend. Einen Abend Normalität. Das habe ich verdient, nachdem ich mich so lange beherrscht, mich so bemüht habe.

Ich habe die Wohnung an den letzten beiden Samstagen um diese Uhrzeit verlassen. Habe mir Lottoscheine und Eiscreme gekauft und niemanden getötet. Daher dürfte heute Abend kein Problem sein.

Jetzt muss ich mich aber ranhalten. Wir kommen eben vom Essen, einem Steakhouse, wo ich mir Ribs bestellt habe und Jeremy mich bezahlen ließ – widerstrebend, und erst nachdem ich ihn darauf hinwies, dass er jetzt schon seit Wochen meine Zeche zahlt. Er hat noch immer einen Klecks Barbecuesoße am Mund, ich kann sie aus dem Augenwinkel sehen, ein getrockneter kleiner Leckerbissen, der darum bittet, abgeleckt zu werden.

Jeremy dreht sich zu mir, fängt meinen Blick auf, streckt eine Hand aus und verhakt seine Finger in meinen. Ich lächele, sehe wieder auf die Straße, besänftigt von dem rauen Surren des Motors.

Er wollte eigentlich fahren – er denkt wohl, dass er seine Männlichkeit damit unter Beweis stellt. Aber weil ich finde, dass das Verhalten eher zu einem Steinzeitmenschen passt, und weil ich so lange nicht hinter dem Steuer saß, habe ich mir die Gelegenheit nicht entgehen lassen. Die geöffneten Fenster, der Wind, der mir durch die Haare fährt, der frische Luftzug, der mich frösteln lässt, all das erinnert mich daran, dass ich am Leben bin. Ich lebe.

Der Fahrersitz fühlt sich warm an meinen Beinen und meinem Rücken an, mein Körper klebt förmlich an ihm, die Heizung ist eine sanfte Berührung auf meinen Armen und meinem Gesicht, bevor sie sich in der kühlen Nachtluft verliert. Ich nehme die Ausfahrt, auf die Jeremy zeigt; die Straße führt in einer steilen Kurve bergauf. Mein Fuß bleibt so lange auf der Bremse, dass wir fast stehen bleiben, dann quietschen die Truckreifen kurz, und wir fahren wieder an, die Kuppe hinauf. Ich wusste gar nicht, dass es in dieser Gegend Hügel gibt – die Stadt besteht nur aus flachem Gelände. Aber hier, eine Viertelstunde stadtauswärts, fahren wir in einer Kurve bergab und einen sanft geschwungenen Hügel wieder hoch.

Jeremy tippt mich am Arm an, und mein Fuß geht sanft vom Gas, dann fahren wir von der Straße ab und parken an der Seite. Um acht soll es ein Feuerwerk geben.

Ich habe kein Feuerwerk mehr gesehen, seit meine Familie nicht mehr am Leben ist. An jenem Abend vor fünf Jahren packten wir ein Picknick und Decken ein und fuhren in die Stadt. Wir breiteten unsere Sachen auf dem Rasen eines Parks aus und sahen zu, wie der Himmel über uns aufleuchtete.

Trent weinte wegen des Krachs, Mom ließ uns allein, um den Wagen zu holen, und Dad zog die Zwillinge auf seinen Schoß und warf mir ein beschwichtigendes Lächeln zu. Mein kleiner Bruder beruhigte sich, als Dad seine starken Arme um ihn schlang und die Hände über seine kleinen Ohren legte. Wir sahen uns das farbenprächtige Feuerwerk an und warteten bis zum Schluss, bevor wir unsere Sachen einsammelten und Mom beim Wagen trafen.

19:58 Uhr. *Ich kann das.*

Ich steige aus dem Truck, es ist niemand in Sicht. Nur Jeremy und ich, allein am Straßenrand, so hoch oben, dass wir auf die Stadt hinuntersehen können. Er entrollt eine Decke, breitet sie auf der Motorhaube des Trucks aus, dicht an der Windschutzscheibe, und hält mir eine Hand hin. Hilft mir auf die Motorhaube hoch und setzt sich dann zu mir, legt den Arm um mich und drückt mich nach hinten, sodass wir beide gegen die Windschutzscheibe gelehnt dasitzen, mit dem dunklen Himmel über uns.

Sterne. Meine Faszination hält an, ungeachtet der Uhrzeit. Seit ich die alte Farbe abgekratzt und mein Fenster von dem Sichtschutz nach draußen befreit habe, sehe ich mir fast täglich die Sterne an; die wenigen Abende, an denen ich es nicht tue, sind ein billiger Versuch, mir zu beweisen, wie sehr ich mich noch unter Kontrolle habe. Manchmal werfe ich nur einen kurzen Blick hinaus, manchmal starre ich die Sterne eindringlich an, und manchmal sitze ich bei geöffnetem Fenster auf dem Fenstersims und lasse mir alle Zeit der Welt, um sie zu betrachten, bis mein Blick verschwimmt und ich hinüber zu meinem Bett taumele. Es ist, als würde ihre bloße Anwesenheit mir versichern, dass ich eine Wahl habe. Ich habe die Freiheit – ich entscheide mich nur, sie in meiner Wohnung auszuleben.

Ich unterbreche meine Sternenanbetung und lehne mich an Jeremys Schulter. Ich liebe es, dass mein Körper genau unter seinen Arm passt, während seine andere Hand herumkommt, um mich ganz zu umarmen. Ich schließe die Augen, lächele, als ich seine Lippen warm auf meiner Stirn spüre, während er mit der Hand meine Haare zurückstreicht.

»Danke«, murmele ich in sein Hemd, »dass du mich hierhergebracht hast.«

Ich blicke auf, in sein Gesicht, das so nah ist, dass ich die dichten Wimpern erkennen kann, die seine grünen Augen umrahmen.

Er verlagert das Gewicht, seine Hände gleiten weiter nach unten, bis sie um meine Taille liegen, dann überrascht er mich, indem er mich auf einmal hochhebt. Meine Hände stützen sich auf seine Schultern, und meine Beine gehen automatisch auseinander, während er mich auf sich zieht. Ich setze mich rittlings auf ihn, mit den Knien auf der Decke. Seine Hände ruhen sanft auf meiner Taille, und sein Gesicht sieht hoch in meines.

»Ich liebe dich«, flüstert er. Er zieht an meinem Jackenaufschlag, hebt seinen Mund zu meinem, aber ich halte ihn auf, lege ihm eine Hand auf die Brust und sehe ihm in die Augen.

Sie haben einen verletzlichen Ausdruck angenommen. Er *liebt* mich. Für einen Moment vergesse ich zu atmen. Hier ist er, der Augenblick, den ich um jeden Preis vermeiden wollte, während ich mich insgeheim nach ihm gesehnt habe. *Ich werde geliebt.* Ich: das schmutzige, verkommene Ich. Dieser Mann *hatte* mich nicht einmal, unsere Berührungen haben sich bisher auf heftiges Herumknutschen und Fummeln beschränkt, und unsere Verabredungen kreisten hauptsächlich ums Essen oder darum, dass er mir Dinge in Kartons vorbeibrachte.

»Du kennst mich nicht genug, um mich zu lieben.« Ich

packe ihn am Revers seines Hemds, nagele ihn mit Blicken fest, stelle sicher, dass er die Worte hört, die ich nur ungern sage. »Die Dinge, an die ich denke, die Dinge, die ich getan habe … Ich bin es nicht wert, von dir geliebt zu werden.«

»Wir suchen uns nicht aus, wen wir lieben, Deanna. Du bist wunderschön für mich. Perfekt für mich. Trotz der Dinge, mit denen du zu kämpfen hast. Das in dir drin …« Er wendet den Blick für einen Moment von mir ab, sucht nach Worten, dann sieht er wieder zu mir zurück. Atemwolken weichen aus seinem Mund in die kalte Nachtluft. »Das ist ein Teil von dem, was dich schön macht. Du siehst nicht, was ich sehe. Du siehst nicht den guten Menschen, der du, wie ich weiß, bist.« Er gleitet mit einer Hand an meinem Rücken hoch. »Streite dich nicht mit mir. Ich weiß, was ich fühle. Ich wollte nur, dass du es auch weißt. Ich habe es schon zu lange für mich behalten. Ich liebe dich.«

Er versucht mich an sich zu ziehen, mich zu küssen, aber ich halte ihn wieder auf. Meine Hand auf seiner Brust ist diesmal noch resoluter, während mir die Worte über die Lippen kommen, die zu sagen mir eigentlich nicht zusteht.

»Ich liebe dich auch.« Ich achte darauf, dass er mich sieht, dass er mich versteht, und beim zweiten Mal klingen meine Worte schon sanfter. »Ich liebe dich.«

Es ist schrecklich, so etwas zu sagen – es ist ein entsetzlicher Moment für die Zukunft unserer Beziehung, für meine Zukunft, die aus Regeln und Kontrolle und Schutzmaßnahmen besteht. Aber Jeremys Mund verzieht sich zu einem Grinsen, dem breitesten Grinsen, das ich je bei ihm gesehen habe, und ich widersetze mich nicht, als seine Hände meinen Kopf umfassen und mich zu seinem Mund ziehen. Hinter mir bricht das Feuerwerk los, und das Zittern der Luft passt zu dem Moment, in dem sich unsere Lippen berühren.

Ich küsse ihn und ignoriere das Aufheulen meines Gewissens. In diesem Augenblick will ich nicht an die Zukunft und die Katastrophen, die sie bereithalten könnte, denken. Ich küsse ihn und genieße den Rausch von Liebe und Leidenschaft und Glück. Ich bin ein Mädchen, das in einen Jungen verliebt ist, und ich werde – an einem Mittwochabend um acht Uhr – unter einem Nachthimmel geküsst, vor dessen Hintergrund ein Feuerwerk entbrennt.

Hallo, normales Leben, ich bin Deanna. Freut mich, dich kennenzulernen.

In diesem Augenblick, während dieses Kusses, entscheide ich mich zu glauben, dass alles möglich ist. Und ich entscheide mich, all die entsetzlichen Dinge zu vergessen, die »alles« beinhalten kann.

35

Hausarrest-Countdown: 1 Monat

Heute Abend ist der ideale Zeitpunkt, um sie noch ein Stückchen näher an ein persönliches Treffen heranzuführen. Marcus kann vor Ungeduld nicht länger warten. Er streicht sich die Haare glatt und vergisst kurz, dass sie ihn nicht sehen kann. Er wird das verdammte *Bitte*-Wort verwenden, das ihr so viel bedeutet. Wird seine Wut während des Chats verbergen. Sie mit seinem Charme verzaubern. Er besitzt diese Fähigkeit, hat sie in den vergangenen zwei Jahren seiner Haft nur nicht genutzt. Und dann, zum Schluss, wenn sie lächelt und lauter Herzen und Blumen zwischen ihnen schweben, wird er wieder ein persönliches Treffen zur Sprache bringen. Er wird mehr Geld bieten. Zehn Riesen, wenn's sein muss.

Sie *muss* Ja sagen. Er hat bereits entschieden, dass sie seine Belohnung ist für zwei Jahre ohne Muschi. Für zwei Jahre Haft, die er nicht verdient hat. Sie zu brechen wird ihm ein Gefühl von Macht geben, wird ihm seine Selbstachtung wiedergeben. Vermutlich wird er sie töten müssen. Sich die Hände auf eine Art schmutzig machen müssen, auf die er es noch nie getan hat. Bei dieser Rückkehr zu seiner alten Größe ist es ihm wichtig, dass sie weiß, wer er ist – er muss sie mit seinem Namen auf ihren Lippen brechen. Das wird das Beste von allem sein, ihr Fall vom hohen Ross. Ihr Sturz hinab auf ihren rechtmäßigen Platz in der Welt.

Es dauert drei Stunden, sie in einen privaten Chat zu bekommen, aber schließlich füllt sie seinen Bildschirm, strahlend hell und hochauflösend, hinreißend auf dem neuen, größeren Laptop, den er sich bestellt hat.

»Hey.«

Ihr leichtes Zögern verrät ihm, dass sie seinen Namen kennt, trotz der Wochen, die verstrichen sind, seit er sie zuletzt hatte. Wochen, die er mit anderen Camgirls verbracht hat, in denen er immer wieder dasselbe bemerkte: Gleich ob Blondine, Brünette oder Rotschopf – sie waren nicht *sie;* sie hatten *es* nicht. Irgendetwas an ihr reizt ihn, ein Geheimnis hinter ihrem Lächeln, das er aufdecken und an die Oberfläche holen will.

Er ist nicht der Einzige. Die Männer rangeln um sie wie Schweine zur Fütterungszeit, voller Ungeduld, dem kleinen Mädchen mit dem großen Lächeln ihr Geld nachzuwerfen.

Marcus tippt. Benimmt sich. Sie lächelt. Zeigt sich. Zieht sich aus. Tanzt für ihn vor der Kamera, als er höflich darum bittet. Spreizt die Beine und lässt die Finger über ihre Schamlippen gleiten. Stöhnt und schließt die Augen, als sie die Stelle berührt, auf die er so scharf ist. Sie führt ihn geschickt bis zum Gipfel der Erregung, und sein Schwanz wird steif und reckt sich ihr entgegen. Wird hart in seiner Hand, richtet sich auf, und das Tempo seiner Hand wird nur von seinem Wunsch gebremst, das Erlebnis in die Länge zu ziehen.

Als er kurz davor ist zu kommen, fordert er sie auf, sich mit dem Gesicht zu ihm gewandt vor ihm hinzuknien. Er stellt sich seinen Gürtel vor, eng um ihren Hals geschlungen, und wie er an ihm zerrt, sodass ihr Mund immer wieder an seinem Schaft auf- und abgleitet. Und dann, als er meint zu explodieren und einen Moment zum Abkühlen braucht, lässt er die Hände auf die Tastatur sinken und tut den entscheidenden Schritt.

freebird71: ich würde dich gern persönlich treffen. bitte.

Ihr Lächeln schwindet nicht, als sie den Kopf schüttelt.

Er versucht es ein zweites Mal mit ihrem Lieblingswort, knirscht bereits mit den Zähnen, während er die fünf Buchstaben tippt.

freebird71: bitte.

Wieder schüttelt sie den Kopf.

Er zögert, bevor er weiterschreibt, eine Hand über den Zahlentasten schwebend, nicht sicher, wie sein Anfangsgebot lauten sollte, und verärgert über ihre mangelnde Kooperationsbereitschaft. Schließlich bewegen sich seine Finger.

freebird71: 5 000 dollar. ich bezahle dir die anreise oder komme zu dir.

»Ich hab's dir schon mal gesagt, nein.« Sie lehnt sich zurück, kommt von den Knien hoch und spreizt langsam und neckend die Beine, während das Licht die rosige Stelle zwischen ihren Schenkeln beleuchtet.

Sein Schwanz steht stramm, während er tippt.

freebird71: 7 500 dollar. nichts perverses. nur ein paar stunden.

Sie sagt nichts, aber sie seufzt. *Seufzt.* Als ob sie genervt wäre. Seine Hände spannen sich an, verkrampfen sich, er hält über den Tasten inne, bevor er ein letztes Angebot tippt.

freebird71: 10 riesen. das ist mein limit.

Sie beugt sich vor, und sein Interesse wird noch größer. Es ist nicht mehr als ein verschwommener Klecks, als sie sich bewegt, und dann ist sie verschwunden und der Bildschirm schwarz.

PRIVATER CHAT BEENDET von JessReilly19. IN DEN FREIEN CHAT ZURÜCKKEHREN?

Er heult auf, ein Schwall von Emotionen dringt von einem sehr düsteren Ort nach oben und will hinaus, und die Tatsache, dass er nichts tun kann, außer in seinem Haus zu sitzen, macht ihn rasend. Er drückt auf die linke Maustaste, im Begriff, den Browser zu schließen, dann sieht er, dass sie in den freien Chat zurückgekehrt ist.

Sie ist immer noch da. Er hält in der Bewegung inne und beugt sich vor, starrt ungläubig auf ihren nackten Körper quer über dem Bildschirm. Ihre bodenlose Frechheit ist einfach unglaublich, diese Respektlosigkeit! Die Wirkung auf seinen Körper zeigt sich prompt, denn sein Schwanz pocht aufgeregt. Ihre Rückkehr gibt ihm ein Gefühl von Macht. Er klickt rasch auf die Maustaste und öffnet erneut einen privaten Chat mit JessReilly19.

36

Gott, dieser Typ gibt einfach keine Ruhe. Vielleicht war meine Botschaft nicht deutlich genug? Ich setze ein Lächeln auf und zische durch die Zähne.

freebird71: hast du unseren chat beendet?

»Ich bin keine Prostituierte. Wenn du das nicht respektieren kannst, bin ich am Chatten nicht interessiert.«

freebird71: du hast mich eben virtuell gevögelt und dann verarscht, indem du mich hast hängen lassen. und jetzt knie dich hin und lutsch meinen schwanz.

Mein Lächeln ist jetzt aufrichtig, ich spüre gleichermaßen Fassungslosigkeit und Macht in mir aufsteigen. Vergessen wir mal für einen Augenblick meinen Wunsch, jemanden um die Ecke zu bringen. Offenbar hat dieser Typ keine Ahnung, mit wem er sich anlegt. Auf dieser Webseite geht es – abgesehen von den absurd hohen Preisen, die gezahlt werden – ausschließlich um uns. Hier ist man den Kunden nicht hörig, man kümmert sich nicht darum, ob ein Typ eintausend Dollar täglich auf der Seite hinterlässt. Wir, die Camgirls, haben die Macht. Wir können einen schlechten Kunden mit einem einzigen Mausklick sperren, können ihn mit einem Telefonanruf für immer von der Seite verbannen. Es werden keine Fragen gestellt, keine Erklärungen verlangt. Cams.com hat im letzten Jahr über eine Million Dollar mit mir gemacht,

Geld, mit dem ich mir alle Macht über Kunden kaufen kann, die ich mir je wünschen könnte. Und dieser Typ denkt, er kann mich herumkommandieren? Mich von oben herab behandeln? Ich war viel zu nett. Es wird Zeit, mein Monster von der Leine zu lassen.

Ich grinse, stelle mich barfuß auf die Matratze, zoome die Kamera über die Fernbedienung heran und ändere die Einstellung so, dass sie zu mir hochsieht, dass das Bild auf dem Monitor Kontrolle und Macht vermittelt.

»Leg dich nicht mit mir an, freebird. Du hast deine Position in dieser Geschäftsbeziehung völlig falsch eingeschätzt. Ich arbeite nicht für dich. Du bezahlst mich für meine Zeit – *du bettelst* um meine Zeit. Und damit, mein Freund, ist jetzt Schluss. Ich scheiß auf dich und deinen schlaffen Schwanz. Knie dich hin und lutsch ihn dir selbst.«

Ich hüpfe vom Bett, außer Sichtweite der Kamera, und greife nach der Maus. Schiebe den Curser lässig zum SPERREN-Button und halte einen Moment inne. Ich beobachte den Monitor, um zu sehen, ob von diesem Typen noch eine Reaktion kommt. Offensichtlich nicht. Dann drücke ich den Button und trenne unsere Leben für immer.

freebird71 WURDE VON IHNEN GESPERRT. IN DEN FREIEN CHAT ZURÜCKKEHREN?

Ich ignoriere die Frage und gehe in die Küche, schnappe mir mein Handy und rufe meinen Kundenbetreuer bei Cams.com an. Er meldet sich rasch.

»Hey, Deanna.«

»Hey, Jeff. Ich habe da einen Typen, den du bannen musst.«

»Ich logge mich rasch ein.« Ein paar Tasten klackern. »Okay, wie lautet sein Username?«

»freebird71.«

Mehr Tastenklicks tönen aus dem Lautsprecher. »Für die ganze Seite bannen? Oder nur auf deinen privaten?«

»Überall. Erledige ihn.«

Ein leises Pfeifen erklingt. »Erinnere mich daran, dich besser nicht auf die Palme zu bringen.«

Ich grinse. »Tue ich das nicht ständig?«

Er lacht. »Okay, Süße. Schon geschehen. Ich habe seine E-Mail-Adresse, seine Telefonnummer, Kreditkarte und IP-Adresse gesperrt. Er ist erfasst.«

»Danke.«

»Keine Ursache. Wenn du mir das nächste Mal die Hölle heißmachst, werde ich es vielleicht noch mal erwähnen.«

Ich lege lächelnd auf, werfe das Telefon hin und gehe zurück zum Bett, wo noch immer die Nachricht auf dem Bildschirm steht.

freebird71 WURDE VON IHNEN GESPERRT. IN DEN FREIEN CHAT ZURÜCKKEHREN?

Ich bringe mein Datenblatt auf den aktuellsten Stand und ergänze das heutige Datum und das Wort »GESPERRT« neben seinem Usernamen. Dann schicke ich Mike eine E-Mail mit einem kurzen Satz: »Ich habe Marcus Renza alias freebird71 gesperrt. Bitte setz ihn auf meiner Webseite auf die Liste.«

Ich habe schon früh, im ersten Jahr, gelernt, wie man mit den Verrückten umgehen muss. Am besten ist es, ihnen den Zugang komplett zu verwehren. Das Sperren auf der Cam-Seite erledigt neunzig Prozent von ihnen, aber manchmal folgen sie mir dennoch. Gehen auf meine private Seite. Versuchen dort, Termine zu vereinbaren. Diesen Bereich überwacht Mike. Ich gestatte es Mitgliedern, die auf der schwarzen Liste stehen, sich mein Feed anzusehen und es zu abonnieren. Im Voraus zu bezahlen und sich zu den Videos einen runterzuholen, die ich tagtäglich hochlade. Aber wenn sie noch weiter gehen? Den »Kontaktier-mich«-Button anklicken? Oder den »Zeit-mit-Jess-buchen«-Link? Dann war's das. Und tschüss! Dann höre ich nie wieder von ihnen.

Ich klicke den »JA«-Button an, lächele und kehre in den freien Chat zurück. Der Raum füllt sich mit Namen, und Grußnachrichten sammeln sich in dem weißen Feld. Meine Nacht ist noch nicht vorbei.

37

Dieses Biest! Was hat sie getan? Erst hat sie eine große, dramatische Rede geschwungen, bei der Marcus' Schwanz in sich zusammengefallen ist, dann hat sie irgendetwas angeklickt, um den Chat zu beenden. Er hat darauf gewartet, dass sie zurückkommt, dass ihr Gesicht wieder zwischen den anderen Mädchen auftaucht, aber sie hat sich nicht mehr blicken lassen.

Zehn Minuten später hat sein Computer nicht einmal mehr ihre Seite aufgerufen. Eine Nachricht, die mit drei kurzen Sätzen »Fick dich!« sagte, war das Einzige, was zu sehen war, als er den Browser aktualisierte:

IHR PROFIL WURDE VON DIESER SEITE ENTFERNT. ALLE OFFENEN FORDERUNGEN WERDEN VON DER HINTERLEGTEN KREDITKARTE ABGEBUCHT. DANKE FÜR IHREN BESUCH.

Er greift zum Telefon und ruft die Kunden-Hotline an. Er benötigt dreißig Minuten, um durchzukommen. Der Kundenbetreuer, an den er gerät, ist Amerikaner – die erste Überraschung. Die zweite ist die Art, wie er behandelt wird. Als ob *er* im Unrecht wäre. Als ob diese Schlampen nichts tun würden, als ob er ein Verbrecher wäre, der aus ihrem bescheuerten exklusiven Club hinausgeworfen wurde.

Marcus verlangt nach einem Vorgesetzten, hat aber keinen Erfolg. Diesem Idioten aus dem Mittleren Westen zufolge ist er kein Kunde von Cams.com mehr und wird daher nicht mit dem grundsätzlichen Entgegenkommen behandelt, das einem normalen Besucher der Seite zusteht.

Er legt auf.

Will noch einmal die Webseite besuchen. Gesperrt.

Versucht sich an den Namen des Mädchens zu erinnern. Jess irgendwas. Riley.

Eine Internetsuche nach »Jess Riley Camgirl« ergibt einhunderttausend Treffer. Die ersten zehn Seiten, die er anklickt, lassen sich nicht öffnen, und eine ähnlich lautende Nachricht wie die erste erklärt, dass es ihm nicht möglich ist, Zugang zu der Seite zu bekommen. Schwachsinn!

Er knallt den Laptop zu, holt mit dem Arm weit aus und fegt die Lampe über die Tischkante. Er hört ein befriedigendes Krachen, als sie zerbricht, und das Zimmer verdunkelt sich prompt. Er atmet schwer in dem leeren Büro, die Hose noch immer offen, während seine Wut in der tiefen, spöttischen Stille weiter hochkocht.

Es ist noch nicht vorbei.

An seinem nackten Knöchel blinkt das rote Licht der Fußfessel in einem unaufhörlichen Rhythmus – ein Rhythmus, der förmlich durch das dunkle Zimmer schreit –, und das Leuchtsignal hat ihn noch nie so rasend gemacht wie in diesem Augenblick, in dem er die Kontrolle verloren hat.

Vorerst. Es ist noch nicht vorbei. Er wird sie haben – und wenn es das Letzte ist, was er tut.

38

Dienstag, 14:24:03 Uhr

HackOffMyBigCock: hey baby. bist du da?

Dienstag, 14:59 Uhr

JessReilly19: was gibt's?

HackOffMyBigCock: wollte dir nur eine info zu Jeremy geben.

Dienstag, 15:01 Uhr

JessReilly19: wem?

HackOffMyBigCock: du weißt, wem.

JessReilly19: was für eine info?

HackOffMyBigCock: er hat heute geburtstag.

JessReilly19: wow. toll, dass ich das so früh erfahre. schönen dank auch!

HackOffMyBigCock: ich bin sicher, du wirst dir etwas einfallen lassen.

JessReilly19: ich habe noch immer keine ahnung, von wem du redest.

HackOffMyBigCock: egal. ich muss schluss machen. heißes date.

JessReilly19: um drei uhr nachmittags? vergiss nicht, ihn zu bezahlen.

HackOffMyBigCock: du musst an deinen beleidigungen noch arbeiten.

JessReilly19: ich bin aus der übung. zu beschäftigt damit, süß und bewundernswert zu sein.

HackOffMyBigCock: so süß bist du nun auch wieder nicht.

JessReilly19: Mike.

HackOffMyBigCock: was?

JessReilly19: halt dich verdammt noch mal aus meinen angelegenheiten raus. im ernst. das ist unheimlich und absolut unangebracht.

HackOffMyBigCock: hättest du lieber nicht von seinem geburtstag erfahren?

Dienstag, 15:04 Uhr

JessReilly19: ich kenne gar keinen Jeremy.

HackOffMyBigCock: gern geschehen.

JessReilly19: mach's gut.

HackOffMyBigCock: wir sind immer noch freunde, oder?

JessReilly19: ich habe kaum eine andere wahl. meine liste von freunden ist ziemlich kurz.

HackOffMyBigCock: ich fasse das als ein ja auf.

39

Hausarrest-Countdown: 3 Wochen

Marcus' erster Versuch mit einer echten Prostituierten nach dem Desaster im Chat war eine Katastrophe. Sie kam zu ihm nach Hause. Aber die Frau stank nach Cop, dass einem schlecht werden konnte, ihr Auftreten war völlig daneben, ihre Fragen gekünstelt. Er täuschte Verwirrung vor und schickte sie wieder weg, während die Wut in ihm hochkochte. Das hatte er nun davon, dass er bei einer gottverdammten Anzeige in den Gelben Seiten angerufen hatte, als wäre er der Abschaum der Gesellschaft! Er sollte sich mit erstklassigen Mösen amüsieren, jeden Abend in Champagner und Titten ertrinken, ihre Hände überall auf seinem Körper spüren, ihre Unterwürfigkeit mit seinen Fäusten noch steigern.

Der erste Versuch ein verkleideter Cop, der zweite dieses Stück Dreck. Er beäugt sie, wie sie auf dem Bett liegt. Sie hat die Beine gespreizt, mit Narben, die über die linke Seite ihres Schenkels verlaufen, das rechte Auge ist gelblich verfärbt von einem verheilenden Bluterguss, während die Nachmittagssonne, die durchs Fenster hereinströmt, ihre Makel unschön in Szene setzt.

Er streichelt seinen Schwanz, spreizt ihre Beine breiter und starrt sie an. Will seinen Schwanz zwingen, darauf zu reagieren. Doch der zuckt nicht mal. Das wundert Marcus nicht. Sein Schwanz ist nicht dumm. Wie kann er erwarten, dass diese Frau eine Reaktion bei ihm hervorruft? Er ist noch nie so tief gesunken, abgesehen von seiner Zeit im Gefängnis. Und jetzt … soll *sie* seine Rückkehr zum echten Sex sein? Nein. Es war ein Fehler, es überhaupt zu versuchen. Vor allem da das Einzige, woran sein Schwanz denken kann, die Brünette mit den arroganten Augen ist, die düster flackern.

Er hält inne, steckt den Schwanz wieder in die Hose. Zählt drei Geldscheine ab und wirft sie aufs Bett. »Verschwinde.«

Reilly. Nicht Riley. Das war der Nachname des Internet-Mädchens. Er geht in sein Büro, schließt die Tür und fährt den Computer hoch. Er spürt, wie sich Ruhe in ihm breitmacht, als er ihre private Webseite findet und ihr Gesicht seinen Bildschirm ausfüllt.

40

Für Jeremy war es ein Scheißtag. Von morgens bis abends Gewitter, und zwar der Art, bei der sich der Himmel förmlich übergibt und sein gesamtes Repertoire auf Jeremy abfeuert. Die Art, bei der sich überall auf den Straßen Pfützen bilden, die tiefer sind, als sie aussehen. Bei jeder fünften, in die Jeremy tritt, versinkt sein Fuß bis zum Knöchel in schmutzigem Wasser. Seine Socken kleben an den Füßen, und das nasse, platschende Geräusch in seinem Schuh ruft ihm bei jedem Schritt in Erinnerung, wie sehr er diesen Scheißtag hasst.

Dieses Gewitter hat einen eisigen Sturm mitgebracht. Jeremy hat heute Morgen seine dicke Jacke nicht mitgenommen, daher ist er auf das ungefütterte Regencape angewiesen, das in seinem Arbeitstruck liegt. Und so fühlt er sich durchgefroren, hundeelend und vollständig durchnässt, als er endlich sein letztes Paket zustellt, die Hausfrau anlächelt, seinen Stift einsteckt und wieder in den Truck springt.

Es ist dreieinhalb Jahre her, seit Jeremy zum ersten Mal ihre Stimme gehört hat. Vier Monate, seit er sie zum ersten Mal geküsst hat. Sechs Tage, seit er ihr seine Liebe gestanden hat. Einen Tag, seit er sie zuletzt lächeln sah. Er kann nicht sagen, in welchem Moment er sein Herz an sie verloren hat.

Alles, was er will, ist, bei ihr zu sein. Durch diese Tür zu gehen und ihre Arme um sich zu spüren. Er legt den Gang ein und macht sich auf den Weg zum Verteilzentrum. Er wird noch einmal zu Hause vorbeifahren, seine Uniform ausziehen und duschen. Hören, was Deanna essen will, und spätestens um sieben bei ihr sein.

Wenn er um diese Uhrzeit bei ihr ist, haben sie noch zwei Stunden, bis dieser Junkie sie einschließt. Jeremy hasst es, aber er hat gelernt, den Mund zu halten. Mit ihr legt man sich besser nicht an. Nicht wenn sie alle Karten in der Hand hält und er nur raten kann, was für ein Blatt sie hat. Eine Situation, die er bei irgendeiner anderen Frau als ihr niemals akzeptieren würde. Es gibt so vieles, was er nicht weiß, so vieles, was sie ihm nicht verrät.

Sie sagt, sie muss nachts eingeschlossen werden, daher hält er die Klappe. Sie sagt, sie will, dass Simon es tut, dass sie Jeremy nicht in die Situation bringen will, daher hält er die Klappe. Er nimmt, was sie zu geben bereit ist, und verliert kein Wort darüber, wie er sich damit fühlt. Aber es gefällt ihm nicht. Ihm gefällt so viel Unbekanntes nicht. Ihm gefällt das Gefühl nicht, eine Freundin zu haben, die Geheimnisse hütet. Ihm gefällt nicht, dass er Angst vor diesen Geheimnissen hat. Ihm gefällt nicht, dass dieser zuckende und stammelnde Schwachkopf, dieser Simon, irgendetwas mit ihr zu tun hat. Vor allem, nachdem er sie im Flur mit seinem Blick fast ausgezogen hat.

Ihm gefällt nichts von alledem, aber er nimmt es hin. Nimmt es hin und bittet um mehr. Öffnet ihr sein Herz Stück für Stück ein bisschen mehr. Warum? Warum, wenn so viel von ihm Angst vor ihren Geheimnissen hat? Angst, ihre dunklen Mauern könnten zu hoch sein, um sie zu überwinden. Angst, ihre dunklen Seiten könnten ihn zwingen, Abstand von ihr zu nehmen, da sein gesunder Menschenverstand keine andere Möglichkeit mehr zulässt. Nein, er will nichts wissen, was diese kurze Zeitspanne beenden könnte, in der ihre beiden Leben miteinander verwoben sind. Jeremy wird es genießen, so lange er kann. So viel von dieser schönen Fremden in sich aufnehmen, wie er bekommen kann. Über die Geheimnisse wird er hinwegsehen.

Ihr Job … das wird eines Tages ein Problem werden. Seine Geduld schwindet allmählich, vor allem nachdem er sie im Web gesehen hat und gespürt hat, wie er auf ihr digitales Bild reagiert hat. Erkannt hat, wie viel durch ein virtuelles Schlüsselloch entstehen kann. Verstanden hat, was andere Männer mit ihr erleben. Ihm war nicht bewusst, wie viel durch einen Anruf und ein entsprechendes Video kommuniziert werden kann. Ihm war nicht bewusst, was für ein Risiko es jedes Mal für seine Beziehung bedeutet, wenn ein neuer Kunde auf ihrem Bildschirm erscheint. Was, wenn sie dabei etwas fühlt? Was, wenn sie sich in einen der fremden Männer verknallt, die sie besuchen?

Er wird bei alledem mitspielen bis zu dem Augenblick, an dem er es nicht mehr ertragen kann. Sie sagt, dass sie ihn liebe. Wenn er so weiterleben und ihre Liebe so lange halten kann, bis sie ein festes Fundament hat, dann wird er seine Probleme mit ihrem Job zur Sprache bringen. Wird mit ihr an einer Lösung arbeiten. Aber nicht jetzt, nicht wenn die aufkeimenden Gefühle zwischen ihnen noch so verletzlich sind.

Eineinhalb Stunden später klopft er an ihre Tür, eine Tüte Sandwiches in der Hand. Die Tür ist unverschlossen. Tagsüber ist sie das immer. Noch etwas, was er hasst. Noch etwas, was er nicht versteht. Das wäre schon in einer guten Gegend eine schlechte Angewohnheit, aber erst recht in dieser Schmuddelecke, wo oft Streifenwagen am Straßenrand stehen, Nutten an Telefonmasten lehnen und Obdachlose auf den Bänken vor dem Haus schlafen.

Sie öffnet die Tür, die er einfach hätte aufdrücken können, kehrt ihm gleich wieder den Rücken zu und schlendert davon, während sie zur Küche zeigt. »Stell das Essen da ab.«

Er stöhnt, schließt die Tür und sperrt sie ab, den Blick auf ihren runden Po geheftet, dessen Rundungen von einem dünnen, eng anliegenden Body vorteilhaft betont werden.

»Baby, du treibst mich in den Wahnsinn.«

Sie dreht sich um, schiebt ihren Schreibtischstuhl nach hinten, bis er an der Wand steht, und deutet darauf. »Stell das Essen weg und setz dich hin.«

Er legt verwirrt den Kopf auf die Seite. Geht zwei Schritte in die Küche und stellt die Sandwiches auf der Arbeitsfläche ab. »Habe ich Ärger?«

Ihr Mund verzieht sich zu einem Lächeln. »Ja. Und jetzt setz dich endlich hin.«

Sie sagt Ja, aber sie blickt alles andere als sauer. Schelmisch würde es besser beschreiben.

Er geht langsam auf den Stuhl zu. Setzt sich hin. Beobachtet ihr Gesicht, während sie auf ihn zukommt. In den High Heels ist sie unglaublich groß, sein Mund auf einer Höhe mit ihrem Bauchnabel. Er streckt eine Hand aus, will sie berühren, aber sie schüttelt den Kopf, schnalzt missbilligend mit der Zunge und tritt einen Schritt zurück, außer Reichweite für ihn.

»Hände auf die Armlehnen. Fass mich nicht an.«

»Ich würde gern wissen, was ich falsch gemacht habe.«

Sein ironischer Ton entlockt ihr ein Lächeln, und das Funkeln in ihren Augen lässt das Herz in seiner Brust schneller pumpen.

»Du«, flüstert sie.

Sie stellt sich vor ihn hin, hebt die Arme und fasst hinter ihren Kopf. Sie löst irgendeine Schleife, sodass das Bustier aus Spitze herunterrutscht und ihre Brüste auf einmal entblößt sind. Jeremy spürt, wie sein Schwanz reagiert, wie er groß und hart wird, gegen seine Jeans drückt. Sie bewegt die Hände auf Höhe ihrer Taille wieder nach hinten, zieht an einem Stück Stoff, und auf einmal rutscht das ganze Ensemble herunter, sodass sie splitternackt, nur noch in ihren High Heels, vor ihm steht. Ihr Selbstbewusstsein ist so verdammt sexy, dass sein Schwanz davon schmerzt.

»Du«, sagt sie noch einmal, während sie einen Schritt vortritt und sich über ihn beugt. Ihre Brüste streifen sein Hemd, und ihre Zähne knabbern sanft an seinem Kiefer, bevor sich ihr Mund zu seinem Ohr bewegt. »Du hast mir nicht gesagt, dass du Geburtstag hast.«

Sie kniet sich vor ihm hin, ein Kissen unter den Knien, gleitet mit den Händen selbstbewusst an seinem Hemd nach unten und fummelt an seiner Gürtelschnalle herum. Er holt einmal tief Luft, als sie nach dem Saum seiner Jeans langt. Ihre Finger legen sich um den Stoff, während sie den Knopf öffnet, und sie lächelt.

Du hast mir nicht gesagt, dass du Geburtstag hast.

Jeremy grinst verlegen. »Das hätte ich getan, wenn ich gewusst hätte, dass es hierzu führen würde.«

Er hat kein Kondom dabei. »IDIOT« steht in riesengroßen Leuchtbuchstaben über seinem Kopf, so groß, dass es selbst ein Blinder nur schwer übersehen könnte. Er hat noch nie eines gebraucht, die Grenzen in ihrer Beziehung sind zwar nicht ausgesprochen, aber klar umrissen. Sie berühren sich, sie küssen sich … Aber so weit sind sie noch nie gegangen, und zwar so oft, dass er irgendwann vergaß, ein Gummi einzustecken.

Noch so eine Frage, die er nicht stellt, und noch so eine Antwort, die sie nicht freiwillig gibt. Vielleicht wird er kein

Kondom brauchen. Vielleicht wird das hier, er mit dem Rücken an der Wand und sie vor ihm auf den Knien, ein Blowjob werden. Er hofft fast, dass sie nicht fragen wird. Er wird nicht Nein sagen können, wenn sie ihn hochzieht und zum Bett führt. Die Willenskraft eines Mannes hat ihre Grenzen, und diese Frau abzuweisen, steht ganz oben auf der Liste der Dinge, zu denen er nicht imstande ist.

Dann holen ihre Finger seinen Schwanz heraus, der in den paar Minuten, seit sie sich entkleidet hat, noch härter geworden ist und in ihren Händen sogar noch mehr anschwillt. Sie betrachtet ihn mit einem verblüffend lüsternen Blick. Drückt ihn sanft, reibt mit der Hand an ihm auf und ab, während sie mit der anderen leicht über seine Eichel streift, über die empfindliche Haut gleitet, seine Eier sanft umfasst. Er starrt ihr ins Gesicht, wundert sich über das Entzücken, das er darin sieht. Als hätte sie darauf gewartet. Davon geträumt. Als würde sie sich zwicken müssen, um zu sehen, ob der erigierte Penis in ihrer Hand echt ist. Dieses Mädchen, das so viel Angst vor sich selbst in ihrem Herzen trägt … Ihre unzähligen Seiten wird er nie verstehen. Und hier ist wieder eine neue Seite, die erkundende, unschuldige, eifrig und bereit zu befriedigen.

Dann neigt sie den Kopf, führt ihre Lippen an seinen Schwanz, umschließt damit die Eichel, und er stöhnt auf, sein Becken verkrampft sich, seine Hand verfängt sich in ihren Haaren. Sie ist nicht unschuldig. Dieser Mund, der seinen Schwanz jetzt auf Arten bearbeitet, die er noch nie verspürt hat, ist alles andere als unschuldig.

In diesem Moment, während sie gierig seinen Schwanz lutscht, geschieht das Unmögliche, und er verliebt sich sogar noch mehr.

41

Hausarrest-Countdown: 2 Wochen

Marcus fährt den Computer herunter. Seine Lust ist befriedigt. Die neuesten Jess-Reilly-Videos haben seine Erregung auf eine Weise beflügelt, wie es die prollige weiße Nutte nicht konnte, die er sich zuletzt bestellt hat. Nach diesem Abend hat er aufgehört, sich eine Muschi ins Haus kommen zu lassen. Hat entschieden zu warten, bis sein Hausarrest endet, um seine Freiheit dann auf eine angemessene Weise zu feiern und Jess Reilly wieder ins Visier zu nehmen.

Er hat diese Woche jeden Abend zu ihren Videos gewichst, wobei der »devote« Bereich ihrer Webseite von besonderem Interesse für ihn war. Ihre eigentlich temperamentvollen Augen starrten in die Kamera, genau auf ihn, ihr Blick war sanfter, williger, und ihre zitternde Gefügigkeit sorgte dafür, dass sein Schwanz jedes verdammte Mal strammstand. Sie *ist* perfekt. Sie ist genau das, was er braucht. Der Gehorsam auf diesen Videos zeigt, dass sie dazu imstande ist. Vielleicht wird gar nicht so viel Arbeit nötig sein, um ihr diesen Gehorsam erneut zu entlocken. Sie wird so süß sein, wenn sie um Gnade bettelt.

Nach kurzem Überlegen schaltet er den Computer noch einmal ein, loggt sich wieder auf ihre Seite ein und starrt auf den »Kontaktier-mich«-Button. Es ist fünf Wochen her, seit das Biest ihn gesperrt hat. Ihr Pech, denn in den Stunden, die er mit ihren Videos verbracht hatte, hätte sie leicht einen schönen Batzen verdienen können. Jetzt scheint der richtige Zeitpunkt gekommen zu sein, um sich ihr wieder zu nähern. Er wird mit einem einfachen Termin auf ihrer Seite anfangen, eine Chatsession mit ihr vereinbaren, bei der sie seinen Namen in die Kamera hauchen und ihm die Worte sagen wird, die er hören will. Damit er kommt. Er hat noch zwei Wochen, bis sein Hausarrest endet. Genügend Zeit, um sich wieder bei ihr einzuschmeicheln, ihr diesmal sogar noch mehr Geld zu bieten. Die Summe ist eigentlich unwichtig in Anbetracht der Tatsache, dass sie das Geld sowieso nie sehen wird. Er sollte hoch bieten. Eine so große Zahl hinwerfen, dass sie nicht Nein sagen kann. Fünfzigtausend – das wird ihre Aufmerksamkeit wecken. Sie dazu bringen, Pläne zu schmieden, um ihn zu treffen und ihm das Willkommen-zurück-Geschenk zu machen, das er verdient hat.

Er streckt eine Hand aus, schiebt die Maus zum »Kontaktier-mich«-Button und klickt ihn einmal kurz an, während er sich die Worte zurechtlegt, mit denen er seine Mail beginnen wird. Eine Verhandlung. Wie Hunderte, die er schon erfolgreich abgewickelt hat. Er muss nur seinen Stolz herunterschlucken und sich ihren Scheiß bieten lassen.

ZUGANG GESPERRT.

Ihm wird flau im Magen, als er ungläubig auf den Bildschirm starrt. Die leuchtend roten Farben bringen sein Blut in Wallung, und der Curser bewegt sich hastig zurück zur Adresszeile. Er tippt noch einmal ihre Webseite ein.

ZUGANG GESPERRT.

Diese verfluchte Schwanzlutscherin! Er lehnt den Kopf zurück und schreit seine Wut hinaus, ballt die Fäuste, und jeder postorgastische Rausch löst sich in nichts auf.

Er wird sie töten. Er ist der gottverdammte Marcus Renza. Wer zum Teufel glaubt sie eigentlich, das sie ist?

42

11. November – Zwei Jahre zuvor

Wenn Daddys Geld regnet, regnet es immer in Strömen. Und wenn der Geldhahn zugedreht wird, nervt das. Katie McLaughlin sieht zu dem Barmann, ihre grünen Augen treffen auf seine braunen, und sie schüttelt den Kopf, dass ihre roten Locken wippen. Sie stößt sich vom Tresen ab, streckt eine Hand aus und hält ihre Mitbewohnerin am Ellenbogen fest. »Hey!« Sie beugt sich so nah zu ihr hinüber, dass sie Dior und Zigarettenrauch riechen kann. »Pump mir einen Zwanziger.«

»Bin pleite.« Die Blondine zuckt mit den Schultern. »Knöpf deine Bluse auf. Lass deine Titten für dich arbeiten.«

Katie seufzt und schiebt sich zwischen Körpern hindurch vorwärts, wird von einem Typen mit Irokesenschnitt und Sonnenbrille gemustert. Das Neonlicht tanzt über die Körper um sie herum, sie ist im Gewühl verloren, als der nächste Song aus den Boxen hämmert.

»Du siehst aus, als ob du einen Drink brauchst«, brüllt eine Stimme, und trotzdem kann sie sie über den Lärm der Musik hinweg kaum hören.

Katie dreht sich um, wird von dem Gedränge hinter ihr vorgeschubst, in die Nähe der Stimme, die ihr eine Flasche Bier hinhält.

»Das ist das, was du eben getrunken hast, oder?«

Er lächelt. Es ist ein nettes Lächeln. Rasierter Kopf, so kurz, dass ihr sofort das Militär einfällt. Ein hochgewachsener Körper, über dessen Brust sich ein Polohemd spannt, ein Bizeps, groß genug, um Eindruck zu machen. Mitte dreißig. Ein bisschen alt, aber insgesamt nicht übel.

Sie streckt eine Hand aus, nimmt die kalte Flasche mit einem Lächeln entgegen und bemerkt die teure Uhr an seinem Handgelenk. »Danke.«

»Ich habe dich vorhin mit einer Flasche davon gesehen.« Er weist mit einem Nicken zur Bar. »Hübsche Mädchen sollten nicht allein trinken.«

Sie hebt die Flasche. »Prost!«

»Auf die Gesellschaft«, sagt er feierlich.

»Und Fremde«, ergänzt sie und stößt mit ihm an, setzt das Bier an die Lippen und trinkt. Die Energie der Menge schiebt sie näher zusammen, und ein wildes Gerangel hinter ihr schubst sie nach vorn, sodass ihr ein Schwall Bier aus dem Mund schwappt. Sie lacht verlegen, wischt sich den Mund mit dem Handrücken ab, und der Fremde wirft dem Rüpel, der sie angerempelt hat, einen strengen Blick zu. Dann legt er beschützend einen Arm um sie, und die Berührung seiner Finger jagt einen erregten Schauder über ihren Körper.

»Ich bin Katie.« Sie hält ihm die freie Hand hin, während sie errötet, das verschmierte Bier noch immer auf den Lippen.

»Benjamin.«

Er muss den Namen zweimal sagen, der Lärm im Club bringt die Silben in ihrem Gehirn durcheinander. Sie ist beschwipst.

»Benjamin«, wiederholt sie kopfschüttelnd. »Daran werde ich mich morgen Früh bestimmt nicht mehr erinnern.«

Er lacht. »Nein.« Er lächelt breit, schüttelt den Kopf.

Gott, er hat schöne Zähne.

»Vermutlich nicht.«

Es ist 12:02 Uhr nachts. Neun Stunden später wird sie in einem Krankenhaus aufwachen.

43

»Der Typ am Ende des Flurs ist zu einem Problem geworden.«

Ich reinige meine Zähne mit Zahnseide, rede, während ich mit einem langen Faden mit Pfefferminzgeschmack meine Zahnzwischenräume bearbeite. Ich schließe das Medizinschränkchen, in dem ich elf weitere Behälter mit Zahnseide habe. Der Nachteil, wenn man ausschließlich im Internet kauft. Großpackungen von allem.

»Auf welche Weise?« Dr. Dereks Stimme ist ruhig. Sie ist immer ruhig. Ich möchte wenigstens einmal erleben, dass er ausrastet.

»Auf die Ich-bringe-ihn-verdammt-noch-mal-um-Weise.«

»Von welchem Typen reden Sie?«

Ich dehne den Nacken, meine Muskeln schmerzen von einer absurd langen Blowjob-Session mit einem Kunden, den ich nie wieder bedienen werde. Eine Dreiviertelstunde mit einem Plastikschwanz in meinem Mund hat ihn dreihundert Dollar gekostet und ihm einen Platz ganz oben auf meiner »Gesperrt«-Liste eingebracht. Ich habe noch immer den Geschmack von Silikon auf der Zunge. Ich beuge mich vor, spucke ins Waschbecken und spüle mir den Mund aus, bevor ich mich wieder auf Dr. Derek konzentriere.

»Simon. Der, der mich nachts einschließt.«

»Was ist das Problem?«

»Er hat mich gesehen. Vor ein paar Tagen im Flur. Und jetzt versucht er mit mir zu flirten.«

Es ist wieder passiert. Ein Klopfen an meiner Tür, zu später Stunde. Diesmal habe ich nicht darauf reagiert. Stattdessen habe ich die Mikrowelle ausgestöpselt, sie über meinen Kopf gehalten und mich neben die Tür gestellt. Habe gewartet und gebetet, Simon möge am Türknauf drehen. Feststellen, dass nicht abgeschlossen ist. Hereinkommen. Und sich das ungefähr dreißig Pfund schwere Haushaltsgerät von mir auf den Kopf knallen lassen.

Aber er hat den Türknauf nicht gedreht. Er hat noch einmal geklopft. Gewartet. Geklopft. Gewartet. Hat so lange gewartet, bis mir die Arme wehtaten und ich irgendwo im Nacken einen Krampf bekam. Als er schließlich aufgab und den Flur hinunter zurück zu seiner Wohnung schlich, waren meine Arme so schwach, dass sie das verdammte Ding kaum noch zurück auf seinen Platz auf dem Küchentresen tragen konnten. Ich brach auf dem Boden zusammen, schüttelte die Arme aus und verfluchte meinen mangelnden Muskeltonus.

»Das ist genau der Grund, weshalb Sie die Wohnung nicht verlassen sollen. Wenn er Sie nicht gesehen hätte, wäre dieses Problem gar nicht erst entstanden.«

»Versuchen Sie mal, jahrelang in Ihrem Schlafzimmer zu bleiben.«

Er schweigt einen Moment. »Sie sind besorgt, Sie könnten ihn überreden, die Tür aufzuschließen?«

»Ja. Oder ihn einfach tagsüber hereinbitten. Und das ist keine Sorge. Das ist eine echte Möglichkeit.«

»Sie wollen ihn töten?«

Ich verziehe ungläubig das Gesicht. »Meinen Sie eigentlich, es macht mir *Spaß*, Ihnen Geld zu bezahlen? Warum zum Teufel sollte ich Sie engagieren, wenn ich nicht andere Leute töten wollte?«

Er seufzt auf eine Art, die mich an meinen Vater erinnert,

und auf einmal habe ich das Bedürfnis zu weinen. Ich kann den Schwall von Emotionen spüren, der sich früher immer durch Tränen einen Ausweg verschafft hat. Ich bin dankbar, als Derek spricht, dankbar, etwas anderes zu haben, worauf ich mich konzentrieren kann, als die Erinnerung an meinen Vater.

»Ich verstehe nicht, warum Sie auf einmal glauben, dass Sie wieder an der Gesellschaft teilnehmen können. Im Flur herumhängen. Verabredungen treffen und Sex haben und die verdammte Straße überqueren, um sich einen Snack zu kaufen. Sie leben, als ob Sie diese Triebe gar nicht hätten. Als ob Sie mich gar nicht bräuchten. Warum? Woher dieser plötzliche Sinneswandel? Haben Sie sich gebessert? Aus meiner Sicht scheinen Sie nicht anders als sonst.«

Ich blinzele verblüfft. Einen Großteil meiner Sitzungen mit Derek verbringe ich damit, zu versuchen, ihm Emotionen zu entlocken. Weil mir langweilig oder weil es witzig ist – es gibt keinen erkennbaren Grund, weshalb. Verdammt, noch vor fünf Minuten habe ich mich über seine mangelnde Reaktion beklagt. Wollte, dass er mich anfaucht, mit einer Prise Ärger und Entnervtheit in der Stimme und einer Spur von … Ist das verletztes Ego? Diese Nuancen sind mir völlig fremd, und ich grinse.

»Ich entschuldige mich, oh großer Psychologe. Ja, ich will Simon töten. Ich will ihm den Bauch aufschlitzen und mir jede weiße Pille wiederholen, mit der ich ihn je bezahlt habe.«

»Ihnen ist aber schon klar, dass diese Pillen nicht dort bleiben. Sie werden von Magensäure verdaut und binnen Stunden aus dem Organismus ausgeschieden. Sie könnten von Glück reden, wenn Sie auch nur einen winzigen Teil einer einzigen Pille finden, selbst wenn Sie den lieben langen Nachmittag seinen ganzen langen Darm danach durchforsten.«

Sein Tonfall ist so nüchtern, so oberlehrer- und typisch Derek-haft, dass mir fast der Humor darin entgeht. Ich starre aufs Telefon. Der Mann am anderen Ende der Leitung ist auf einmal ein Fremder.

Er tobt nicht. Wird nicht emotional oder entnervt oder eifersüchtig. Und er macht keine Witze. Nicht einmal einen klitzekleinen. Mit Sicherheit nicht über etwas so Makabres wie das Töten.

Ich lege auf. Einfach so. Es hilft mir ein klein wenig, mir einzureden, dass ich das Ruder immer noch in der Hand habe. Manchmal scheint es, als ob mein ganzes Leben ein Kampf um dieses Ruder ist.

44

Fünf Tage nach dem Geburtstags-Blowjob höre ich den Aufzug und springe auf, reiße die Wohnungstür auf, bevor Jeremy sie erreicht, meine Handtasche in der Hand. *Meine Handtasche.* Sie fühlt sich so seltsam in meinen Fingern an, dieses überflüssige, zusätzliche Gewicht, das man mit sich herumschleppt, um … ja, warum eigentlich? Was ist so unverzichtbar, dass wir Frauen ein zusätzliches Anhängsel dabeihaben müssen? Männer können offenbar gut überleben, ohne einen persönlichen Vorrat an Heftpflastern, Taschentüchern, Medikamenten und Q-Tips mit sich herumzutragen.

Die Handtasche ist glänzend und neu, ein Jippie-ich-bin-reich-Kauf von damals, als ich noch nicht begriffen hatte, dass eine eingeschlossene Person gar keine Handtasche braucht. Aber scheiß drauf – ich benutze sie. Es ist eine riesige, leere Handtasche, die nur zwei Dinge enthält: einen Führerschein und ein Scheckbuch.

»Hey.« Jeremy bleibt im Flur stehen, mustert mich anerkennend. »Du siehst … bereit aus.«

»Bereit?« Ich verdrehe die Augen und ziehe die Wohnungstür zu. »Wow, du bist ja genauso aus der Übung wie ich. Wie wär's mit heiß? Sexy? Schön?«

Ich rausche an ihm vorbei und werde von seiner Hand aufgehalten, die mich zur Seite schiebt und gegen die Wand drückt, und auf einmal ist sein Körper *da,* hart und stark an mich gepresst, sein Atem heiß in meinem Nacken.

»Heiß. Sexy. Schön«, flüstert er, und ich werde schwach, als ich das Kinn hebe und er seinen Mund auf meinen drückt.

Meine Handtasche fällt zu Boden, als seine Zunge über meine streicht, in einer langsamen, selbstbewussten Bewegung. Meine Hände stehlen sich unter sein Hemd und berühren seinen Rücken, ich will ihn näher, härter, überall an mir haben.

Er zieht sich plötzlich zurück, und ich schnappe nach Luft und sehe ihm in die Augen.

»Hast du's eilig?«, will er wissen.

Ich grinse, halte mich an seinem Hemd fest, voller Bewunderung, als meine Hände über seine starken Brustmuskeln gleiten. »Ja, ehrlich gesagt, schon. Los geht's, Romeo.«

Er macht ein mürrisches Gesicht und drückt mir einen letzten Kuss auf den Mund, bevor er sich bückt, um meine Tasche aufzuheben. »Willst du mir endlich sagen, wohin es geht?«

»Im Truck«, verspreche ich, nehme die Tasche entgegen und gehe auf die Treppe zu.

»Du willst einen Wagen kaufen?« Jeremys skeptischer Gesichtsausdruck ist identisch mit dem, den ich mir oft bei Dr. Derek vorstelle, und ich werfe ihm einen warnenden Blick zu.

»Ja. Fahr nach Norden. Alle Autohändler …«

»… befinden sich am Rande der Route 1«, ergänzt Jeremy trocken.

»Richtig. Du kennst dich aus. Hatte ich ganz vergessen.«

Seine Mundwinkel zucken bei meinem Tonfall, aber er erwidert nichts, wechselt die Spur und fährt nach Norden.

»Was für einen Wagen willst du?«

Ich sehe aus dem Fenster, nehme die Stadt bei Tage in

mich auf. Überall Leute, in Autos und zu Fuß unterwegs, die alle ihr Leben leben, ohne sich ihrer alltäglichen Freiheiten bewusst zu sein. Sie reden, ohne an den Tod zu denken. Sie leben, ohne der Gewalt zu entsagen. Ich starre auf eine Mutter, die einen Kinderwagen vor sich herschiebt, und stelle mir vor, wie unser Truck sie niedermäht, ihre Schreie und das Splittern ihrer Knochen unter den Reifen. Wenn ich das Fenster herunterkurbeln würde, könnte ich ihr Leiden aus nächster Nähe beobachten.

»Ein Cabrio«, murmele ich.

Wir erreichen die vierspurige Straße, die unser Ziel ist. Jeremy wechselt auf die langsame Spur und blickt aus dem Fenster. »Wo willst du anfangen?«

Ich suche die Schilder ab und zeige nach vorn. »Da.«

Er wirft mir einen verwirrten Blick zu. »Jaguar?«

»Ja.«

Er setzt den Blinker, biegt in aller Ruhe zu dem Autohändler ab und parkt den Truck. Der Lieferwagen sieht zwischen den eleganten Fahrzeugen irgendwie fehl am Platz aus. Ich öffne die Tür und steige aus, mein Turnschuh trifft auf harten Asphalt, und ein leichtes Kribbeln durchzuckt mich bei dem Kontakt mit der Außenwelt. Sie ist noch immer neu. Ich bin noch immer dankbar. Das ruft mir in Erinnerung, dass ich vorsichtig sein muss. Dass ich mich benehmen muss. Dieser Kauf wird mir eine neue Welt eröffnen. Ich muss sichergehen, dass ich die Tür nicht zu weit öffne und die Hölle nicht mit hineinsauge.

Ich gehe ein paar Schritte vor und bleibe dann stehen. Ich weide mich an einem mitternachtsblauen Monster in der vordersten Reihe. Der Wagen schimmert in der Sonne, mit einem leichten Funkeln in der Farbe. Ich rühre mich nicht von der Stelle, wende den Blick nicht von ihm ab. Dieses

Auto würde über den Honda Accord, den ich auf der Highschool fuhr, die perfekt geformte Nase rümpfen, verächtlich schnauben und Rauch durch die Lüftungsschlitze an den Seiten ausstoßen. Der Wagen ist Sex, Geschwindigkeit und Eleganz, alles in einem. Wäre es kein Auto, sondern ein Mensch, würde es Wetten bei illegalen Rennen abschließen und sich bei der Aussicht auf einen fetten Gewinn die Hände reiben.

Ich kann mir ein Auto dieser Größenordnung leisten. Ich schwimme in Geld, und dieses Schätzchen hier kann mir gehören. Es ist Jahre her, seit ich mir zuletzt irgendetwas nur aus Spaß gekauft habe. Aber für mein Ticket zur Freiheit scheint es der richtige Zeitpunkt zu sein. Ich freue mich darauf, die Tür zu öffnen, mich auf das Leder zu setzen und meinen Erfolg, so krude er wirken mag, zu feiern.

Ich höre das Scharren von Füßen auf dem Asphalt und reiße mich vom Anblick des Wagens los. Mein Blick fällt auf einen dünnen Mann in einem ordentlichen Anzug, der von Jeremys Truck zu meiner Jeans sieht und uns beide als armselig einstuft. Er neigt mit einem oberflächlichen Lächeln den Kopf zur Seite. »Kann ich Ihnen beiden irgendwie behilflich sein?«

»Wir sehen uns nur um«, sagt Jeremy, und ich werfe ihm einen Blick zu, der ihn prompt verstummen lässt. In seinen Augen stehen Fragezeichen, während sein Mund abrupt innehält.

»Der da«, sage ich, strecke eine Hand aus und zeige auf meinen Wagen. »Der soll es sein.«

Der Mann lächelt noch immer, eine eindrucksvolle Leistung, mit der es ihm gelingt, Verärgerung zum Ausdruck zu bringen, ohne seine Professionalität zu verlieren.

»Der F-TYPE S? Das ist unser V8-Modell, ein schöner

Wagen. Vielleicht möchten Sie hereinkommen und über die Preisgestaltung reden?«

»Nein.« Ich trete vor, gleite mit den Händen über die glänzende Karosserie, der Wagen erzittert förmlich unter meiner Berührung, und ich kann mir vorstellen, wie er schnurrt, kann fast hören, wie kehlig er knurrt, wenn er durchgetreten wird. »Ich will ihn fahren.«

45

Hausarrest-Countdown: 10 Tage

»Mr. Renza?«

Marcus sieht von seinem Schreibtisch auf. Ein Mann steht vor ihm, hochgewachsen und schlaksig, eine dünne Krawatte um den Hals gebunden, die Ärmel hochgekrempelt, sodass sie tattoobedeckte Unterarme entblößen. Er runzelt die Stirn.

»Was?«

»Ich bin Nick. John sagte, Sie wollten mich sprechen? Ich bin der Techniker.«

Er betrachtet ihn eine Weile, das Erscheinungsbild des Mannes passt nicht zu dem verschrobenen Computerfreak, den er erwartet hat. Noch ein paar Sekunden verstreichen, bevor er sich von seinem Schreibtisch abstößt, wegrollt und mit einer Hand durch die Luft fuchtelt. »Kommen Sie her.«

Das große Zimmer wird mit zwei Personen darin plötzlich kleiner, der Gestank des Mannes dringt in Marcus' Nase, und der Platz vor dem Schreibtisch bietet kaum genug Raum für die ständige Bewegung des anderen Körpers – klopfende Finger, Summen, wippende Beine. Der Mann hat sich kein bisschen unter Kontrolle, er versprüht eine unglaubliche Nervosität. Marcus funkelt ihn an, zieht einen Notizblock aus seiner mittleren Schreibtischschublade, reißt das oberste Blatt ab und schiebt es dem Mann über den Schreibtisch zu. Die Webseite von Jess Reilly hat er daraufgekritzelt.

»Das ist die Webseite? Darüber wollen Sie Infos?«

»Ja.«

»Okay …«, sagt der Mann gedehnt. Er wirft seinen Kuriersack auf den Stuhl neben sich und wühlt in seinen Tiefen, bis er ein Tablet zutage fördert. »Lassen Sie mich die Seite rasch aufrufen. Sie sagten am Telefon, Sie wurden dort gesperrt?«

»Ja.«

»Ihre IP-Adresse ist vermutlich geblockt. Aber mein iPad wird nicht Ihr WLAN benutzen, daher müsste ich damit eigentlich reinkommen … ja.« Er legt das Tablet so auf den Schreibtisch, dass beide auf das Display sehen können. »Oh, verdammt, ist die heiß.«

Marcus' Hände umklammern die Armlehnen seines Stuhls. Seine Kontrolle gerät ins Wanken, noch ein Hinweis darauf, wie sehr das Gefängnis seine Gelassenheit ruiniert hat. Vor zwei Jahren hätte er bei einer solchen Bemerkung nicht einmal mit der Wimper gezuckt. Vor zwei Jahren hätte er keine besitzergreifenden Gefühle für ein Mädchen entwickelt, das er im Internet kennengelernt hat. Scheiße, vor zwei Jahren hätte er nicht einmal kostbare Zeit *im* verdammten Internet vergeudet.

Der Mann gleitet mit den Fingern über das Display, klickt Links in einem Tempo an, von dem Marcus schlecht wird, und die Art, wie seine Augen auf Jessicas Körper kleben, bringt ihn erst recht in Rage.

»Also … Entschuldigung. Was für Infos brauchten Sie?«

»Können Sie mich entsperren?«, fragt Marcus langsam, die Fäuste unter der Tischplatte geballt.

Der Mann lacht, lehnt sich in seinem Stuhl zurück, den Blick noch immer auf das Eingangs-Video geheftet, auf dem eine nackte Jessica in die Kamera kichert, während ihre kleinen, entblößten Brüste in erotischer Zeitlupe wogen.

»Nein. Ausgeschlossen, Mann. Alle Macht den Computerfreaks, das ist das Schöne am Internet!«

Er macht irgendeine alberne Handpumpen-Geste, die sich über einen Teil von Marcus lustig macht, den er eigentlich im Gefängnis zurücklassen wollte. Dann fährt er fort, ohne etwas von seinem Schnitzer zu ahnen.

»Ihre IP-Adresse ist so was wie Ihre Sozialversicherungsnummer, Mann. Und jedes Mal, wenn Sie eine Webseite besuchen, halten Sie denen diesen Scheiß genau unter die Nase. Eine Webseite kann Ihre IP sperren oder … sagen wir, jede IP in einem bestimmten Postleitzahlenbereich, Bundesstaat oder Land. Dann sind Sie erledigt. Kein Zugang für Sie. Und weder Sie noch ich können irgendetwas dagegen tun.«

Er lacht, als fände er das witzig, und verstummt erst, als ein leises Knurren aus Marcus' Kehle entweicht. Der Kerl ist so klug, sich sofort zu beruhigen.

»Was haben Sie getan, als Sie gesperrt wurden?«

»Ich habe den ›Kontaktier-mich‹-Link angeklickt«, sagt Marcus angespannt.

Der Idiot streckt eine Hand aus und klickt den Link an, und der vertraute »GESPERRT«-Status sorgt dafür, dass sich Marcus der Magen umdreht.

»Na, das ist ja mal was Neues«, sagt der Mann verblüfft, mit einer Spur von Bewunderung in der Stimme. »Sieht aus, als ob man Sie nicht komplett geblockt hätte. Die Sperren werden ausgelöst, wenn Sie bestimmte Aktionen auf der Seite durchführen. Vermutlich hat, wer immer das hier eingerichtet hat, die IP-Adressen der Gegend damit verknüpft. Das heißt, Sie haben jetzt zwei Optionen.« Er sieht auf, und seine Worte geben Marcus einen Funken Hoffnung.

»Na los«, spuckt Marcus, drauf und dran, die Informationen aus dem Mann herauszuwürgen.

»Sie können sich ein Tablet besorgen und die IP-Adresse des Handyanbieters verwenden. Oder ich kann die IP-Adresse verbergen oder sie so einrichten, dass sie den Hotspot Ihres Handys verwendet. Aber damit werden Sie auch nur einen eingeschränkten Zugang bekommen. Sobald Sie diesen Link – oder irgendeinen anderen auslösenden Link – anklicken, landen Sie wieder auf der schwarzen Liste. Irgendwann werden Sie keine Verbindungspunkte mehr haben, es sei denn, Sie steigen in Ihren Wagen und fahren los. Aber …«

Das Grinsen auf dem Gesicht des Mannes verrät Marcus, dass er über seinen Hausarrest Bescheid weiß. Vielleicht sollte er es vergessen, seine Männlichkeit über Jess Reilly wiederherzustellen. Vielleicht wird er einfach diesen Typen mit den Fäusten bearbeiten. Ihm ein bisschen verdammten Respekt einhämmern.

Das Arschloch tippt noch ein paar Mal auf dem Display herum und sieht dann auf. »Sonst noch irgendwas, Mann?«

Mann? Ich bin nicht dein Mann. Ich bin dein verdammter Arbeitgeber. Zeig mir ein bisschen gottverdammten Respekt, bevor ich dir den Arsch damit vollstopfe.

»Ich will wissen, wem diese Webseite gehört und wie ich sie finden kann.«

»Sie finden?« Der Mann sieht zum ersten Mal eingeschüchtert aus, sein tätowierter Adamsapfel bewegt sich auf und ab, als er schluckt, und er blickt wieder zurück zu dem »ZUGANG-GESPERRT«-Hinweis auf dem Bildschirm. »Ich dachte, Sie sitzen hier fest, Sie können nicht …«

»Besorgen Sie mir die verdammte Information«, knurrt Marcus. »Und dann verpissen Sie sich.«

Der tätowierte Mann lässt sich Zeit, verstaut in aller Ruhe sein Tablet und entfernt sich langsam schlurfend vom Schreibtisch, was eine neue Welle der Wut in Marcus auslöst.

Er funkelt den Mann an und denkt ans Gefängnis. Dieser Junge wäre binnen einer Stunde sein Luder geworden und hätte ihm allen Respekt gezollt, den Marcus wollte.

Er beobachtet den langsamen Abgang des Mannes, und als er die Tür am schweren Knauf ins Schloss zieht, ruft Marcus ihm nach: »Heute Abend! Ich will die Information heute Abend.«

Keine Reaktion, kein »Ja, Sir« oder »Sofort«. Die ausbleibende Antwort versetzt ihm einen Stich, und die Zahlen vor ihm verschwimmen. Seine Konzentration verliert sich, und sein Verlangen, Jess' Webseite zu erkunden, konkurriert mit dem Zorn auf diesen Jungen. Wer hat dieses Stück Scheiße angeheuert?

Er reißt sich zusammen, lässt sich einen Moment Zeit, bevor er eine Hand ausstreckt und sich sein Telefon schnappt. Er ruft den rothaarigen Bediensteten an, der prompt, noch vor dem zweiten Klingeln, abnimmt. *Na endlich.* Jemand mit ein bisschen Respekt. Der Junge wächst ihm allmählich ans Herz, trotz der roten Haare.

»Ich erwarte ein paar Informationen von diesem Arschgesicht, das eben hier weggegangen ist. Sobald er sie geliefert hat, feuerst du den Wichser.«

46

Der Blick zwischen Jeremy und dem Verkäufer verpasst meinem »Ich-werde-heute-niemanden-töten«-Vorsatz einen Dämpfer. Ich knurre leise und öffne die Tür des Jaguars, rutsche auf den Fahrersitz und öffne meine Handtasche. Ich zücke meinen Führerschein und halte ihn dem Verkäufer hin, warte.

Fünf Sekunden verstreichen.

Zehn.

Zwanzig.

Ich blicke auf, dem Verkäufer ins Gesicht. »Das ist doch das, was Sie brauchen, oder? Für eine Probefahrt?«

»Ma'am, dieser Wagen hat erst acht Meilen drauf.« Das Lächeln des Mannes ist verschwunden, ersetzt von einer angespannten, entnervten Miene.

»Und?«

»Und er kostet einhundertundviertausend Dollar«, flüstert Jeremy im Hintergrund.

»Ich hätte gedacht, bei diesem Preisniveau würden Sie ein bisschen hilfsbereiter sein«, fauche ich, drehe mich wieder nach vorn um, den Führerschein immer noch in der Hand.

Ich warte einen langen, stillen Moment, dann spüre ich eine ruckartige Bewegung, als er sich den Führerschein schnappt. Eine Pause tritt ein, und als ich einen Blick auf den Verkäufer werfe, sehe ich, wie er mit hochgezogenen Augenbrauen die Vorderseite mustert.

»Ich bitte um Entschuldigung, Ma'am. Mir war nicht bewusst, dass Sie eine Bewohnerin der angesehenen Mulholland Oaks Apartments sind. Bitte bestellen Sie bei Ihrer Rückkehr den Küchenschaben meine besten Grüße.«

Er lächelt säuerlich und schnellt herum, eine Geste der Arroganz, schreitet auf den Verkaufsraum zu, meinen Führerschein fest in der Hand, als hätte er einen Beweis und sei damit auf dem Weg zum Büro des Chefs.

Ich lege die Hände ums Lenkrad, umklammere das Leder fest und stelle mir seinen Hals zwischen meinen Händen vor, das Weiße in seinen Augen, während ich die Luft aus seinen Lungen würge. Das schwere Gewicht seines Körpers, wenn er tot zusammensackt. Ich atme einmal langsam aus und genieße die Vorstellung einen letzten Moment, bevor ich sie beiseiteschiebe.

Ich spüre, wie sich der Wagen bewegt, als die Beifahrertür aufgeht und Jeremy einsteigt. Ich schlage die Augen auf und sehe zu ihm hinüber.

»Netter Wagen«, bemerkt er beiläufig.

»Ja.«

»Liege ich hier ein bisschen falsch, oder …«

»Du liegst falsch«, schneide ich ihm das Wort ab.

»Wirklich? Denn auf dem Aufkleber steht einhunderttausend Dollar, was ein …«

»Einhundertund*vier*tausend«, berichtige ich ihn. »Maß dir nicht an, meine finanzielle Situation zu beurteilen.«

Das bringt ihn zum Schweigen, und er sitzt einen Moment wortlos da, bevor er sich ganz zu mir umdreht. »Du hast einhunderttausend Dollar?«

»Ja.«

Die Schritte, die zu uns zurückkehren, haben sich verdoppelt, und ich stöhne auf, öffne die Tür und mache mich auf einen Kampf gefasst. Ich steige aus und sehe zu dem Gespann, das auf mich zukommt, mein wenig hilfsbereiter Verkäufer und eine etwas ältere Entsprechung im Anzug, ein Mann, dem der Managertitel in sein verärgertes Gesicht geschrieben steht.

»Miss Madden«, beginnt der Verkäufer, »auf Ihren Namen ist und war noch nie ein Wagen zugelassen.«

Ich verschränke die Arme vor der Brust, erhasche aus dem Augenwinkel einen Blick auf Jeremy. Er sitzt da, nach vorn gewandt, einen verwirrten Ausdruck im Gesicht, so hinreißend, dass ich ihn mit Küssen überschütten will.

»Und was genau wollen Sie mir damit sagen?«

»Ich glaube nicht, dass wir der richtige Händler für Sie sind«, sagt der Manager mit abweisender Haltung.

Ich lehne mich gegen den Wagen, spüre das Metall unter meinem Hintern und grinse, die Arme noch immer über dem T-Shirt verschränkt. »Sie haben fünf Minuten, um Ihren Schwanzvergleich untereinander auszumachen, dann brauche ich einen Schlüssel, um eine Probefahrt mit einem Wagen zu unternehmen. Und zwar mit *diesem.* Keinem anderen F-TYPE oder einem Ihrer beschissenen XFs oder irgendeinem gebrauchten Lexus, den Sie auf dem hinteren Parkplatz stehen haben. Wenn Sie mir keinen Schlüssel geben, rufe ich bei Jaguar an, bestelle einen identischen V8 beim nächstgelegenen Händler und beschwere mich so lange über Ihre Diskriminierung, bis er mir frei Haus zu meiner fabelhaften Wohnung in Mulholland Oaks geliefert wird. Und Ihrem Geschäft brumme ich die Lieferkosten und jegliche Wartungsarbeiten in den nächsten zehn Jahren auf, nur um mich für meine Schmerzen und mein Leid zu entschädigen.«

Ich sehe die Männer mit einer hochgezogenen Augenbraue an und warte so lange, bis ich Unentschlossenheit in ihren Gesichtern erkenne, dann rutsche ich wieder auf den Fahrersitz und mache mich mit meinem neuen Baby vertraut.

Jeremy und ich werden keine fünf Minuten allein gelassen, dann ist der Verkäufer wieder da, händigt mir einen einzelnen schwarzen Schlüssel aus und tritt mit gequälter Miene einen Schritt zurück. Zwei Minuten später schießen Jeremy und ich den Highway hinunter.

Schießen ist vielleicht ein bisschen übertrieben. *Zuckeln* trifft es höchstwahrscheinlich besser. Wie immer man es nennen will, wenn ich die Hände in der korrekten Zehn-vor-zwei-Stellung auf dem Lenkrad habe, den Fuß sanft auf dem Pedal, und der Wagen mit zwanzig Meilen unter dem Tempolimit und noch immer im zweiten Gang vor sich hin rollt. Ich kann fast hören, wie der Jaguar mich verspottet. Aber abgesehen von meinem mörderischen Roadtrip auf der Suche nach Annie und dem Feuerwerksdate mit Jeremy bin ich seit drei, fast vier Jahren nicht mehr gefahren. Daher möge man mir verzeihen, dass ich diesem Wagen nicht die Sporen gebe, die er verdient hat.

»Wir werden von Minivans überholt.« Jeremys Stimme ist leise, mit einem Hauch von Belustigung, die mir verrät, dass er lächelt.

Ich sehe nicht zu ihm hinüber. Das kann ich nicht. Ich habe zu viel Angst davor, den Blick von der Straße abzuwenden. Ich gebe ein bisschen mehr Gas und sehe zu, wie die Tachonadel auf 37 Meilen in der Stunde hochkriecht, dann entspanne ich meinen Fuß und setze den Blinker.

»Wohin fahren wir?«

»Zurück zum Händler. Ich bin zufrieden damit.«

»Wir sind höchstens eine Meile gefahren! Du hast nie höher als in den zweiten Gang geschaltet.«

Die Wahrheit ist, der Wagen macht mir ein bisschen Angst. Ich kann die Energie in ihm brodeln spüren, und der schnelle Satz, den er gemacht hat, als ich leicht aufs Gaspedal gedrückt habe, hat mir gezeigt, wozu er imstande ist. Das respektiere ich – dieses nur schwer unterdrückte Bündel pure Energie. Ich werde lernen, ihn von der Leine zu lassen. Aber die Tatsache, dass ich Angst vor ihm habe, ist für mich Grund genug, ihn zu kaufen. Der Wagen und ich sind uns ähnlicher, als Jeremy oder der Verkäufer je verstehen werden. Wir tragen beide einen Dämon in uns.

47

Ich überlege, ob ich mich weigern soll, bei unserer Rückkehr in den Verkaufsraum zu gehen. Meine Abneigung dagegen beruht zum Teil darauf, dass die Angestellten dort alle aussehen, als würden sie wie frische Delikatessen in Glasvitrinen präsentiert werden, bereit für meine Auswahl, alle in gespannter Erwartung, gleich von mir verspeist zu werden. Der andere Teil meines Widerstands ist pure Sturheit, mein jugendliches Bedürfnis, mit dem Fuß aufzustampfen und meinen Wohlstand fröhlich in die Welt hinauszuschreien, während ich mitten auf dem Parkplatz eine Riesenszene mache.

Aber ich benehme mich. Ich parke, nehme den glänzenden neuen Schlüssel in die Hand und gehe hinein. Jeremys Hand findet meine und drückt sie. Ich blicke auf unsere Verbindung, auf seine Finger, die in meinen verhakt sind. Der unerwartete Kontakt ist verwirrend in seiner Normalität. Wie lange ist es her, seit ich jemandes Hand gehalten habe? Annie war die Letzte, ihre siebenjährigen Finger lagen leicht klebrig in meiner Hand. Aber … davor? Jahre. Jahre der selbstgewählten Isolation.

Ich löse meine Hand aus Jeremys und gehe durch die Glastür, die er mir aufhält. Ich habe die idiotische Entscheidung getroffen, eine Liebe öffentlich zu machen, bei der ich mir noch immer nicht sicher bin, ob ich sie mir überhaupt gestatten sollte. Vermutlich sollte ich ein bisschen Abstand in diese neue Beziehung bringen, wenigstens der Form halber.

Sobald ich mein Scheckbuch zücke und erkläre, dass ich das Geld für den Wagen sofort und vollständig anweisen würde, ist jede Arroganz verflogen. Man lächelt, man winkt, man bietet uns Champagner an und bläst mir auf eine ekelhafte Weise Zucker in den Arsch. Nach einem halbherzigen Verhandlungsversuch meinerseits geben sie mir ein paar Riesen Rabatt auf den Kaufpreis und kümmern sich um den Papierkram. Jeremy und ich verlassen das Büro und machen es uns auf der Couch in der Lobby bequem.

»Du kannst ruhig schon losfahren«, biete ich ihm an. »Ich werde mit dem Wagen nach Hause kommen.«

»Macht mir nichts aus zu warten. Es dürfte ja nicht allzu lange dauern. Wollen wir irgendwo zu Mittag essen?«

Mittagessen. Ich sehe auf meine Uhr. 13:15 Uhr. Normale Leute hätten jetzt Hunger. Aber das Einzige, was ich will, ist, in meinen neuen Wagen steigen und losfahren. Meine neue Unabhängigkeit feiern. Selbst wenn Feiern in meinem Fall heißt, mit blinkenden Warnlichtern auf der langsamen Spur vorwärtszukriechen.

»Nein. Ich muss nach Hause.«

Eine Stunde später stürme ich zu meiner Wohnungstür herein, und ich zucke zusammen, als der Knauf mit einem lauten Rums gegen den weißen Putz der Wand dahinter knallt. Es klingt nach Sachbeschädigung. Ich gehe an den Paketen vorbei, die sich in dieser Woche angesammelt haben, zücke mein Handy und wähle eine Nummer, die ich auswendig weiß. Es ist nicht Mittwoch. Es ist nicht 14:00 Uhr. Aber ich muss mit ihm reden. Muss seine beruhigende Stimme und seinen rationalen Gedankengang hören. Ich habe zu viel getan. Ich bin zu weit gegangen. Ich bin *nicht* bereit hierfür. Die Entscheidung, die ich getroffen habe, zerrt mit unnachgiebigen Fingern an mir und stößt mein Selbstwertgefühl zu Boden.

Er nimmt ab, und ich atme erleichtert aus.

»Deanna? Was ist los?«

»Nichts. Ich muss nur … ich muss nur einen Moment reden.«

»Es ist … Tag. Geht es Ihnen gut?«

Sie sollten am Tag nicht unkontrollierbar sein – sein unausgesprochener Gedanke erhöht meinen Stresspegel nur noch mehr.

»Kein Grund, auszuflippen. Ich … habe nur …«

»Sie haben was?« Dr. Dereks Stimme sinkt um eine Oktave in den ruhigen Psychiater-Modus, und ich entspanne mich leicht und betrachte kurz den Schlüssel in meiner Hand. Ein unbekanntes Gefühl durchzuckt mich wie ein Blitz. Ich lege den Schlüssel auf den Tresen und gehe zu meinem Bett, lasse mich darauf fallen und schlüpfe aus meinen Schuhen.

»Ich habe einen Wagen gekauft.«

»Sie haben einen Wagen gekauft.«

»Ja. Jeremy hat mich gefahren.«

»Das heißt … Sie haben einen Wagen gekauft. Persönlich.«

»Ja. War das ein Fehler?«

Ich atme einmal tief aus und versuche zu verstehen, warum ich so zittere. Was mich in dieser letzten Stunde so aus dem Konzept gebracht hat. Aber ich weiß, was es ist. Es ist derselbe Grund, aus dem ich Derek jetzt anrufe. Weil ich das Gefühl habe, zu weit gegangen zu sein. Ich habe meine Anpassung an die Normalität auf ein ungesundes Maß getrieben.

»Warum haben Sie mich das nicht gefragt, *bevor* Sie einen Wagen gekauft haben?«

»Es war eine Impulsentscheidung.«

Das war es wirklich. Reiner Impuls. Ein flüchtiger Gedanke unter der Dusche, den ich mit beiden Händen packte und mit hemmungslosem Vergnügen zusammendrückte, bis sein Deckel absprang und er einen neuen Jaguar ausspuckte, von dem ich absolut keine Ahnung habe, was ich mit ihm anfangen soll.

Was war mein Plan? Mich wieder der menschlichen Rasse anschließen? Besorgungen erledigen? Sonntagsausflüge unternehmen? *Das* hier ist mein Zuhause. *Das* hier ist mein geschützter Ort. Diese Wände sind das, was mich geschützt hat. Andere vor mir geschützt hat.

»Mir gefällt diese neue Richtung nicht, die Sie einschlagen. Ich verstehe ja, dass Sie die Isolation leid sind …«

»Nein, das verstehen Sie nicht. Kabinenkoller, haben Sie das schon mal gehört? Versuchen Sie mal, drei Jahre lang dieselbe Luft zu atmen. Vergessen Sie, dass ich andere Leute töten will – ich werde bald anfangen, auf meinen eigenen Nacken einzuhacken.«

»Deanna. Sie waren zufrieden, Sie waren glücklich. Vor vier Monaten waren Sie perfekt eingestellt und angetan von der Vorstellung, in dieser Wohnung zu bleiben, bis Sie alt und grau sind. Was ist passiert? Was hat sich geändert? Warum wollen Sie jetzt unbedingt diese Veränderung?«

Weil ich vor vier Monaten meine Wohnung verlassen habe. Ich habe die Sonne gespürt. Ich habe einen Jungen geküsst. Ich bin quer durchs Land gefahren und habe jemanden getötet. Alles Dinge, die ich nicht gestehen kann. Die ich nicht mit dem einen Mann erörtern kann, der mir helfen könnte, sie zu überwinden.

»Nichts ist passiert.« Ich lecke mir die Lippen und suche nach einer Ausrede. »Ich bin nur … ich weiß nicht. Ich habe mich verändert. Vielleicht habe ich meine Tage.«

Die unaussprechliche Menstruation! Das Wort, bei dem jeder Mann die Klappe hält, das Thema wechselt, zum nächsten Punkt übergeht, bereit ist für alles, außer *darüber* zu diskutieren. Jeder Mann, bis auf Derek offenbar.

»Seien Sie nicht albern. Ihre Regel hatte noch nie diesen Effekt. Ist es wegen Jeremy?«

Mein Magen verkrampft sich. »Nein. Versuchen Sie nicht, mir das wegzunehmen.«

»Ich kann Ihnen gar nichts wegnehmen. Das ist eine Tatsache, die dadurch bezeugt wird, dass Sie sich beständig weigern, auf irgendeinen meiner Ratschläge zu hören.«

Seine Worte sind treffend, und ich muss lächeln. Es ist das alte Spiel: Derek predigt, und ich streite mich. Ich spüre, wie sich ein Teil meiner Anspannung legt.

»Können Sie den Wagen zurückgeben?«

Ich lache. »Ich habe nicht gefragt, ob man mir das Geld zurückerstatten würde, aber ich bin mir ziemlich sicher, dass die Antwort auf diese Frage Nein lautet.«

»Sie eröffnen sich selbst neue Möglichkeiten. Dieser Wagen ist ein Schlüssel zu ein paar sehr gefährlichen Türen. Sie müssen ihn loswerden. Sofort.«

Und einfach so hat er mir den Spaß an meinem Kauf verdorben. Ich wusste es, schon bevor ich seine Nummer wählte. Ich wusste, als mein Herz bereits im Treppenhaus raste, dass ich einen Fehler begangen habe. Dass ich den Mund zu voll genommen habe und dass mir diese süße Verlockung den Kopf verdrehen wird, bis sie mich über die Klippe direkt in die Hölle hinunterstößt.

Aber die Worte aus seinem Mund zu hören, die Weisheit hinter ihnen zu kennen … das dokumentiert eindringlich, wie sehr ich mich geirrt habe. Vermutlich der teuerste Irrtum aller Zeiten.

Ich sacke zusammen, rutsche vom Fußende des Betts und lehne mich mit dem Rücken gegen die Matratze. Ich lausche Dereks gleichmäßigem Atem und wünschte, er wäre hier, um mich zu halten. Mich zu umarmen. Ich möchte wetten, er ist ein guter Umarmer. Ein guter, verantwortungsvoller Umarmer, der dir das Gefühl gibt, mit seiner Umarmung einen Teil deiner Sorgen zu nehmen. Ich schließe die Augen.

»Ich muss Schluss machen.«

»Deanna … nicht.« Er hält einen Moment inne. »Fahren Sie nirgends hin. Nehmen Sie sich ein paar Tage Zeit zum Nachdenken. Versprechen Sie mir, dass Sie den Wagen nicht fahren werden, bevor wir uns morgen gesprochen haben.«

»Okay.«

Ich lege auf und sehe auf den Wagenschlüssel. Er liegt einsam und verlassen auf einem schäbigen Linoleumtresen. Wartet auf mehr. Ein Leben, das es zu erkunden gilt. Ich schließe die Augen, lasse den Kopf nach hinten sinken und spüre den Schmerz.

Ich muss ins Internet. Ich rolle mich herum und stemme mich hoch. Ablenkung wird helfen.

48

Nick Hopper sitzt in seinem Wagen auf einem Parkplatz, das kostenlose WLAN des angrenzenden Restaurants sendet ein schwaches, aber brauchbares Signal an seinen Laptop, selbst nachdem mehrere Stunden seit seinem Besuch verstrichen und die Lichter in dem Restaurant erloschen sind.

Er beginnt mit ein paar einfachen Suchen, durchforstet die DNS des Internets nach einer gewissen Jess Reilly, Superstar der Cam-Szene. Im Netz gibt es immer zweierlei: ein Gesicht, zugekleistert mit viel Make-up, eine hübsche Fassade – und dann gibt es die Wahrheit dahinter. Die nicht mit Photoshop bearbeiteten Bilder, den unförmigen Körper hinter der Nahaufnahme des Facebook-Profilbilds, den Leasingvertrag im Handschuhfach des Porsche.

Das Make-up findet er leicht, der Wohnort des Camgirls ist allzu deutlich zu erraten, ein Postfach, so einfach zu finden wie der »Kontaktier-mich«-Button auf ihrer Webseite. Sie kann nicht so dumm und noch immer am Leben und online sein. Irgendein durchgeknallter Typ, irgendeine noch schlimmere Version des Mannes, von dem er vorhin weggegangen ist, hätte sie inzwischen aufgespürt. Hätte ihr das süße Lächeln auf Arten ausgetrieben, die alleinstehende Frauen nachts wachhalten.

Nick hat Geschichten über den Mann gehört, der seine Gehaltsschecks ausstellt. Er hat zwei Jahre bei Renza Immobilien gearbeitet, fing ein paar Monate an, bevor der Mann weggesperrt wurde. Die Gerüchte brodelten in den ersten Wochen seines Arbeitsverhältnisses, Gerüchte, die durch das Gerichtsdrama geschürt wurden, das auf truTV ausgestrahlt wurde, vor der ganzen Welt. Der Typ ist echt verkorkst. Zwei Jahre später kann Nick die Tussi, Katie irgendwas, noch immer vor seinem geistigen Auge sehen. Das Gesicht des Mädchens sah aus wie das eines Schlaganfallopfers, die rechte Seite reagierte gar nicht, wenn sie sprach, und der als Zeuge angehörte Arzt bestätigte, das sei die Folge eines Gewebeschadens. Sie saß im Zeugenstand und sagte aus, der Schaden sei ihr mit seinen Fäusten, seinem Gürtel und – einmal – der Spitze seiner Anzugschuhe zugefügt worden.

Er schließt die Augen vor der Erinnerung und tippt weiter. Trägt die Fassade von Jess Reilly Schicht für Schicht ab, gräbt tiefer. Ihre Deckung ist beeindruckend – fünf oder sechs Ebenen tiefer als nötig. Er schlürft an seiner Coke und verstößt gegen noch ein paar Bundesgesetze zum Schutz der Privatsphäre. Konzentriert sich auf ihre Webseite, umgeht die private Registrierung, kommt ihr näher, und ihr virtueller Geruch breitet sich in seinem Wagen aus, während er sich immer weiter vorwärtshackt.

Es dauert. Irgendjemand mit viel Ahnung hat diesen Irrgarten für sie eingerichtet. Aber er findet ein paar Schlupflöcher. Drückt sie weit auf und kriecht hinein. Und schließlich, Stunden später, hat er eine Adresse. Weit entfernt von ihrer gefälschten Anschrift in Iowa. Noch weiter entfernt von Marcus Renzas Villa in Miami. Vielleicht wird Mr. Renza nicht dorthin fahren. Das kann er doch gar nicht, oder? Er steht unter Hausarrest. Zumindest im Augenblick.

Nick notiert sich die Adresse auf der Handinnenseite. Dann lässt er den Wagen an und fährt zurück zur Villa.

49

HackOffMyBigCock: hey killer

»Bleib cool, Mann.« Ich strecke ihm die Zunge heraus und beuge mich vor, öffne die Schublade, die meine diversen Schulmädchen-Kostüme enthält. »Bist du in der Stimmung für grün oder rot kariert?«

HackOffMyBigCock: zieh dich einfach aus, lass das kostüm weg.

Ich halte verblüfft inne, die Strumpfhosen schon in der Hand. Wir chatten seit drei Jahren, und er hat so ziemlich jedes Schulmädchen-Kostüm verschlissen, das ich habe. Nacktheit ist etwas Neues.

»Wie? Hat deine Freundin vom College dir etwa den Laufpass gegeben?«

HackOffMyBigCock: lach ruhig. ich werde einen neuen fetisch finden. vielleicht werde ich mich in einen pelzfreak verwandeln. vielleicht kannst du etwas von meinem geld für ein paar richtig tolle kostüme ausgeben.

Ich rümpfe die Nase. »Ich habe nicht genug Platz in meinem Kleiderschrank für Pelze. Und ich schwitze mir sowieso schon den Arsch ab. Ich kann mir nicht vorstellen, in einem zwanzig Pfund schweren Känguru-Kostüm unter diesen Scheinwerfern zu stehen.«

HackOffMyBigCock: scheiß auf das känguru. ich will einen eisbärenarsch vögeln. du wärst ein sexy eisbär.

Ich lache, rutsche auf den Knien herum, bis ich ihm den Rücken zuwende, und öffne meinen BH, sehe über die Schulter in die Kamera und schenke ihm ein neckisches Lächeln.

HackOffMyBigCock: dreh dich um. zeig sie mir.

Mike ist der einzige Mensch auf dieser Erde, der meinen Reichtum kennt. Ich bin mir ziemlich sicher, dass es nur sehr wenig gibt, was er nicht über mich weiß. Ich hätte nicht gedacht, dass er das mit Jeremy herausfindet, dass er schon so weit in meine Lebensgewohnheiten eingedrungen ist. Ich nehme an, in dem Punkt war ich naiv.

Aber viel wichtiger, ungeachtet meines Liebeslebens, ist die Tatsache, dass er weiß, wer ich wirklich bin. Er kennt meine Familiengeschichte, meine Adresse, meine Bankdaten. Er weiß sogar von jener Nacht in Georgia. Weiß, dass ich mit Blut an den Händen von dort weggefahren bin. Er war es, der den Geldtransfer an Annies Familie eingefädelt hat. Ich vertraue ihm bedingungslos. Und ich habe kaum eine andere Wahl.

Er war lange Zeit meine Rettungsleine zur Welt. Er hat mir meine falsche Identität, meinen Internetzugang, meine Firewall, die (wie er mir garantiert) undurchdringlich ist, besorgt. Und jene Nacht in Georgia? Ich bin mir ziemlich sicher, er hat selbst genügend Straftaten begangen, um eine Gefängniszelle genau neben meiner zu bekommen. Er kennt und beschützt mich auf eine Art, auf die es Jeremy niemals tun könnte, ist mein Freund auf eine Art, auf die es niemand anders ist. Und doch habe ich ihn noch nie gesehen. Habe mir nur den Klang seiner Stimme eingeprägt. Sein kratziges Kichern, wenn er lacht. Seinen zischelnden Atem, wenn ich ihn zum Orgasmus bringe. Es ist eine seltsame Beziehung. Er gibt mir so viel, und ich kann ihm nur die Videosessions bieten, für die er auch noch bezahlen muss. Es erscheint mir nicht wirklich fair, aber bislang hat er sich nicht beklagt, daher halte ich den Mund und bin dankbar.

Ich folge seiner Anweisung und drehe mich um, halte meine Brüste zunächst bedeckt, bevor ich die Hände langsam sinken lasse und meine Haut entblöße, während sich mein Atem ein bisschen beschleunigt.

HackOffMyBigCock: scheiße, baby, mein schwanz ist so hart.

»Zeig ihn mir.« Eine sinnlose Bitte, aber dennoch eine, die ich jedes Mal vorbringe. Er zeigt mir nie etwas von sich.

Ich strecke mich auf dem Bett aus und ziehe meinen Slip herunter, sodass ich völlig nackt vor ihm liege.

HackOffMyBigCock: überlass mir die kamerasteuerung.

»Bitte«, knurre ich.

HackOffMyBigCock: bitte, bitte, du verdammtes wunderweib.

»So ist's recht.«

Ich grinse, beuge mich vor, warte, bis ein Feld erscheint, klicke es an und bitte um einen Remote-Zugriff. Ich bin mir ziemlich sicher, dass er eine Möglichkeit hat, meine Erlaubnis für den Zugriff zu umgehen, aber ich danke ihm dafür, dass er diese Möglichkeit nicht nutzt. Dieser zusätzliche Schritt, ihm den Zugang zu gewähren, gibt mir das Gefühl, wenigstens einen Hauch von Kontrolle zu haben. Ich klicke das Erlaubnisfeld an, lehne mich zurück und sehe dann zu, wie die Bildschirmeinstellung größer wird, wie meine Kameras ohne meine Berührung arbeiten, wie sie zoomen und schwenken, während Mike die Kontrolle über unsere Session übernimmt.

HackOffMyBigCock: leg dich auf die seite. und dann spreiz die beine für mich.

»Willst du, dass ich mich anfasse?« Ich beobachte den Bildschirm und warte auf seine Antwort.

HackOffMyBigCock: nein, nimm dir ein spielzeug. einen deiner kleinen vibratoren. halt ihn dir sanft an den kitzler. dreh dich ein bisschen zur seite, damit ich deine muschi sehen kann.

Ich arrangiere meinen Körper so, dass er zu einer der Kameras zeigt, mit angewinkelten Knien, die Beine geöffnet. Ich schnappe mir ein Spielzeug und schalte es auf der niedrigsten Stufe ein, lege mich aufs Bett und gleite damit ganz sanft über meine Klitoris. Mein Körper reagiert prompt, ich werde feucht, und meine Schamlippen schwellen an, recken sich der Kamera entgegen. Ich schließe die Augen.

»Schalt dein Mikro ein.«

Ein elektronisches Piepsen ertönt, und ich höre seinen Atem, die Geräusche eines Lebens irgendwo anders, weit weg von mir und meiner Einsamkeit in dieser Wohnung.

»Hey, du.«

»Gott, du bist schön.«

Seine Stimme ist schroff, und ich kann das Verlangen darin ausmachen. Ich liebe seine Stimme. Sie führt mir ein Gesicht vor Augen, das ich niemals sehen werde, eine Berührung, die ich niemals fühlen werde. Ich lächele mit geschlossenen Augen und stelle mir seinen Mund auf mir vor, der das Spielzeug ersetzt und ohne Eile über meine Schamlippen gleitet.

»Ich will so unbedingt, dass du mich vögelst«, flüstere ich, ein Satz, der ihm ein schweres Stöhnen entlockt.

»Sag's mir. Sag mir, was du mit mir tun würdest«, fleht er.

»Ich würde mich auf deinem Bett bereit machen. Mich berühren, während ich zuhöre, wie du mich bearbeitest. Mir deine Hände auf meiner Haut vorstellen, deinen Mund zwischen meinen Beinen.«

Ich mache ein Hohlkreuz, brauche mehr Stimulation,

schalte den Vibrator auf eine höhere Stufe und stöhne leise, als er mit mehr Druck gegen meine Klitoris stößt.

»Komm her. Ich will, dass du auf den Knien zu mir kriechst.«

Ich bewege mich nicht. »Noch nicht. Ich will, dass du hart bist, bevor ich dich in den Mund nehme.«

Er flucht. »Gott, du spannst mich auf die Folter! Auf diesem Planeten gibt es im Moment nichts Härteres als meinen Schwanz.«

»Ich stelle ihn mir genau jetzt vor.«

Ich schiebe das Spielzeug weiter nach unten. Es gleitet perfekt in mich hinein. Ich schlage die Augen auf, höre die Bewegung der Kamera und beobachte auf dem Bildschirm, wie Mike heranzoomt und die Kamera auf meine Schamlippen um das Spielzeug richtet.

»Ich will deinen harten Schwanz spüren, während du mich damit quälst. Ich will, dass du mit der Spitze immer wieder in mich eindringst und fühlst, wie heiß und angespannt ich für dich bin.«

Ein leises, kehliges Knurren erklingt, und ich krümme den Rücken, dränge weiter, mein Körper verlangt nach mehr, der Anblick meiner Schamlippen, die um das knallrosa Plastikteil pulsieren, macht selbst mich an, ist sogar für meine Augen erotisch, die diesen Anblick schon Tausende Male gesehen haben.

»Bitte«, flüstert er mit angespannter Stimme. »Tiefer.«

Ich schiebe das Spielzeug so tief, wie ich kann, in mich hinein, und die Geräusche seines Orgasmus lassen die Lautsprecher beben.

Manche Männer sind still, wenn sie kommen. Eine plötzliche Pause entsteht, ohne jedes Geräusch. Kein leises Keuchen, kein sanftes Stöhnen. Ihr ganzer Körper verkrampft sich in tödlicher Stille. Andere Männer sind laut, stöhnen, sprechen, ächzen geräuschvoll, während sie ihre Lust geradezu hinausstoßen. Einmal hatte ich einen Schreier. Ein schrilles Kreischen, bei dem einer meiner Lautsprecher den Geist aufgab und ich mir das Lächeln verkneifen musste.

Mike ist ein Stöhner. Er stöhnt meinen Namen mit einer tiefen, kehligen Stimme, bei der mir ein wohliger Schauer über den Rücken läuft. Seine Orgasmen sind lang und genussvoll, und ich spüre, wie ich von einem Schwall von Erregung durchzuckt werde, während er verklingt.

Ich presse meine Muskeln um das Spielzeug zusammen, warte, hoffe, dass ich Mike folgen werde, dass sein Orgasmus meinen eigenen auslösen wird. Aber die Erregung flaut bereits ab, und meine Versuche, sie aufrechtzuerhalten, sind vergeblich. Ich ziehe das Spielzeug langsam aus mir heraus, die Kamera folgt mir, sein Interesse ist noch immer hellwach, und ich höre ihn seufzen, während das Spielzeug in seiner ganzen Größe wieder zum Vorschein kommt.

»Scheiße«, stöhnt er. »Wenn ich es nicht besser wüsste, würde ich glauben, du hättest es eben vermeiden wollen, meinen Schwanz zu lutschen.«

»Beklagst du dich etwa?« Ich bewege die Maus, beende seinen Zugang zu meinem Computer und schalte die Videofeeds ein, wähle die Kamera, die mein Gesicht zeigt. Ich grinse und höre, wie er kichert.

»Ganz und gar nicht. Du kümmerst dich immer gut um mich.«

»Genau wie du«, gebe ich zurück, während ich den Timer für unseren Chat beobachte. Siebzehn Minuten und achtunddreißig Sekunden. »Wir sprechen uns bald wieder?«

»Das weißt du doch, Baby.«

Er klickt, und das »Chat-beenden«-Fenster füllt den Bildschirm aus. Achtzehn Minuten. Einhundertundfünfundzwanzig Dollar. Obwohl, für Mike hätte ich es auch umsonst gemacht.

50

Der Mann steht vor Nick wie ein Baum, eingerahmt von dem runden Türrahmen. Ein leuchtend roter Baum – die gerötete Haut des Mannes ist fast genauso grell wie seine Haarfarbe.

»Es ist spät.«

Nick sieht auf seine Armbanduhr. »Mr. Renza hat gesagt, er will die Information haben.«

»Ich werde sie ihm morgen Früh geben.«

»Ich muss das erklären. Können Sie einfach nachsehen, ob …«

»Warum erklären Sie es nicht einfach mir, und ich leite es weiter?«

Nick sieht an ihm vorbei ins Innere des Hauses, sein Blick wandert über einen tadellos aufgeräumten Raum, während er fieberhaft nachdenkt. Scheiß drauf! Er hat eine Freundin, die zu Hause auf ihn wartet.

»Die Information war nicht leicht zu bekommen. Das Mädchen hat eine äußerst komplexe Tarnung aufgebaut. Alles soll den Anschein erwecken, dass sie in Iowa zum dortigen College geht. Es ist richtig gut gemacht. Die Hinweise führen zu einem Apartment – genau wie es geplant ist. Ich hätte fast aufgehört zu suchen, so gut ist es gemacht.«

Der Hausdiener seufzt, als wäre er gelangweilt. »Geben Sie mir einfach die Information.« Er streckt eine Hand aus, und der Ärmel seines Button-up-Hemds rutscht hoch und bringt eine Armbanduhr zum Vorschein, die zu zierlich für das Handgelenk eines Mannes aussieht.

Nick überreicht ihm ein einzelnes Blatt Papier, auf dem die Adresse steht. »Ich hätte es früher geschafft, aber es war nicht leicht zu bekommen. Ich musste sie über den Hosting-Account einer Unterwebseite ausfindig machen, und einen alten URL, der nirgends mehr verwendet wird …«

»Ich werde es ihm ausrichten.« Der Mann reißt ihm das Blatt aus der Hand und wendet sich um, eine Hand auf dem Türknauf, während er die Tür zuwirft.

Nicks Hand schnellt vor, bevor die Tür ins Schloss fällt. »Er hat mir gesagt, ich würde einen Bonus bekommen.«

Der Mann funkelt zornig auf Nicks Hand, als wäre sie eine Beleidigung. »Den finden Sie auf Ihrem Gehaltsscheck.« Er hebt den Blick langsam zu Nicks Gesicht und zieht einen Mundwinkel leicht nach oben. »Ihrem *letzten* Gehaltsscheck. Ihre Dienste werden nicht länger benötigt, Mr. Hopper.«

Er reißt am Knauf, und Nicks Hand bewegt sich gerade noch rechtzeitig weg, bevor die Tür mit einer gewissen Endgültigkeit zufällt.

Er starrt auf die Walnussoberfläche vor seiner Nase, während seine Verwirrung der Verärgerung Platz macht. Na ja … was soll's. Er betrachtet den Türknauf, überlegt, ob er die Tür aufbrechen und sich ihre Adresse wiederholen soll. Stattdessen flucht er leise, tritt gegen den nächstbesten Pflanzentopf, und das Keramikgefäß fällt mit einem befriedigenden Krachen um. Die Erde verteilt sich über dem Marmorboden, und seine Stiefel stampfen über die schmutzigen Stufen, während er geht.

51

12. November – Zwei Jahre zuvor

»Was zum Teufel ist passiert?«

Die Stimme von Katies Vater. Laut. Sogar lauter als damals, als sie mit seinem Range Rover gegen die Einfahrt des Country Clubs krachte. Lauter als damals, als sie als Teenager ihre Schwangerschaft bekanntgab, nur um das Baby drei Wochen später zu verlieren. Katie McLaughlin blinzelt und versucht sich zu konzentrieren, aber sie kann nur Weiß sehen. Weißen Nebel. Sie kneift die Augen fest zusammen. Versucht es noch einmal.

»Wir sind uns nicht sicher«, sagt eine fremde Stimme, die sie nicht kennt. Sie klingt beschwichtigend.

Das ist ein Fehler. Ihr Vater mag es nicht, beschwichtigt oder getröstet zu werden. Umarmt oder geliebt. Er mag es, respektiert zu werden. Ein beschwichtigendes Individuum respektiert ihn in seinen Augen nicht.

Der Fremde fährt fort: »Sie wurde von ein paar Mädchen hergebracht. Sie haben sie in der 66th Street gefunden, heute Morgen um kurz nach vier. Zusammengerollt an der Hintertür des Maloney's.«

»Was zum Teufel ist das Maloney's?«

»Mr. McLaughlin, Ihre Tochter kann von Glück reden, dass sie noch am Leben ist. Wir haben ihr den Magen ausgepumpt, sobald sie eingeliefert wurde, wodurch wir einen

Großteil der Drogen loswerden konnten, bevor sie ihre volle Wirkung entfalteten. Katie stand unter starkem Drogeneinfluss. Wäre sie später zu uns gekommen, wer weiß, was für Auswirkungen dieser Cocktail dann auf ihren Organismus gehabt hätte, ganz zu schweigen von ihrem Gehirn.«

»Sie nimmt Drogen?«

Nein! Sie schreit das Wort tonlos heraus. Sie nimmt keine Drogen. Schon seit vier Jahren nicht mehr. Er sollte das wissen, sie hat es ihm gesagt. Aber er glaubt ihr nicht.

Katie blinzelt, heiße Flüssigkeit sammelt sich in ihren Augenwinkeln, ihr Sehvermögen bleibt unverändert, und ihr Gehirn ist wütend über die weiße Wolke vor ihren Augen, die sich nicht lichten will. Sie versucht den Kopf zu drehen, aber sie kann nicht. Da ist irgendeine Art Klammer, die ihn festhält. Sie schluckt. Versucht zu sprechen. Ihre Zunge gehorcht ihr nicht, nichts kommt heraus.

»Das waren keine Partydrogen. Das war Rohypnol, GHB. Wir haben es in ihrem Blut nachgewiesen, aber abgesehen von einem kurzzeitigen Gedächtnisverlust dürfte es keine bleibenden Folgen haben.«

»Sie kennen meine Tochter nicht. Sie ist drogenabhängig!«

Die beschwichtigende Stimme beginnt, auf ihren Vater einzureden. Katie horcht auf, hört zu, während sich ein anderer Teil ihres Gehirns fragt, wo ihre Mutter ist.

»Mr McLaughlin, hören Sie zu. Ihre Tochter hat Abschürfungen an den Handgelenken und Fußknöcheln, die darauf hindeuten, dass sie gefesselt wurde. Sie hat Anal- und Vaginalfissuren, wie sie für eine Vergewaltigung typisch sind. Ihr rechter Wangenknochen und das Stirnbein sind gebrochen, als ob sie wiederholt von einer kräftigen Faust geschlagen wurde. Sie hat Rippenbrüche und Striemen, wie von einer Peitsche oder einem Gürtel. Das hat sie nicht von einer Party, und sie hat es sich auch nicht selbst zugefügt. Sie ist ein Opfer.«

Katie hält den Atem an. Ihre Brust schnürt sich zu, während sie nach Luft schnappt, und auf einmal reagiert ihr Körper auf all die Stellen, die schmerzen, bluten, gebrochen sind. Sie versucht nicht länger, an dem Weiß vorbeizusehen, versucht nicht länger, auf ihren Vater zu hören, sie will sich nur noch erinnern. Das Fenster zur vergangenen Nacht öffnen und sich erinnern. Dann fluten die Bilder durch ihr Gehirn, und sie macht den Mund wieder auf. Atmet panisch ein, während sie einen keuchenden Schrei ausstößt. Ihre Lippen, ihre Zunge gehorchen ihr endlich, öffnen und schließen sich, während tatsächlich Geräusche hervorkommen.

Sie kann sprechen. Das ist gut. Sie hört die Antwort ihres Vaters auf die Stimme des Fremden nicht. Seine Gedanken, seine Worte sind nicht mehr wichtig. Katie ist zu sehr damit beschäftigt, um ihre gebrochene Seele zu weinen.

Sie erinnert sich, die Erinnerungen kehren zurück zu einem düsteren Schlafzimmer, ohne dass sie weiß, wie sie dorthin gekommen ist. Sie erinnert sich, in dem Raum aufgewacht zu sein. An den Mann vor ihr. Das Lächeln auf seinem Gesicht … das … oh mein Gott …

Sie erinnert sich.

Sie erinnert sich.

Sie erinnert sich.

Und auf einmal will sie nur noch vergessen.

TEIL 3

»Kannst du seinen verdammten Kopf für mich abreißen? Gegen seine Stirn treten, bis er aufplatzt? Hineinfassen und sein Hirn und all die anderen Organe aus ihm herausreißen, bis er nur noch ein heißes, bluttriefendes Häuflein Elend ist?«

52

Marcus seufzt. Er sollte einen Grund zum Feiern haben. Das wortwörtliche Abschütteln der Unterdrückung. Trompeten sollten erschallen, Freunde sollten ihn umgeben, Schlampen sollten jubeln.

Stattdessen wird die Entfernung seiner Fußfessel ohne Zeremonie vorgenommen, sein Anwalt sieht mit säuerlicher Miene dabei zu, zu einem Stundensatz von vierhundert Dollar. Als das Metallteil endlich herunterfällt, breitet der Dämon in ihm seine Flügel aus, und Marcus versucht sich das Grinsen zu verkneifen. Endlich kann er sich wieder normal bewegen. In seinen alten Restaurants speisen. Seine Immobilien besichtigen. Zum Leben der Elite zurückkehren. Sein altes Selbst würde Pläne schmieden, Geschäftspartner anrufen, heute Abend mit Champagner und Filetspitzen feiern.

Stattdessen hat er nur einen einzigen Gedanken. Nur ein einziges Ziel. Seine Belohnung, die im Laufe der letzten drei Monate zu einer Besessenheit geworden ist. Und jetzt, wo die Adresse dieser Schlampe ein tiefes Loch in seine Brieftasche gerissen hat, ist es das Einzige, woran er denken kann.

Er gibt seinem Anwalt die Hand, schenkt ihm ein grimmiges Lächeln und wendet sich dann an den rothaarigen Hausdiener. »Tank meinen Wagen und pack mir eine Tasche. Ich habe Arbeit zu erledigen.«

53

18 Stunden später

Leere Zeit. In Momenten der Schwäche hat sie zu Gewalt geführt. Aber leere Zeit ist auch der kreative Moment, der für einen Großteil von Marcus' Reichtum und die meisten seiner Pläne verantwortlich ist. Leere Zeit kann wertvoll sein, wenn sie richtig genutzt wird. Kann ihm kostbare Momente schenken, um Strategien zu entwickeln. Um nachzudenken. Um sich über die Dinge klar zu werden, die die meisten Leute überstürzen. Um frühere Entscheidungen zu überdenken und aus seinen Fehlern zu lernen. Jetzt fährt er, die offene Straße entlang, Stunden sowohl hinter als auch vor sich.

Leere Zeit. Zeit für Pläne.

Es ist ein seltsames Gefühl, Auto zu fahren. Die ersten hundert Meilen fuhr er zögernd, bevor er sein Selbstvertrauen wiedergewann. Vor seiner Haft saß er selten selbst hinter dem Steuer. Er hatte Leute dafür, denn jeder Augenblick war kostbar, ein Millionen-Dollar-Grundstücksgeschäft wurde oft auf der Rückbank seines Wagens ausgehandelt. Immobilienentwicklung und -management ist ein fortlaufender Prozess, einer, bei dem eine verpasste Gelegenheit verlorene Marktanteile bedeuten kann.

Jetzt sieht er all die Vorteile, die es hat, hinter dem Lenkrad zu sitzen. Freiheit. Verborgenheit. In diesem Moment weiß niemand auf der Welt, wo er ist. Was er tut. Davor, mit Thorat, einem Fahrer und Sicherheitsleuten, gab es zu viele Mitwisser. Leute, die alle zu Problemen wurden, als es zu seinem Prozess kam. Sie mussten bezahlt, kontrolliert, eingeschüchtert werden. Thorat kümmerte sich um das alles, bewahrte Stillschweigen und bekam im Gegenzug einen dicken Bonus und Schutz von Marcus. Aber Thorats sämtliche Bemühungen nützten nichts – die Tür der Gefängniszelle schlug trotzdem hinter ihm zu.

Ja, dass Thorat ihm die Frauen beschaffte, frei Haus lieferte und anschließend Putztrupps kommen ließ, war praktisch gewesen. Eine ideale Bumsbude, aber letztendlich hatten sie damit etwa einhundert Beweise gegen ihn in der Hand gehabt. Es war dumm und egoistisch von ihm gewesen, zu glauben, er würde nie geschnappt werden.

Hier, auf der offenen Straße, hat er so viele Optionen mehr. Und Zeit, um das perfekte Ende für Jess Reilly zu planen.

Ihr letzter Chat ist Wochen her, aber in seinem Kopf ist sie jeden Tag gegenwärtig. Wie ein Floh auf der Haut, den man nicht finden kann. Sie hat ihn verspottet, ihn geneckt. Er musste sich zu den Videos auf ihrer Webseite, ihrer Stimme vom Band, die durch die Lautsprecher kam, mit der Hand befriedigen. Bald wird er sie haben. In Fleisch und Blut – nicht über den Computer. Seine Hände werden sie berühren, sein Mund wird sie schmecken können. Sie wird sein großes Comeback werden.

Er wird sie nicht unbedingt töten müssen. Nicht, wenn sie sich benimmt. Es könnte ausreichen, sie zu ficken, seinen Schwanz in sie zu schieben, seine Hand unter ihrem Kinn, sodass sie zu ihm hochsehen muss. Vielleicht wird sie sich benehmen, reden und ihm sagen, was er hören will. Wie gut sich sein Schwanz anfühlt. Wie sehr sie ihn begehrt. Was für eine kleine Fotze sie war, ihn zu sperren. Wie leid es ihr tut. Wie er sie auf jede Art bumsen kann, die er will.

Marcus wird sie fesseln, mit gespreizten Armen und Beinen. Sie in den Mund ficken, in den Arsch, ihre Möse. Vielleicht wird er sie eine Stunde so liegen lassen, während er die Stadt erkundet, zur Feier des Tages ein Steak isst und einen schönen Merlot trinkt. Wiederkommen, wenn sie den Punkt der Panik erreicht hat. Sie wieder ficken. Sie in den Knebel schreien lassen, bis sie heiser ist, sie flehen lassen, bis sie weint. Sie noch einmal nehmen. Sie brechen, bis das Einzige, was sie noch weiß, seine Berührung ist, und die einzige Stimme, die sie kennt, seine ist. Dann, je nachdem, wie sie drauf ist, wird er entscheiden, was er tut. Er wird ihr Leben in seinen Händen halten – die ultimative Macht über sie haben.

Er wird schlau vorgehen müssen. Nach Katie, nachdem er weggesperrt wurde – und nachdem er den guten Ratschlägen der Leute an seiner Seite im Gefängnis gelauscht hat –, weiß er, es ist besser, auf Nummer sicher zu gehen. Vermutlich ist es von jetzt an zu riskant, ein Mädchen am Leben zu lassen.

Aber der Blick in ihre Augen wird ihm helfen, diese Entscheidung zu treffen. Der verlorene Ausdruck ist am besten. Diese Mädchen kann man unbesorgt liegen lassen; sie kommen nicht wieder. Sie werden in ihrem Leben herumhängen, bis sie sich umbringen. Die, die bis zum Schluss Feuer spucken … das sind die, die man töten muss. Sie wissen die Aufmerksamkeit nicht zu schätzen und lernen nie, Respekt zu zeigen, nicht einmal, wenn sie geschlagen und gebrochen werden. Das sind die, die wiederkommen und sich an dir rächen. Katie war so ein Mädchen. Sie hätte er töten sollen.

Er runzelt die Stirn. Seine Erfahrungen mit Jess Reilly spiegeln Katies Feuer wider, zeigen nichts von der unterwürfigen Unschuld auf den Videos ihrer Webseite. Wenn er doch bloß ein zusätzliches Mittel hätte! Ein Kind oder einen Elternteil, den er bedrohen könnte, mit dem er sie brechen könnte. Er braucht mehr Informationen als die schnöde Adresse, die dieses Technik-Arschloch in seinem Auftrag besorgt hat.

Er sieht auf sein Navi. Noch sieben Stunden. Dann wird er bei ihr sein. Geschätzte Ankunftszeit: 22:30 Uhr. Spät, aber nicht zu spät. Sie wird noch wach sein und herumhuren. Er wird zuerst versuchen zu klopfen – eine würdevolle Annäherung. Wenn das nicht klappt, wird er auf seine Mittel zurückgreifen.

Wenn er in zwei Jahrzehnten in der Immobilienbranche und endlosen Monaten im Knast eines gelernt hat, dann wie man ein Schloss knackt.

54

22:22 Uhr.

Simon hat die Tür nicht abgeschlossen.

Ich sitze auf dem Boden gegenüber dem Eingang und starre auf die Metalltür vor mir. Zähle zum dritten Mal die Kratzer auf ihrer Oberfläche. Wieder komme ich bis zur Zahl 47. Es sind Kratzer, die ich selbst gemacht habe, in Nächten, in denen ich ausgerastet bin und mit Gewalt versucht habe, mir meinen Weg in die Freiheit zu bahnen. Drei Jahre Wahn spiegeln sich auf dieser Oberfläche wider, sollte sich irgendjemand die Mühe machen, hinzusehen.

Simon hat die Tür nicht abgeschlossen.

Ich bemerkte das Versäumnis um 21:50 Uhr, als ich eine Chatsession mittendrin unterbrach, auf die Füße sprang und nackt und zitternd zur Tür starrte. Mein Blick glitt an dem schmalen Spalt zwischen Tür und Türpfosten hinunter, ohne den Bolzen des Sperrriegels zu entdecken. Ich beendete den Chat, ließ einen fünfzigjährigen Ehemann in Nevada mit seinem Sack in der Hand sitzen. Ich ging zögernd zur Tür, ohne ihre Oberfläche zu berühren, tat nichts, außer sie anzusehen. Vergewisserte mich, die Augen dicht an dem Spalt, dass ich tatsächlich nicht eingeschlossen war.

22:23 Uhr. Mir entgeht nicht, dass es genau die nächtliche Stunde – vor ungefähr fünf Jahren – ist, zu der meine Mutter gerade dabei war, meine Familie auszulöschen. Aber das ist nicht der Grund, weshalb ich zittere. Für mich ist das Töten nicht auf die Nacht beschränkt – den ersten und bislang einzigen Menschen tötete ich zu der Tageszeit, zu der sich die meisten Leute über eine Schale Cheerios hermachen. Aber in der Nacht bin ich am schwächsten, am verletzlichsten. Daher meine Anweisung, dass Simon mich einschließt.

Simon hat die Tür nicht abgeschlossen.

Vielleicht ist er in diesem Augenblick auf dem Weg hierher. Vielleicht ist ihm mitten in irgendeinem Drogenrausch, der von seinem Körper Besitz ergriffen hat, bewusst geworden, dass er spät dran ist. Vielleicht drückt er in diesem Augenblick das Gaspedal seines Kia durch, um seine Quelle pharmazeutischer Unterstützung nicht gegen sich aufzubringen.

Ich krieche näher zur Tür, rutsche über den Betonboden und hocke mich hin, mit angezogenen Beinen und dem Rücken zur Tür. Jetzt bin ich näher dran. So nah, dass ich eine getrocknete Blutspur auf dem Boden sehen kann, zweifellos bei einem früheren Versuch vergossen, die Tür aufzubrechen und jemanden zu töten.

Es ist noch nicht lange her. Zu kurz, um genau zu sein. Zu kurz, als dass mich so sehr danach verlangen sollte. Ich hatte auf irgendeine verworrene Weise gehofft, mit dem Töten meinen Blutdurst zu stillen. So läuft es in Büchern. Der Serienkiller tötet von Zeit zu Zeit jemanden, und dieser Tod hilft ihm bis zu seinem nächsten psychischen Zusammenbruch über die Runden. Aber ich bekam nur ein paar Tage Trost, nur ein paar Tage, in denen mein seelischer Zustand so desaströs war, dass ich nur noch schlafen konnte. Schlafen, bei Jeremy liegen und zulassen, dass er sich um mich kümmerte. Er war so liebevoll, so besorgt. Ich frage mich, ob er genauso fürsorglich gewesen wäre, wenn er gewusst hätte, was ich getan hatte.

Ich habe die scharfe Klinge in Ralphs Haut versenkt und nach links gerissen, habe ihm die Kehle aufgeschlitzt, wie ich es aus Büchern und Videos gelernt habe, habe die Klinge in einer satten, schwungvollen Bewegung über seinen Hals gezogen, bis er sich fast vom Rumpf gelöst hat.

Ich schließe die Augen und genieße die Erinnerung. Schlinge die Arme fest um meine Knie und wippe vor und zurück, konzentriere mich auf die Bilder in meinem Kopf, die Art, wie sich sein Blut auf der Erde sammelte, wie seine Augen starrten, wie der Tod über sein Gesicht huschte. Die Macht. Der Rausch! Das ist es, was Dr. Derek mir beigebracht hat, das ist es, was ich weiß. Wenn die Triebe zu stark werden, soll ich mich einschließen und den Fantasien freien Lauf lassen.

Aber heute bin ich nicht eingeschlossen, meine Tür ist unversperrt, und ich kann mich auf nichts anderes konzentrieren als auf die Gelegenheit, die sich mir damit bietet. Die Zeit verstreicht. Jeden Augenblick könnte ich das Kratzen von Metall auf Metall hören, und meine Gelegenheit wird dahin sein. Ich springe auf und stelle mich hin, mein Atem beschleunigt sich, während ich das, was ich will, mit dem bekämpfe, was ich weiß. Ich weiß, dass ich es nicht tun sollte. Aber ich bin schwach. Meine Hände zittern. Mein Herz hämmert in meiner Brust. Ich trete einen Schritt vor und lege die Hand um den Türknauf. Bereite mich seelisch darauf vor, sie zu öffnen, während mich mein Gehirn – so leise, dass ich es kaum höre – anschreit, sofort damit aufzuhören.

Ich gehe nicht hinaus, um zu töten.

Ich gehe nicht hinaus, um zu töten.

Ich gehe nicht hinaus, um zu töten.

Ich wiederhole den Satz dreimal, während ich mir einbilde, ich würde den Wörtern glauben. Ich kann das. Ich kann das Haus nachts verlassen. Nur über die Straße gehen. Eiscreme kaufen. Ich habe mir schon mal Eiscreme geholt. Eiscreme und Lottoscheine. Vielleicht ein Rubbellos, und vielleicht werde ich meinen Powerball-Lottoschein nur ein bisschen früher kaufen.

Ich gehe nicht hinaus, um zu töten.

Ich drehe den Türknauf und öffne die letzte Barriere, die vor mir liegt.

55

Endlich hat er sein Ziel erreicht. Marcus streift Handschuhe über, schlüpft Finger für Finger in das Leder, dehnt die Hände, als er fertig ist. Sein Herz hämmert so schnell wie noch nie, während er von Erregung durchflutet wird.

Endlich.

Jetzt.

Er hat so lange gewartet.

Er stellt den Motor ab und betrachtet die beschissene Straße, die vor ihm liegt.

56

Ich bin nackt.

Ein Teil meines Verstandes meldet sich zu Wort, die warme Luft des Flurs trifft auf meine Haut, ein scharfer Kontrast zu der eisigen Kälte in meiner Wohnung. Ich halte inne, und meine Ferse verhindert im letzten Moment, dass die Tür zuschlägt. Ich sehe hinunter auf meine kleinen Brüste und unbekleideten Beine. Ich habe keine Waffe. Nicht, dass ich eine bräuchte. Nicht, dass ich hinausgehe, um zu töten. Niemand hat je jemand anderen mit bloßem Nacktsein ermordet.

Ich gehe ein paar Schritte zurück, wie ein ruckelndes, rückwärts laufendes Video, links-rechts-links, bis die Tür zuschwingt und ich wieder in Apartment 6E bin. Ich gehe zu meinem Bett, beuge mich über den Stapel mit Kleidern und schnappe mir eine Jogginghose und einen Kapuzenpullover. Ich streife die Sachen rasch über, ohne Unterwäsche, mit schnellen Bewegungen, schnappe mir einen Haargummi vom Waschbecken im Bad und binde mir die langen Haare zu einem unordentlichen Knoten. Nehme eine Baseballmütze von Jeremy, setze sie auf und sehe kurz in den Spiegel, um mich zu vergewissern, dass ich gut aussehe.

Eiscreme.

Ein Stück Papier, das ein Vermögen bedeuten könnte.

Ein Beweis, dass ich mit der Freiheit umgehen kann.

Ich lasse mir keine Zeit zum Nachdenken, schiebe Türme aus Pappkartons beiseite und quetsche mich in die hinterste

Ecke meiner Wohnung. Meine Hände zittern vor Aufregung, als ich den Safe erreicht habe.

Ich drehe das Zahlenschloss, 22-31-14. Metall knirscht über Metall, etwas im Inneren gibt nach, und die Tür schwingt auf. Mein Blick huscht über die Auswahl darin, während sich eine Frage in meine Gedanken drängt: Ist es das, was ich bin? Ein Mädchen, das nicht eine einzige Nacht ohne Überwachung auskommen kann?

Eiscreme. Lotto. Ich trete einen Schritt zurück. Starre auf die 9-mm-Waffe, die an der rechten Wand des Innenfachs lehnt. Sie ist geladen, mit einer Kugel in der Kammer. Ich trete noch ein paar Schritte zurück und taste nach meinem Handy auf meinem Bett. Ich habe Probleme damit, es zwischen dem aufgebauschten Bettzeug zu finden. Ich wähle die Nummer, die ich auswendig weiß, und halte mir das Handy ans Ohr.

Es klingelt, aber niemand hebt ab. Mit jedem Tuten wird das Geräusch schwächer, und das Einzige, was ich höre, ist das Hämmern in meinem Kopf. Das dröhnende Klopfen des Wahns, es trommelt von innen gegen meinen Schädel und treibt mich vorwärts. Ich trete einen Schritt vor, während in meinem Ohr immer noch das Tuten erklingt, weiter auf den Safe zu. *Tuut-tuut.* Ich strecke eine Hand aus, greife nach der Pistole. *Tuut-tuut.* Sie ist kalt, aber sie bietet Möglichkeiten. *Tuut-tuut.* Ich wiege sie in der Hand, spüre ihr Gewicht, dann stecke ich sie in die Beuteltasche meines Sweatshirts, meinen Finger leicht auf dem Abzug. *Ich werde niemanden töten.* Sie wird nur zu meinem Schutz sein. Eiscreme. Lotto.

Ich töte ja lieber mit Messern; ich mag Blut, genieße den nahen Kontakt, wenn ich einen Körper mit bloßen Händen aufschlitze und zusehe, wie seine Seele aus ihm fließt. Ich weiß. Vermutlich sollte ich das nicht unter meinen Lieblingsaktivitäten bei einem Match.com-Profil auflisten.

Ich lege auf, als seine Mailbox sich einschaltet. Stecke das Handy in die Hosentasche und gehe auf die Tür zu, außerstande, mein Gewissen über dem Klopfen in meinen Ohren zu hören.

In dem Augenblick, als ich im Aufzug ankomme, wird mir bewusst, dass ich die Schuhe vergessen habe. Meine nackten Füße patschen über den Teppich der kleinen Liftkabine, und mein Mund verzieht sich zu einer Grimasse, als ihnen das klebrige Teppichgefühl beim nächsten Schritt noch immer anhaftet. Ich halte mitten im Gehen inne, mitten auf einem Teppichquadrat, dessen Fasern zweifellos von Erbrochenem und Urin durchtränkt sind. Ich drücke mit dem Ellenbogen auf den Knopf fürs Erdgeschoss und atme durch den Mund, versuche an irgendetwas anderes zu denken als an die feuchte Konsistenz von verrottetem Teppich an meinen Fußsohlen.

Die Türen schließen sich, und die Fahrt nach unten beginnt. Ich gönne mir einen Moment der Unentschlossenheit und schließe die Augen. Bete. Bete, dass ich Marilyn von Apartment 6B oder die vierköpfige Familie, die ihre Essensmarken-Einkäufe auf unserem Parkplatz auslädt, nicht töten werde. Ich brauche keine Pistole, um Eiscreme zu kaufen. Ich drücke auf den Knopf für die sechste Etage, mit der Absicht, die Pistole zurückzubringen.

Ich werde niemanden töten. Gott steh mir bei.

Ich weiß nicht, ob es ein gutes Gebet ist. Ob Gott Psychopathen je erhört.

Der Aufzug kommt im Erdgeschoss zum Stehen, und ich spüre das Beben der Tür, die vor mir aufgeht. Ich sollte bleiben. Mit diesem Ding wieder hoch in den sechsten Stock fahren und die Pistole zurückbringen.

Ohne zu zögern, hebe ich meinen nackten Fuß von dem klebrigen nassen Teppich und steige aus, dankbar für den harten Beton, auf den ich trete. Mein anderer Fuß folgt rasch, und alle zusätzlichen Vorsichtsmaßnahmen lösen sich in Luft auf, als sich die Türen der Liftkabine hinter mir schließen. Es ist alles gut. Ich kann damit umgehen. Ich werde die Pistole nicht einsetzen. Ich werde niemanden töten. Ich verspüre einen Schwall von Selbstvertrauen in mir aufsteigen, einen Moment der Euphorie angesichts der Möglichkeit eines erfolgreichen Ausflugs. Es ist Nacht. Ich bin außerhalb meiner Wohnung und *bewaffnet,* und trotzdem werde ich niemandem etwas antun.

Ich stecke die Hände in die Taschen, um das Zittern zu unterdrücken; die Dunkelheit lockt, während ich mich auf die Aufgabe konzentriere, die vor mir liegt. Ich wende mich nach links, drücke gegen die Verriegelung, die Außentür springt auf, und die Welt liegt offen vor mir, die Straße, Autos darauf, der Eckladen auf der anderen Straßenseite hell erleuchtet.

In einer normalen Gegend, einer wie der, in der ich aufgewachsen bin, wäre die Straße still, die braven Familien würden schlafen oder wären hinter Backsteinmauern versteckt. Aber hier, in einem Postleitzahlenbezirk, der die höchste Verbrechensquote und die niedrigsten Einkommen in der Stadt zu verzeichnen hat, pulsiert auf den Straßen das Leben. Ich bin umgeben von Körpern, die auf dem Bordstein herumwuseln, an Gebäuden und Autos lehnen. Ich sehe zu, wie eine Prostituierte über die Straße auf den Eckladen zustöckelt, in High Heels, die ein billiger Abklatsch meiner eigenen sind. Ihr Tod wird früh genug kommen. Es könnte sich als Segen erweisen, wenn er durch meine Hand geschieht, schnell und endgültig im Gegensatz zu einem brutalen Ende oder einem langsamen Siechtum durch eine Krankheit, die ihr zwangsläufig bevorsteht. Außerdem ist sie weiblich – eine leichte Beute.

Ich halte inne, als ich auf die Straße treten will. Mir wird in diesem Moment bewusst, welche Richtung ich intuitiv einschlage, wie fest meine Hand um die Pistole liegt, und ich mache kehrt und gehe in die andere Richtung davon. Mein einziger Gedanke ist Flucht. Vor mir, vor dem entsetzlichen Individuum, das in meinem Körper haust.

Ich sollte heute Abend niemanden töten. Ich wollte heute Abend niemanden töten.

Meine Flucht vor mir selbst wird von einer Hand abgelenkt, die sich um meinen Ellenbogen schließt, ihn fest umklammert. Der Körper, der mit dieser Hand verbunden ist, ist zu nah, als dass ich ihn sehen könnte, und er drückt meinen Ellenbogen fest an seine Seite, während er mich nach vorn schubst.

Ich schreie nicht, ich kämpfe nicht. Ich benötige einen Moment, um zu begreifen, was zum Teufel eigentlich los ist. Ich verstehe, was geschieht, ungefähr in dem Augenblick, in dem mich der gesichtslose Fremde nach links drückt, in die dunkle Gasse zwischen zwei Gebäuden, und sein Griff um meinen Arm so hart wird, dass es wehtut.

57

Jeder Job hat seine Risiken. Das Leben eines Hackers birgt nur noch ein paar mehr. Das macht einen Teil des Reizes aus. Hohes Risiko, hohe Belohnung. Risiken lassen Mikes Herz schneller schlagen, bringen sein Blut in Wallung. Es ist das, was ein mittelmäßiges Leben lebenswert macht. Außerdem verschafft es ihm Zugang zu Muschis. Frauen lieben Hacker. Dieser Hauch von Kriminalität lässt einen normalen Typen gefährlich erscheinen. Lässt die Mädels glauben, dass er mit ein paar geschickten Tastenanschlägen alles erreichen kann, was er will. Unsägliche Macht, errungen durch die schiere Kraft der Intelligenz.

Mike schließt das Browserfenster und sieht zu, wie Deannas aufgezeichnete Show verschwindet. Reißt eine Handvoll Papiertücher von der Rolle und wischt sich den Schwanz ab, fährt mit seinem Rollstuhl ein Stück zurück und wirft die klebrigen Tücher in den Papierkorb unter dem Schreibtisch. Er runzelt die Stirn, als die zusammengeknüllten Ballen ihr Ziel verfehlen, der Papierkorb quillt über vor Müll. Flaschen, Take-away-Behälter und eine ungesunde Sammlung benutzter Papierhandtücher türmen sich gefährlich über seinem Rand. Mike fragt sich, ob er den Papierkorb ausleeren soll, wird jedoch von einem Klopfen an der Haustür unterbrochen, dann hallt die Türklingel durch sein leeres Haus. Das Klopfen erklingt erneut, es ist laut und entschlossen und so autoritär, dass Mikes Hand erstarrt und sein Gehirn einen Satz nach vorn macht.

Er rollt wieder vor zu seinem Rechner, klickt die Software des Überwachungssystems an und öffnet die Kamera, die den Eingang zeigt. Im trüben Licht der Veranda steht ein Mann, seine Züge sind undeutlich, aber seine Haltung aufrecht genug, um über das hochauflösende Feed hinweg laut *POLIZEI* zu schreien. Cops sind, in Mikes Welt, gleichzusetzen mit FBI-Agenten – die Angst aller Hacker überall.

Seine Hände fliegen in Panik über die Tastatur, während die Fäuste des Mannes erneut gegen die Eingangstür hämmern. Mike fährt Firewalls runter, löscht Feeds und trennt die Verbindung zu seiner Cloud, in der er all seine Daten auf verschlüsseltem Weg speichert. Dieser Bulle kann jeden physikalischen Teil seines Computers mitnehmen, aber es wird trotzdem Monate dauern, bis sie auch nur zur Hälfte begriffen haben, was sie alles nicht haben. Er fährt den Computer runter, rollt zur Tür, erreicht die Klinke in genau dem Augenblick, in dem das Klopfen zum dritten Mal erklingt.

Er öffnet die Tür mit lässiger Geste, seine Gesichtszüge sind entspannt, und ein freundliches Grinsen verbirgt seinen beschleunigten Herzschlag. Seine Mundwinkel verziehen sich vor Belustigung, als der verblüffte Blick des Mannes auf sein Gesicht fällt. Ein zögerlicher Ausdruck liegt in der Miene des Fremden, dann lächelt er. Er *lächelt.* Eine unerwartete Reaktion, eine, die Angst in Mikes Magen aussät, die sich unnatürlich anfühlt. Trotz seines Lebens, seines Berufs, seiner Situation, ist Angst eine unbekannte Emotion.

Mike greift nach der Tür, erfüllt von dem plötzlichen und unerklärlichen Drang, sie dem FBI-Agenten vor der Nase zuzuschlagen. »Kann ich Ihnen helfen?«

Er betrachtet den Fremden. Seine Schuhe, schwarz und glänzend, mit kleinen Quasten auf der Oberseite. Dunkelgraue Hose. Ein schwarzer Pullover, der zu teuer für den

Geldbeutel eines FBI-Agenten aussieht. Einen Aktenkoffer in der Hand, der zu jedem Klischee passt, das Mike sich vorgestellt hätte. Mit ausdrucksloser Miene mustert er den Fremden. Eine drahtige Gestalt und ein hartes Gesicht, eines, das durch ein Lächeln nicht sanfter wird. Er ist kleiner und schmaler, als er auf der Überwachungskamera wirkte; die entschlossene Haltung ließ den Mann größer erscheinen. Etwa Mitte vierzig. Mit Augen, die nichts als schlechte Neuigkeiten bereithalten. Ein Cop, dem Mike seinen Hund nicht anvertrauen würde.

»Darf ich hereinkommen?«

»Haben Sie einen Durchsuchungsbefehl?«

Es ist die falsche Antwort, eine Bemerkung, die förmlich schreit: *Ich habe etwas zu verbergen.* Aber der Mann lächelt nur etwas breiter, und Mike spürt, wie das unangenehme Kribbeln wiederkommt.

»Ich bin kein Cop. Warum lässt du mich nicht herein? Ich denke, es ist dir bestimmt lieber, wenn wir diese Unterhaltung drinnen führen.«

Kein Cop. Na klar. Nur ein zufälliger Fremder, der das Bedürfnis verspürt, um zehn Uhr abends bei Mike *vorbeizuschauen.* Jeder weiß, dass man einen Fremden nicht ins Haus lassen soll. Weiß, dass man ihm den Zutritt verweigern, die Tür mit einer höflichen, aber entschiedenen Zurechtweisung schließen soll. Die meisten Leute haben nicht gegen genügend Gesetze verstoßen, um ein Leben hinter Gittern verdient zu haben. Doch Mike hat auf dieses Klopfen gewartet, seit er sich in die Ask-Jeeves-Suchdatenbank eingehackt und dafür gesorgt hat, dass bei jeder Suchanfrage Bilder riesiger Penisse erschienen. Da war er dreizehn. Er macht Platz und lässt den Mann herein, dann schiebt er die Tür mit einer Hand zu, bis sie vollständig einrastet.

58

»Was tust du denn hier draußen, weißes Mädchen?«

Der Mann ist jung, und die schief sitzende Mütze erklärt seine Liebe zu den Lakers, während sie gleichzeitig einen wuscheligen Krauskopf verbirgt. Der liebestolle Lakers-Fan sieht kurz zur Straße, bevor sein Blick zu mir zurückkehrt, und seine freie Hand, mit der er sich die Hose hochzieht, hält inne, als er die Pistole bemerkt.

»Ich jage«, antworte ich.

Ich drücke ihm die 9-mm in den Bauch und starre ihm ins Gesicht, während sich mein Mund zu einem Lächeln verzieht. Dieser Idiot. So hilfsbereit von ihm, uns beide zu einer abgelegenen Ecke zu bringen. Hätte ich gewusst, dass es so einfach sein würde, hätte ich meine Wohnung schon früher verlassen. *Ich werde niemanden töten.* Ich höre mein Gewissen und umklammere die Pistole fester. Es ist aussichtslos, dagegen anzukämpfen.

Der Mann lässt meinen Arm los, und ich schüttele ihn aus; der Druck seiner Finger wird zweifellos einen blauen Fleck auf ihm hinterlassen. Er hebt beide Hände und sieht noch einmal zurück zur Straße, diesmal aus einem anderen Grund.

Ich beobachte ihn interessiert, während ich über den Mann nachdenke, den ich töten könnte. Sein Mund kaut auf irgendetwas herum, seine Augen huschen mit manischer Regelmäßigkeit immer wieder von mir zur Straße, und dennoch ist er still. Ich hätte Protestbekundungen erwartet. Flehen. Ich träume von einem Flehen in der Dunkelheit der Nacht. Flehen und Schreien. Aber es sieht danach aus, als ob der Typ lautlos sterben wird. Ein bisschen enttäuschend, wenn ich ehrlich sein soll.

»Auf die Knie«, befehle ich. »Mund auf.«

Vor vier Jahren, damals, als ich noch in der dekadenten Welt lebte, die das Kabelfernsehen so gern als perfekt dargestellt, habe ich einmal eine Sendung gesehen, eine Folge *Geheimnisse der Gerichtsmedizin,* bei der eine Reihe Tatortfotos gezeigt wurden. Eines stammte von einem Selbstmord, bei dem sich der Mann in den Mund geschossen hatte. Das Blutvergießen war spektakulär, die Wand hinter ihm mit Spritzern von Blut und Schleim gesprenkelt. Daran muss ich jetzt denken. Wenn der liebestolle Lakers-Fan schon lautlos sterben wird, dann soll es wenigstens hübsch aussehen. Ich frage mich, was mit der Mütze passieren wird – ob sie davonfliegen oder ob Gehirnmasse dagegenspritzen und in ihrem gelb-violetten Hohlraum zurückbleiben wird.

Der Mann rührt sich nicht. Sein Blick huscht zu der Pistole, dann zu meinem Gesicht.

Gott, ich wünschte, ich hätte mein Messer. Ein dummes Versäumnis meinerseits, eines, das keinen Sinn ergibt. Mit einer Pistole gibt es nur die Bedrohung und die Tat als solches. Letztere ist laut und zieht die ganze Aufmerksamkeit auf sich, vor allem mit einer 9-mm ohne Schalldämpfer.

Ich mustere den Mann, während ich nachzudenken versuche; mein Gehirn ist träge, da es mit dem puren Verlangen in meinem Kopf wetteifern muss. Ich ramme dem Mann die Pistole tiefer zwischen die Rippen und zische: »Auf die Knie, sonst schieße ich dir erst in die Seite und *dann* in den Mund. Sieh mir in die Augen und entscheide selbst, ob ich es ernst meine.«

Vielleicht liegt es an meinem Tonfall. Oder an dem Lächeln in meinem Gesicht. Wie auch immer, der Mann lässt sich vor mir gehorsam auf die Knie fallen. Ich habe mich nie stärker gefühlt. Es geht mir gut ohne die Messer. Diese Art kann trotzdem schön werden. Ich kenne diesen Mann nicht, vielleicht hat er es nicht verdient zu sterben, aber ich *brauche* seinen Tod; die vier Monate Pause seit meinem letzten Mord kommen mir vor wie eine Ewigkeit. Ich halte ihm die Pistole vors Gesicht und drücke sie gegen seine störrischen Lippen.

»Mund auf.«

In dem Augenblick, in dem er gehorcht, mit flehendem Blick und bebendem Kinn, klingelt mein Handy.

59

Als ich abnehme, höre ich Leute im Hintergrund, und ich verspüre einen eifersüchtigen Stich im Herzen. Vielleicht ist das alles, was ich brauche, um mich von meinem Leiden zu befreien: die Ablenkung auf ein anderes Leben. Ein Leben, in dem ich dieser mörderischen Rolle entkommen bin, umgeben von lachenden Leuten. In dem ich mein Leben lebe.

»Augenblick.« Seine Stimme ist leise und verführerisch, als wäre ich es wert, dass er für ein Telefongespräch mit mir ein paar Schritte beiseitetritt. Als würden er und ich ein Geheimnis teilen, und als würde er die Pausetaste drücken, um sein Leben zu verlangsamen und sich vollständig auf mich zu konzentrieren.

Die Stimmen im Hintergrund werden leiser, ich starre auf meine Waffe an den weißen Zähnen des Typen. Dann auf die Augen des Mannes, die von mir zum Telefon und wieder zu der Pistole huschen, bis es aussieht, als ob er einen Knick in der Optik hätte. Seine Zunge bewegt sich, und die Pistole verrutscht leicht in meiner Hand. Ich lächele ihn an und frage mich, wie weit der Schuss zu hören sein wird. Versuche mich zu erinnern, wie stark der Rückstoß dieser Pistole ist und ob ich beide Hände verwenden sollte.

»Deanna.«

Ich liebe es, wenn Derek meinen Namen sagt. Ich bin berauscht von diesem Klang, aber vielleicht liegt das ja auch nur an der Tatsache, dass ich nur Sekunden davon entfernt bin, jemanden zu töten. Aus welchem Grund auch immer, in diesem Augenblick fühle ich mich absolut unaufhaltsam.

»Derek.« Ich hoffe, er mag es, wenn ich seinen Namen sage.

»Geht es Ihnen gut?«

Seine Frage bricht mich auf eine Art, auf die es nicht passieren sollte. Vielleicht ist es die Spur Besorgnis, die in seinen Worten mitschwingt. *Jemand sorgt sich.* Jemand liebt mich, auf irgendeine Weise. Das wahre Ich. Ein Mädchen, das tief in seinem Inneren gebrochen ist. Und ein anderer Jemand liebt, auf irgendeine andere Weise, diesen Mann vor mir. Eine Mutter. Eine Prostituierte. Ein Kind.

»Ich bin in einer schlimmen Lage.«

Ich spreche rasch, beobachte die Augen des Mannes vor mir, die meinen Blick auffangen. Der Lakers-Fan hört zu. Interessiert. Ich drücke ihm die Pistole noch härter in den Mund und funkele ihn an. Versuche mich auf ihn zu konzentrieren, aber Derek spricht, und diese Lage ist im Begriff, mir zu entgleisen.

»Erzählen Sie es mir.«

»Simon … Er hat die Tür nicht abgeschlossen.«

Meine Stimme ist nicht meine Stimme. Sie stockt, wenn sie spricht. Sie ist schwach, sie zittert. Sie ist die eine Seite von mir, die Angst vor der anderen Seite von mir hat, die kurz davor ist, meine Welt aufzubrechen und zu zerstören. Es ist eine Stimme, die hart und nicht ruhig atmet.

»Wo sind Sie?«

Ich gebe keine Antwort. Wenn ich spreche, könnte meine Stimme schwanken. Wenn meine Stimme schwankt, könnte der Mann vor mir sich bewegen. Auf einmal weiß ich nicht mehr, warum ich eigentlich hier bin oder was ich hier tue. Ich wollte Eiscreme und einen Lottoschein. Ich wollte beweisen, dass ich damit umgehen kann. Dass ich keinen Junkie brauche, der mich nachts einschließt wie ein gefangenes Tier. Ich wollte jemand anderes sein. Wie konnten diese Wünsche zu dieser Situation führen? Meine Finger wenige Millimeter davon entfernt, das Leben eines Fremden auszulöschen? Ich lege auf und stecke das Telefon mit zitternden Fingern ein.

»Leg dich mit dem Gesicht nach oben auf den gottverdammten Boden«, belle ich, und meine Stimme gehorcht dieses Mal. »Wenn du irgendetwas anderes tust als das, was ich dir sage, bringe ich dich um.«

Ich trete einen Schritt zurück, außer Reichweite des Fremden, der die Lakers liebt und dessen Leben ich um ein Haar ausgelöscht hätte.

Im Inneren meiner Hosentasche klingelt das Handy. Ich sehe zu, wie sich der Mann mit erhobenen Händen hinsetzt und auf dem schmutzigen Asphalt der engen Gasse ausstreckt, den Blick auf die Pistole geheftet, die ich jetzt mit beiden Händen halte.

»Auf Nimmerwiedersehen, Scheißkerl!«

Ich trete einen Schritt zurück, die Waffe noch sieben ganze Schritte auf ihn gerichtet, bis sich der Boden unter meinen nackten Füßen verändert und ich wieder auf der Straße stehe. Ich stecke die Pistole in die Kängurutasche meines Sweatshirts. Und dann, während mein Handy wie verrückt klingelt, renne ich nach Hause wie das verängstigte weiße Mädchen, das ich bin.

Als ich vor meinem Apartment stehe, kann ich die Tür nicht öffnen. Simon, dieser Scheißkerl, hat sie abgeschlossen.

60

Mike führt seinen Gast ins Wohnzimmer. Die schäbige Einrichtung besteht aus einem Sofa, einem Sessel und einem Couchtisch. Die Möbel hat der Vormieter zurückgelassen, irgendjemand mit Katzen, deren weiße Haare noch immer auf den Oberflächen verstreut liegen. Jede heftige Bewegung im Raum führt zu einem Windstoß, bei dem die Katzenhaare hochfliegen, alle möglichen Allergien auslösen und dann wieder zu Boden rieseln und geduldig auf die nächste Gelegenheit warten, zuzuschlagen.

Der Fremde lehnt sich auf der Couch zurück. Sieht sich um. Seinem Blick entgeht nichts, aber seine Miene verrät seine Verwirrung. Was hat er erwartet? Mike tut es ihm gleich, versucht das Zimmer mit fremden Augen zu sehen, kann nichts Verdächtiges entdecken, keine mysteriöse Computerausrüstung, jedenfalls keine, die in diesem Stockwerk steht.

Mike wartet darauf, dass der Fremde das Wort ergreift, fragt sich, ob er die Wohnung durchsuchen und ob er den Laptop finden wird, der sich genau unter ihm befindet, unter der Couch. Der Akku ist zweifellos leer, die Festplatte noch immer voll funktionsfähig und belastend.

Der Mann räuspert sich und stellt seine erste Frage, eine, die Mike beruhigt und zugleich eine völlig neue Möglichkeit für diesen Besuch aufwirft: »Bist du ihr Freund?«

Er kämpft gegen den Drang an, sich umzusehen, um festzustellen, ob der uneingeladene Gast irgend jemand anderen anspricht. »Was?«

»Wo ist das Biest?«

Das Biest. Eine beunruhigende Bezeichnung für irgendein armes Mädchen an irgendeinem anderen Ort als hier. Mike blinzelt langsam, verbirgt seine Erleichterung angesichts der Erkenntnis, dass dieser Mann am falschen Ort ist.

»Wer?«

»Jess Reilly.« Der kleine Mann zieht den Namen in die Länge, legt Lust und Verlangen und Verachtung hinein, alles in diese drei Silben.

Scheiße. Er ist am richtigen Ort. Mike schluckt, zuckt mit den Schultern, so gut es ihm möglich ist.

»Ich habe keine Ahnung, von wem Sie reden.«

Seine Reaktion ist unerwartet. Er kann spüren, wie sein Körper sich anspannt, seine Beschützerinstinkte auf einmal aufwallen. Dieser Mann hier, mit seinem verschlagenen Blick und seinen teuren Kleidern, der Düsterkeit, die aus seiner Haut sickert – er hat keinen guten Grund, zu Deanna zu wollen, keinen guten Grund, hier zu sein.

Der Mann schnaubt spöttisch, dehnt den Nacken. Fettwülste wölben sich an den Seiten seines Halses, als er den Kopf schräg legt. »Mein Web-Typ hat gesagt, das hier wäre ihre Adresse. Also, wo ist sie?«

»Wie ist er denn auf diese Adresse gekommen?«

In einem entsetzlichen Moment juckt es den Hacker in ihm, zu erfahren, welches der absichtlich offen gelassenen Schlupflöcher von einem anderen gefunden wurde.

Der Mann knurrt wie ein angeketteter Hund, eine Reaktion, die nicht zu seinem tadellosen Erscheinungsbild passt. »Keine Ahnung. Er hat sich ihre Webseite angesehen.«

»Ich arbeite mit Webseiten«, erwidert Mike langsam. »Ich

baue sie, pflege sie. Vielleicht suchen Sie jemanden, der eine dieser Webseiten besitzt oder mit Inhalten füllt. Aber ich habe Tausende von Kunden, und ich persönlich kenne keine Jessica.«

Tausende ist maßlos übertrieben. Hunderte vielleicht. Wenn er jeden Kunden dazurechnet, den er je gehabt hat. Aber es hat nur eine Jess gegeben in all der Zeit, seit er zum ersten Mal mit ihr zu tun gehabt hat.

Die Miene des Mannes verhärtet sich. Er hebt einen Finger, zückt ein altes Handy. Wählt eine Nummer und wartet. »Sag diesem tätowierten Computertrottel, er soll mich anrufen.«

Dann legt er auf. Mikes Augen bemerken die leicht geblähten Nasenlöcher des Mannes. Das Glühen in seinem Gesicht. Vor Verlegenheit? Weil ihm ein Fehler unterlaufen ist? Der Mann legt das Telefon auf den Couchtisch. Starrt Mike in die Augen, während er mit der linken Hand in seiner Hosentasche wühlt, irgendetwas hervorholt. Mikes Handflächen schwitzen, als der Mann sein Handgelenk umdreht und eine Klinge aufblitzen lässt.

»Wow.« Mike hebt die Hände. »Ich baue nur Webseiten.«

»Das ist alles? Sonst nichts? Nichts, wofür sich das FBI interessieren würde?«

Mike kneift die Augen zusammen, versucht zu verstehen, worauf der Mann eigentlich hinauswill. Und was diese verschleierte Drohung soll.

»Ich baue Webseiten. Und schreibe Codes. Ich bin Entwickler.«

»Noch einmal: irgendetwas, wofür sich das FBI interessieren würde?«

»Worauf wollen Sie eigentlich hinaus?«

»Das beantwortet meine Frage.«

»Schön, dann können Sie ja jetzt gehen.« Mutige Worte, die nicht zu dem schnellen Hämmern seines Herzens passen, während er zusieht, wie die Klinge in den Händen des Mannes auf- und zuschnappt. Auf und zu. Auf und zu.

»Ich baue Webseiten«, sagt er noch einmal roboterartig. »Tut mir leid, dass ich Ihnen nicht weiterhelfen kann.«

»Und ich muss nur etwas über ihre Webseite erfahren. Gib mir ihren Namen und ihre Adresse, und ich verschwinde von hier und überlasse dich dem nächsten Level in deinem Computerspiel.«

Mike kichert zur Antwort, verflucht Deannas schönes Gesicht, während die Angst sein störrisches Rückgrat hochkriecht. Sein Verstand arbeitet rasch, während er den Fremden vor sich mustert und seine Verbindung zu ihr einzuordnen versucht. Ein Kunde? Das muss er sein. Die Liste von Möglichkeiten ist einhundert Namen lang.

»Sexyjess.com. Das ist die Seite«, sagt der Fremde.

Mikes Kiefer arbeitet, er hat eine ausdruckslose Miene aufgesetzt, während sein Verstand verzweifelt nach einem Ausweg sucht. »Sagt mir nichts. Könnte sein, dass ich sie vor Jahren gebaut habe. Aller Wahrscheinlichkeit nach ist jede Information, die ich darüber habe, veraltet. Aber eines kann ich Ihnen sagen. Ich habe von der URL oder einer Jess Reilly noch nie gehört. Und ich habe keine Freundin. Ich verlasse nicht einmal dieses Haus.«

Von dieser Aussage sind nur zwei Sätze wahr. Er hat keine Freundin, und er hat, mit ein paar seltenen Ausnahmen, dieses Haus in den letzten acht Jahren nicht verlassen.

61

Im Alter von zehn Jahren gab Mike Rollins den Traum auf, eines Tages ein Draufgänger zu werden. Das war der Zeitpunkt, in dem er den Baseball weglegte und eine Tastatur in die Hand nahm. Es war der Moment, als seine Welt kleiner wurde und um Dinge zu kreisen begann, die wenig körperliche Anstrengung erforderten. Er las Bücher über Codes, trat Online-Chatforen und Computerclubs bei. Visionen vom Entwurf einiger Videospiele oder Social-Network-Seiten wurden zu seiner neuen Fantasie. Mikes Hoffnungen kreisten darum, der nächste Internet-Milliardär zu werden, umgeben von Frauen und Freunden und Bewunderung.

Das schnelle Geld rief, und der gierige junge Mann horchte auf. Er schob Entwicklerprojekte beiseite und konzentrierte sich stattdessen darauf, den genetischen Code des Internets zu knacken. Sobald man es versteht, ist dieser leicht zu manipulieren. Und sobald man ihn manipuliert, kann man anfangen, ihn zu kontrollieren. Falsche Fährten legen, die die Gegner dazu bringen, sich so lange im Kreis zu drehen, bis sie auf den Arsch fallen. Unüberwindliche Schranken errichten, die in Wirklichkeit nur hauchdünn sind. Jemanden so tief in den Nullen und Einsen verstecken, dass man selbst der Einzige ist, der ihn herausholen kann.

Die Wahrheit: Deanna Madden alias JessReilly19 ist zweiundzwanzig Jahre alt. Sie lebt in 163 Oakmont Place, Apartment 6E. Sie hat, zu Mikes Leidwesen, einen Freund, Jeremy

Pacer. Sie besitzt ein Reinvermögen von 2,3 Millionen Dollar, wovon die Hälfte auf den Cayman Islands versteckt ist, an einem Ort, den nur Mike und sie selbst kennen. Sie ist eine Waise; ihre Eltern und jüngeren Geschwister kamen vor vier Jahren auf eine Art ums Leben, die man nur als brutal bezeichnen kann.

Der Anschein: Jessica Reilly ist neunzehn Jahre alt und Studentin im zweiten Jahr an der Universität von Iowa. Sie lebt in einem Wohnheim auf dem Campus. Sie ist Single, überaus beliebt und hat, wie ihre Facebook-Pinnwand bezeugt, bislang noch keine Verbindungs- oder Hausparty sausen lassen.

Dieser Mann wird sie niemals aufspüren. Es ist unmöglich. Deannas Deckung wurde getestet, erst vor einem Jahr. Nachdem die ganzen Grundlagen eingerichtet waren, postete Mike eine Wette auf einer Hackerseite. Bot eintausend von Deannas Dollars jedem, der eine Lücke in ihrer Geschichte finden könnte. Eine Lücke, die zu etwas anderem als einer Sackgasse oder zu ihm führen würde. Neunundvierzig Hacker nahmen die Herausforderung an. Neunundvierzig, die sich binnen dreier Wochen geschlagen gaben. Dieser Mann mit seinem bruchstückhaften Internet-Wissen und dem Motorola-Handy von anno dazumal hat keine Chance. Sein IT-Typ ist entweder ein lächerlicher Loser, oder er steht auf derselben Seite wie Mike, wozu auch gehört, dass er diesen Psycho auf möglichst großen Abstand zu ihr hält.

62

Ich hämmere wie eine Verrückte gegen Simons Tür. Was, wenn er nicht zu Hause ist? Was, wenn er meine Tür abgeschlossen hat und dann weggegangen ist? *Ich kann nicht in diesem Flur bleiben.* Ich weiß nicht, wohin ich sonst gehen soll.

Nach einigen Minuten öffnet er die Tür, und mir wird der Anblick auf Simon den Süchtigen gewährt. Er ist hässlich. Im Hintergrund ist ein Mädchen zu sehen, ihr Körper ausgestreckt auf einer schwarzen Ledercouch. Simons Kiefer bewegt sich auf und ab, und seine blutunterlaufenen Augen huschen von mir zu meiner Tür und wieder zurück, während er sich zweifellos fragt, wie zum Teufel ich entkommen bin.

»Du warst spät dran«, keuche ich. Mein Blick ist verschwommen, und meine Hände umklammern den Türrahmen. Ich glaube, dass ich weine. Wie können vier Sätze mit Derek mich in ein solches Mädchen verwandeln?

»Es … es tut mir leid.« Er sieht wieder zu meiner Tür. Und zu mir.

Ich will, obwohl ich im Begriff bin, jeden Moment die Fassung zu verlieren, am liebsten sofort meine Pistole zücken. Dieses Arschloch ist ein lohnenswertes Zielobjekt. Aber selbst in meinem manischen Zustand ist mir klar, wie dumm das wäre. Ganz abgesehen von der Moral und der Augenzeugin steht mir Simon zu nahe, ich brauche ihn. Aber was ich nun wirklich nicht brauche, ist, dass er – und diese Crackhure hinter ihm – erfahren, dass ich einen totalen Dachschaden habe.

»Schließ die verdammte Tür auf«, stoße ich zähneknirschend aus.

Dieser Idiot sieht auf den Knauf seiner Tür, der in seiner Hand ruht. Seine Wangen dehnen sich zu einem Grinsen aus, während er zu verstehen versucht. Hinter ihm beginnt das Mädchen zu lachen, ein Geräusch wie ein quiekendes Schwein. Ich schließe die Augen und versuche, nicht an den Tod zu denken.

Ich hätte die Wohnung nicht verlassen sollen.

Ich hätte die Wohnung nicht verlassen sollen.

Ich hätte cammen sollen wie ein braves Mädchen und dann ins Bett gehen. Simon hätte mich einschließen sollen. Ich will ihn so dringend töten, dass es mich körperlich schmerzt.

»Schließ meine Wohnung auf!«, knurre ich, während ich mit einer Hand auf meine Tür zeige. »Jetzt.«

»Oh.« Er wühlt in seiner Hosentasche, kommt durch den Türrahmen, kommt mir zu nahe. Ich mag seinen Geruch nicht, mag nicht, wie sein Blick meine Kleidung mustert, als könnte er durch sie hindurchsehen. Ich trete einen Schritt zurück und stecke die Hände in die Bauchtasche meines Sweatshirts, berühre die beiden Gegenstände darin.

»Du weißt schon, dass es bei dir klingelt«, sagt Simon. Er grinst, als hätte er irgendetwas Witziges gesagt. Seine Hand braucht zu lange, um den Schlüssel in seiner Hosentasche zu finden. Ich starre auf seinen Schlüsselbund, während ich mich frage, ob er ihn, wenn ich ihn tief genug in seine Kehle drücke, wohl töten würde.

»Dein Telefon?«, ergänzt er hilfreich, als wüsste ich nicht, dass mein Handy klingelt.

»Schließ meine Tür auf, bevor ich dich umbringe.« Die Worte brechen in einem kaum kontrollierten Wutanfall aus mir heraus. Immer noch klingelt das Telefon.

Er blinzelt mich an, als würde er versuchen zu verstehen, wie ich es meine, während er auf meine Wohnungstür zugeht, seine rechte Hand den Schlüssel im Schloss umdreht und die Tür einen Spaltbreit aufgeht.

Ich dränge an ihm vorbei, knalle die Tür hinter mir zu, sobald ich meine Wohnung betreten habe. »Sperr sie ab!«, schreie ich, ein Auge am Guckloch, über das Geschrei des Handys hinweg.

Simon sieht in beide Richtungen des Flurs, während sich meine Hand um die Pistole schließt. Er schüttelt den Kopf, bevor er den Schlüssel in umgekehrte Richtung dreht.

Ich lasse mich auf die Knie sinken, als ich höre, wie der Riegel einrastet, zücke mein Handy und nehme endlich den Anruf entgegen. »Es geht mir gut«, sage ich. »Ich bin zu Hause. Ich bin eingeschlossen.«

»Mein Gott!«, donnert Derek ins Telefon, emotionsgeladener, als ich ihn je gehört habe. »Haben Sie überhaupt eine Ahnung, was … was ich mir vorgestellt habe?«

»Ja«, flüstere ich, außerstande, lauter zu sprechen. »Ich bin müde, Derek. Ich muss schlafen.«

»Wir müssen über diese Sache reden, Deanna. Wo waren Sie, als ich Sie angerufen habe?«

»Ich bin in der Wohnung, Derek. Ich bin in Sicherheit. Und alle anderen sind es auch. Ich habe nichts getan.«

»Das ist nicht genug …«

»Ich gehe ins Bett«, schneide ich ihm das Wort ab. »Ich rufe Sie morgen früh an.«

»Versprechen Sie es mir.« Sein Ton lässt mich innehalten, mein Daumen verharrt über der »Gespräch-beenden«-Taste in der Schwebe. Er klingt flehend, besorgt. Ich liebe diesen Ton.

»Versprochen«, murmele ich. »Morgen früh.«

Dann beende ich das Gespräch, nehme die Pistole aus meinem Sweatshirt und krieche mit schmutzigen Füßen ins Bett.

63

Mikes Körper verkrampft sich, als der Mann aufsteht. Er kämpft gegen die Reaktion an, versucht, entspannt zu bleiben, versucht, das Zittern seiner Hände zu unterdrücken, als der Mann auf ihn zukommt, das Messer locker in der rechten Hand, während er es aus dem Handgelenk einmal einen Salto schlagen lässt und Mike mit dieser einzigen leichten Bewegung zu verstehen gibt, dass er es schon unzählige Male in der Hand gehalten hat. Es *eingesetzt* hat. Dieser kleine, dünne Mann mit den düsteren Augen und dem seelenlosen Lächeln … Er darf nicht an Deanna herankommen. Und doch ist Mike, der in seinem Rollstuhl noch kleiner erscheint, als er in Wahrheit ist, offenbar das Einzige, was diesem Mann im Weg steht.

Das Arschloch lockert noch einmal das Handgelenk, dann zeigt er mit dem Messer auf Mike. »Gehen wir zu deinem Computer.«

Er weicht ein paar Schritte zurück, so weit, dass Mike durchs Wohnzimmer und ins Schlafzimmer rollen kann. Sein Blick huscht in alle Richtungen, während er sich das Gehirn zermartert, nach der besten Möglichkeit sucht, diesen Irren mit falschen Informationen zu füttern. Mike loggt sich ein, umgeht den Hauptrechner und führt in der Datenbank eine einfache Suche nach Jess Reilly durch. Ihr Name wird lediglich die zahllosen Informationskrümel zutage fördern, die ihre falsche Identität bestätigen; alle wahren Fakten sind unter ihrem richtigen Namen verzeichnet. Er öffnet eine Kundendatei, schnappt sich ein Blatt Papier aus dem Drucker und schreibt in klaren, ordentlichen Druckbuchstaben die Adresse auf: *Jess* Reilly. *P. O. Box 2499, Des Moines, Iowa.*

»Ein Postfach ist einen Scheißdreck wert«, wirft der Mann ein. »Ich brauche eine echte Adresse.«

»Vermutlich lebt sie in einem Studentenwohnheim«, murmelt Mike. Er dreht sich wieder zu dem Computer um und ruft Facebook auf, die Seite, auf der er jeden Tag einen Großteil seiner Zeit verbringt.

»Nein! Hör auf, mich zu verarschen. Mein IT-Typ hat gesagt, dass sie nicht auf dem College ist.«

»War das derselbe Typ, der Ihnen gesagt hat, dass sie hier lebt?« Er bereut seinen Sarkasmus, kaum dass ihm die Worte über die Lippen gekommen sind, überspielt ihn mit einem Schulterzucken, dreht sich um und wirft einen Blick über die Schulter. »Das ist alles, was ich habe, Mann. Sieht aus, als ob ich die Rechnungen an ihr Postfach geschickt habe; sie hat sie jedenfalls bezahlt. Das Letzte, was ich für sie gemacht habe, war, ihre Webseite zu bauen, und das war …« Er hebt eine Hand und kratzt sich am Hinterkopf in einer Geste, von der er hofft, dass sie überzeugend ist. »… äh, vor ein paar Jahren. So lange her, dass ich mich nicht mehr erinnern kann.«

Er lässt die Hände auf die Armlehnen seines Rollstuhls sinken und zwingt sich, den Kopf nicht nach hinten zu drehen, während der Mann an ihn herantritt, und auf einmal spürt Mike die scharfe Klinge an seinem Hals. Das nächste vorsichtige Ausatmen löst einen stechenden Schmerz aus, und Mikes Hände zittern leicht, als er sie von den Armlehnen nimmt.

»Bist du sicher?«, sagt das Arschloch, jedes Wort langsam und gedehnt.

Mikes Kopfschütteln ist ein Fehler, denn die Klinge zeigt, wie scharf sie tatsächlich ist, die sanfte Bewegung an ihrer Schneide entlang brennt heiß auf Mikes Haut, und er atmet langsam ein, so vorsichtig wie möglich.

»Ich bin mir sicher«, sagt er leise. Langsam. »Wie ich Ihnen bereits gesagt habe. Ich weiß nichts.«

Das Messer wird so rasch entfernt, dass es seinen Hals streift, ein brennender, sengender Schmerz, schnell und leicht, die Angst durchzuckt ihn heftiger als der Schmerz, und der Schock von alledem lässt Mike für einen Moment erstarren, bevor er erleichtert aufatmet.

Dann ein Stich. Die Bewegung kommt unerwartet, der Mann bewegt sich rasch, reißt die Hand nach unten, zu Mikes Schulter, und die Klinge schneidet glatt durch Kleidung, Haut und Gewebe. Jeder Gedankengang wird prompt gelähmt, ein plötzlicher, stürmischer Schmerz durchzuckt Mikes Körper, quälend, und er erinnert ihn an damals, als sein Körper noch intakt war, als der rotznasige Nachbarsjunge, der drei Häuser weiter wohnte, Mikes Finger in der Wagentür einklemmte, an die fünf Sekunden höllischer Schmerzen, bevor die Tür von einem panischen Elternteil aufgerissen wurde. Nur dass dieser Schmerz jetzt nicht aufhört. Er hält an, schreit aus jeder Pore seines Körpers Zeter und Mordio, und Punkte tänzeln vor Mikes Augen, während er um Atem, um Sprache, um Gedanken ringt. Er umklammert seine Schulter, und seine zitternden Finger ertasten, wofür sein unbeholfener Blick zu kurz ist.

Der Griff eines Messers.

Blut, jede Menge klebriger Flüssigkeit unter seinen Fingern, die sein Hemd durchtränkt, und Mike schnappt nach Luft, während der Scheißkerl vor ihm irgendetwas sagt, das Mike nicht hören kann, da er zu beschäftigt damit ist, bei

Bewusstsein zu bleiben. Er wird sie nicht verraten. Dieser Psychopath, der einen Unschuldigen absticht, ohne mit der Wimper zu zucken, darf nicht in Deannas Nähe kommen. Wer weiß, was sie ihm getan hat, ob es noch andere seiner Sorte dort draußen gibt, was für einen Groll dieser Mann gegen sie hegt, und was er, Mike, womöglich tun könnte, um diesen Typen aufzuhalten.

Dann sticht der Fremde wieder zu. Mikes Oberkörper schwankt, und er versucht sich aufrecht zu halten, laut keuchend, während das Fluchen des Mannes durchs Zimmer hallt, und auf einmal steht er vor ihm, seine Augen suchen Mikes Blick, saugen sich an ihm fest. Sie sind sich so nah, dass sie sich küssen könnten, und Mike stellt fest, dass der Atem des Fremden zu frisch riecht für das dreckige Arschloch, das er ist.

Wut. Mikes Gehirn konzentriert sich jetzt auf diese Regung, Wut statt Schmerz, und der Schmerz zieht sich so weit zurück, dass er die Worte des anderen verstehen kann.

»Sieh mich an, du Schwachkopf! Überzeug mich davon, dass du die Wahrheit sagst. Spiel für sie nicht den Helden.«

Ein Held? Mike hat nie behauptet, einer zu sein. Er ist ein erbärmlicher Abklatsch eines Mannes, aber einer, der für einen Menschen auf der Welt das Richtige getan hat: für Deanna. Scheiß auf diesen Mann und sein Messer. Scheiß auf das Leben, das ihn in diesen Rollstuhl verbannt hat. Dieser Wichser hat nicht die Absicht, ihn lebend davonkommen zu lassen.

»Ich kann Ihnen Geld geben«, stößt er keuchend hervor. Ein Plan entsteht in seinem Kopf, die Details zeichnen sich allmählich in seinem Hirn ab, während er durch die Zähne atmet und mit dem Schmerz umzugehen versucht, der sich seiner bemächtigen will.

Der Mann lacht hart, viel zu nah an seinem Gesicht, und Mike hat sich getäuscht, dieser Atem ist nicht frisch. Nichts an diesem Mann ist frisch. Seine Augen sind ausdruckslos und tot, sein Auftreten fast hämisch, von so etwas wie Mitgefühl ganz zu schweigen.

»Ich *habe* Geld«, schnaubt der Mann verächtlich.

Eine glaubwürdige Aussage. Mike besitzt dieselbe Ausführung der Armbanduhr an seinem Handgelenk. Hat sie sich gekauft, als er seinen ersten großen Deal an Land zog, damals, als er ein beeindruckender Hacker war, der seine Moral für Bares verkaufte. Damals, als er am Zahltag seine erste halbe Million Dollar kassierte und sich etwas Protziges leisten wollte. Etwas, was einem Mädchen, das ihn in der Webcam sah, auffallen würde. Was sie beeindrucken würde. Und so blätterte er dreißig Riesen für die Breguet hin, mit der sein eigenes Handgelenk für kurze Zeit genauso aussah wie das dieses blutrünstigen Irren. Jetzt liegt sie irgendwo in einer Sockenschublade. Mike hätte sie inzwischen verkauft, hätte sie inzwischen verkaufen *sollen,* aber die Zeit verstrich, und er war anderweitig beschäftigt. Jetzt ist es zu spät. Verkäufe von Dreißigtausend-Dollar-Uhren sind genau das, was das FBI anlockt, wenn es die Spur aufgenommen hat. Was Misstrauen erregt. Sie können der letzte Tropfen sein, der einen Richter dazu bringt, den »Genehmigt«-Stempel auf einen Haftbefehl zu drücken. Heute ist Mike schlauer als damals. Sein ganzes Geld geht direkt auf die Caymans. Genau wie Deanna hortet er es für schlechte Zeiten, die vermutlich nicht mehr kommen werden.

»Ich gebe Ihnen alles, was ich habe. Über eine Million Dollar. Jeden Dollar, den ich in den letzten fünf Jahren angespart habe.« Mike lässt zu, dass sich die Panik, die er in Schach gehalten hat, in ihm ausbreitet, dass Tränen fließen und seine Stimme bricht, als wäre er ein Weichei. »Scheiße, ich würde das alles doch nicht für irgendeine Schlampe aufgeben. Bitte! Ich werde Ihnen alles geben.«

Seine Worte klingen aufrichtig. Als wäre er zu Tode verängstigt und bereit, im Gegenzug für sein eigenes Leben alles und jedes zu opfern.

Das verschwommene Bild vor ihm nimmt wieder Konturen an, und er schnappt zwischen seinen Schluchzern nach Luft, sein Körper verkrampft sich, und er fragt sich, ob das Messer in seiner Schulter bleibenden Schaden anrichten wird. Seine Schulter, das Gelenk, das seinen Händen Leben verleiht. Warum konnte der Mann ihn nicht ins nutzlose Bein stechen?

»Veranlassen Sie eine Überweisung«, sagt der Fremde da. »Jeden Dollar, den Sie haben. Sie haben recht, ich glaube nicht, dass Sie auf so viel Geld verzichten würden, nur um diese Schlampe zu schützen.«

64

Das mit dem Geld war ein persönlicher Geniestreich, einer, der Mike mitten zwischen dem brennenden Schmerz und der latenten Todesgefahr eingefallen ist. Hoffentlich hat Deanna nichts dagegen, eine Million Dollar im Gegenzug für eine kryptische Warnung zu verlieren.

Er legt die Stirn in Falten, während sein Verstand den Plan noch einmal aus ihrer Perspektive analysiert. Es ist tatsächlich eine ziemlich teure Warnung, wenn er es recht überlegt. Aber jetzt ist es zu spät, um die Taktik noch zu ändern. Wenn dieses Arschloch ihn tötet, wird die Warnung – egal, ob zu teuer oder nicht – wenigstens Deanna erreichen. Eine Möglichkeit, ihre Aufmerksamkeit zu erregen, damit sie in Abwehrhaltung gehen kann.

Mike richtet sich vorsichtig vor der Tastatur auf und leitet die Überweisung in die Wege, wobei er seine persönlichen Konten unangetastet lässt. Außerdem ignoriert er ungefähr zweihundert andere Millionen – Gelder seiner anderen »Kundinnen«, dreißig verschiedener Deannas, die überall in den Vereinigten Staaten verstreut sind. Ein Viertel des Geldes ist sauber, das meiste davon schmutzig, alles leicht zugänglich für ihn. Mike steuert schnurstracks auf einen Ort zu, Fifth Third Bank, schlängelt sich hinein und geht sofort auf ein bestimmtes Konto: Deannas US-Holdings. Gesamtsumme: 1 342 109,12 Dollar.

»Wie lautet die Kontonummer, auf die Sie das Geld überwiesen haben wollen?«

Der Mann denkt einen Moment nach. Zückt sein Handy und wählt eine Nummer, während Mike alles versucht, um bei Bewusstsein zu bleiben, trotz des Lochs in seiner Schulter.

»Hier ist Marcus.«

Marcus. Das Arschloch hat einen Namen. Marcus … Marcus … Mike geht ein Licht auf. Aller Wahrscheinlichkeit nach ist es Marcus Renza, der Kunde, den Deanna erst vor einem Monat oder so gesperrt hat. Der Vergewaltiger, der eben erst aus dem Gefängnis entlassen wurde.

Mikes Atem geht kürzer, eine neue Welle der Panik erfasst ihn, und die Verantwortung lastet noch schwerer auf seinen Schultern. Er ist das schwache Glied zwischen diesem Monster und ihr. Ein plötzliches Bild ihres Lächelns schießt ihm durch den Kopf, und er schließt die Augen. Versucht die Kraft zu finden, die er seit seiner Kindheit nicht mehr benötigt hat. Hinter ihm spricht der Mann in sein Handy.

»Vor ein paar Monaten. Hast du eine Kontonummer? Ich habe diese Million für dich, um das zu begleichen, was von unseren Hotelschulden noch übrig ist. Betrachte alles, was darüber hinausgeht, als Zinsen.« Der Scheißkerl lacht, ein kurzes Geräusch, das tatsächlich Humor erahnen lässt. »Klingt gut. Es wird bald da sein.«

Er beugt sich wieder über Mike, bohrt ihm die harte Kante seines Ellenbogens in den Arm, aber Mike sagt nichts und sieht nur zu, wie der Mann eine lange Zahl auf das Papier kritzelt.

»Ich brauche die Bankleitzahl«, murmelt er.

»Bankleitzahl?«, sagt Marcus ins Telefon, dann wartet er kurz, kritzelt eine zweite Zahl auf den Bogen, schiebt ihn über den Schreibtisch und tritt ein paar Schritte zurück. Führt seine Unterhaltung in beiläufigem Ton fort, als würde nicht gerade jemand vor seinen Augen verbluten.

Mike tätigt eine erste Überweisung, von Deannas Konto auf seines, mit einem einzigen Wort als Verwendungszweck: *FLIEH.* Dann, drei Minuten später, bewegt er das Geld von seinem Konto und mit genügend Zwischenstopps weiter, um zu verhindern, dass dieses Arschloch je seinen Weg zu der ursprünglichen Kontonummer zurückverfolgen könnte.

»Fertig?« Der Mund des Mannes ist nah an seinem Ohr.

»Ja«, zischt Mike, während er eine Hand über seine Schulter ausstreckt, um seine Wunde zu begutachten. »War's das?«

»Das war's. Wenn du mit dieser Überweisung irgendwelchen Unfug getrieben hast, komme ich wieder und ziehe dir die Haut von deinem verkrüppelten Körper ab. Verstanden?«

Mikes Sorge gilt in diesem Augenblick eher der gegenwärtigen Situation. In seinem Hinterkopf glimmt ein Funken Hoffnung auf, dass er die Folter vielleicht doch überleben wird. Er nickt. »Ja, Sir.«

Das gefällt dem Mann, ein Strahlen huscht über sein Gesicht, während er ihm auf die gesunde Schulter klopft. »Tut mir leid wegen der Schulter. Ich wurde schon oft belogen.«

Seine Behinderung war Mike noch nie so verhasst wie in diesem Augenblick. Wenn er doch nur ein Messer oder eine Pistole in diesem erbärmlichen Zuhause hätte. Wenn ihm die Beine, die an diesem Körper hängen, doch nur gehorchen würden und er aufspringen und den Wichser töten könnte. Mike wendet den Blick ab und betet, Marcus Renza möge gehen.

Die Hand auf seiner Schulter hebt sich, Renza mustert die Finger seines Handschuhs eingehend, und ein Blick unverhohlenen Ekels huscht über sein Gesicht. Vermutlich Blut. Das eines Krüppels.

Mike schließt die Augen, voller Angst davor hinzusehen, hört die Schritte des Mannes, die sich entfernen, hört, wie die Badezimmertür quietschend aufgeht, und Licht fällt in das düstere Schlafzimmer, als Renza die Deckenlampe einschaltet. Mike hört das rubbelnde Geräusch von Frottee. Laufendes Wasser.

Scheiße. Irgendetwas stimmt nicht. Ein Alarmton schrillt in Mikes Gehirn, nicht laut genug, um den Schmerz zu durchdringen. Nicht laut genug, um seinen Kopf anzuhalten, der kraftlos nach vorne sinkt, während die Punkte vor seinen Augen wiederkehren. Ihm wird übel. Er braucht einen Krankenwagen. Er braucht Hilfe. Er …

»Du verfluchter Scheißkerl!«

Das hört Mike, und sein Kopf schnellt zurück, er sieht zur Seite, sieht das Foto, das das Arschloch zwischen seinen behandschuhten Fingern hält, Deannas sonniges Lächeln, das ihn quer durch das Zimmer anstrahlt. Seine Augen schließen sich.

Ja. Das war es. Das Foto. Zwei Jahre alt, ausgedruckt, weil er nicht anders konnte. Sie trägt nur einen Slip, bedeckt ihre Brüste mit beiden Händen und lacht. Mike hat einen Screenshot von ihr aufgenommen, hat den Moment eingefangen, einen ihrer echten. Die, die ihn glauben ließen, er wäre anders als die anderen. Sie hätten irgendeine Art echte Verbindung, von der die anderen nur träumen. Eine Zeitlang war das Foto sein Bildschirmschoner, dann druckte er es aus. Heftete es an eine Ecke seines Spiegels, damit er es jeden Morgen sehen kann. Damit es ihn daran erinnert, dass es ein Leben außerhalb dieses Hauses gibt. Ein Mädchen wie sie, irgendwo dort draußen, mit der er eines Tages zusammen sein wird. Für die er gut genug sein wird.

»Töten Sie mich einfach.«

Mike hat die Augen geschlossen, als er die Worte spricht, als er sie stammelnd über die Lippen bringt, aber er meint jedes davon ernst. Er wird sie bis in den Tod beschützen, eine letzte Bestimmung, die rasch zu nahen scheint. Es kann keinen schlimmeren Schmerz als diesen geben. Und falls doch, kann er in seinem derzeitigen Zustand nicht damit umgehen.

Schritte hallen über den Boden, er spürt die Gegenwart des Mannes, als er näher kommt, und Mike wiederholt die Worte noch einmal, nur für den Fall, dass dieser Scheißkerl sie überhört hat.

»Töten Sie mich einfach. Ich werde Ihnen nichts sagen.«

Er würde ihr später gern erzählen, dass er es geschafft hat. Dass er geschwiegen hat. Dass er der Held war. Dass er, als er die Augen aufschlug und der Vergewaltiger da war, vor ihm kniete, auf Augenhöhe, das Gesicht des Fremden nah genug, um zuzubeißen – dass Mike in diesem Augenblick nicht zitterte. Er würde ihr gern sagen, dass er seinem Blick standhielt und nicht nervös war. Aber dann streckt der Mann über seinen Körper hinweg eine Hand nach dem Couchtisch aus, und was er hochhebt, sorgt dafür, dass Mike, mit den Teilen von ihm, die er noch bewegen kann, doch zittert wie der zehnjährige Junge, der er zu einem großen Teil noch immer ist.

Die Drahtschere. Strapazierfähig, mit grünen Plastikgriffen, die Art, die es einem behinderten Mann ermöglicht, Computer-Hauptrechner, Festplattenlaufwerke und undurchdringliche Plastikgehäuse zu durchtrennen. Mit müden Augen beobachtet er die Hände des Mannes, lange Finger, die nicht zu der kleinen Statur passen, die verdammte Breguet, die im Dunkeln schimmert, die Drahtschere locker in der Hand, mit derselben leichten Lässigkeit gehalten wie vor einer Weile das Messer, das noch immer bis zum Schaft in Mikes Schulter steckt.

Mike legt die Hände in den Schoß und drückt sie fest zusammen, sieht zur Seite, weg von der Hand, weg von den Augen, und schluckt nervös.

Er wollte es tun. Wollte so unbedingt stark für sie sein.

Ihr Held sein.

65

Er beobachtet die scharfen Klingen der Drahtschere, ein verzweifelter Blick, während die Hand des Mannes näher kommt und Mikes rechten Zeigefinger zwischen die Metallklingen steckt. Mike versucht mit aller Kraft, die Hand zurückzuziehen, den Finger zu befreien, aber jede Bewegung erstarrt, als der andere den Griff zusammendrückt. Nur einen Zoll – weit genug, um die Klingen näher zusammenzuführen und einen scharfen, stechenden Schmerz durch Mikes Finger zu jagen. Er erstarrt, sieht hoch in das Gesicht des Mannes.

Ich bin schwach. Sie hat einen besseren Beschützer als mich verdient.

»Bitte. Töten Sie mich einfach«, flüstert er voller grausiger Vorahnung.

»Wer ist sie?«

»Jessica Reilly.«

Der Mann drückt die Klingen so fest zusammen, dass Mike aufschreit, ein ersticktes, mädchenhaftes Geräusch, für das er sich schämen sollte, aber er tut es nicht. Die Scham blieb in dem Moment auf der Strecke, als ihm klar wurde, dass er sterben würde.

»Hör auf, meine Zeit zu verschwenden! Das hast du schon lange genug getan.«

Der Kerl ist es gewohnt, die Kontrolle zu haben. Befehle zu geben, die befolgt und respektiert werden. Je unterwürfiger man ist, so scheint es, desto mehr plustert er sich auf, desto selbstbewusster wird sein Auftreten. Unmöglich, die Oberhand zu bekommen. Unmöglich, zu gewinnen.

»Weißt du, was noch schlimmer ist als der Tod? Dein Leben, wenn ich mit dir fertig bin!«

Er drückt die Drahtschere voll durch, und Mike bäumt sich in seinem Rollstuhl auf. Der Schmerz ist so heftig, dass er neue Tränen hervorruft, und die Punkte vor seinen Augen geben ihm für einen Moment die Hoffnung, dass er vor Schmerz das Bewusstsein verlieren wird. Vergessen wäre in diesem Augenblick himmlisch. Er blinzelt schnell, voller Angst hinunterzusehen, während ihm das pulsierende Gefühl an seiner Hand verrät, dass der Finger nicht abgetrennt wurde. Aber er fühlte den Moment, als die Klingen Knochen berührten und sie buchstäblich auf ihre Festigkeit testeten. Er kneift die Augen fest zusammen, und der letzte Rest seiner Kraft verlässt ihn.

»Deanna Madden. Sie lebt in Tulsa, Oklahoma. Bitte hören Sie auf. Bitte. Töten Sie mich einfach.«

Sein Kopf dreht sich, seine Finger pochen, das Blut fließt aus ihm heraus, plätschert aus ihm, wie das Leben.

Dieser Mann wird mich töten.

Er wird ihn foltern, bis er alles erfahren hat, und dann wird er ihn töten. Mike kann nichts mehr tun, um Deanna zu schützen. Ihr Schicksal ist besiegelt.

Inmitten seiner Verzweiflung hört Mike das Klicken von Metall, und sein Blick wandert hinüber zu dem Schreibtisch, zu dem Werkzeug, das dieser Wahnsinnige dort abgelegt hat. Die Metallklingen sind nass und glänzen rot. Er schließt die Augen, während ihn eine neue Welle der Übelkeit übermannt. Er spürt warmen Atem auf seinem Gesicht, und als er die Augen wieder aufschlägt, sieht er das Monster vor ihm, das ihn anstarrt.

»Zeig mir alles. Zeig mir, wer sie ist. Dann werde ich entscheiden, ob ich dich töte.«

Nicht gerade die aufmunterndsten Worte. Der Kerl sollte an seinen Motivationsreden arbeiten, denkt Mike in einem lakonischen Moment.

Der Mann dreht den Rollstuhl herum und schiebt seinen gebrochenen Körper wieder vor die Tastatur. Mike denkt angestrengt nach und legt die gebrochenen Hände dann auf die Tastatur. Seine Welt verfärbt sich rot, und er versucht verzweifelt, sich aufrecht zu halten, während es ihm noch nicht einmal gelingt, sich selbst für seinen Verrat zu verfluchen.

Ich habe sie enttäuscht.

66

Hunderte Stunden Arbeit, in vier Minuten entschlüsselt. Mike versucht den Prozess in die Länge zu ziehen, sein Finger ist jedoch das einzige Hindernis dabei. Und auch wenn der Zeigefinger noch immer funktioniert, da die Drahtschere knapp über dem Knochen innehielt, löst jede Berührung eine neue Schmerzwelle in ihm aus.

Marcus Renza zückt ein Pillenfläschchen, sagt, dass es Codein sei. Er verspricht Linderung, sobald er bekomme, was er wolle.

Und so eröffnet sich vor Renzas Augen Deanna Maddens Welt. Mike zeigt ihm die ganze Wahrheit, eine Kopie ihres Führerscheins, besorgt von der Kraftfahrzeugbehörde des Bezirks Tulsa. Er zeigt ihm ihren Mietvertrag, die Laufzeit, die Adresse. Der Mann will Bilder sehen, und so öffnet Mike seine Sammlung mit Deanna-Wichsvorlagen. Ein Schauder läuft ihm über den Rücken, als sich der Atem des Fremden beschleunigt und er über ihren Bildern wie ein Teenager stöhnt. Die Bilder sind das Beste vom Besten, handverlesene Aufnahmen aus den letzten drei Jahren, ausgewählt aus über zwölftausend Screenshots. Sie schaffen es, Mike in fünf Sekunden zum Orgasmus zu bringen. Dieses Arschloch würde vermutlich nur zwei brauchen.

In einem letzten Akt des Edelmuts versucht Mike Jeremy zu verbergen. Scrollt rasch an dem Ordner mit seinen Bildern vorbei – es sind nur ein paar, in einem Moment des eifersüchtigen Stalkings aus sozialen Netzwerken gestohlen. Aber der Blick dieses Wichsers ist schnell, seine Hand schießt vor und hält den vorbeifliegenden Cursor auf.

»Wer ist das?« Er zeigt auf ein Bild.

Mike zuckt mit den Schultern. »Bin mir nicht sicher. Ein Bruder?«

Der Mann muss nicht erst nach seinem Namen fragen, Mikes zwanghafter Ordnungssinn verrät ihn anhand der hilfreichen Bildbeschriftung: JeremyPacer01, JeremyPacer02, JeremyPacer03. Renzas Hand sinkt auf Mikes verletzte Schulter und drückt sie fest nach unten, eine Bewegung, die eine solch heftige Schmerzattacke auslöst, dass Mike laut aufschreit.

»Oder vielleicht ihr Freund?«, hakt er nach.

»Oder ihr Freund«, antwortet Mike pflichtschuldig, während jede Selbstachtung, die er einmal hatte, durch den Abfluss der Hölle gurgelt. »Aber er lebt nicht mit ihr zusammen«, ergänzt er rasch. »Daher dürfte er kein Problem sein.«

»Woher willst du das wissen?« Die Hand des Mannes droht ihn ein zweites Mal zu drücken.

»Bitte nicht«, fleht Mike. »Bitte! Der Freund hat sein eigenes Haus. Lebt ungefähr eine Viertelstunde entfernt. Ich schwöre es. Sie wohnen beide allein.«

»Gib mir auch seine Adresse. Für den Fall, dass sie dort ist.«

Die Schuldgefühle sind fast ebenso stark wie Mikes Schmerzen. Sie ziehen ihn nach unten, zerreißen sein Herz mit spitzen, dunklen Fingern. Er hat sie enttäuscht, indem er ihre intimsten Details verraten hat. Und jetzt auch noch Jeremy, obwohl ihm der Typ scheißegal sein könnte. Sicher, er hätte noch mehr preisgeben können. Er hat dem anderen nicht gesagt, wie vermögend sie ist; daran hat der Mann gar nicht gedacht, oder es interessiert ihn nicht. Und warum sollte es auch? Niemand vermutet, dass dieses zierliche Mädchen mit dem unschuldigen Lächeln und der armseligen Wohnung eine Millionärin ist. Und niemand, Mike selbst eingeschlossen, hat irgendeine Vorstellung davon, wozu sie wirklich imstande ist.

Zum ersten Mal an diesem Abend kämpft Mike gegen den albernen Drang zu lächeln an, verbirgt die Regung jedoch unter einer schmerzverzerrten Grimasse, als er nach einem Stift greift. Er schreibt unbeholfen, mit ausgestrecktem Zeigefinger, notiert in einer krakeligen, groben Handschrift beide Adressen.

Ja, ich habe Deanna enttäuscht. Ja, ich führe diesen Irren genau zu ihrer Tür.

Ein Hoffnungsschimmer flackert in seinem Magen, und der Schmerz lässt für einen kurzen Moment nach.

Ich hoffe, sie kann Kleinholz aus ihm machen.

67

Marcus verlässt das Haus, schlüpft in seine Handschuhe und bemerkt die hartnäckig verfärbte Stelle an einem Finger, kaum erkennbar auf dem schwarzen Leder. Er atmet ein, mit einem Gefühl von Schwere in der Brust, es fühlt sich fast an, als ob ihm die Luft abgeschnürt wird. Scheiße. Eine Erkältung ist im Moment das Letzte, was er braucht.

Vermutlich hätte er den Krüppel töten sollen. Der Typ hat sein Gesicht gesehen. Nicht dass sein Gesicht irgendetwas Auffälliges oder Bemerkenswertes an sich hat. In jeder anderen Situation hätte er ihn getötet. Aber für den Fall, dass irgendetwas nicht stimmt, für den Fall, dass das Mädchen nicht dort ist … dann ist der Krüppel die einzige Verbindung, die Marcus zu ihr hat. Daher hat er ihn am Leben gelassen. Ließ ihn gefesselt liegen wie die unzähligen Schlampen, die er hatte, das Ritual des Knotenbindens war ihm schon vertraut.

Der Junge wird früher oder später gefunden und befreit werden. Ob er zu dem Zeitpunkt noch am Leben ist, hängt von ihm und seiner eigenen inneren Stärke ab. Marcus braucht nur zwei Tage. Dann wird er beim Haus des Mädchens ankommen. Dann kann der Junge sie gern warnen, so viel er will … Es wird niemand da sein, um seine Anrufe zu erwidern.

Zwei Tage. Das dürfte kein Problem sein. Der Krüppel ist eigenständig, scheint selbst für sich zu sorgen, trotz seiner

Behinderung. Hat einen Kleinlaster hinterm Haus stehen, das heißt, er braucht keinen Pfleger, und er hat keine Arbeit, bei der er fehlt. Er ist ein Geist, ein Hacker, das hat Marcus anhand seiner Ausflüchte erkannt, als er das FBI erwähnte. Das perfekte Werkzeug, das nicht vermisst wird, das perfekte Werkzeug, das kein Wort über das verliert, was heute passiert ist.

Drohungen und Versprechungen. Das war in Marcus' ausschweifendem Leben sein Broterwerb. Der Junge wird nicht reden. Nicht wenn sein Bankkonto leer geräumt ist. Nicht wenn er die Aufmerksamkeit der Polizei nicht mehr will als Marcus.

Bevor er gegangen ist, hat er dem Jungen damit gedroht, das FBI einzuschalten, sein Amateurhacker-Imperium zum Einsturz zu bringen, sollte er je die Cops rufen. Und dann sein besonderer Coup: die Zahlung von einhundert Riesen Schweigegeld, sollte der Junge die ihm abgerungenen Versprechen halten und schweigen.

Marcus ist nervös, er wartet schon zu lange auf sie. Nach dem monatelangen Hausarrest und den zweiundzwanzig Monaten im Knast leidet er unter höllischem Sexentzug. Er muss eine Frau berühren, muss das Heben und Senken ihrer Haut spüren, ihren Atem, ihren weichen, nassen Mund um seinen Schaft. Sein Schwanz ist fast geplatzt, als er an diese Tür klopfte. Und jetzt muss er sogar noch länger warten. Noch zwei Tage, die sich vor ihm ausdehnen wie Jahre. Er beneidet dieses Camgirl nicht um die Erfahrung, die sie infolge seiner aufgestauten Geilheit machen wird.

Er steigt in den Wagen, wirft einen letzten Blick zurück zum Haus und lässt den Motor an.

68

Jeremy starrt auf sie hinunter, sieht ihr beim Schlafen zu. Sie ist so schön, so friedlich, wenn sie schläft, wenn ihre ganze Kampfeslust erloschen ist. Er hat fast vergessen, wie entspannt sie dann aussieht; seine letzte Gelegenheit, sie in diesem Zustand zu beobachten, ist vier Monate her – eine dreitägige Phase, in der sie vor Erschöpfung zehn Stunden am Stück schlief. Damals war sie eine Fremde für ihn, ihre Lebenswege kreuzten sich unerwartet – das schöne Mädchen mit der kalten Schulter kehrte von einem Roadtrip zurück und warf sich in seine Arme, gab sich völlig seiner Fürsorge hin. Sie ließ sich von ihm Essen bringen, halten und küssen, ihren schlafenden Körper vertrauensvoll an seinen gepresst.

Vor vier Monaten war er vielleicht einfach zur richtigen Zeit am richtigen Ort: ihre einzige Möglichkeit, an ein Fahrzeug zu kommen, an jenem verhängnisvollen Donnerstagabend ihres Aufbruchs, und der einzig verfügbare warme Körper am Freitagabend ihrer Rückkehr. Aus welchem Grund auch immer, jene Situation hat sie an den Punkt gebracht, an dem sie jetzt sind, zu einer Beziehung. *Liebe.* Er kann noch immer nicht glauben, dass er so viel Glück hatte. Dass diese zarte Schönheit mit dem Riesenmut und der Seele eines Engels ihn erwählt hat. Dass sie seine Liebe angenommen und ihre eigene zugelassen hat.

Er sieht ihr beim Schlafen zu, während er sich über ihr Nickerchen wundert. Es ist elf Uhr vormittags – die Zeit, zu der sie normalerweise cammt; ihr Tagesablauf ist straff organisiert, und sie weicht selten von ihm ab. Er zieht die Decke höher, damit sie nicht friert, bemerkt ihre Kleider – noch etwas Seltsames bei einer Frau, die den Großteil ihrer Zeit nackt verbringt.

Er richtet sich auf, seine Zeit ist knapp. Er muss los. Jeremy hat keine Zeit herumzutrödeln; seine Minuten gehören UPS, Pakete warten im Truck. Er beugt sich vor und drückt ihr einen Kuss aufs Haar, bevor er in die Küche geht und eine Tüte mit Suppe darin auf dem Tresen abstellt. Er wirft einen letzten Blick auf Deanna; sie atmet gleichmäßig, ihr Gesicht, das unter einem zerzausten dunkelbraunen Haarschopf hervorschaut, ist ruhig. Jeremy speichert dieses Bild im Kopf ab, das seiner schlafenden Wildkatze, während er zur Tür geht. Auf der Schwelle halten seine Füße inne, ein fremder Gegenstand erregt seine Aufmerksamkeit. Er dreht sich langsam um, sein Verstand stellt das Gesehene infrage, und sein Blick verharrt auf der Pistole, einer 9-mm, die beiläufig auf einem riesigen Karton liegt.

Eine Pistole. Er wusste gar nicht, dass Deanna eine Pistole hat. Andererseits wusste er auch nicht, dass sie einhundert Riesen hat, um sie für einen Wagen hinzublättern, den sie seitdem nicht mehr gefahren hat. Noch mehr Fragen, die zu stellen er nicht wagt, da ihm vor den Antworten graut.

Jeremy nähert sich der Pistole, beäugt sie misstrauisch. Ihr Handy liegt daneben, als wollte es den Beweis erbringen, dass ihn das alles nichts angeht, weil es ihre Sachen sind. Er starrt auf die Waffe, als könnte er sie mit seinem Blick in etwas anderes verwandeln. Irgendetwas anderes als einen Gegenstand, mit dem man töten kann.

Wenn er eines über Deanna mit Sicherheit weiß, dann dass sie Waffen meidet. Sie versucht sogar ihr Steak mit einem Buttermesser zu schneiden, Herrgott. Und sie bewahrt keine Plastiktüten in der Wohnung auf, weil man sie benutzen könnte, um jemanden zu ersticken.

Und doch liegt hier, als wäre sie erst gestern benutzt worden, eine Pistole.

Er starrt erst die Waffe und dann das schlafende Mädchen an. Und in seiner Magengrube wächst der Zweifel.

69

»Sagen Sie mir, dass Sie nicht Auto gefahren sind!«

Mit diesem Satz beginnt er unsere Sitzung. Ich schieße jede Hoffnung auf ein unterhaltsames Geplauder in den Wind und lasse meinen Kaugummi laut in die Sprechmuschel platzen, eine Angewohnheit, von der ich weiß, dass er sie hasst.

»Ich bin nicht Auto gefahren. Aber ich *kann* fahren. Es geht mir gut. Wir werden nie herausfinden, ob ich mit solchen Dingen umgehen kann, wenn ich es nicht versuche.«

Dr. Derek seufzt – ein schweres Geräusch. »Sie haben die Kontrolle verloren, Dee. Der Wagen, diese Ausflüge nach draußen ... Ihr Freund. Wir haben Ihre Medikation nicht verändert, und Ihre ... Triebe haben nicht nachgelassen. Ich fange allmählich an zu glauben, dass Sie eine Gefahr für andere sind.«

Eine Gefahr für andere. Die vier Worte, die mich in eine Gummizelle bringen können, mit den Armen in einer Zwangsjacke. Medikamente, die mir notfalls durch eine Spritze verabreicht werden. Mein Kiefer spannt sich an, und ich bereue jedes einzelne Mal, an dem ich den Mund aufgemacht und Derek die Wahrheit gesagt habe. Diese Richtung hat er bis jetzt noch nie eingeschlagen. Er hat mir noch nie gedroht.

»Ich bin keine Gefahr«, sage ich leise, um einen möglichst vernünftigen Ton bemüht, obwohl ich weiß, dass er die Wahrheit sagt. Aber ich darf nicht weggesperrt und mit Medikamenten vollgepumpt werden. Ich werde mich benehmen. Ich werde mich besser beherrschen. Ich kann das. Ich kann alles tun, um das zu vermeiden.

»Was ist an dem Abend neulich passiert? An dem Abend, an dem Sie mich angerufen haben. Davon haben Sie mir noch immer nicht erzählt.«

»Nichts. Ich hatte eine Panikattacke. Ich bin in der Wohnung geblieben. Simon ist gekommen.«

»Um Sie einzuschließen.«

»Ja.«

»Hören Sie sich manchmal selbst zu, Dee? Sie brauchen Hilfe!«

Er hält einen Moment inne, und ich balle die Fäuste, während ich auf das warte, was als Nächstes kommt.

»Vielleicht ist jetzt der richtige Zeitpunkt. Um Hilfe zu bekommen. Um irgendwohin zu gehen, wo Sie in einer kontrollierten Umgebung mit anderen leben können.«

»Ich lasse mich nicht wegsperren.«

»Sie sind bereits weggesperrt. Sie könnten dabei genauso gut Hilfe bekommen.«

»Sie verstehen das nicht. All die Telefonate, all die Jahre, und Sie verstehen es immer noch nicht.«

»Sie auch nicht, Deanna.«

Ich lege auf und starre aufs Telefon. Starre auf die blinkende Anzeige unserer Gesprächsdauer, einundzwanzig Minuten zu wenig, und frage mich, was er tun wird.

Er könnte mich einweisen lassen. Wenn er glaubt, dass ich eine Gefahr für mich selbst oder für andere bin, könnte er mich einweisen lassen. Bis jetzt habe ich ihn mit meinem festen Entschluss, für den Rest meines Lebens in Abgeschiedenheit zu leben, beeindruckt. Aber er weiß nicht, was in Georgia passiert ist. Ich bin sicher, wenn er es herausfindet, wird er mich einweisen lassen. Zuerst wird er mich wegen Mordes anzeigen. Dann wird er mich in die Klapsmühle schicken. So oder so, es wäre mit Sicherheit nicht gut für unsere Freundschaft.

Aber mit jeder Maßnahme, die Derek letztendlich ergreifen will, wird er sich schwertun. Er hat meine Adresse nicht. Ich habe ein Patienten-Informationsblatt ausgefüllt, als ich ihn damals engagierte. Habe eine fingierte Adresse angegeben. Habe darum gebeten, mir die Rechnungen per E-Mail zu schicken. Er weiß meinen richtigen Namen: Deanna Madden. Alles, was er darüber hinaus hat, ist meine Telefonnummer, eine Nummer, die Mike auf irgendeine Superhacker-Art geschützt hat, die mir Anonymität garantiert. Das heißt, wenn er tatsächlich die Gorillas ruft, werden sie an ein paar leere Türen klopfen, ein paar Stunden damit verbringen, durch Harrison, Utah, zu schlendern – und dann meinen Namen von ihrer Liste streichen und zum nächsten Punkt übergehen. Potenzielle Verbrecher einzuweisen steht ziemlich weit unten auf ihrer Prioritätenliste.

Ich könnte einen Schlussstrich ziehen. Seine Rechnung bezahlen und fertig. Mir einen neuen Psychiater suchen und beim nächsten Mal weniger wahrheitsliebend hinsichtlich meines verkommenen Geistes sein. Aber das bisschen Erfolg, das ich in diesen vergangenen drei Jahren hatte, verdanke ich zum Teil Derek. Er kennt mich. Er staucht mich zusammen, wenn ich Mist baue. Er hat die beste Chance, mich auf Kurs zu halten. In irgendeiner Weise, Form oder Art brauche ich ihn.

70

Ungefähr zwanzig Stunden, nachdem der Psychopath gegangen ist, nachdem er Mikes Rollstuhl so weit von ihm weggeschoben hat, dass es ein weiterer Schlag ins Gesicht ist, seine Handgelenke mit Handschellen ans Bettgestell gekettet und ihm einen Streifen Klebeband fest über den Mund geklebt hat, klingelt es an seiner Tür.

Vor drei Jahren, vor Jamie, gab es Tiffany. Sie war kess, eines dieser Mädchen, die zu viele Ziele im Leben haben: Fitnesstrainerin werden, Ernährungsberaterin, Talkshow-Moderatorin, Prominente – das am leichtesten erreichbare davon war Lebenscoach. Sie war als seine Assistentin eingestellt worden, betrachtete Mike aber als ihr Lebenscoach-Projekt, jemanden, an dem sie ihre Theorien ausleben konnte, bevor sie den Punkt erreichte, an dem sie ihre inspirierende Aufdringlichkeit in Rechnung stellte. Sie hielten es nicht lange zusammen aus. Sechs Monate. Lange genug für ihn, um Jamie zu finden. Sechs Monate gesundes Essen, keine Limonade, keine Joints, kirschrote Post-it-Notizen neben seinem Waschbecken, die ihn an »Zähne putzen!« und »Lächeln nicht vergessen!« erinnerten. Sechs Monate Elend.

Die einzige Erinnerung an seine Tiffany-Knechtschaft besteht aus einem weißen Kasten, der auf seinem Kühlschrank steht. Er ist drahtlos mit einer billigen Klingelanlage an der Haustür verbunden und spielt eine fröhliche Melodie, wenn die Türklingel gedrückt wird. Es gibt zweiundzwanzig

Melodien, aus denen man auswählen könnte, aber es war Dezember, als Tiffany die Anlage installierte, daher suchte sie »Jingle Bells« aus. Der Knopf bleibt manchmal stecken, wenn man ihn allzu aggressiv drückt, sodass »Jingle Bells« in einer Endlosschleife läuft, bis er behutsam wieder gelöst wird.

Der Besucher heute Morgen ist ein aggressiver Typ. Vermutlich ein Lieferant. Jamie weiß, dass Mike die Klingel hasst. Sie haben einmal, inmitten von Jointwolken, darüber diskutiert, ob sie den ganzen Kasten in den Kamin werfen und den Scheiß abfackeln sollen. Aber irgendwie ist er zu einer Quelle der Belustigung geworden, eine Art, sich an die lächerliche Tiffany zu erinnern. Daher haben sie ihn behalten. Jetzt allerdings sorgt diese Entscheidung dafür, dass der Klingelknopf, als der aggressive Besucher ihn allzu fest drückt, stecken bleibt, und »Jingle Bells« in einer Endlosschleife durchs Haus hallt. An sein Bett gekettet, knurrt Mike einen lauten Fluch, den niemand hören kann.

Eine Runde fröhlicher Refrain.

Zwei Runden fröhlicher Refrain.

Drei Runden.

Vier.

Dreißig.

Zweiundsiebzig.

Mike nimmt sich vor, bei einhundert mit dem Zählen aufzuhören, aber er kommt auf zweihundertneununddreißig Refrains, bevor er es endlich schafft einzuschlafen, während seine Schulter in Anbetracht der wahr gewordenen Weihnachtshölle nur noch ein dumpfer und dröhnender Schmerz ist.

71

Ich halte einen rosa Spitzentanga hoch. »Den hier?«

Missy0002: weiter.

Ich beuge mich tief über meine Kommode und wühle in den Schichten mit Unterwäsche. Dann ziehe ich ein schwarzes Schlüpferset hervor, mit mehr Schleifen und Bändern an den Seiten, als unter normale Kleidung passen könnten. Ich halte Rücken und Po noch immer in die Kamera, drehe mich leicht zur Seite und lasse den Schlüpfer von einem Finger baumeln. »Wie wär's damit?«

Ich werfe einen Blick auf den Bildschirm.

Missy0002: ja baby, zieh den langsam an.

Es ist eine Kunst, einen Schlüpfer so anzuziehen, dass es sexy und nicht unbeholfen aussieht. Ich lege mich rücklings aufs Bett, recke die Füße in die Luft und schiebe den schwarzen Stoff langsam über meine Beine, dabei versuche ich, das Ganze möglichst in die Länge zu ziehen. Als ich am Hintern angekommen bin, rolle ich mich auf die Seite, lächele in die Kamera und schiebe mir den durchsichtigen Stoff über die Hüften. Ich gleite mit den Fingern über den oberen Saum und vergewissere mich, dass alles richtig sitzt.

Wir sind bei der sechsunddreißigsten Minute und dem fünften Schlüpfer unseres Chats angekommen. Ich habe wenig bis gar kein Feedback von Missy bekommen, der offenbar zufrieden damit ist, Unterwäsche auszuwählen und mir anschließend dabei zuzusehen, wie ich sie anziehe, dann ein paar Minuten schweigend dazusitzen, während ich sie vorführe. Ich bin gelangweilt, schon seit dem dritten Schlüpfer, aber bei sieben Dollar die Minute ist es leicht verdientes Geld. Kein Analsex, keine Eiswürfel, keine Nippelklammern. Ein bisschen Langeweile ist um zwei Uhr nachmittags schon in Ordnung.

Auf einmal friert das Bild ein, und mein eigenes Ich in der Aufzeichnung erstarrt mit einer Miene, die man nur als verkapptes Gähnen bezeichnen kann. Ich zucke zusammen, beuge mich vor und aktualisiere das Fenster. Der Webchat verschwindet, und eine Fehlermeldung erscheint. Ich runzele die Stirn, überprüfe eine andere Webseite. Es liegt nicht an der Internetverbindung. Andere Seiten lassen sich problemlos aufrufen. Ich kehre zurück zu meiner eigenen Webseite und überprüfe eine Unterseite, aber es ist alles eingefroren. Ich knurre, in der Hoffnung, dass die Webseite die Cam-Session ordnungsgemäß beendet und den Schlüpferjungen abkassiert hat, bevor sie sich aufgehängt hat. Dann stehe ich auf, schalte die Scheinwerfer aus und schnappe das Telefon. Ich rufe zuerst Mike an, hinterlasse ihm eine Nachricht, und dann den Hosting-Server.

Es dauert vier Abfragemenüs und eine Viertelstunde Aufzugmusik, schließlich werde ich mit Nancy verbunden, einer Frau, die überhaupt nicht nach einer Nancy klingt – ihr indischer Akzent ist so stark, dass ich sie kaum verstehen kann. Wir kommunizieren zehn Minuten unbeholfen, bevor ich aus dem Gebrabbel heraushören kann, dass angeblich meine Zahlungsmethode abgelehnt wurde. Ich bestreite diese Behauptung auf eine Weise, die, obwohl ich mich bemühe, es zu verhindern, herablassend klingt: »Es ist nicht möglich. Auf diesem Konto liegt haufenweise Geld.«

»Ich verstehe, aber die Zahlung wurde abgelehnt. Wir

können Ihr Hosting nicht aktivieren, bis Sie uns eine neue Zahlungsmethode nennen.«

Ich fluche leise, nenne ihr meine Debitkartennummer und höre dann zu, wie sie die Information in quälend schlechtem Englisch wiederholt. »Ja«, murmele ich.

Einen langen Moment herrscht Schweigen, dann erklärt sie: »Ebenfalls abgelehnt.«

»Ich rufe wieder an«, verspreche ich und lege auf. Auf einmal habe ich es eilig, und ich rufe die Webseite meiner Bank auf, bin schon im Begriff, die Kunden-Hotline anzurufen und den nächsten Mitarbeiter zur Schnecke zu machen. Doch meine Wut verwandelt sich in Panik, als ich mich einlogge, einen Blick auf meinen Kontostand werfe und leuchtend rote 0,00 Dollar sehe.

Tatsächlich bin ich, wenn man unter diese Zahl sieht, 1137,88 Dollar im Minus. Ich starre schockiert auf die Summe, dann klicke ich auf »kürzlich getätigte Transaktionen«.

Mein Blick wandert über meine üblichen Käufe, konzentriert sich dann aber auf die 37219,22-Dollar-Buchung mit gestrigem Datum. Es ist die Überweisung, die mein privates Girokonto bis auf den letzten Penny leer geräumt hat. Ich scrolle hoch und runter, gehe zurück zu meinem Kontostand und klicke mich durchs Menüs, bis meine Geldmarktkonten angezeigt werden. Bei allen dreien ist der Kontostand null. Mir stockt für einen Moment der Atem, und meine Brust schnürt sich zu.

Ich überprüfe die Konten nicht oft. Ich lasse das viele Geld lieber unbeobachtet wachsen, was die Vorfreude steigert, wenn ich mir doch einmal die Zeit nehme nachzusehen. Vermutlich ist es Monate her, seit ich mich zuletzt eingeloggt habe, daher habe ich keine Ahnung, wie viel genau fehlt. Ich könnte jedes einzelne Konto anklicken und die Beträge zusammenrechnen, aber das wäre Zeitverschwendung. Über eine Million Dollar sind futsch.

Ich greife zum Telefon, rufe die einzige Person an, die dafür verantwortlich sein könnte, und werde prompt auf seine Mailbox umgeleitet. Ich lege auf, ohne eine Nachricht zu hinterlassen, dann wähle ich die Nummer meiner Bank.

Zehn Minuten später haben sich meine schlimmsten Befürchtungen bestätigt. Ich bin, in den Augen meines Finanzinstituts, pleite. Jedes einzelne meiner Konten wurde leer geräumt, die Beträge mithilfe meiner eigenen Passwörter überwiesen. Nein, sie können die Beträge nicht zurückbuchen. Nein, sie wissen nicht oder werden mir nicht sagen, wohin die Beträge gegangen sind. Sie haben mir den Tag – gestern – genannt, an dem ich meine gesamten Ersparnisse verloren habe. Sie haben eine schriftliche Bestätigung der Transaktionen, die sie mir, wie sie versprechen, per E-Mail schicken werden. Und sie erwähnen mehrmals, dass ich mit zwei meiner Konten im Minus bin, und fragen mich, wie ich diese Angelegenheit zu regeln gedenke.

Sie sind unhöflich und wenig hilfsbereit, und der zuckersüße Gesang früherer Telefonate ist verschwunden, ersetzt von einem bissigen Sie-schulden-uns-Geld-Ton. Ich lege auf und schlage mit der Faust ein Loch in die nächstbeste dünne Rigipswand.

Geld. Es war mir so kostbar damals, als ich hier einzog. Als es mir schwerfiel, die Kaution für diese Wohnung aufzubringen, und ich keine klare Vorstellung davon hatte, womit ich meinen Lebensunterhalt verdienen würde. Aber vor über drei Jahren habe ich aufgehört, über Geld nachzudenken. Ich habe vergessen, wie sich die Panik anfühlt. Sie fühlt sich beschissen an.

Ich sitze auf der Bettkante, mit zugeschnürter Brust, und

zwinge mich zum Atmen, zum Nachdenken. Ich verwerfe die Möglichkeit, dass sich irgendein Identitätsdieb dort draußen zufällig in meine Welt gehackt und mir jeden Dollar, den ich besaß, gestohlen hat. Mike ist der Einzige, der das getan haben könnte. Er hat vollen, uneingeschränkten Zugang zu meinem Leben. Meinem Computer, meinem Geld, meiner Identität. Zum Teil von mir gegeben, zum Teil von ihm genommen oder beschafft. Es gab Zeiten, da habe ich eine solche Transparenz infrage gestellt. Aber ich brauche Mike, brauche seine Verbindungen und sein Wissen, habe die digitalen Mauern gebraucht, die er errichten kann, um meine Identität zu schützen. Und ich habe ihn immer gut bezahlt. Dass er mir *alles* stiehlt … Es ist undenkbar!

Ich halte damit inne, Rigipsteile von meinen Knöcheln zu entfernen. *Es. Ist. Undenkbar.* Zum Teufel mit meiner Naivität – Mike hätte mich nicht völlig mittellos zurückgelassen. Wir sind, in irgendeinem verdrehten Wortsinn, Freunde. Irgendetwas *muss* er mir gelassen haben.

Im nächsten Moment sitze ich vor meinem Computer und rufe die Webseite meiner Offshore-Bank auf. Meine Finger schweben über der Tastatur – ich bin mir nicht sicher, wie die Login-Daten lauten. Ich öffne meinen E-Mail-Account und suche nach der E-Mail mit den Login-Daten, die mir Mike vor ein paar Jahren geschickt hat.

Ich kann sie nicht finden. Ich kann, selbst zwei Stunden später, nachdem ich jede E-Mail, die er mir je geschickt hat, durchgelesen habe, keinerlei Passwörter für die Offshore-Banken finden. Ich weiß, dass er sie mir geschickt hat, ich weiß, dass ich sie gelesen habe, dass ich mich – ein- oder zweimal – auf der Seite eingeloggt habe. Ich weiß, dass die Konten da sind. Ich habe Anmeldeformulare und Selbstauskünfte ausgefüllt und eingescannt, habe Vollmachten übermittelt. Ich habe im vergangenen Jahr vier- oder fünfmal mit der Bank gesprochen. Auf diesem Konto müssten eineinhalb, vielleicht zwei Millionen von mir liegen.

Ich werfe einen Blick auf meine Armbanduhr; es ist zu spät, um jetzt noch irgendjemanden telefonisch zu erreichen. Ich hole einmal tief Luft, schicke falsche Beruhigungsformeln an den Teil meines Gehirns, der dumm genug ist, mir zu glauben. Das Offshore-Geld wird da sein. Eineinhalb Millionen sind mehr als genug. Es wird alles gut sein. Das Geld wird da sein. Ich werde morgen Früh bei der Bank anrufen, und binnen Minuten wird man mir diese Tatsache bestätigen. Ich werde meine PIN-Nummern ändern und das Geld schützen. Das Geld wird da sein.

Der Computer piepst, zeigt den Eingang einer E-Mail an. Ich öffne sie rasch, der Absender ist meine Bank, der einseitige Anhang enthält Zahlenreihen, die mir nichts sagen. Nur eine Sache springt mir ins Auge: die Betreffzeile. Viermal, je einmal für jedes meiner Geldmarktkonten und einmal für mein Girokonto. Immer dasselbe Wort, jedes Mal in Großbuchstaben: *FLIEH.*

Ich starre auf die Worte. Mein Gehirn ist träge, ihm fällt keine Erklärung dafür ein, und ich lege die Stirn in tiefe Falten. Lese die Worte noch einmal. Jetzt stechen sie auf der Seite hervor wie eine Leuchtreklame, sind bald das Einzige, was lesbar ist.

FLIEH.

FLIEH.

FLIEH.

FLIEH.

Was zum Teufel ist da los?

Wohin soll ich überhaupt fliehen?

Und vor wem, Herrgott noch mal?

Ich schließe den Anhang und greife mit einer zitternden Hand nach meinem Handy, will mich um meine dringlichste Angelegenheit kümmern, bevor ich völlig überschnappe. Ich gebe die Servicenummer von Cams.com ein und drücke auf »Wählen«.

Cams.com schließt nie. Bei ihrer 24-Stunden-Hotline wird prompt abgenommen, und sie sind Geldforderungen offenbar gewohnt. Auf meinem Auszahlungskonto liegen im Augenblick 24 194 Dollar, der laufende Abrechnungszeitraum ist noch nicht abgeschlossen, und eine Auszahlung ist erst am nächsten Donnerstag vorgesehen. Aber wie mir die fröhliche Stimme meines Kundenbetreuers mitteilt, können sie das Geld morgen Früh auf mein Bankkonto transferieren, gegen eine klitzekleine Servicegebühr von fünfzig Prozent. Fünfzig verdammte Prozent. In sehr bildhafter Sprache bitte ich ihn, die Zahlung in die Wege zu leiten. Ich lege auf und hoffe bei Gott, dass Mike damit fertig ist, meine Konten zu plündern. Dass er damit fertig ist, mir kryptische Nachrichten ohne Erklärung zu schicken.

FLIEH.

Der Typ neigt nicht zur Theatralik. Er ist niemand, den ich in letzter Zeit auf die Palme gebracht habe oder der sich gern hintersinnige Scherze ausdenkt. Ich muss davon ausgehen, dass er sich entweder mit meinem Geld aus dem Staub gemacht hat oder dass irgendetwas absolut nicht stimmt. Und wenn irgendetwas absolut nicht stimmt, was haben meine Gelder dann mit ihm zu tun? Mit seiner Warnung in der Betreffzeile? Sind die Überweisungen ein Mittel der Kommunikation oder ein Teil des Rätsels?

Ich habe zu viele Fragen und keine Antworten. Nein, falsch. Im Augenblick habe ich zu viele Fragen, keine Antworten, *und* ich bin pleite – eine absolut unangenehme Zwangslage.

72

Marcus fährt zurück auf die Interstate, er hat vollgetankt und drückt aufs Gas. Ein solch schlichter Akt, und dennoch einer, an den er sich – vor dieser Fahrt – nicht erinnern kann. Nicht seit er ein Teenager war, vor dem Geld und dem Respekt und der angeheuerten Hilfe. In mancher Hinsicht vermisst er das schlichte Vergnügen, sich selbst um seine Angelegenheiten zu kümmern. In anderer Hinsicht hasst er den Gestank von Benzin an seinen Händen.

Bald. Bald wird er sie haben. Es war frustrierend festzustellen, dass er die falsche Adresse hatte. Er ist eintausend Meilen weit in die falsche Richtung gefahren, für nichts und wieder nichts. Aber er hat eine Million Dollar dabei herausgeschlagen. Keine schlechte Aufbesserung der Urlaubskasse. Und was noch wertvoller ist: Er hat von ihrem Freund erfahren. Ein Schlüssel, der das Schloss zu Jess Reillys vollständiger Unterwerfung aufschließen könnte. Eine ausgesprochene Drohung gegen ihren Freund – das würde ihre Kapitulation zwangsläufig nach sich ziehen. Ihre willige Teilnahme an allem, was er auszuleben gedenkt. Ihren Respekt. Nichts verschaffte Respekt leichter als ein drohender Verlust. Um die maximale Wirkung zu erzielen, muss er mit dem drohen, was ihr am liebsten ist.

Der Mann im Rollstuhl war leicht. Er musste nicht stundenlang nachdenken, um sich die nächsten Schritte zurechtzulegen. Seine Hände. Sie sind seine Rettungsleine. Ohne sie ist er in seiner Beweglichkeit, seinem Job und seiner Unabhängigkeit eingeschränkt. Marcus musste nur damit drohen, ihm die Finger abzutrennen, und schon redete dieser Schwächling, die Worte sprudelten nur so aus ihm heraus – alles, was nützlich sein könnte, Hauptsache, Marcus drückt die Drahtschere nicht so fest zusammen, dass sie einen so wichtigen Finger abtrennt.

Er verlagert seine Haltung, lässt sich tiefer in den Sitz sinken, während seine Gedanken zu dem Mädchen zurückkehren. Bei ihr als Frau liegen die Triggerpunkte höchstwahrscheinlich in Beziehungen. Der Hacker sagte, ihre Familienangehörigen seien alle tot, eine Aussage, die Marcus glaubt. Das heißt, sie ist allein. Der Freund vermutlich die wichtigste Bezugsperson in ihrem Leben. Jeremy Pacer. Das Ticket zu ihrer Unterwerfung. Marcus wird zuerst zu ihm und dann zu ihr fahren. Ein bisschen Mehrarbeit, um sicherzustellen, dass er bekommt, was er will. Ihre Unterwerfung. Respekt. Alles, was er von der kleinen Brünetten mit der hochnäsigen Haltung will. Er streckt eine Hand nach unten aus, berührt seinen Schwanz, der sofort hart wird. Er versucht sich von der Erregung abzulenken und auf den Plan zu konzentrieren.

Jeremy Pacer. Einunddreißig Jahre alt. 23 Prestwick Place, Tulsa, Oklahoma.

Das ist alles, was er hat, alles, was der Krüppel liefern konnte. Marcus braucht mehr. Er hasst es, mit Männern zu tun zu haben. Der Behinderte hier war leicht. Sobald die Tür aufging, wusste Marcus, dass er ihn im Griff hat. Der andere ist ein muskulöser Kerl, vermutlich stärker.

Marcus' Blick fällt auf eine Plakatwand, an der er vorbeirauscht. Er bereitet sich auf die nächste Ausfahrt vor. Er wird Thorat anrufen. Sich Hilfe besorgen. Sein Ex-Sicherheitschef wird ihm helfen. Das ist er ihm schuldig. Marcus ist während des Prozesses stark geblieben, hat Stillschweigen bewahrt, hat die Verstrickung des Mannes in die Angelegenheit mit Katie McLaughlin mit keiner Silbe erwähnt. Jetzt ist ein guter Zeitpunkt, um seinen ehemaligen Angestellten anzurufen und einen Gefallen einzufordern.

Eine Viertelstunde später. Münztelefone, schon früher selten, sind völlig verschwunden. Das Restaurant-Schild vor ihm wirft einen gelblichen Schimmer in das Innere seines Mercedes, verleiht dem Handydisplay vor ihm eine kränkliche Farbe. Er starrt auf Thorats Nummer, überlegt, ob er das Risiko eingehen und ihn von seinem Handy aus anrufen soll. Dann aber klappt er das Telefon zu, legt die Parkstellung ein und steigt aus, bevor er einen Fehler begeht.

»Hier ist Marcus.« Er ringt mit sich, will sich einerseits das Telefon dicht ans Ohr halten, um die Stimme dämpfen zu können, und andererseits den keimigen Hörer nicht so nah an seine Haut lassen.

Thorats Stimme bekommt sofort einen wärmeren Unterton. »Lange nichts gehört.«

In seiner Zeit im Gefängnis hat Marcus den Kontakt zu Thorat verloren, er hatte mittlerweile aufregendere Aufgaben, als ein leeres Grundstück zu bewachen. Thorat war mit Bedauern aus dem Dienst bei Marcus geschieden, mit einer dicken Abfindung, einer, die als Schweigegeld verstanden werden konnte.

Marcus räuspert sich, entfernt sich vom Tresen, wirft einen Blick auf den Barmann dahinter. Wie hatte er annehmen können, mit einem Hundertdollarschein könnte er sich ein bisschen verdammte Privatsphäre kaufen?

»Hör zu, du hast mir vor ein paar Jahren etwas gegeben. Die Spritzen. Erinnerst du dich?«

»Ja. Brauchen Sie noch mehr?«

»Zwei. Schick sie per FedEx ans Ritz in Cleveland. Schreib auf das Päckchen einfach ›Arbeitsverträge‹. Setz den Firmennamen darauf. Kannst du dafür sorgen, dass es morgen ankommt?«

Thorat kaut ein paar Augenblicke schweigend. Das war eines der Dinge, die Marcus an dem Mann immer schätzte. Wenn er ihm eine Antwort gab, dann bedeutete das etwas. Nicht wie die Hälfte der Dummschwätzer in seiner Belegschaft, Männer, die ein »Ja, Sir« ausspucken, ohne irgendeine Ahnung, was es bedeutet.

»Es wird morgen um zwölf da sein. Nur zwei?«

»Sagen wir drei. Und noch etwas. Weißt du noch, wie du dich um die Sandbar gekümmert hast?«

Die Sandbar. Auch bekannt als Billy Littleton, ein Landrat, der es einst zu seiner Mission gemacht hat, jede Fortschrittswelle am Flughafen aufzuhalten, den sie in Kansas City bauten. Thorat hat mit Kabelbindern, einer Handvoll Verträge und ein bisschen TNT wahre Wunder bewirkt. Eine halbe Stunde mit ihm, und die Sandbar lief wie am Schnürchen.

»Ja.«

»Füge ein paar Anleitungen bei, erklär mir, wie das geht. Und drück dich klar aus. Ich will mich dabei nicht selbst in die Luft sprengen.«

»Das wird nicht passieren. Sie schaffen das schon. Ist kinderleicht für einen so schlauen Mann wie Sie.«

»Lass die Schmeicheleien, Thor. Du hängst schon zu lange mit diesen Yuppies herum. Ich muss Schluss machen. Sieh zu, dass ich das Paket morgen habe.«

»Geht klar. Ich habe Sie vermisst, Mann. Willkommen zurück.«

Er gibt dem Barmann den Hörer wieder, sieht zu, wie er ihn auflegt, dann sieht sich Marcus nach den Toiletten um. Er muss sich dringend die Hände waschen.

Danach fährt er wieder auf die Interstate und tritt das Gaspedal durch. 23 Prestwick Place. Er hat noch nie einen Mann getötet. Er ist ein bisschen besorgt wegen Jeremy Pacers Größe. Aber Thorats Spritzen dürften das erledigen. Marcus hat gesehen, wie sie einen ausgewachsenen Elefanten niedergestreckt haben, die Demonstration war ein sehr überzeugender Beweis. Außerdem hat er das Überraschungsmoment. Aber nicht viel Zeit.

Irgendwann wird jemand den verkrüppelten Hacker entdecken. Und je nachdem, in welchem Zustand der Mann ist, ob tot oder lebendig, geistig klar oder verwirrt, besteht die Gefahr, dass er reden wird. Er könnte sie anrufen. Und dann wird sie fliehen. Daher ist es wichtig, dass Marcus zügig vorankommt.

Er fährt in die dunkle Nacht, die Straßen sind leer, er und Abschleppwagen teilen sich die einsamen Spuren. Er fährt und denkt nach. Seine Belohnung ist so nah. Er lächelt vor Vorfreude.

73

Ich wache mit einem Gedanken an Mike auf. Ich habe so wenig Freunde. Er steht ganz oben auf der Liste. Es ist schon traurig, dass jemand, den ich noch nicht einmal gesehen habe, über den ich so wenig weiß, den Spitzenplatz auf meiner Liste einnimmt. Aber er ist mein Beistand, mein Beschützer, mein Komplize, der, der mir bei den Ereignissen, die zu Ralphs Tod geführt haben, geholfen hat. Ich habe oder hatte in gewisser Weise das Gefühl, dass dieser Mord unsere Beziehung gefestigt hat. Uns über Cybersex und Internetverbrechen hinaus auf eine neue Ebene geführt hat. Es ist ernüchternd zu erkennen, dass ich mich vielleicht getäuscht habe. Dass ich vielleicht nur eine günstige Gelegenheit war, ein hübsches Mädchen, das man um eine Million Dollar erleichtern konnte.

Ich rolle aus dem Bett, greife zum Telefon und tätige einen Auslandsanruf bei meiner Bank auf den Cayman Islands. Ich brauche fünf Minuten, um mich zu vergewissern, dass meine Gelder sicher und unangetastet sind. Aus irgendeinem Grund hat Mike nichts davon angerührt. Ich bitte darum, die Sicherheitspasswörter zu ändern, und werde an drei oder vier verschiedene Mitarbeiter weiterverbunden, bevor ich mit der richtigen Abteilung spreche. Zwanzig Minuten später seufze ich erleichtert auf und beende das Gespräch. Mein Geld dort ist in Sicherheit. Er hat es nicht genommen.

Aber irgendetwas stimmt nicht. Die Vorstellung, dass Mike mein Geld gestohlen hat, ist in so vieler Hinsicht abwegig. Ich gehe andere Möglichkeiten durch. Wer sonst hätte Zugang dazu? *Niemand.* Wer weiß von all meinen Konten? *Er.* Wer ist zum ersten Mal in drei Jahren nicht an sein Handy gegangen? *Er.* Wer hat eine kryptische Nachricht in der Betreffzeile verschiedener Überweisungen versteckt, die entweder eine hilfreiche Botschaft oder eine ominöse Drohung war? *Er?* Aber es gibt einfach keine andere Option. Es kann nur er gewesen sein. Alles andere wäre unvorstellbar.

Ich wähle seine Nummer, halte mir das Telefon ans Ohr und lege mir die Worte zurecht. Wieder werde ich prompt auf seine Mailbox umgeleitet, und wieder lege ich auf, ohne eine Nachricht zu hinterlassen. Ich glaube, gestern Abend war das erste Mal überhaupt, dass ich seine Mailbox gehört habe. Er nimmt *immer* ab. Hat keinen Grund, nicht erreichbar zu sein. Seine neutrale Mailbox-Ansage spricht lauter, als es Worte je könnten. Mike ist, aus irgendeinem Grund, den ich nicht kenne, verschwunden. Mit meinem Geld. Und jeder Freundschaft, die uns vielleicht, vielleicht auch nicht, verbunden hat.

Ich lehne mich zurück und stöhne frustriert auf, ein langes, irrsinniges Heulen, so aggressiv, dass ich mich danach gleich ein bisschen besser fühle. Meine Wut über die Situation nimmt zu, vermischt sich mit diesem chaotischen Cocktail unbekannter Gefühle in mir. Ich kann mich nicht einmal *erinnern,* wann das letzte Mal etwas so Wichtiges meiner Kontrolle entglitten ist. Kann mich nicht erinnern, wann ich das letzte Mal so viele Fragen hatte, ohne eine Möglichkeit, Antworten zu bekommen.

Die eine Hälfte von mir hasst Mike, will ihm das Herz aus der Brust reißen und es ihm in den Mund stopfen. Will ihn dafür foltern, dass er mich dazu gebracht hat, ihm Wertschätzung und Zuneigung entgegenzubringen. Diese Hälfte von mir stellt sich vor, dass er mein Geld mit irgendeiner dämlichen Wasserstoffblondine verjubelt und sich über mich und meine Naivität lustig macht, während er fröhlich vor sich hin vögelt und dazu Champagner schlürft.

Die andere Hälfte von mir weiß, dass das nicht wahr sein kann, vertraut dem Mann, den ich seit drei Jahren kenne. Diese Hälfte von mir starrt auf das Wort *FLIEH* und weiß, dass irgendein Sinn dahintersteckt. Diese Hälfte von mir ist besorgt, dass Mike in Gefahr schwebt und ich ihn nicht retten kann, weil ich absolut und überhaupt nichts über ihn weiß. Diese Hälfte von mir will sich zu einer Kugel zusammenrollen und über das weinen, was meinem Freund passiert sein könnte.

Keine dieser Hälften ist interessiert daran, Mikes Aufforderung Folge zu leisten. Zum einen wüsste ich gar nicht, wohin ich fliehen sollte. Und zum anderen neige ich grundsätzlich eher zum Kampf als zur Flucht. Ich sehe *FLIEH,* und ich lese *KRIEG.*

Vielleicht sollte ich mich vorbereiten.

Aber wie bereitet man sich auf das Unbekannte vor?

74

Wenn man zum Diagnosezentrum Dunbar gehen, eine Treppe zum Dachboden hochsteigen und dort lange genug herumwühlen würde, dann würde man irgendwann auf eine Akte stoßen. In ihr steht, dass Mike von seinem Ausflug im Vergnügungspark dreizehn Knochenbrüche davongetragen hat. Nur einer davon war wichtig. Ein Wirbel im unteren Rücken, der angeknackst wurde und dadurch eine Quetschung des Rückenmarks verursacht hat. Ein sehr wichtiger Wirbel, einer, der das Gefüge aus Geländern und Absperrbändern absichert, die das lebensspendende Nervenbündel schützen, das die Wirbelsäule entlangläuft. Solch kleine Wirbel sind in der Regel nicht besonders stark. Also kann es passieren, dass ein Unfall sie übel zurichtet und sie gar nichts mehr beschützen können. Dann kommt es, wie im Fall von Mike, zur Paraplegie, zur Lähmung der Beine.

Es könnte schlimmer sein. Schlimmer insofern, als er in den Beinen größtenteils noch etwas fühlt. Aber sie sind schwach, zu schwach, um zu funktionieren. Sein Gehirn befiehlt ihnen Dinge, aber sie hören einfach nicht auf ihn. Wenigstens funktioniert sein Schwanz. Manchmal funktioniert er sogar zu gut, und er protestiert gegen die wenig hilfsbereiten Gliedmaßen, die an ihm befestigt sind.

Eine Paralyse, also eine vollständige Lähmung der motorischen Nerven, wäre schlimmer. Keine Sexualfunktion, keine Blasen- und Darmtätigkeit – das würde wirklich nerven. Daher kann Mike von Glück reden. Das ist es, was er sich mitten in der Nacht sagt. Glück. Wenn er zur Decke hochstarrt und sich überlegt, all dem ein Ende zu setzen. Schwupp. Aus und vorbei. Einfach so.

Manches spricht dafür weiterzuleben. Er genießt einen überschaubaren Reichtum dank der Profite, die sich mit dem Hacken erzielen lassen. Es gibt Frauen en masse, wenn man nichts dagegen hat, für seinen Orgasmus zu bezahlen. Er braucht die Außenwelt nicht. Irgendwo zwischen den Online-Nutten und Jamie werden seine Bedürfnisse befriedigt.

Jamie ist mit einem Bruder aufgewachsen, der schlimmer dran ist als Mike – bei einem Autounfall wurde seine untere Körperhälfte vollständig gelähmt. Alles dauert viermal so lange wie bei einem gesunden Menschen. Er lebt allein, hat eine feste Arbeit, kommt mit seiner Situation zurecht. Jamie kennt das Leben mit Behinderung, betrachtet es sogar als normal. Zuckt nicht mit der Wimper, wenn Mike aus seinem Rollstuhl kippt oder an manchen Tagen sauer auf seine nutzlosen Beine ist. Er macht sich nie Sorgen, sie könnte ihn bemitleiden – wenn überhaupt, hält sie ihn auf Zack. Sorgt dafür, dass er nicht vor Selbstmitleid zerfließt. Er kann sich so viel glücklicher schätzen als ihr Bruder. Glücklich insofern, als sein Schwanz funktioniert und er es fühlen kann, wenn sie die Hand ausstreckt und seinen Oberschenkel umklammert. Glücklich insofern, als er in eine Toilette pissen kann und nicht durch einen Katheter.

Jamie. Sie kommt sonntags und donnerstags, und sie ist seine einzige Hoffnung auf Rettung. Er schließt die Augen und fragt sich, wie spät es ist. Fragt sich, wie lange dieses verdammte »Jingle Bells« noch laufen wird, bevor die billigen Plastikteile in diesem Kasten den Geist aufgeben. Warum zum Teufel hat er nie eine Uhr an die Wand gehängt?

Er hätte nicht lange dafür gebraucht. Fünf Minuten, um einen Nagel in die Wand zu schlagen und so ein Scheißding daran aufzuhängen.

Der Wahnsinn treibt sein Spiel mit ihm. Im Augenblick ist Mike sich ziemlich sicher, dass es Mittwoch spätnachmittags ist. Ziemlich sicher. Es kann nicht vormittags sein. Ausgeschlossen, dass erst fünf Stunden verstrichen sind, seit die Sonne aufgegangen ist. Er versucht seine Schulter zu betrachten, das Ausmaß des Schmerzes abzuschätzen. Die Wirkung des Codeins hat nachgelassen. Er bewegt sich so wenig wie möglich, in der Hoffnung, dass das Messer, das immer noch in der Wunde steckt, den Blutfluss aufhält, in der Hoffnung, dass der Arm noch zu retten ist. Er wackelt mit den Fingern, dreht die Handgelenke, bewegt den anderen Arm, so viel er kann, während er sich wünscht, der Scheißkerl hätte keine Handschellen benutzt.

Nicht, dass er sich wirklich beklagen kann. Er hat seine Finger. Er hat sein Leben. Und das Einzige, was er dafür tun musste, war, ihm ihren Kopf auf einem Silbertablett zu servieren.

Er ist schrecklich. Er ist schwach.

Er hasst das verdammte »Jingle Bells«.

75

Im Gefängnis hat Marcus viel gelernt. Vor allem über die menschliche Natur, darüber, dass eingesperrte Menschen, trotz ihrer unterschiedlichen Erziehung, Drogengewohnheiten oder Hautfarbe, letztendlich doch alle gleich sind. Wir wollen vögeln, essen, leben. Wir wollen Freiheit, wir genießen Kontrolle, wir wollen töten. Es ist ein animalischer Instinkt, einer, den die Gesellschaft zu unterdrücken versucht, den sie uns aberziehen will, aber es ist der natürliche Trieb, der uns allen innewohnt. Manche von uns haben gelernt, wie sie dieses Verlangen befriedigen können. Wie sie es in der Unterwelt ausleben können. Wähle deine Opfer sorgfältig aus. Lerne, sie unter Kontrolle zu halten.

Die Männer, mit denen sich Marcus Zellen geteilt hat, waren Tiere. Er hasste sie, verachtete ihre schmutzige Haut, die Art, wie sie beim Sprechen ausspuckten, den Anblick ihrer nackten Körper unter der Dusche. Aber er hat von ihnen gelernt. Hat ihren Eroberungen, ihren Fehlschlägen, ihren Fehlern zugehört.

Lenny Blackwell. In Zelle H8. Haftzeit: zweiunddreißig Jahre. Er hat vier Frauen, von denen die Polizei wusste, vergewaltigt und getötet, und neunzehn, von denen die Cops nichts wussten. Er hat Marcus beigebracht, dass die Leichen das schwache Glied sind; dass man, wenn man die Leiche beseitigt, den Beweis beseitigt. Und er hat Marcus' Fähigkeit ausgebaut, Schlösser zu knacken, und ihm erklärt, wie lange es dauert, eine Frau zu erwürgen.

Bruce Hornt. In einer Duschkabine. Haftzeit: zweiundvierzig Monate. Er hat einen Nachbarn sechs Stunden lang gefoltert, bis der Mann zugab, Hornts Frau gevögelt zu haben. Er hat Marcus beigebracht, was bei Folter funktioniert und was nicht. Was den Nachbarn schließlich dazu brachte zusammenzubrechen.

Mikel Stevens. Im Hof. Haftzeit: sieben Jahre. Entführung in sechs Fällen. Er hat Marcus beigebracht, dass man die Opfer nicht unbedingt töten muss, wenn man einen ihrer Liebsten zur Hand hat. Hat ihm beigebracht, dass ein widerspenstiges Opfer lammfromm wird, sobald es glaubt, dass jemand anders in Gefahr schwebt.

Marcus ist einst weggesperrt worden, weil der Richter ihn für gefährlich hielt. Er verließ das Gefängnis als ein schlauerer, besserer Jäger.

Gott segne unser Justizsystem.

Er wechselt die Spur, riskiert einen Strafzettel, drückt aufs Tempo. Kann es kaum erwarten, zu seiner Trophäe zu gelangen.

76

Meine Frustration legt sich ein klein wenig beim Mittagessen, als ich meinen Kontostand überprüfe und die Cams.com-Einzahlung sehe. Zwölf Riesen. Ich kriege zwölf Riesen, und sie kriegen zwölf Riesen nur für eine verdammte Überweisung. Eine Frechheit. Ich spüre, wie sich mein Herzschlag schon wieder beschleunigt, und das nur wegen dieser halsabschneiderischen Gebühr. Ich hole einmal tief Luft und rufe meine Hosting-Firma an. Sage ihnen, sie sollen meine Debitkarte noch einmal prüfe, hänge zwölf Minuten in der Warteschleife und zwinge mich dann zu einem Lächeln, als man mir mitteilt, dass meine Seite wieder online ist. *Na endlich.* Ein kurzfristiges Problem gelöst. Ich habe Bargeld.

Und ich habe noch immer das Cayman-Geld. Meinen Notgroschen. Ich kann mein US-Vermögen wiederaufbauen. Es wird ein, vielleicht zwei Jahre dauern, aber ich werde es wiederaufbauen. Ich verdränge die Gedanken an die verlorene Million und konzentriere mich auf Mike. Ich brauche einen neuen Hacker. Jemanden, der Informationen über Mike zutage fördert. Der seine Adresse und seinen vollständigen Namen herausfindet. Dann werde ich meinen schicken Jaguar schnappen und genau zu seiner Tür *FLIEHEN.* Und dann, je nachdem, was ich dort vorfinde, kann ich den Mann entweder zur Rede stellen oder Kleinholz aus ihm machen. Ich fühle irgendetwas an meiner Wange, und als ich mit einem Finger darüberstreiche, wundere ich mich, dass er nass wird. Nass. *Eine Träne.* Ich starre den Finger verblüfft an. Blinzele rasch und verbiete meinem Körper, noch mehr Schwäche zu produzieren.

Ich esse ein Fertiggericht, gegrillte Truthahnbrust mit Kartoffelpüree. Trinke Wasser und sehe nach meinen E-Mails, hoffe gegen jede Vernunft auf irgendetwas von Mike. Ich weiß nicht, was ich erwarte. Eine tief empfundene Entschuldigung mit einer Schatzkarte zu meinem Vermögen? Noch einen Hinweis, diesmal einen, der mich zu dem großen bösen Monster führen wird, vor dem ich fliehen soll? Ich würde beides nehmen, aber ich bekomme nichts. Nichts als zweiundzwanzig Kunden-E-Mails, in denen mir alles geboten wird, von schmierigen Schmeicheleien bis hin zu hehren Heiratsanträgen. Ich lenke mich von meiner wachsenden Angst ab, indem ich jede einzelne beantworte, die meisten davon mit vorformulierten Schreiben, die ich auf meinem Desktop gespeichert habe. Dreißig Minuten. Zweiundzwanzig Briefe. Ich bin noch immer nervös, als ich fertig bin.

Ich gehe auf die Toilette, putze mir die Zähne und reinige sie mit Zahnseide. Baue meine Toilettenpapier-Pyramide um. Ich bin zu nichts zu gebrauchen, ein emotionales, verworrenes Knäuel. Beim Cammen kann ich mich eigentlich immer wunderbar ablenken, aber im Moment ist es unvorstellbar für mich, ins Internet zu gehen. Für Fremde zu lächeln, wenn ich nur wissen will, was mit Mike passiert ist.

Ich hasse ihn.

Ich habe Angst um ihn.

Diese beiden sich widersprechenden Gefühle werden mich in den Wahnsinn treiben.

77

Wenn Mike nicht völlig den Verstand verloren hat, ist es jetzt zwei Tage her, seit Marcus ihm einen Besuch abgestattet hat – was heißt, dass heute Donnerstag ist. Zwei Tage, die Mike nun schon hier kauert, mit dem Kopf an dem eisernen Bettgestell, die ausgestreckten Handgelenke mit Handschellen gefesselt, als wäre er Jesus. Zwei Tage ohne Nahrung oder Wasser. Wenn dieser Scheißkerl doch nur an einem Mittwoch gekommen wäre! Dann wäre er Jamie erfolgreich aus dem Weg gegangen, und Mike hätte trotzdem nur einen Tag so ausharren müssen.

Ein Glück, dass er nicht am Montag gekommen ist. Dann hätte Mike vielleicht nicht überlebt – zwei Tage sind so ziemlich alles, was sein schwacher Geist und geschundener Körper verkraften können. Er ist schon jetzt dabei, den Verstand zu verlieren. Gestern Nacht konnte er nicht schlafen. Hätte schwören können, dass aus der Ecke des Zimmers Flüsterstimmen drangen, die bei dieser »Jingle-Bells«-Weihnachtshölle mitsangen. Der Refrain hallt immer noch durchs Haus, seit zwei Tagen fast, seine verdammten Finger klopfen dabei mit, und jeder weitere Gedanke in seinem Kopf ertrinkt in der Melodie, die er mittlerweile hasst wie nichts anderes auf der Welt.

Jamies Hämmern holt ihn in die Wirklichkeit zurück, zerrt sein Bewusstsein aus dieser gefährlichen Lage am Abgrund. Sein Verstand schwimmt an die Oberfläche, und

Mike blinzelt. Seine Wimpern kleben aneinander, mit groben Körnchen in den Augenwinkeln. Er versucht zu schlucken, zu rufen, aber er hat keinen Speichel mehr, und durch das Klebeband würde sie ihn sowieso nicht hören. Er fühlt sich ausgelaugt, als hätte er unter einer Wärmelampe gesessen, bis jede Pore seines Körpers zu einem toten Blatt vertrocknet ist, das bei allzu fester Berührung zerkrümelt.

Sie schlägt noch einmal gegen die Eingangstür, hämmert hart mit der Faust dagegen, und er kann sie sich vorstellen, eine Hüfte vorgeschoben, die Hände von Einkäufen nach unten gezogen, während sie sich mit einem entnervten Seufzer eine Locke ihres roten Haars aus den Augen pustet.

Sie hat keinen Schlüssel – eine Entscheidung, die er jetzt verflucht. Aber er wollte auf Nummer sicher gehen. Sollte sie beschließen, unangemeldet vorbeizuschauen, will er nicht, dass sie ihn bei einer Wichsorgie überrascht. Außerdem ist er kein Pflegefall. Und sie ist keine Krankenschwester. Sie ist eine Freundin – eine, die er bezahlt. Eine, die es ihm erspart, sich mit den Widrigkeiten der Außenwelt herumschlagen zu müssen. Diese Widrigkeiten – die Strapazen, mit dem Rollstuhl in ein Fahrzeug zu kommen, über eine Bordsteinkante, durch ein überfülltes Restaurant – sind der Grund, weshalb er lieber hierbleibt. Und warum er Jamie so gern bei sich hat.

Die starren Blicke. Die mitleidigen Blicke. Das hat er alles hinter sich gelassen. Im Internet weiß niemand etwas von diesem Scheiß. Im Internet ist er ein Gott. Im Internet ist er der Mann, der er immer sein wollte. Der Mann, zu dem dieser entzückende, übermütige kleine Junge heranwachsen sollte.

Er kann sie hören. Sie ruft seinen Namen, und ihre Frustration verwandelt sich in irgendetwas anderes. Sorge. Sorge ist gut. Er versucht mehr zu hören, aber es kommt nichts.

Dann hört er, wie sein Schlafzimmerfenster hochgeschoben wird, die Vorhänge teilen sich, und ein wuscheliger Kopf kommt zum Vorschein. Sie sieht zuerst in die falsche Richtung, zu seinem Computer, dann dreht sie den Kopf herum, zu seinem Bett, und erstarrt. Ihre Blicke treffen sich, und wenn es eine Möglichkeit gäbe zu lächeln unter dem Klebeband, dann würde er es tun.

»Scheiße.« Das Wort ist nicht mehr als ein Zischeln. Sie schiebt sich durch das niedrige Fenster und landet in einem chaotischen Haufen aus Beinen, Armen und roten Haaren auf dem Boden. Dabei schnellt einer ihrer Füße vor, und Mike hört Glas zerspringen, als sie gegen die Fensterscheibe knallt, die in tausend Einzelteile zerspringt. Es ist eines der schönsten Dinge, die er je gesehen hat.

Sie springt auf, stürzt auf ihn zu und reißt mit zitternden Fingern das Klebeband herunter. Er nimmt den Schmerz gar nicht wahr, spürt nur ihre sanfte Berührung, sieht die Besorgnis in ihren Augen, und er begreift, dass er leben wird.

Sobald sein Mund befreit ist, schießt seine ausgedörrte Zunge hervor, und er leckt sich die Lippen und sagt: »Wasser.«

Jamie nimmt die Wasserflasche von seinem Nachttisch. Die Flasche, die er tagelang angestarrt hat, genau so weit außer Reichweite, dass sie ihn im wahrsten Sinne des Wortes in den Wahnsinn getrieben hat.

Sie schraubt den Verschluss auf und hält ihm die Flasche an die Lippen, sieht mit weit aufgerissenen Augen zu, wie er gierig trinkt. Die enorme Erleichterung, Flüssigkeit zu haben, gerettet zu sein, aus jedem entsetzlichen Albtraum, dem Irrsinn entkommen zu sein, den er mühsam in Schach gehalten hat, befreit zu sein, ist zu viel für ihn. Ein Zusammenbruch naht, er kann spüren, wie irgendwo in ihm etwas zu zerreißen droht, während ihm das ganze Ausmaß dessen, was er überlebt hat, bewusst wird. Er versucht angestrengt, Jamie in die Augen zu sehen, Worte zu finden, während die schwarze Wolke des Vergessens näher kommt und ihn mit ihren süßen Versprechungen lockt.

»Ruf Deanna an«, stößt er hervor, die Worte wässriger, als er erwartet hat.

Sie sieht ihm in die Augen, Verwirrung im Blick. Er kämpft, seine Lippen bewegen sich, ein Moment verstreicht, bevor ein Geräusch herauskommt.

»Sag ihr nichts … von mir. Von …« Er versucht angestrengt, alles auf einmal zu erklären, zeigt mit einem Nicken auf seine Beine.

Jamies Blick wird sanfter, und sie legt ihm behutsam eine Hand auf die Brust. »Natürlich nicht. Aber wo sind die Schlüssel? Die Schlüssel zu den Handschellen?«

»Keine Cops«, flüstert er.

Dann wird alles um ihn herum schwarz, und er spricht die Worte, die tagelang durch seinen Kopf gedröhnt haben: *»… jingle all the way. Oh what fun …«*

78

Ruf Deanna an.

Jamie steht in Mikes Schlafzimmer und versucht aus seinen Worten schlau zu werden. Wer ist Deanna? Und warum fragt er nach ihr – wenn sein Körper an ein Bett gekettet ist, ein *Messer* aus seiner Schulter ragt und sein halber Oberkörper mit Blut besudelt ist? Sie sollte die Polizei rufen. Wenigstens einen Krankenwagen.

Mike klappert mit den Zähnen, sein Mund formt irgendwelche Worte, singt einen absurden Refrain, nicht im Rhythmus mit den Glöckchen, die durchs Haus hallen. Sie schnappt sich einen Stuhl, zerrt ihn in die Küche und stellt sich darauf, gleitet mit den Händen über die Oberfläche des Kühlschranks, bis sie den Kasten berührt, diesen albernen Tiffany-Kasten, aus dem mitten im verdammten Februar fröhliche Weihnachtsmusik dröhnt. Sie tastet nach dem Stromkabel und reißt es mit aller Gewalt heraus, bis die Musik abbricht und sie endlich wieder einen klaren Gedanken fassen kann.

Ruf Deanna an.

Sie geht zu Mikes Schreibtisch, sucht nach einem Telefon. Nichts. Geht hinüber zu seinem Rollstuhl, der in die Ecke des Zimmers geschoben ist, weit weg vom Bett. Ihr Herz verkrampft sich, als sie ihn sich ans Bett gekettet vorstellt, weit weg von allem, was ihm helfen könnte. Wie lange war er gefesselt? Wer hat das getan? Die Fernseher, der Computer, alles ist noch da.

Sie beugt sich hinunter, wühlt in der Tasche, die seitlich an seinen Rollstuhl genäht ist, und ihre Hände legen sich um das harte Plastik eines Telefons. Sie zieht es heraus, drückt auf eine Taste, und das Display leuchtet auf. Vierzehn entgangene Anrufe. Sie schaltet den Alarm aus, ein rotes Licht blinkt, ein Zeichen, dass der Akku nur noch zwei Prozent hat. Sie flucht, eilt zum Bett, schnappt sich das Ladegerät und stöpselt es ein. Jamie atmet erleichtert auf, als die Ladeanzeige erscheint. Dann scrollt sie die Kontaktliste durch, bis sie den Namen sieht. Deanna. Sechs Buchstaben, keine nähere Bezeichnung, kein Bild an den Kontakt angehängt. Nichts, was ihr irgendetwas verrät. Sie drückt auf »Wählen« und wartet, das Telefon ans Ohr gedrückt, nicht sicher, was sie sagen wird.

»Hi, Arschgesicht.«

Die Stimme klingt sauer. Mehr als sauer. Der Tonfall der anderen zieht wie ein langes, scharfes Rasiermesser über Jamies Haut. Diese Stimme gehört nicht zu der Tussi, die sie sich vorgestellt hat, dem kessen Flittchen, einer von Mikes Hundert-Dollar-Huren. Die Stimme lebt weit außerhalb von Jamies Leben, von Fertiggerichten und *Real Housewives of Miami.*

Sie schluckt. »Hi.«

79

»Hi.«

Das geheimnisvolle Biest, das von Mikes Handy aus anruft, sagt *Hi.* Als wären wir Freundinnen, die beieinander übernachten und sich zusammen ihre verdammten Nägel lackieren.

Ich war vor der Kamera, als das Telefon klingelte. Eine Reihe unterschiedlicher Emotionen bemächtigte sich meiner, als Mikes Name auf dem Display erschien. Erleichterung, dann ein plötzliches Aufflackern von Wut. Er ist am Leben. Es geht ihm gut. Er hat mich zwei Tage lang nur verarscht, offenbar aus reinem Jux.

Als mich die weibliche Stimme begrüßt, lege ich das Telefon hin, setze ein Lächeln auf und werfe eine Kusshand in die Kamera. Ich verschwinde aus dem Chatroom, und eine Welle von Abschiedsnachrichten flutet auf einmal den Bildschirm. Ich beende den Chat und reiße den schwarzen Dildo zwischen meinen Beinen weg.

»Wer zum Teufel ist da?«

Ich stehe nackt da, die kühle Luft der Klimaanlage erfrischend auf meiner erhitzten Haut. Ich schließe die Augen, atme einmal tief aus und genieße die kalte Brise. Versuche mir über die Gefühle klar zu werden, die in diesem Moment in mir gegeneinander antreten. Ich versuche die Wut freizusetzen, die mit jedem gestotterten Wort aus dem Mund der geheimnisvollen Fremden zunimmt. Aber es klappt nicht.

Ich will jemanden in Stücke reißen, eine Kehle so laut schreien lassen, dass ich allein schon von dem Geräusch komme und mein Orgasmus sich ausbreitet, während der Moment der reinen Ekstase sich in die Länge zieht.

»Mein Name ist Jamie. Ich …«

Sie hält einen Moment inne, als wüsste sie nicht, wer zum Teufel sie ist. Ich bin wütend – jede Emotion, die ich in den letzten achtundvierzig Stunden verspürt habe, jedes bisschen Hass und Liebe, das ich für Mike empfinde, rauscht durch meine Adern. Ich halte mich mit Worten zurück und warte darauf, dass sie ihren erbärmlichen Satz zu Ende führt.

»Ich bin eine Freundin von Mike.«

»Kannst du seinen verdammten Kopf für mich abreißen? Gegen seine Stirn treten, bis sie aufplatzt? Hineinfassen und sein Hirn und all die anderen Organe aus ihm herausreißen, bis er nur noch ein heißes, bluttriefendes Häuflein Elend ist?«

Ich atme schwer, nicht sicher, woher diese pure Aggression kommt, aber sie vermischt sich mit heißen Tränen, die in meinen Augen brennen, und sie fühlt sich gut an. Er hat mit meinem Geld und einer Schlampe *Party* gemacht. Ich habe seinetwegen keinen *Schlaf* gefunden. Ich habe mir *Sorgen* um ihn gemacht. Ich habe um ihn *getrauert.* Ich balle die Hände zu Fäusten, und dann stelle ich fest, dass ich mit jedem Wort aus meinem Mund erregter werde. Feuchter. *Ja.* Ich muss ihn tot vor mir sehen, seine Augen reglos, sein Blut überall auf meiner Haut, das mein Herz erwärmt und mich endlich wieder schlafen lässt.

Dann ist da ein Geräusch, etwas wie ein Stottern, ein Schlittern von Worten über eine schmutzige Oberfläche. Mikes Flittchen will vermutlich kein Blut auf ihren manikürten Händen.

»Er hat mir nur gesagt, dass ich dich anrufen soll. Es ist etwas passiert. Ich wollte nur …«

Ein Keuchen kommt durchs Telefon, dann irgendetwas Nasses, wie ein Schluchzen.

Ich verdrehe die Augen. Weint sie etwa? »Hör auf zu flennen und gib mir Mike. Ich werde ihn selbst fertigmachen.«

»Ich kann nicht!« Offenbar findet sie gerade ihr Rückgrat wieder und den Mumm, mich allen Ernstes anzuschreien. »Du lässt es mich ja nicht erklären. Ich bin eben hierhergekommen, und Mike ist gefesselt und *niedergestochen* worden, fast tot!«

Meine Füße halten inne. Sie waren in Bewegung, in einem Auf und Ab, mit dem ich einen Teil meiner überschüssigen Energie abbaue. Sie halten inne, und ich halte für einen kurzen Moment den Atem an. Sie hat nun meine volle Aufmerksamkeit.

»Wie lange ist er schon gefesselt?«

»Ich weiß nicht«, schluchzt sie. »Ich war am Sonntag hier. Ich komme sonntags und donnerstags. Sein Handy hat nur noch zwei Prozent, das heißt … einen Tag? Zwei … drei? Ich weiß nicht, wie lange ein Akku hält. Und er hatte Durst, er sieht … fürchterlich aus.«

Ich kann meinen Herzschlag nicht finden. Ich glaube, meine Schuldgefühle könnten ihn gefressen haben. Ich umklammere das Telefon fester und wünschte, ich könnte jeden Fluch zurücknehmen, den ich eben ausgestoßen habe.

»Er spricht nicht?«

»Doch, aber es ist nur wirres Gefasel. Er singt nur ›Jingle Bells‹. Immer und immer wieder. Er hat mich gebeten, dich anzurufen, und dann hat er angefangen zu singen. Ich glaube, er steht unter Schock.«

»Was genau hat er gesagt?«

Sie hält einen Moment inne. »›Ruf Deanna an.‹ Na ja … zuerst hat er um Wasser gebeten.«

»›Ruf Deanna an.‹ Das war alles?«

Ich habe ihn grundlos gehasst. Er ist fast tot. Niedergestochen. Schock.

»Ja. Das war alles.«

Irgendetwas liegt in ihrem Ton, irgendetwas, das mich glauben lässt, dass sie lügt, aber sie steht nicht vor mir, und ein Verhör ist nicht annähernd so effektiv, wenn keine Folterinstrumente zum Einsatz kommen.

»Hast du die Cops gerufen?«

»Nein. Er hat mich gebeten, es nicht zu tun.«

»Das heißt, er hat doch noch mehr gesagt!« Ich fauche die Worte, meine Wut geht fast mit mir durch.

»Entschuldigung – den Teil hatte ich vergessen.«

»Vergiss sonst bloß nichts!«

Sie schnaubt ins Telefon. »Warum wollte er, dass ich dich anrufe? Bist du eine Krankenschwester? Kannst du vorbeikommen?«

»Halt den Mund und lass mich eine Minute nachdenken.« Ich setze mich aufs Bett, meine Haut ist bereits kalt, aber die Zeit ist zu kostbar, um sie mit dem Runterregeln der Klimaanlage zu verschwenden.

FLIEH.

Ruf Deanna an.

Warum mich? Warum dieser Verwendungszweck? Warum sollte er den Kontakt zu mir suchen, es sei denn, es geht um mich? Ich kann ihn nicht retten. Ich kann ihn nicht gesundmachen. *Es könnte mein Fehler sein, dass das mit ihm passiert ist.* Gott steh mir bei, wenn ich das hier verursacht habe …

Ich umklammere das Telefon so fest, dass ich das Gehäuse knacken höre. *FLIEH.*

»Sieh dich um. Sag mir, was du siehst.«

»Ich bin durchs Fenster hereingekommen, weil er die Tür nicht aufgemacht hat. Er war im Schlafzimmer, ans Bett gefesselt. Mit Handschellen ans Bett gekettet. Sein Mund war mit Klebeband zugeklebt.«

»Hat er irgendwelche Verletzungen?«

»Abgesehen von dem Messer in seiner Schulter?« Ein kurzes Schweigen tritt ein. Dann ein Rascheln, und auf einmal kann ich einen Mann hören, der leise, fast im Flüsterton, singt.

Ich stelle mir vor, wie sie sich über ihn beugt, während er mit ausgestreckten Armen auf dem Bett liegt. Das Gesicht, das ich nie gesehen habe, Klebeband, das an einer Wange herunterhängt.

»Ist er noch immer in Handschellen?«

»Ja. Ich habe keinen Schlüssel dafür. Ich habe nirgends einen gesehen.«

Diese Tussi ist wirklich zu nichts zu gebrauchen.

»Ich sehe nichts ... Gott, da ist überall so viel Blut.« Ein Schluchzer entweicht ihr.

Blut. Jede Menge Blut. Eine bebende Brust.

»Steckt das Messer noch immer in ihm?«

Ich dehne die Finger. Ein Messer. In seine Schulter gerammt. Ich frage mich, ob sein Peiniger ihn damit aufs Bett bekommen hat. Allein schon die Androhung hätte vermutlich genügt. Leute erstarren, wenn ihnen ein Messer an die Haut gehalten wird. Ich kämpfe gegen meine aufkeimende Erregung an. Ich vermisse dieses Erstarren. Ich vermisse diese Macht.

»Ja. Ich fasse das nicht an. Da ist überall verkrustetes Blut ...« Sie bricht ab, die plötzliche Stille ist unheimlich.

»Was?«, will ich wissen.

»Oh mein Gott«, stößt sie hervor. »Sein Finger … er ist fast abgetrennt. Ich kann Knochen sehen …«

Sie würgt, und auf einmal sehe ich vor meinem geistigen Auge, wie die andere Frau den ganzen Tatort vollkotzt.

»Geh weg von ihm. Hast du den Rest des Hauses durchsucht?«

»Wonach?«

Ich knurre ins Telefon. »Blut, Leichen, einem maskierten Mann, der darauf wartet, dir die Kehle aufzuschlitzen?«

»Meinst du, ich bin in Gefahr?«

Ihre Stimme klingt leicht piepsig, und ich kämpfe gegen den Drang an, wieder die Augen zu verdrehen. Scheiß drauf. Ich verdrehe sie trotzdem.

»Durchsuch einfach das Haus.«

Scheiße. Ich brauche ihn. Er muss mir sagen, was zum Teufel passiert ist. Er muss mir sagen, ob er es war, der mein Geld genommen hat, oder ob er es für irgendjemand anderen gestohlen hat. Ich muss herausfinden, was er zu ihm gesagt, was er ihm über mich erzählt hat. Ich muss wissen, ob es bei dieser Sache um mich ging oder ob mein verschwundenes Geld nur ein Nebeneffekt irgendeines anderen Deals war, den er am Laufen hatte. Ich muss wissen, ob es meine Schuld ist. Ich muss wissen, ob ich mich zum Krieg rüsten soll.

Verdammt. Verdammt. Verdammt. Verdammt. Verdammt.

FLIEH.

Vier Minuten später lege ich auf, nach der erbärmlichen Hausdurchsuchung von Mikes Freundin nicht viel schlauer als vorher. Ich schwöre, meine Großmutter hatte mehr Mumm als diese Tussi. Außerdem hat sie mir irgendetwas verheimlicht. Ihre Antworten auf meine Fragen schienen alle sorgfältig darauf bedacht, irgendein Riesengeheimnis zu verbergen. Ich will nur eines wissen: ob dieses Geheimnis irgendetwas mit mir zu tun hat. Alles andere ist mir egal. Soll er Koks schmuggeln oder in seinem Garten Marihuana anbauen. Oder eine Frau und fünf Kinder haben. Ich will mein Geld und meinen Hacker wiederhaben. Und meinen Freund, falls ich wirklich so sentimental werden will.

Die andere war ein emotionales Wrack, wollte wissen, wie sie seine Handschellen aufbekommen könne, wie sie ihn aus dem Schock holen könne, ob die Gefahr bestehe, dass der Handschellen-Fingerabschneider wiederkomme. Ich sagte ihr, sie solle Mike die Handgelenke abhacken und ihn »Jingle Bells« singen lassen, bis er verhungert sei. Ihr eisiges Schweigen verriet mir, wie viel Humor sie hat.

Ich sprach nur halb im Scherz. Das Wissen, dass Mike achtundvierzig Stunden lang durch die Hölle gegangen ist, dämpft meine Wut etwas, aber ich bin nicht bereit, wieder einen auf beste Freundin zu machen, bevor ich weiß, wer von uns beiden Mist gebaut hat. Aller Wahrscheinlichkeit nach war ich es. Ich schluckte einen Berg von Schuldgefühlen hinunter und sagte ihr mit den freundlichsten Worten, die ich aufbringen konnte, sie solle damit anfangen, Antworten auf ihre Fragen zu googeln. Ich bin keine verdammte Krankenschwester.

Ich stoße einen Seufzer aus, drehe mich langsam und bedächtig um und betrachte meine Wohnung mit neuen Augen. Mike besitzt eine sehr lange Liste mit Informationen über mich, darunter, in verdammt großen und leuchtenden Buchstaben, meine Adresse. *FLIEH.* Die Nachricht ergibt jetzt ein bisschen mehr Sinn, die Teile fügen sich auf eine logische Weise zusammen. Mike ist, abgesehen von Jeremy, der einzige Mensch, der weiß, wer JessReilly19 wirklich ist und wo sie wohnt. Mike. Jeremy. Und jetzt noch ein neuer Mann:

der Fingerabschneider. Ein Mann, das ist sicher. Vermutlich nur einer. Mit einem Mann werde ich fertig. *FLIEH.* Mike muss ihm meine Adresse gegeben haben. Der Kerl muss auf dem Weg hierher sein.

Ich kämpfe dagegen an, aber ein leises Lächeln bahnt sich dennoch seinen Weg auf mein Gescht. Ja, ich könnte Mikes Anweisung befolgen. Meine zwölf Riesen zu dem Cayman-Vermögen hinzufügen und aus diesem Leben verschwinden. Fliehen. Untertauchen. Mir eine neue Identität kaufen und alle Verbindungen kappen. Den Mann, den ich liebe, zurücklassen. Und den einzigen Freund, den ich habe. Sicher in einer neuen, künstlichen Seifenblase leben.

Diese Option klingt grauenhaft.

Oder ich kann warten. Auf denjenigen warten, der sicher kommt. Und mir Zeit mit ihm lassen, wenn er da ist. Ihn dafür bestrafen, dass er meinen Freund gefoltert hat.

Mein Lächeln zieht sich so weit in die Breite, dass es fast wehtut.

TEIL 4

»Komm auf den verdammten Punkt.«

80

Wenn man weiß, dass jemand kommt, ist der größte Feind die Zeit. Ich weiß, wohin er kommt, ich weiß, dass er kommt. Das Einzige, was ich nicht weiß, ist, wann. Ich rufe Mikes verblödete Freundin zurück und stelle ihr die eine Frage, die ich niemals hätte vergessen dürfen.

»Wo bist du? In welcher Stadt?«

»Worchester.«

»Wo zum Teufel ist das?«

»Google es.« Sie legt auf, und ich muss unwillkürlich lächeln. Die geheimnisvolle Fremde hat vielleicht doch Biss.

Worchester ist, wie sich herausstellt, in Massachusetts, rund fünfzehnhundert Meilen entfernt. Ich muss davon ausgehen, dass sich mein Verfolger sofort auf den Weg hierher gemacht hat. Wenn er geflogen wäre, wäre er bereits hier. Mit dem Auto bräuchte er … ich überschlage es rasch. Zwanzig, zweiundzwanzig Stunden. Nicht eingerechnet Pinkelpausen und eine Übernachtung. Was heißt, ich habe wenig Zeit.

Ein Feature, das ich auf meiner Webseite anbiete, ist ein Live-Feed, das mich zeigt, wenn ich gerade nicht im privaten Chat bin. Alle diese öffentlichen Chatsessions habe ich aufgezeichnet. So scrolle ich jetzt drei Jahre gespeicherter Cam-Geschichte entlang und wähle einen Tag vor fünfzehn Monaten aus. Ich installiere vier Stunden Videodateien auf meiner Seite und fange an, das Video durch den Live-Feed zu streamen. Jeder, der meine Webseite aufruft, sieht mich nackt und fröhlich, wie ich mich für Fremde befriedige. Ich lasse es laufen und öffne mein Korsett Öse für Öse, während ich zur Kommode gehe und eine Schublade aufreiße.

Die Verwandlung von der sinnlichen zur gewöhnlichen Frau dauert keine Minute. Ich schnüre die Tennisschuhe zu, binde mir die Haare zu einem Pferdeschwanz, stehe auf und schlüpfe in eine Jacke. Sie ist viel zu heiß für den Sommer, aber ein wunderbares Kleidungsstück, wenn man ein tödliches Mordwerkzeug in der Seite verbergen will.

Ich hole einmal tief Luft und frage mich, ob ich Dr. Derek anrufen soll, ob ich mental gerüstet für diese Unternehmung bin. Es ist schon komisch, wie schnell sich Dinge ändern können. Vor ein paar Tagen habe ich mich noch zusammengerissen. Habe mich für meine schlechten Entscheidungen gescholten und mir hoch und heilig geschworen, in der Wohnung zu bleiben. Meine kürzlichen Fehler nicht zu wiederholen. Mich in meiner Freiheit einzuschränken und die Kontrolle zurückzugewinnen. Besser dafür zu sorgen, dass andere in Sicherheit sind, besser meine eigenen Aktionen zu überwachen.

Und doch bin ich nun hier und im Begriff, das Haus zu verlassen. Meinen Wagen zu fahren. Eine Besorgung zu erledigen, zu keinem anderen Zweck als dem, mich für den Krieg zu rüsten. Und was noch schlimmer ist, ich gehe mit einer Waffe in die Welt hinaus. Sie ist ein unverzichtbarer Gegenstand, denn der Aufenthaltsort des Fingerabschneiders ist mir unbekannt, und das Messer, das in meiner Jacke steckt, zu meinem eigenen Schutz.

Ich stehe an der Tür, die Wagenschlüssel in der Hand, und atme stoßweise. Beschwöre meine Entschlusskraft – und meine Selbstdisziplin. Es wird alles gut gehen. Es ist tagsüber.

Das Messer ist weggesteckt – ich werde es nicht zücken, es sei denn, ich werde angegriffen. Ich lasse mir einen Moment Zeit. Atmen. Konzentrieren. Vorbereiten.

Auf einmal durchzuckt mich ein Gedanke, und ich gehe noch einmal zurück, eile zu meinem rosa Schreibtisch, öffne Schubladen und seufze erleichtert auf, als ich die Rolle mit durchsichtigem Klebeband entdecke. Ich schneide ein Stück ab, halte es vorsichtig in der Hand und gehe zurück zur Tür. Ich reiße sie auf, bevor der gesunde Menschenverstand mich davon abhält – und sehe mich Jeremy gegenüber.

»Was tust du denn hier?« Mein Blick fällt auf seine leeren Hände, ohne ein Paket für mich darin.

»Wir waren zum Abendessen verabredet. Schon vergessen?« Er sieht auf seine Armbanduhr. »Donnerstag um fünf, richtig?«

Ich fluche leise, ziehe die Tür hinter mir zu und schließe sie ab. Nicht mit dem Sperrriegel – Simon ist der Einzige, der dafür den Schlüssel hat. Aber mit dem unteren Schloss, einem Teil des Türknaufs. Es ist eine schwache Barriere, die nie von mir getestet wurde. Ich zögere kurz, betrachte die Stelle genauer, dann stelle ich mich auf die Zehenspitzen und befestige das Klebeband längs der Spalte über der Tür. Ich springe kurz hoch, versuche das Klebeband flach anzudrücken, damit es unsichtbar ist. Jeremy tritt hinzu, mit seiner Größe fällt ihm die Aufgabe leichter. Er sieht zu mir hinunter, während er mit den Fingern über das Klebeband streicht.

»Erwartest du Besuch?«

»Bin mir nicht sicher«, murmele ich, bemüht, seinen Geruch nicht einzuatmen. Er steht so nah vor mir, und seine lebendige Wärme ist berauschend. Ich weiche einen Schritt zurück. »Ich kann heute nicht mit dir zu Abend essen. Es tut mir leid – es ist etwas dazwischengekommen.«

»Es ist etwas dazwischengekommen?«

Er legt die Stirn in Falten, eine Miene, die hinreißend aussieht. Ich frage mich kurz, wie sehr Augenbrauen, wenn man sie aus einem Gesicht herausschneiden würde, Raupen ähneln würden.

»Ja. Wir sprechen uns nächste Woche.«

Ich muss ihn loswerden. Es ist zu gefährlich mit ihm, ausgerechnet jetzt, wo jemand auf dem Weg hierher ist. Jeremy wird die Situation nur noch komplizierter machen. Schlimmstenfalls wird er zu Schaden kommen dabei. Bestenfalls wird er sehen, wie ich einen Mann voller Entzücken filetiere. Beides eine Katastrophe, eine davon ein Szenario, von dem ich mich vielleicht niemals erholen würde. Außerdem besteht immer noch die Möglichkeit, dass ich Mike in Gefahr gebracht habe. Ich kann nicht, werde nicht auch noch den anderen Mann in meinem Leben in Gefahr bringen.

Ich wende mich ab, beschleunige meine Schritte, bis ich fast renne, und stürze durch die Tür zum Treppenhaus. Es fühlt sich so vertraut an. Wir waren schon einmal in dieser Situation. Letztes Mal brauchte ich seine Hilfe, seinen Truck. Diesmal bin ich in einer anderen Lage. Einer, in der nicht noch ein unschuldiges Individuum zu Schaden kommen sollte.

Ich verlasse das Treppenhaus durch den Hinterausgang, in der Hoffnung, dass er mir nicht folgt. Auf dem Parkplatz laufe ich wieder schneller; hier tummeln sich aufgemotzte Cadillacs und abgefahrene Corollas. Und da, zwischen verbeulten Kotflügeln und mit Klebeband abgedichteten Fenstern, steht er, mein Jaguar. Wie eine zusammengerollte Schlange, bereit, jederzeit zuzuschlagen. Hinreißend, katzenartig und gefährlich. Ich spüre die Erregung zwischen meinen Beinen, die Reibung der Jeans steigert meine Vorfreude. Ich bin nicht mehr die zaghafte Frau, die dieses Monster nach Hause gefahren hat. Ich bin eine Gejagte. Im Angesicht dieser Gefahr gebe ich jede Zurückhaltung auf. Im Krieg ist kein Platz für Unentschlossenheit. Es ist Zeit für mich und das Monster, jemandem gründlich den Arsch aufzureißen.

Ich drücke auf den Knopf, höre den Piepston und gehe vorn um den Wagen, gleite mit einer Hand sanft über die polierte Oberfläche und ziehe am Türgriff. Gott sei Dank habe ich den Wagen bezahlt, bevor mir mein Geld gestohlen wurde. Rückblickend betrachtet wirkt es fast, als hätte ich ihn umsonst bekommen.

»Wohin fährst du?«

Scheiße. Er ist mir gefolgt. Ich halte inne, mit einem Fuß im Jaguar, und funkele Jeremy an. Ich schlage meinen bissigsten Ton an. »Ich hab's eilig. Ich rufe dich später an«, keife ich, setze mich in den Wagen, sehe aber noch einmal auf, als seine Hand verhindert, dass die Tür zufällt.

»Das war's? Du versetzt mich und sagst mir nicht einmal, wohin du fährst?«

Er klingt sauer, ein Ton, den ich noch nie bei ihm gehört habe. Ich ziehe mich so weit hoch, dass ich seine Hand von der Tür entfernen kann, rutsche wieder in den Wagen und knalle die Tür zu, bevor er die Gelegenheit hat, sie noch einmal aufzureißen. Dann fällt mir etwas ein, und ich lasse das Fenster herunterfahren, in der Sorge, Jeremy könnte versuchen, mir zu folgen.

»Es tut mir leid. Ich verspreche, ich rufe dich später an. Es ist etwas dazwischengekommen, eine Art Notfall.«

»Ein Notfall.«

Er hört nicht auf, mich anzustarren, mit einem harten Blick, der mich beunruhigt. Er ist sauer. Glaubt mir nicht. Vertraut mir nicht einmal, nach seiner misstrauischen Miene zu urteilen. War ja klar, dass meine Beziehung ausgerechnet *heute* an eine emotionale Belastungsgrenze stoßen muss, zu einem Zeitpunkt, zu dem mein Gegner jeden Augenblick über den Parkplatz stiefeln könnte.

Ich sehe in Jeremys Gesicht und sage das Einzige, was ich sagen kann – einen Satz, von dem wir uns vielleicht niemals erholen werden, von dem ich aber hoffe, dass er ihn verstehen wird.

»Wenn du mich wirklich liebst, dann musst du mich jetzt gehen lassen. Vertrau mir, vertrau uns und fahr nach Hause.«

Ich drücke auf den riesigen Anlasserknopf und lasse Jeremys Antwort vom Dröhnen des Motors übertönen. Ich darf sie nicht hören. Darf sie nicht wissen. Darf nicht zulassen, dass er in Gefahr ist und ich zu emotional bin. Liebe ist Schwäche. Und im Augenblick brauche ich jedes bisschen Stärke, das ich habe.

Ich fahre vorsichtig vorwärts, aus der Parklücke und vom Parkplatz, und lasse Jeremy allein in einem Meer billiger Autos stehen.

Verdammt. Als Freundin bin ich eine echte Niete.

81

Der Anruf der geheimnisvollen Freundin von Mike hat alles verändert. Diese Fantasien, vor denen ich mich verstecke, die ich mit jedem Gramm meiner unterentwickelten Muskeln zur Tür hinausschiebe? Auf einmal brauche ich sie. Ich muss das Böse annehmen, muss diese Richtung wieder einschlagen. Ich habe keine Angst, bin nicht besorgt, dass dieser Teil von mir wieder stärker wird. Ich weiß ohne zu zögern, was in meinem Herzen sein wird, wenn ich diese Tür vollständig aufstoße. Das Düstere ist nicht verschwunden. Es ist, wie jener Baum in Florida, gediehen, trotz meiner Bemühungen, ihn verhungern zu lassen. Mein Kampf in den vergangenen zwei Monaten hat das Verlangen dieses Monsters in mir erst recht geschürt. Hat seinen Appetit mit saftigen Häppchen Freiheit angeregt. Es ist, trotz meiner hehren Bemühungen, stärker geworden.

Der Jaguar F-Type und ich verstehen uns auf Anhieb. Wir statten dem Outdoor- und Angelspezialisten und dem Baumarkt einen Besuch ab. Ich klappe das Verdeck zurück und fahre dann nach Norden, erreiche mein Ziel viel zu schnell für meinen Geschmack. Ich lasse den F-Type vor dem Eingang stehen und drücke die Tür des Pfandleihhauses auf, die so schwer ist, dass ich mich richtig dagegenstemmen muss. Für ein Mädchen mit einer stahlverstärkten Wohnungstür sagt das viel aus.

Ich weiß, dass ich am falschen Ort gelandet bin, als mein

Fuß den ersten Quadratzentimeter des Ladens betritt. Am richtigen Ort für eine Gasmaske, am falschen für jeden einzelnen Teil meiner verkorksten Persönlichkeit.

Messer.

Pistolen.

Maschinengewehre.

Handschellen.

Nunchakus.

Kampfsterne.

Dinge, von denen ich nicht einmal weiß, wie sie heißen, aber sie sehen verdammt übel aus.

Meine Hände zittern leicht, und ich stecke sie in die Taschen meiner Jacke, sodass sie in nächster Nähe zu meinem Messer liegen, praktisch dagegenstoßen. Ich hole einmal tief Luft und versuche mich auf den Mann hinter dem Tresen zu konzentrieren. In den Sechzigern, kahlköpfig, mit genügend Falten und Charakter, um mir zu verraten, dass er schon einmal getötet hat. Vermutlich an genügend Einsätzen teilgenommen hat, um meine Opferbilanz wie eine Tupperware-Party mit Pediküre aussehen zu lassen.

Sein Blick fällt auf meinen Wagen, und die Motorhaube schimmert, selbst in diese dunkle Todesgruft hinein.

»Brauchen Sie eine Wegbeschreibung?«

Ich sehe ihm in die Augen. »Ich brauche eine Gasmaske. Man hat mir gesagt, die könnte ich bei Ihnen bekommen.«

Ich sehe mich nicht um. Das kann ich nicht. Ich werde völlig ausflippen, wenn ich die Gelegenheit dazu bekomme. Einen Einkaufswagen vollpacken, so wie diese Kandidaten in der Supermarkt-Show. Vor Entzücken kreischen, während ich Samuraischwerter und Granaten in den Kofferraum meines Jaguars stopfe.

Er steckt sich einen Zahnstocher in den Mund, stützt einen leberfleckigen Arm auf die Glasvitrine vor sich. »Eine Gasmaske? Sind Sie eine Überlebenskämpferin?«

»Und Fentanyl. Falls Sie es haben.«

Ich zucke mit den Schultern, als wäre ich mir sicher, dass er es nicht hat, eine provozierende Geste. Vermutlich hat er es nicht, Fentanyl findet man häufiger in einer Terrorzelle als in einem Pfandleihhaus. Mein Blick fällt auf den niedrigen Verkaufsständer neben dem Tresen. Ich bücke mich, schnappe mir einen Elektroschocker, der, so die Werbung, genügend Volt hat, um eine Tausend-Pfund-Kuh niederzustrecken, und lege ihn auf den Tresen.

»Fentanyl. Eine Gasmaske und Fentanyl und …« Er senkt den Blick. »Einen Elektroschocker.«

Er geht um den Tresen, an mir vorbei, und meine Muskeln spannen sich an. Er ist so nah, dass ich ihn berühren könnte, meine Finger stoßen gegen das Springmesser in meiner Tasche. Ich hätte es nicht mitnehmen sollen. Aber ich weiß, dass der Fingerabschneider auf dem Weg zu mir ist – es wäre dumm gewesen, das Haus ohne irgendeinen Schutz zu verlassen.

Der alte Mann geht weiter, in Richtung Tür, den Blick auf meinen Wagen geheftet. »Ist das Ihr Auto?«

»Ich bin damit hierher gefahren, oder?«

Er wendet sich zu mir um, ein Stirnrunzeln verzieht sein Gesicht. »Das war nicht meine Frage.«

»Es geht Sie einen Dreck an, ob das mein Wagen ist. Haben Sie, was ich brauche?«

Er sollte es besser haben. Er *muss* es haben. Diese Stadt ist nicht groß genug für eine weitere Möglichkeit. Wenn ich nicht eine Familie von Kriegsveteranen zusammenschlagen will, ist er meine einzige und letzte Hoffnung. Ich und Zahnstocher-Dick müssen diesen Hierarchie-Scheiß klären, damit ich weiterfahren kann.

Er seufzt, gleitet mit der Zunge über das Holz in seinem Mund und schlendert nach rechts, einen Gang hinunter, bis er fast außer Sichtweite ist. Dann streckt er eine Hand nach oben aus und holt ein Plastikteil mit Schläuchen und Glas aus einem Regal. Eine Maske. Ich hoffe, dass mein Seufzer der Erleichterung nicht zu hören ist.

»Das ist die kleinste, die ich habe. Brauchen Sie nur die eine?«

Ich nicke.

Er geht kopfschüttelnd zurück zum Tresen. »Ein hübsches junges Mädchen wie Sie. Spaziert hier herein und will eine Gasmaske. Kommt mir verdächtig vor.«

»Haben Sie die Chemikalie?«, unterbreche ich seine schwachsinnigen, sinnlosen Spekulationen.

»Na, das kommt mir erst recht verdächtig vor.« Er setzt sich auf einen Barhocker, einen mit von Hunden angeknabberten Beinen und ohne irgendetwas, um bequem einen Fuß abzustützen. Seine Beine hängen in der Luft, wie bei einem Kind.

»Es ist eine Ja-oder-Nein-Frage.«

Er kichert. Langsam. Als wüsste er, dass er mich um den Verstand bringen wird, wenn er so weitermacht. Ich kann spüren, wie sich der Wahnsinn langsam anschleicht. Kann spüren, wie mein Griff, mit dem ich die Moral umklammere, sich lockert. Düstere Gedanken kriechen in mir hoch, und jede Furche in seinem grinsenden Gesicht beschleunigt den Prozess.

»Zum Teufel mit Ihnen«, spucke ich aus, schnappe mir die Maske vom Tresen und wühle in meiner Tasche. Ich fische zwei Hundertdollarscheine heraus und knalle sie auf den Tresen.

»Jetzt warten Sie doch eine Minute!« Er springt auf die Füße, schlurft den Tresen hinunter und bückt sich dann, sodass er nicht mehr zu sehen ist. »Ich habe keine Kampfstoffe hier – das ist jedenfalls mein Spruch für alle Schlipsträger, die hier zur Tür hereinspazieren, aber ich denke, das ist, was Sie suchen.«

Er richtet sich auf, hebt einen Karton hoch und stellt ihn auf den Tresen. Ich trete näher und werfe einen Blick auf den Inhalt, während ich versuche, nicht über die Theke zu sabbern.

Weiße Spraydosen. Fünfzehn oder zwanzig an der Zahl. Ordentlich aufgereiht wie Juwelen in einer Schatulle. Schimmernd unter dem trüben Neonlicht an der Decke.

Ich lege sanft eine Hand auf den Rand des Kartons, mein Ärger ist verflogen. »Was ist das?«

»Pfefferspray. Davon wird niemand bewusstlos, aber es bringt die Sinne völlig durcheinander. Kann zur Erblindung führen, wird auf jeden Fall Desorientierung, höllische Kopfschmerzen, getrübtes Sehvermögen und Schwindel auslösen – im Grunde eine Art Links-Rechts-Kombination, um jemanden außer Gefecht zu setzen. Es ist dasselbe Zeug wie in Tränengas, aber das hier ist in Sprayform. Stellen Sie vier oder fünf davon in einem Raum auf, reißen Sie den Deckel auf, lassen Sie den Nebel in den Raum ziehen. Sie haben ungefähr eine Viertelstunde, in denen es die Leute völlig umhaut, dann fängt es an, sich zu verflüchtigen. Behalten Sie die Maske auf. Es wird noch ein paar Stunden in der Luft liegen; selbst der Nachbrenneffekt wird dafür sorgen, dass Ihre Augen tränen und sich Ihre Kehle zuschnürt.«

»Ich nehme sie.«

»Wie viele?«

»Alle.«

Er neigt den Kopf zur Seite und sieht mich an, kneift die braunen Augen unter Brauen zusammen, die ganz sicher nie eine Pinzette gesehen haben. »Alle? Gegen wen ziehen Sie in den Krieg?«

Ich gebe keine Antwort, hole stattdessen noch etwas Bargeld aus meiner Hosentasche. »Wie viel?«

Sein Kiefer arbeitet, und ich kann praktisch hören, wie der Preis steigt. »Sechzig pro Stück.«

»Zwanzig.« Ich habe absolut keine Ahnung, für wie viel dieses Pfeffer-Dingsda-Zeugs gehandelt wird. Habe nie davon gehört. Zahnstocher-Dick könnte mir Mini-Haarspraydosen verkaufen, sodass ich mir bei meinem Versuch, Chaos anzurichten, nur eine höllisch steife Frisur verpassen werde. Aber er hat mir den Preis in einem Tonfall hingeworfen, der Raum zum Feilschen lässt.

»Nein, das kann ich nicht machen. Nicht für alle.« Er bearbeitet seinen Zahnstocher, schiebt ihn aus dem Mund, und auf einmal frage ich mich, ob das Holz, wenn ich das Gesicht des Alten mit einer Hand zusammendrücke, irgendetwas Wichtiges durchstechen oder einfach nur durch seine Kehle rutschen würde, sodass er würgen müsste wie eine Katze, die mit einem Haarballen zu kämpfen hat. »Dreißig.«

Ich feuere eine letzte Salve ab. »Fünfundzwanzig.«

Er antwortet, indem er einen kleinen Stapel Dosen aus dem Karton nimmt, den Deckel des Pakets dann zuklappt und es mir über den Tresen zuschiebt. »In bar. Ich verkaufe Ihnen fünfzehn.«

»In bar.« Ich grinse, blättere noch einmal vierhundert Dollar hin und lege sie auf den Tresen, bevor ich mit dem Karton in der Hand den Rückzug antrete, ohne auf mein Wechselgeld zu warten.

Und dann sehen der Jaguar und ich zu, dass wir von dort verschwinden, Gasmaske und Pfefferspray im Gepäck.

82

Nach rund zwanzig Stunden Fahrt und einer Übernachtung in einem Fünfsterne-Luxushotel erreicht Marcus die Adresse 23 Prestwick Place. Ein kleines Haus unter hohen Bäumen, auf einem schmalen Grundstück gelegen, das sich dicht an das der Nachbarn anschmiegt, eine Tatsache, die Marcus schwer im Magen liegt. Nachbarn nerven. Sein eigenes Haus steht nicht ohne Grund inmitten von fünfzig Acres. Nachbarn hören Schreie. Nachbarn erstatten Anzeige, wenn eine nackte Schlampe mit blutbeschmierten Handgelenken über den Rasen davonstolpert.

Dieser Vorgarten ist leer. Kein Fahrzeug in Sicht. Jetzt ist der richtige Zeitpunkt, um hineinzugehen. Zum Teufel mit den Nachbarn, zum Teufel mit dem Tageslicht, das zwischen den Bäumen hindurchfällt. Er parkt auf der Straße, ein paar Häuser weiter, und packt die Schätze aus Thorats Paket ein: Kabelbinder und eine Spritze, gefüllt mit Ketamin, dem Tierbetäubungsmittel, das einen erwachsenen Mann binnen zwanzig Sekunden von den Füßen holt. Einen erwachsenen Mann, der kämpft, in kürzerer Zeit.

Er sperrt den Wagen ab, lässt den Blick über den Mercedes gleiten. Ein bisschen auffällig vielleicht. Er hätte sich einen Wagen leihen oder mieten sollen. In dieser Nachbarschaft, ähnlich wie in der des Krüppels, sind Hunderttausend-Dollar-Autos kein häufiger Anblick.

Marcus geht zwischen herabgefallenen Blättern hindurch über den Bordstein, während er das Haus nicht aus den Augen lässt. Dunkle Fenster. Eine leere Auffahrt. Niemand zu Hause. Er stapft weiter. Über die Bordsteinkante und durch den Vorgarten, den Kopf nach vorn gestreckt, als wäre gar nichts dabei, als wäre es ganz normal, ums Haus nach hinten zu gehen, über einen vergessenen Gartenschlauch und vorbei an der Wasseruhr. Er freut sich zu sehen, dass hinter dem Haus ein Zaun verläuft, der ihm etwas Privatsphäre bietet. Er hebt den Kopf und konzentriert sich. Versucht die Hintertür zu öffnen, ignoriert die Fenster und versucht es an der Hundetür. Sie ist breit, für einen großen Hund gedacht. Er hebt die Klappe an, aber die Öffnung ist mit einem Plastikteil abgedeckt. Einem Plastikteil, das sich mit drei festen Tritten lockern lässt. Er untersucht die Luke. Schmutzig. Für ein Tier gemacht, das sich den eigenen Arsch leckt. Er schluckt seinen Ärger hinunter und rutscht auf dem Bauch durch die Öffnung. Eklig, aber einfach. Der beste Vorteil, den sein kleiner Körperbau ihm je gewährt hat.

Drinnen ist alles dunkel und still, sein Atem produziert das einzige Geräusch. Kein Hund. Kein Mitbewohner. Gut. Er sucht das Haus ab, zückt seine Waffe und nimmt Position ein. Macht es sich bequem und wartet.

Es dauert nicht lange. Keine Stunde später erklingt vor dem Haus das Geräusch eines Motors. Marcus lauscht, hört eine einzelne Wagentür, die auf- und wieder zugeht. Schritte auf den Stufen vor dem Haus. Langsame, entspannte Schritte. Der Türknauf ruckt, Schlüssel klimpern, und die Tür schwingt auf. Marcus wartet, beobachtet. Der Mann, groß, mit kräftigen Schultern, betritt das Haus, tritt die Tür hinter sich mit einem Fuß zu, ohne hinzusehen, neigt den Kopf, während er eine Handvoll Post durchsieht.

Ungeschützt. Wehrlos. Perfekt.

Marcus tritt vor, die Spritze mit seinem ganz speziellen Höllencocktail hoch erhoben, sticht zu und rammt sie dem anderen mit einer entschiedenen Bewegung in den Hals.

83

Erst seit neunzig Minuten in der Wirklichkeit, und ich kaue mir schon jetzt die Nägel ab. Ich stehe an einer roten Ampel, und der sechzehnjährige Junge neben mir auf dem Bürgersteig verrenkt sich fast den Hals, um meinen Wagen anzustarren. Ich stelle das Radio lauter und atme tief durch. Versuche mich auf das Surren des Wagens und das Hämmern des harten Rockbeats zu konzentrieren. Ich brauche Mike. Er würde die Welt anzapfen, in der er zu Hause ist, die Welt, die ohne Zögern falsche Identitäten, Dokumente und illegale Schusswaffen beschaffen kann. Aber so bin ich auf ein Internet-Telefonbuch angewiesen und kurve wie ein bescheuerter Tourist durch eine Stadt, die ich nicht kenne.

Ich habe ein paar Gegenstände dabei. Reichen sie aus? Oder suche ich nur nach Ausreden, um wieder zurück nach Hause zu fahren? Ich sollte heimfahren. Die Zeit ist knapp.

»Hey!«, brüllt es da von der Seite, laut genug, um über die Nine Inch Nails gehört zu werden, was schon eine Leistung für sich ist.

Ich drehe den Kopf zur Seite, fixiere den sechzehnjährigen Gernegroß mit einem unfreundlichen Blick. »Was?« Ich werde nicht laut, aber er versteht meinen Gesichtsausdruck auch, ohne dass ich die Stimme heben muss.

»Netter Wagen.«

Ich nicke, lächele grimmig und drehe mich wieder nach vorn. Beschwöre die verdammte Ampel, endlich umzuspringen, während ich überlege, ob ich sie einfach überfahren soll. Der Milchbubi würde in den Wagen steigen. Kein Problem. Es wäre einfach. Er würde sich von einer Tussi mit so vielen Pferdestärken fahren lassen, wohin ich will. Ich könnte meine neuen Spielzeuge an seinem vor Hormonen überquellenden Körper ausprobieren und seine Leiche dann im beschissen Kofferraum meines Jaguars verschwinden lassen.

Die Ampel springt um, ich trete das Gaspedal durch und lasse sieben Meter Gummi auf der Thompson Avenue zurück.

Ich biege auf den Parkplatz meines Hauses ein, die Lücke, in der ich vorhin gestanden habe, ist noch immer frei. Ich parke den Wagen, steige aus – und sehe mich zu meinem Pech Simon gegenüber, der in seiner zerschlissenen Jeans ein Fahrzeug weiter steht. Er pfeift beim Anblick des Wagens.

»Ich habe mich schon gefragt, wem der gehört.«

Ich sage nichts, öffne den Kofferraum und hieve den Pappkarton mit den Pfefferspraydosen heraus, lege die Maske obenauf und verhake die Finger in den Plastikgriffen meiner Baumarkttüte.

»Brauchst du Hilfe?«, fragt Simon, hilfsbereit wie immer.

»Nein.« Ich drücke die Klappe des Kofferraums mit dem Ellenbogen zu. Höre, wie sie sich sanft senkt; dieser schlichte Akt, wie die Klappe von selbst zugeht, ist wunderschön, Understatement ganz eigener Art.

Simon hält mir die Haustür auf; sein Blick wandert über meine Einkäufe, während er zum Aufzug eilt und auf den Knopf drückt.

Vor den geschlossenen Lifttüren wartend, legt sich das Schweigen über uns. Simons Augen huschen hin und her. Mustern. Studieren. Ich kann die ungestellten Fragen praktisch hören. Sie tummeln sich auf meiner Haut, sammeln sich um meinen Mund und meine Ohren, wollen hineinkriechen und meinem Gehirn Antworten entreißen, um die Neugier seines drogenbenebelten Kopfes zu befriedigen, und ich bin drauf und dran, den Karton und die Tüten fallen zu lassen und mir die Ohren zuzuhalten. Aber das wäre verrückt, denn Simon hat kein Wort gesagt.

Die Türen gehen auf, und wir steigen zusammen in die Liftkabine.

»Du musst mich heute Abend nicht einschließen.«

»Wirklich nicht? Aber die ...«

»Die Pillen werden trotzdem am Ersten kommen. Ich will nur nicht, dass du die Tür heute Abend abschließt. Nimm die übliche Routine morgen wieder auf.« Ich gehe die Details in Gedanken kurz durch, überlege, ob ich Simon für irgendeinen Teil meines Plans brauchen werde. »Wirst du heute Abend zu Hause sein?«

»Ja. Irgendwie schon.«

Irgendwie schon. Das ist wischiwaschi genug, um das Risiko einzugehen, dass er – falls ich ihn brauche – nicht zu Hause sein wird. Ich könnte ihn nach seiner Telefonnummer fragen, aber ich traue mich nicht, sie zu besitzen. Vor allem jetzt, wo er an einer Freundschaft allzu interessiert zu sein scheint. Das ist das Problem, wenn man eine Vagina hat. Jeder Mann in deiner Nähe will darin versinken.

Ich trete aus dem Aufzug und in die sechste Etage.

84

Marcus geht zur Vordertür hinaus und nimmt seine Skimütze ab, bevor er das Haus verlässt. Sperrt mit behandschuhten Händen hinter sich ab und geht die ausgetretenen Stufen hinunter, mit selbstbewussten Schritten. Langsam. Hat es nicht eilig, hat nicht das Bedürfnis, dass irgendjemand auf ihn achtet. Geht an dem Truck des Jungen vorbei.

Dieser Typ ist seine Versicherung. Wenn sie zu schreien versucht, sich zur Wehr setzt, sobald er sie anfasst, wenn sie um sich tritt und schlägt und den Kiefer vor seinem Schwanz zusammenpresst, wird er sein Ass aus dem Ärmel ziehen. Mit Jeremy Pacer verlockend vor ihr herumfuchteln und ihr die Zwangslage erklären, in der er steckt. Und was passieren wird, wenn sie nicht tut, was er will. Selbst ein starkes Individuum bricht zusammen, wenn ein anderes bedroht wird. Bricht zusammen bei der Vorstellung, dass die eigene Sturheit den Tod eines anderen Menschen herbeiführen wird. Er wird dafür sorgen, dass sie einknickt. Er wird sie sich gefügig machen. Wird den Abend auf eine angemessene Weise genießen. Zivilisiert. Mit Angst und Respekt in ihren Augen.

Bei diesem Mädchen gab es schon ein paar Premieren für ihn, denkt er. Das erste Mal, dass er einen Mann überwältigt hat. Es war fast enttäuschend, wie leicht das ging. Die Spritze hat die ganze Arbeit erledigt. Der Typ schnellte zuerst herum, fuhr sich mit einer Hand an den Hals, und bis ihm klar wurde, was da steckte, bis er den Blick auf Marcus richtete und seine Fäuste in Aktion gingen, war die Sache schon gelaufen. Der Kerl landete einen einzigen Treffer – leider einen guten. Marcus reibt sich den Kiefer, während er sich an den knirschenden Aufprall erinnert, aber die Fäuste des Jungen schafften es nicht in die zweite Runde. Es ist gut. Schmerz ist eine Erinnerung ans Leben, an die Fähigkeit zu fühlen.

Noch eine Premiere: die Bombe. Thorat hatte recht. Das Zusammenbauen war unglaublich einfach. Päckchen auspacken, in den Backofen legen. Backofen programmieren. Fertig. Ein verdammter Höhlenmensch würde das hinkriegen. Ein Höhlenmensch mit ein bisschen Mumm. Die Zeitschaltuhr des Backofens ist auf fünfzehn Stunden programmiert. Danach wird er sich auf dreihundert Grad erhitzen. In Thorats Anleitungen stand nichts darüber, wie lange es dauert, bis das Ammoniumperchlorat explodiert, es hieß nur, er solle mindestens eine Viertelstunde einplanen, um zu verschwinden. Es könnte passieren, bevor der Herd fertig aufgeheizt ist. Es könnte aber auch eine Stunde dauern. Aber sobald es sich entzündet, ist es wunderschön. Er hat es schon einmal gesehen, vor vier Jahren, erinnert sich noch immer an den Schaden. In diesem Fall wird das Zwei-Pfund-Paket mit Ammoniumperchlorat alles in Brand setzen, was es berührt. Die Küche wird rasch in Flammen aufgehen, dann das Haus.

Daher verlässt er die Bude mit einem Zeitfenster von fünfzehn Stunden. Das dürfte ausreichen. Um das Mädchen zu finden, sie außer Gefecht zu setzen und herauszufinden, mit was für einem Biest er es zu tun hat. Er wird gut sechs bis acht Stunden damit zubringen, seine Rückkehr in die Freiheit zu feiern, wieder der Typ Mann zu werden, der er vor dem Gefängnis war. Den Cocktail von Sex und Macht zu trinken und zu wissen, dass er endlich wieder ein ganzer Kerl ist. Danach, wenn sie sich benimmt, wird er noch einmal dort vorbeifahren. Den Herd ausschalten. Ihren Freund dort sitzen lassen, bis er gefunden wird. Und wenn er stirbt? Dort auf dem Boden verhungert? Dann soll es eben so sein. Das Leben ist nie so kostbar wie in dem Augenblick, in dem es bedroht wird. Wir brauchen alle einen kleinen Tod im Leben, um uns zu erinnern, dass wir weiterleben sollen.

Das Schöne dabei ist, keiner von ihnen wird je wissen, wer er ist. Der Hacker ist ahnungslos, dieser Jeremy hat ihn nie gesehen, und das Mädchen, falls er es am Leben lässt, wird sich nur an seine Maske erinnern. Es wird die perfekte Hinrichtung sein, ausgeführt mit Intelligenz und Planung. Noch eine Premiere für ihn. Er hätte schon längst das Ruder übernehmen sollen. Mehr Arbeit, aber auch mehr Macht. Das Mädchen wird süßer sein als jede andere vor ihr. Es wird das erste Mal sein, dass er ein Druckmittel anstelle von Folter einsetzt. Es wird interessant sein zu sehen, wie anders es mit einem widerstrebend willigen Opfer ist.

Natürlich, wenn der Plan fehlschlägt, wenn sie nicht gefügig ist, dann wird er gar nicht zu Jeremy zurückfahren. Wenn sie sich zur Wehr setzt, stur bleibt, ihm keinen Respekt zollt? Dann wird er ihren Freund aus Prinzip sterben lassen. Bei ihr bleiben, sie die Nachrichten sehen und zusammenbrechen lassen, bevor er sie zu Tode vögelt. Es hängt von ihr ab, wie sie sich verhält. Das wird darüber entscheiden, ob Jeremy Pacer verbrennt oder nicht. Ob er, Marcus Renza, Gnade walten lässt oder nicht. Fünfzehn Stunden werden genug Zeit für ihn sein. Mehr als genug.

Bald. Alles, worauf er gewartet hat – bald. Er steigt in den Wagen, lässt den Motor an, die Heizung bläst ihm prompt lauwarme Luft ins Gesicht. Er wühlt in seiner Tasche, holt ihre Adresse hervor und programmiert sein Navi neu. Sechs Meilen; eine Viertelstunde entfernt. So nah. Hoffentlich ist es in einer besseren Gegend als dieses Vorstadt-Drecksnest. Adrenalin strömt durch seine Adern, und er wendet, fährt nach links, dann rechts, dann wieder links. Erreicht den Freeway und durchquert die Innenstadt, die hohen Gebäude werden bald kleiner, die Gegend wird immer schäbiger, bis er schließlich in einem Viertel ankommt, das man nur als die Slums von Tulsa bezeichnen kann. Slums. Nicht das, was er von der quirligen Brünetten mit dem hübschen Schlafzimmer erwartet hat. Und weit und breit kein Campus in Sicht.

Mit gerunzelter Stirn kommt er vor ihrer Adresse zum Stehen, lenkt den Wagen in eine Parklücke mit Parkuhr und überprüft die Adresse. Sieht nach links, zu dem Gebäude, eine heruntergekommene Fassade ohne Balkone, ein langer Kasten mit mindestens sechs Reihen kleiner Fenster, über die Hauswand verstreut. Das ganze Gebäude scheint durchzuhängen, als wäre es ein aussichtsloser Kampf, das Gewicht seiner Etagen zu tragen. Auf einem verwitterten Vordach über dem Hauseingang steht der Name, in Plastikbuchstaben, die schon bessere Zeiten gesehen haben: MULHOLLAND OAKS APARTMENTS. Eine Telefonnummer steht darunter, zusammen mit einem riesigen Stern, der Wochenmieten ab 199 Dollar anpreist.

Das *kann* nicht stimmen. Wenn er es nicht besser wüsste, würde er sagen, der Hacker hat gelogen. Aber er hat den Beweis, hat den Hacker arbeiten sehen. Das hier ist ihre Adresse. Doch warum sollte eine Frau mit ihrem Einkommensniveau in einem Mietshaus wohnen?

Er lässt das Fenster herunter, legt die Parkstellung ein und sieht noch einmal hinaus, jetzt ungehindert von der getönten Scheibe. Bemerkt einen Wagen weiter etwas, was nach einem Drogengeschäft aussieht. Sieht wieder zurück zu dem Gebäude. Schmuddelig und düster, hockt es auf dem Grundstück wie ein fetter Hamster, den irgendjemand vergessen und nicht wieder in seinen Käfig gesperrt hat. Ein paar Fenster sind mit Zeitungspapier abgedichtet, eines mit Pappe, und auf der Straße steht nicht ein einziger Wagen mit vier gleichen Radkappen. Marcus versucht sich vorzustellen, wie sie auf dieser Straße parkt und ins Haus geht. Sie muss genügend Geld verdienen, um irgendwo anders leben zu können. Verdammt, er allein hat locker einen Riesen für sie hingeblättert. Vielleicht nimmt sie Drogen, verschnupft ihre Einkünfte. Oder sie hat irgendeine Art virtuellen Zuhälter, der ihre ganzen Gewinne einstreicht.

Er starrt auf das Gebäude. Was er sieht, gefällt ihm kein bisschen. Seine Visionen, wie er sie fesselt, sie auf jede, nur keine normale Art vögelt … diese Fantasien spielten sich auf frischen Laken ab, in einer Wohnung mit fließendem Wasser. Nicht in diesem Dreckloch. Er seufzt, fährt das Fenster wieder hoch. Ändert die Einstellungen seines Sitzes, bis er vollständig zurückgelehnt ist, dankbar für die getönten Scheiben, den Blick auf die Vorderseite des Gebäudes geheftet. Er sieht kurz zum mittleren Armaturenbrett, um sich zu vergewissern, mit welchem Knopf er das Auto von innen verriegeln kann. Wenn die Gegend des Jungen ein hartes Pflaster war, dann ist das hier noch eine Steigerung davon. Er lässt den Motor laufen, bereit, rasch das Weite zu suchen, sollte es ein Straßenganove auf seinen Wagen abgesehen haben. Er wird warten. Warten, bis die Sonne untergegangen ist. Noch ein paar Stunden länger warten, bis er sich sicher sein kann, dass sie zu Hause ist und sich bettfertig macht. Dann. Dann wird er zuschlagen.

Er reibt sich den Kiefer und gestattet sich ein Lächeln.

Er ist fast da.

85

Es heißt, Müßiggang ist aller Laster Anfang. Bei mir ist es nicht der Müßiggang, bei mir ist es der Verstand. Ohne Ablenkung taucht er an düstere Orte ab, die er nicht aufsuchen sollte. Orte, an denen kleine Jungen schreien und Psychopathen auf ihren toten Körpern tanzen. Ich habe diese Orte jahrelang gemieden. Aber jetzt, während ich im Dunkeln dasitze und auf diesen Mann warte? Da öffne ich den Käfig und lasse meinen unterbeschäftigten Verstand frei umherschweifen.

Mit dem Hintern auf dem Boden, den Rücken gegen einen Karton mit Fertigmenüs vom Diätprogramm gelehnt, gehe ich in Gedanken meinen Plan durch und hoffe, dass ich mich nicht täusche. Hoffe, dass der Mann auf dem Weg hierher ist und ich meine aufgestauten Fantasien ausleben kann. Nach dem Gesetz habe ich, wenn jemand in mein Zuhause eindringt, das Recht, mich zu verteidigen. Notwehr. Ein wunderschönes Wort, das eine Welt von Möglichkeiten eröffnet. Ja, nennen wir es Notwehr. Nicht dass ich mich damit verteidigen müssen werde. Ich habe nicht vor, die Cops einzuschalten.

Ich sitze da und warte. Gehe die schlimmsten Szenarien in Gedanken durch. Er könnte ein Baum von einem Mann sein. Könnte in voller Kampfmontur hier hereinspazieren. Könnte mitten in meinem Loft mit einer Automatikwaffe das Feuer eröffnen und meinen schön zurechtgelegten Plan binnen Sekunden in Luft auflösen.

Ich lege die Stirn in Falten, meine Handflächen schwitzen, trotz der Kälte im Zimmer. Wow. Mir sind drei Szenarien mit üblem Ausgang für mich eingefallen, ohne dass ich angestrengt habe nachdenken müssen. Noch eine Stunde länger, und ich werde hundert weitere Möglichkeiten gefunden haben. Mein Selbstvertrauen schwindet rasch, mein brillanter Plan ist auf einmal voller Löcher. Ich kaue auf meinen Nägeln, während ich mich frage, wie lange es noch dauern wird, bis er kommt. Versuche zum dritten oder vierten Mal, Mike zu erreichen. Ich habe nicht wieder mit seiner geheimnisvollen Freundin gesprochen, meine Anrufe werden alle direkt auf seine Mailbox umgeleitet. Ihrer Geschichte zufolge hat er meine Anrufe vorher nicht entgegengenommen, weil er gefesselt war. Das dürfte jetzt kein Thema mehr sein. Es gefällt mir nicht, dass er nicht abnimmt. Vielleicht hat sie meinen Rat befolgt und ihm tatsächlich die verdammten Hände abgehackt, um ihn von den Handschellen zu befreien. Diese Freundin fürs Leben hat auf mich keinen allzu aufgeweckten Eindruck gemacht.

Jetzt, wo meine Wut etwas verraucht ist, muss ich wirklich mit ihm reden. Er könnte mir sagen, ob dieser brillante Plan von mir völlig umsonst ist – ob sich meine Killerinstinkte auf etwas vorbereiten, das niemals eintreten wird. Ich bin tatsächlich ein bisschen ungehalten vorangeprescht. Habe Mikes Freundin auf Anhieb geglaubt und mir das perfekte Szenario ausgemalt. Jemand hat es auf mich abgesehen. Jemand, den ich ohne Schuldgefühle töten kann. Ich stoße einen Seufzer aus und spiele das Gedankenspiel weiter. Hoffe, dass mein knallhartes Selbst nicht gegen einen Zwei-Wochen-Vorrat an gegrillten Kräuter-Truthahnbrüsten gelehnt einschläft.

Vielleicht sollte ich weggehen. Jetzt, wo ich alles in Gedanken durchgespielt, den Plan gefasst, meine Wohnung aufgerüstet habe, könnte ich immer noch weggehen. Die Polizei rufen, damit sie im Dunkeln mit mir zusammen wartet. Sie den Mann festnehmen lassen, wenn er die Tür eintritt. Das wäre die richtige Vorgehensweise.

Ich sollte stärker sein. Ich sollte den Blutrausch abwehren können, der mich in Geiselhaft hält und die Kontrolle über meinen Körper übernimmt. Vielleicht sollte ich versuchen, ganz normal mit dieser Situation umzugehen. Mich zu einer Kugel zusammenrollen, meinen Körper fest umklammern, die Augen schließen und meinen Verstand eine kranke, verworrene Fantasie ausleben lassen. So krank und so blutrünstig, wie ich es will. Innerhalb der Grenzen meines Verstandes kann ich alles sein und alles tun, was ich möchte, mit geschlossenen Augen, den Körper unter Kontrolle. Weil ich mich anständig benehme. Ich tue das Richtige.

Okay, also ein neuer Plan. Ich werde meine Fantasie mental ausleben und dann, in dem kurzen Moment des Wachseins, die Cops rufen. Schnell, bevor ich meine Standhaftigkeit verliere. Es ist ein guter Plan. Die richtige Vorgehensweise. Sicher für alle beteiligten Parteien. Ich hole einmal tief Luft und bereite mich mental darauf vor, meine so sehnsüchtig erwartete Gelegenheit sausen zu lassen. Darum zu trauern, wie ich den Mann knallhart niedergestreckt hätte. Dann rolle ich mich zu einer engen Kugel zusammen, schlinge die Arme fest um meine Beine, ziehe den Kopf ein, kneife die Augen fest zusammen und stelle mir das Ping des Aufzugs vor, das die Ankunft dieses Arschlochs ankündigt.

Zum einunddreißigsten Mal, seit ich mit meinem Arsenal in Händen in diese Wohnung zurückgekehrt bin, setzt sich der Aufzug hörbar in Bewegung, schleppt sich keuchend und knarrend den Schacht in unserem Gebäude hoch. Ich halte den Atem an, löse mich aus meiner zusammengerollten Haltung, hebe den Kopf und spanne alle Muskeln an. Warte ab, um zu sehen, ob ich mir das Geräusch nur einbilde, oder ob es echt ist.

Es ist echt. Es ist echt, und meine guten Vorsätze kommen verdammt noch mal zu spät.

Ich habe es versucht. Ich habe es wirklich versucht. Ich hatte einen Plan und ein Ziel, brav zu sein. Ich habe mich von meiner Gelegenheit verabschiedet und mich zu einer Kugel zusammengerollt. Ich war im Begriff wegzugehen, die Sache der Polizei zu überlassen. Ich habe es versucht. Ich bin gescheitert. Das Schicksal hat eingegriffen und meinen guten Vorsätzen in den Arsch getreten.

Ich warte, den Kopf erhoben, die Ohren gespitzt. Die Lichter sind aus. Als ich sie ausschaltete, war es im ersten Moment ein Schock, meine Augen waren im Dunkeln blind. Aber jetzt, drei Stunden später, haben sie sich an die Dunkelheit gewöhnt. Und selbst wenn sie sich nicht daran gewöhnt hätten, selbst wenn ich blind wäre – ich kenne jeden Winkel dieser Wohnung, meine Vertrautheit damit ist ein Nebenprodukt von dreieinhalb Jahren, die ich auf achtzig Quadratmetern verbracht habe. Ich kann mich in diesem Raum hüpfend, kriechend oder im Handstand mit verbundenen Augen zurechtfinden. Er kennt diesen Raum nicht. Er wird keine Ahnung haben, womit er es zu tun hat.

Ich höre, wie der Aufzug rumpelnd zum Stehen kommt. Die sechste Etage. Volltreffer. Das hier könnte er sein, die Chancen stehen eins zu vierzehn, dass er auf dem Weg zu mir ist. Ich stehe auf, löse den Rücken von den Kartons und lausche. Horche auf Schritte, während ich wünschte, wir hätten im Flur einen Hartholzboden anstelle dieses lautlosen Teppichs.

Ich trete an das Guckloch und sehe einen Fremden näher kommen, noch näher. Sehe, wie er vor meiner Tür stehen bleibt. Dann sehe ich die sanfte Bewegung des Türknaufs. Es ist ein neuer Türknauf, vor zwei Stunden ausgetauscht gegen den beschissensten, den es im ganzen Baumarkt gab. Er bewegt sich sanft. Leise. Und ich weiß, dass er hier ist.

Ich ignoriere das Klopfen, als es kommt. Ich bin zu beschäftigt.

Er denkt, dass ich ahnungslos bin. Er denkt, dass ich hilflos bin. Er hat keine Ahnung, mit wem er es zu tun hat.

86

Apartment 6E. Marcus starrt auf den Klebestreifen über der Tür. Die Ränder sind eingerollt, es sieht aus, als könnte ein einziger kräftiger Windstoß den losen Klebestreifen wegpusten.

Er beugt sich vor, hebt die Hand und hält sie über den Türspion. Eine anmaßende Geste, eine, die davon ausgeht, dass sie auf der anderen Seite sitzt, das Auge an das Guckloch gepresst. Er lässt die Hand wieder sinken, dreht sanft an dem Türknauf, vergewissert sich, dass abgeschlossen ist. *Kluges Mädchen.*

Aber was für ein Pech, dass dieser Knauf nichts wert ist, einer, den man mit einer Plastikkreditkarte beim dritten Versuch aufkriegen könnte. Er sieht neu aus. Vermutlich hat sie versucht, für ihre Sicherheit zu sorgen. Sie hätte mehr ausgeben sollen. Hätte sich für ein Fabrikat entscheiden sollen, das nicht aus dem Baumarkt kommt. Bei der eigenen Sicherheit sollte man nicht sparen.

Er hebt die Hand und klopft an die Tür. Seine Mundwinkel verziehen sich bei der Erinnerung an eine Sitzung im Gefängnis. Mikel kauerte auf der Erde und rieb sich mit den Händen über die Knie, während er sich über die richtigen Regeln für einen Hausfriedensbruch ausließ. Marcus hörte nur mit einem Ohr zu, aalte sich in der Sonne und warf von Zeit zu Zeit einen Blick auf Mikels Miene. Aber manches davon ist hängen geblieben. Regel Nummer eins: Brich nicht ein, wenn sie die Tür von selbst aufmachen. Einbrechen lässt sie aufhorchen, gibt ihnen einen Moment Zeit, um zum Telefon zu greifen, die Cops zu rufen, einen Nachbarn oder eine Pistole zu schnappen. Niemand denkt, dass ein Killer klopfen wird. Ein lächelndes Gesicht entwaffnet.

Marcus befolgt den Rat, setzt eine lässige, beiläufige Miene auf, lehnt sich gegen den Türrahmen und geht seinen Text in Gedanken durch. *Bin eben erst eingezogen. Habe mich ausgesperrt. Haben Sie die Nummer des Hausmeisters? Ich bin übrigens John.* Hand ausgestreckt, dazu das nichtssagende Lächeln, durch das die Leute hindurchsehen, bevor sie es gleich wieder vergessen. Sie wird ihm helfen. Keiner will als Biest dastehen, das einem Nachbarn die Hilfe verwehrt – selbst wenn Jess eines ist. Drinnen wird er sie überwältigen, die Spritze einsetzen, falls nötig. Eine Maske überstreifen und aufbehalten, bis die Arbeit erledigt ist.

Es kommt keine Antwort. Er sieht auf die Armbanduhr, wundert sich über ihre ausbleibende Reaktion, bemerkt den Kratzer auf dem Zifferblatt. Fragt sich, ob das bei dem Kampf mit ihrem Freund passiert ist. Scheiße. Er wird ein neues Uhrglas brauchen.

Die Zeiger stehen auf zehn Uhr abends. Vielleicht ist sie nicht zu Hause. Die Schlampe lässt sich von irgendeinem Typen diese tollen Titten begrapschen, einem anderen als ihm. Er legt die Stirn in Falten. Wenn sie jemanden mit nach Hause bringt, wird es ein Problem geben. Er kaut auf der Unterlippe herum und denkt nach. Klopft noch einmal, fester diesmal.

Er steht schon zu lange in diesem Flur herum. Es ist nur eine Frage der Zeit, bis jemand vorbeikommt und ihn sieht. Sie ist nicht zu Hause. Dreimal Klopfen ist genug. Zwei Minuten sind genug Zeit für jemanden, um von der Toilette zu kommen. Um ein »Moment« zu rufen.

Marcus greift nach seiner Brieftasche. Zückt eine Kreditkarte und steckt sie in den Türrahmen. Er braucht keine drei Versuche, dann springt das Schloss auf, und die Tür schwingt nach innen. Drinnen ist alles dunkel. Still. Er grinst, schlüpft hinein und schließt die Tür hinter sich, taucht in die Finsternis ein. Das einzige Geräusch kommt von seinen Füßen, rutschige Schritte auf dem Boden, während er über etwas geht, das nach einem Kunststoffbelag klingt. Er holt seine Brieftasche erneut vor und steckt die Karte blind zurück in ihr Fach, fummelt damit herum, mit dem Rücken zur Tür, als sich auf einmal alles ändert.

Alles explodiert vor seinen Augen.

Lichter flackern auf, heller als er es je gesehen hat, ein überwältigendes grelles Inferno. Das Meer von Blitzen blendet ihn, sodass er die Hände hochreißt und die Augen zusammenkneift, und das ist der Moment, in dem er mit einiger Verzögerung ein Zischen wahrnimmt.

Knallen.

Zischen.

Knallen.

Zischen.

Knallen.

Zischen.

Das Knallen kommt immer schneller, das Zischen immer häufiger, und seine Beine zucken zusammen, als einige harte Gegenstände über den Boden kullern und hinter ihm gegen die Tür und das Leder seiner Schuhe rollen. Einer springt hoch und trifft ihn am Schienbein.

Gas. Dieses Miststück hat Tränengas oder so etwas.

Es greift erbarmungslos die Sinne an. Er hält sich eine Hand vor die Augen, presst sie hart in die Augenhöhlen, um ein Eindringen des Gases zu verhindern, begreift nicht, dass es längst auf seinen Händen, seinen Fingern ist, dass er mit seinen keuchenden Atemzügen den Nebel in sich aufnimmt, einen Nebel, der ihm prompt die Orientierung nimmt. Sein Gehirn ist wie auf Droge, sein Verstand benommen von Übelkeit und Schmerzen, außerstande zu begreifen, was zum Teufel eigentlich los ist. Er lässt sich auf die Knie fallen, das Licht schwindet für einen Moment, wohltuend, und er schlägt ein Auge auf, um den Grund für die Linderung zu finden. Blinzelt, trotz der Schmerzen, die es ihm bereitet, öffnet das Auge für einen qualvollen Moment etwas weiter, nimmt die Schmerzen auf sich in einem letzten Versuch, die Macht über seine Sinne zurückzuerlangen.

Aber es ist zu spät. Er hat die Kontrolle verloren und den Verstand. Er muss übergeschnappt sein. Ein Todesengel steht vor ihm, in eng anliegendem Schwarz gekleidet, ihr Kopf der eines Elefanten, überproportional groß, mit einem langen Rüssel, der sich nach unten und über den Boden schlängelt. Sie kommt näher, zeigt auf ihn, und sein Körper bricht zusammen, als ihn der erste Stromschlag trifft.

87

Der Mann im Pfandhaus hat nicht übertrieben. Drei Dosen wären für meine Wohnung mehr als genug gewesen. Tatsächlich habe ich zehn verwendet. Als ich die zehnte Dose aufreiße, während die Wohnungstür bereits hinter einer weißen Wolke verschwindet, zerre ich panisch an meiner Gasmaske, voller Angst, ein Teil der Dämpfe könnte hineingelangen. Die Hautpartien, die nicht darunter verborgen liegen, kribbeln bereits, und mein Bedürfnis nach einer Dusche ist übermächtig. Was, wenn meine Maske fehlerhaft ist? Was, wenn sie zu groß ist? Nach den Geräuschen des Mannes vor mir zu urteilen, nach seinem Stöhnen, das ein wohliges Kribbeln durch meinen Körper jagt, erfüllt das Zeug in diesen Dosen seinen Zweck. Und zwar sehr gut.

Ich mache den Elektroschocker scharf und trete vor. Die Wolke aus Chemikalien teilt sich leicht, und ich ziele aus einer Entfernung, aus der ich den Mann nicht verfehlen kann. Dann drücke ich ab. Feuere. Lächele zufrieden, als er zuckend zu meinen Füßen zusammensackt. Ich fühle mich gut. Organisiert. Überlegen. Meine Hände zittern vor Aufregung.

Das wird ein Spaß werden.

88

Ich verwende Kabelbinder, da ich meinen Knoten nicht traue und zu oft gesehen habe, wie Gefangene ihre Fessel mit einer Glasscherbe oder einem scharfkantigen Gegenstand durchtrennt haben. Von wegen, Fernsehen verblödet. Außerdem hatte er die Kabelbinder selbst bei sich, in seiner Hosentasche, bei meiner Leibesvisitation fand ich sie, zusammen mit einer Spritze, die ich aus reinem Interesse lieber behalte.

Außerdem habe ich gefunden: Skimütze, Messer, Schlüssel und genügend Kondome, um mich richtig böse werden zu lassen. Sieht aus, als ob sich der Mann auf einen richtig ausschweifenden Fick vorbereitet hat.

Ich halte den Elektroschocker bereit und jage jedes Mal einen neuen Stromstoß durch ihn hindurch, wenn er auch nur daran denkt, sich zu bewegen.

Das Gas ist noch immer da, macht keine Anstalten, sich zu verflüchtigen, und ich fange an, mich zu fragen, warum ich das gefährliche Halbwissen des Pfandhaus-Mannes einfach für bare Münze genommen habe, ohne es auch nur oberflächlich bei Google zu überprüfen. Was, wenn dieser Scheiß noch tagelang in der Luft hängt? Wie soll ich mit einer Gasmaske essen, duschen, telefonieren? Soll ich das Fenster öffnen? Die giftige Luft in die Stadt entweichen lassen, sodass sie an jeder Ecke Halsentzündungen und ein getrübtes Sehvermögen auslöst?

Wenigstens erfüllt es seinen Zweck. Mehr als gut. Ich fessele ihm die Hände mit den Kabelbindern auf dem Rücken – es ist ein Kampf, da sich seine Hände eine Zeit lang sträuben, bevor ich das Ende des Plastikstrangs in die Öse pfriemeln und fest zuziehen kann. Er hat die Augen fest geschlossen, und er flennt. Dieser Mann, zwanzig Jahre älter als ich, ausgestattet mit großem Werkzeug, einem Infidel-Messer – eindrucksvoll! – und teurem Schnickschnack, flennt. Tränen strömen ihm über die Wangen, und er gibt hicksend irgendwelchen Unsinn von sich, zwischen schweren, sentimentalen Schluchzern, wie ein Teeniemädchen am Ende von *Titanic.*

Ich kauere zu seinen Füßen. Meine Hände sind zu klein, um sie ganz um seine Knöchel zu legen, als er auf einmal einen Fuß hochreißt und mich von unten am Kinn trifft, hart genug, um mich umzuwerfen, sodass ich mit dem Hinterkopf auf den Boden knalle. Bei dem Aufprall fließen Tränen aus meinen Augenwinkeln, und ein Keuchen entfährt meiner Kehle. Panik setzt ein, als plötzliche Hitze meinen Blick trübt und das Gas aus dem Zimmer unter meine verrutschte Maske dringt. Ich reiße eine Hand hoch, um die Maske wieder zurechtzurücken, als mich die scharfe Schuhspitze des Mannes ein zweites Mal trifft, diesmal am Oberschenkel.

Du Scheißkerl. Ich stöhne auf und blinzele schnell, während ich mich wegrolle, außer Reichweite für ihn. Meine Kehle brennt, ich umklammere meinen Schenkel und reibe die Stelle, an der ich bereits spüren kann, wie sich eine Beule bildet. Wut wallt in mir auf, und ich taste mit einer Hand über den Boden, bis ich den Elektroschocker zu fassen bekomme. Ich setze mich auf und schieße eine lange Salve von Stromstößen auf ihn ab. Ich habe das Gefühl, ich könnte glatt die Kontrolle verlieren und ihn töten.

Ich warte eine Minute, bevor ich mich bewege, warte, bis meine Wut ein wenig abflaut und meine Augen sich erholen.

Ich hasse, wie schnell und keuchend mein Atem geht. Ich muss mir meine eigene Verletzlichkeit vor Augen halten. Muss mein Selbstbewusstsein ein bisschen zügeln.

Ich jage noch einen Stromstoß durch seinen leblosen Körper, dann krieche ich vor, setze mich rittlings auf seine Schienbeine, um mehr Hebelkraft zu haben, und fessele seine Fußgelenke mit den Kabelbindern. Ich arbeite, so rasch ich kann, und mein Atem geht leichter, sobald seine Füße bewegungsunfähig sind. Dann klebe ich ihm den Mund mit Klebeband zu und schalte das Licht aus.

Ich bleibe noch einen Moment im nebligen Dunkel sitzen, bis sich mein Herzschlag verlangsamt. Meine Augen gewöhnen sich wieder an die Lichtverhältnisse, und mein Blick gleitet über die Konturen seines Körpers, der ausgestreckt, mit wogender Brust, auf dem Boden liegt. Seine Schreie werden von dem Klebeband gedämpft. Seine Angriffswerkzeuge liegen auf dem Küchentresen. Das Atmen unter der Maske fällt mir nach wie vor schwer, und ich versuche meinen Körper unter Kontrolle zu bringen, versuche mich so weit zurückzuhalten, dass ich nicht gleich über ihn herfalle.

Ich habe es geschafft. Ich habe ihn überwältigt. Er ist gefesselt. Mein Ziel erreicht. Jetzt muss ich mich nur noch selbst beherrschen. Informationen gewinnen. Herausfinden, warum er hier ist. Herausfinden, warum er Mike etwas angetan hat. Und ihn fragen, einfach aus Interesse, wo mein gottverdammtes Geld ist. Ich werde Spaß mit ihm haben. Ja, inmitten meiner kleinen Befragung werde ich verdammt viel Spaß haben. Er ist ein Geschenk an mich selbst.

89

Jamie schiebt Mikes Rollstuhl durch die Glastüren, die eiskalte Luft schlägt ihnen entgegen. Großer Gott. Er muss unbedingt nach Florida ziehen. Irgendwohin, wo die Mädchen eine echte Sonnenbräune haben, irgendwohin, wo man ohne Parka das Fenster öffnen und die frische Luft reinlassen kann. Irgendwohin, wo die Sonne mehr als schmuddeligen Matsch und verlebte Gesichter erhellt.

Sie rutscht auf dem Eis ein bisschen aus, und der Rollstuhl macht einen kleinen Hopser, als sie sich an den Griffen festhält.

»Du musst mich nicht schieben«, murmelt er, reibt sich die Arme und wünscht, wenigstens einer von ihnen wäre so vorausschauend gewesen, Jacken mitzunehmen.

»Halt den Mund. Du sollst deine Hand oder deine Schulter nicht benutzen.«

»Es geht mir gut.«

Nicht wirklich. Mit mehreren Stichen genäht und mit Wundverband und Mullbinden umwickelt, ist sein Arm doppelt so dick wie normalerweise, und Mike fühlt sich wie eine Winkerkrabbe. Aber wenigstens hat er keine Schmerzen. Der Medikamentencocktail hat geholfen, ebenso die Spritzen, die seinen Körper betäubt haben. Er fühlt sich wie berauscht, in einem benommenen, schläfrigen Zustand, in dem sein Gehirn kaum funktionsfähig ist.

»Wie viel Uhr ist es?«

»Elf.«

Elf. So sieht die Stadt also um elf Uhr nachts aus. Ziemlich scheißlangweilig. Dunkle Straßen, jede fünfte Straßenlaterne aus, das Geld der Stadt zu knapp, um es für etwas wirtschaftlich so Unrentables wie neue Glühbirnen auszugeben. »Wo ist mein Handy?«

»Das habe ich dir doch schon gesagt, es ist zu Hause. Und du hast mich deswegen schon zweimal zusammengestaucht, also halt jetzt die Klappe. Wir sind in zehn Minuten zurück. Es tut mir leid, dass ich nicht an dein kostbares Handy gedacht habe, während ich damit beschäftigt war, dich von den Fesseln loszumachen und deinen ›Jingle Bells‹ bimmelnden Hintern zum Wagen zu verfrachten, damit du nicht verblutest.«

»Du hast mich gefesselt vorgefunden – erschien dir diese Situation nicht irgendwie seltsam? Eine Lage, in der ich vielleicht mein Handy brauchen könnte, um mich daraus zu befreien?«

»*Ich* habe dich daraus befreit … Du standest unter Schock und warst in keiner Verfassung, um mit irgendjemandem zu telefonieren. Und nein, du hättest es erwähnen sollen. Nachdem du mir gesagt hast, dass ich nicht die Cops rufen soll. Oder nachdem du mir gesagt hast, dass ich dieses Miststück anrufen soll. Zu *dem* Zeitpunkt hättest du mir sagen sollen: ›Ach ja, und falls wir dieses Haus verlassen sollten, nimm mein Handy mit.‹«

»Sie ist kein Miststück.«

Jamie bringt den Rollstuhl neben ihrem Wagen mit einem Ruck zum Stehen, eine Bewegung, die ebenso abrupt wie unnötig ist. »Oh, und ob sie ein Miststück ist.«

»Vermutlich ist sie nur sauer wegen des Geldes.«

Er sieht zu, wie sie die Hecktüren des Mazda öffnet. Ein

Wagen, der nicht dazu gedacht ist, einen Rollstuhl zu befördern, aber sie hatten nicht viele Optionen. Mikes großer Laster, der vor seinem Haus parkt, ist seit Jahren nicht mehr gefahren worden, die Batterie ist leer, die Reifen sind platt. Seine Eltern dachten, damit wäre er unabhängiger. Aber nirgends ist er so unabhängig wie zu Hause, wo alles einfach ist, wo ihn niemand anstarrt und wo er in ein paar Stunden an seinem Computer Berge versetzen und neue Identitäten erschaffen kann.

»Ja.« Sie sieht ihn von der Seite an. »Sie hat erwähnt, dass sie ihr Geld wiederhaben will. Brauchst du Hilfe beim Einsteigen?«

»Nein.« Er rutscht vor bis zur Kante des Rollstuhls. Stützt sein Gewicht mit einem Arm ab, schwingt sich durch die niedrige Öffnung auf den Beifahrersitz und zieht die Beine nach. »Hast du den Rollstuhl?«

Sie nickt, betätigt ein paar Hebel und klappt ihn zusammen. »Ja.«

»Dann lass uns nach Hause fahren. Ich muss sie anrufen.«

Er schließt die Tür mit der gesunden Hand und lehnt sich zurück, legt den Kopf an die Kopfstütze. Bis Jamie mit dem Rollstuhl fertig ist und auf den Fahrersitz steigt, ist er eingeschlafen.

Deanna nimmt nicht ab. Sie nimmt nicht ab, und er weiß nicht, ob sie es nicht tut, weil sie sauer oder weil sie tot ist. Auf seinem Handy sind vier entgangene Anrufe, die während seines Aufenthalts im Krankenhaus eingegangen sind. Anrufe, die getätigt wurden, während Jamie vor einer Krankenschwester, die sich nicht die Bohne dafür interessierte, zu einer detaillierten Erklärung ausholte, einer unnötig ausführlichen Geschichte von einem maskierten Eindringling, der ihn niederstach und dann verschwand. Die Schwester nickte, blickte beschäftigt, kritzelte irgendetwas und brachte ihn dann rasch in den Operationssaal, während sie ihm einen Vortrag über seinen schlechten Ernährungszustand hielt. Anrufe, die auf seine Mailbox umgeleitet wurden, während er mit Antibiotika, Flüssigkeiten und Schmerzmitteln vollgepumpt wurde. Während er die ganze Geschichte noch einmal vor zwei Polizisten herunterleierte, die respektvoll nickten und den Blickkontakt mieden. Sein Zustand macht die Leute nervös. Und sie können sich nicht vorstellen, dass ein Krüppel lügen würde. Deanna hat keine Nachrichten hinterlassen, seine Mailbox ist noch immer voll von seiner zweitägigen Gefangenschaft. Jamie hat auch diese wichtige Aufgabe unerledigt gelassen, während sie kopflos herumwuselte.

Sein Kopf sackt nach unten, die Augen gehen unwillkürlich zu, und er ertappt sich beim Einschlafen, reißt den Kopf wieder hoch und sieht in Jamies verärgerte Augen. Sie schnippt mit den Fingern. Zeigt auf ihn, als wäre er ein wohlerzogener Hund.

»Ab ins Bett. Ich versuche es bald wieder bei ihr.«

Er streckt eine Hand nach ihrer aus, führt sie an seine Lippen und drückt einen sanften Kuss darauf. »Danke«, sagt er. »Dafür, dass du mich gerettet hast. Für alles. Dafür, dass du es mit mir aushältst.«

Sie blinzelt rasch, ihre Augen sind geschwollen vom Weinen. »Ich bin einfach froh, dass es dir gut geht.«

Er drückt ihre Hand und lässt sie dann sinken, versucht durch den Nebel der Medikamente einen klaren Gedanken zu fassen. Sollte er die Cops rufen? Deanna könnte in demselben Zustand sein, in dem er selbst war. Gefesselt, verblutend am Rande des Wahnsinns. Voller Hoffnung darauf wartend, dass ihr Lover vorbeischaut. Aber der ist vielleicht gar nicht in der Stadt. Oder er vögelt herum. Oder ist tot.

Irgendetwas nagt an Mike wie ein wichtiger Punkt auf einer To-do-Liste, den er vergessen hat abzuhaken. Eine weitere Möglichkeit ist, dass Deanna tot ist. Er versucht nachzudenken, versucht die Ereignisse zurückzuverfolgen und sich zu erinnern, was ihm eben zugestoßen ist. Versucht an etwas zu denken, etwas, das sie sicher nicht gutheißen wird, aber die Augen fallen ihm zu, und er nickt wieder ein. Er bekommt es kaum mit, als Jamie ihn ins Bett zerrt. Bemerkt nichts von der frisch bezogenen Wäsche. Spürt nichts von der Bettdecke, die sie über seinen Körper breitet. Sieht sie nicht auf dem Stuhl sitzen, sein Handy auf ihrem Schoß, während sie ihm mit besorgten Augen beim Schlafen zusieht.

90

Ich habe bei meinem kleinen Shoppingausflug kläglich versagt. Ich habe das gute Zeug vergessen: einen Bohrer, eine Drahtschere, einen Hammer. Dinge des täglichen Bedarfs, mit denen man höllische Schmerzen zufügen kann. Ich hatte eingekauft wie eine verdammte Pfadfinderin, habe mir Gegenstände zum Fesseln anstatt zum Foltern besorgt. Ich dachte, ich hätte *Waffen* zu Hause, ich würde keine weiteren benötigen. Aber meine Waffen sind langweilig verglichen mit all den Foltermethoden, die es da draußen gibt.

Ich nehme an, ich habe nicht damit gerechnet, jemanden zu foltern, habe nicht gedacht, dass das in meiner Zukunft eine Möglichkeit sein könnte, die ich in Betracht ziehen sollte, habe nie mit diesem Plan vor Augen eingekauft. Bei meinen Fantasien ging es nie darum, Schmerzen zuzufügen, ohne ein Leben auszulöschen.

Ich betrachte den Inhalt meines Safes, während ich auf das Wimmern meines Besuchers lausche. Der Angriff mit meinem Elektroschocker kombiniert mit dem Gas hat das Monster außer Gefecht gesetzt. Der Fingerabschneider ist vor meinen Augen zu einem Weichei geworden. Nach dem Elektroschocker bekam er einen hysterischen Anfall, bis seine Panik in den letzten zwanzig Minuten schließlich in ein Wimmern überging. Er muss sich verdammt noch mal beruhigen. Er muss sich ein bisschen behaupten, muss den sturen Scheißkerl wiederfinden, der mir mit voller Wucht gegen das Kinn getreten hat. In diesem Zustand kann ich ihn nicht befragen.

Ich stehe auf, trete ans Fenster und öffne es. Schicke eine stille Entschuldigung an jeden in den umliegenden Wohnblocks, während ich den Giftnebel hinauslasse. Ich halte es unter dieser Maske nicht mehr aus.

Die Luft im Zimmer klärt sich rasch, als ein kalter Windstoß hereinweht und die giftigen Gase hinausfegt. Hoffentlich gibt er bald Ruhe. Zwischen dem Keuchen und Schniefen und Schluchzen bin ich drauf und dran, ihn umzubringen, nur damit es in meiner Wohnung endlich wieder still ist.

Mein Handy klingelt.

91

Jamie ist sich nicht einmal sicher, ob sie das Mädchen anrufen soll, aber Mike hat so sehr darauf bestanden, und er war so verärgert darüber, dass er sein Handy nicht hatte, als er endlich mit seinem Jingle-Bells-Singsang aufhörte und wieder zur Vernunft kam. Sie wählt die Nummer, wartet und stößt dann einen erleichterten Seufzer aus, als die andere nicht abnimmt, sondern stattdessen eine fröhliche Mailbox-Ansage mit einer Stimme ertönt, die völlig anders klingt als die vom Biest von vorhin. Sie legt auf.

Keine Minute später klingelt das Handy. »Deanna« steht auf dem Display.

Jamie kämpft gegen den Drang an, sie einfach wegzudrücken. »Hallo?«

»Du hast angerufen?«

»Wir sind eben vom Krankenhaus zurückgekommen. Willst du mit Mike reden?«

»Ja.«

Sie geht zu ihm hinüber, rüttelt ihn sanft an der Schulter, beobachtet seine Augen und spricht ihn an, sobald er sie aufschlägt. »Mike. Deanna ist am Telefon. Wolltest du mit ihr reden?«

Er blinzelt, sieht sich um, entdeckt Jamie, und sie wartet darauf, dass er zu sich kommt, fängt an, die Frage zu wiederholen, aber er nickt bereits. Setzt sich aufrechter hin und streckt die Hand aus.

»Hey.«

Jamie kann die Antwort nicht verstehen, aber sie kann den wütenden Wortschwall durchs Telefon hören.

»Ich habe keine Ahnung, wer er ist.«

Sie sieht genau zu, ihr Verstand versucht die Teile zusammenzufügen, aber er schafft es nicht.

»Davon hat er nichts erwähnt …«

Die Augen fallen ihm zu, und sie tritt auf ihn zu, in der Annahme, dass er eingeschlafen ist, und greift nach dem Telefon, aber dann wundert sie sich, als er wieder zu sprechen beginnt und zitternd eine Erklärung abgibt.

»Ich habe ihm gesagt, wer du bist. *Wo* du bist. Du musst von dort verschwinden. *Jetzt.* Er muss auf dem Weg zu dir sein, aber er weiß es nicht.«

Er schlägt die Augen wieder auf und sieht zu ihr hinüber, und dann öffnet er die Augen noch ein bisschen weiter, als würde er sich wundern, sie dort zu sehen. Er legt eine Hand über das Telefon. »Kannst du mich eine Minute allein lassen?«

Jamie kann spüren, wie ihr Kiefer sich anspannt, und sie weiß, wie es aussehen muss. Als ob sie stur wäre. Sie versucht den Kiefer zu entspannen, um ein liebenswürdiges Lächeln bemüht. Sie nickt, geht rückwärts zur Tür, greift nach dem Knauf, tritt in den Flur hinaus und schließt die Tür. Dann beugt sie sich vor und presst das Ohr an das Holz, aber sie kann nichts hören.

92

»Er weiß *was* nicht?« Ich gehe im Flur auf und ab, eine Jacke über meiner engen schwarzen Jogginghose, die Gasmaske in der Hand. Mit der Maske konnte ich den Anruf nicht entgegennehmen, daher habe ich Apartment 6E verlassen, um Mike zurückzurufen.

»Er weiß nicht, dass du … äh … was auch immer du bist. Wozu du fähig bist.«

»*Was* weiß er denn?« Ich öffne die Tür einen Spaltbreit, blicke hindurch, um mich zu vergewissern, dass der Fingerabschneider noch immer ausgestreckt daliegt und sich benimmt. Das bisschen beißende Luft lässt meine Augen prompt tränen, und ich schließe die Tür, für einen Moment benommen.

»Deine Adresse. Es ist alles irgendwie verschwommen, ich hatte starke Schmerzen, aber ich weiß, dass ich sie ihm genannt habe. Und deinen Namen.«

»Und wann genau hast du beschlossen, eine Million meiner Dollars zu verwenden, um mir eine Warnung zu schicken, die mir nichts genützt hat?« Ich unterdrücke den gereizten Ton nicht, der in meiner Stimme mitschwingt.

»Es tut mir leid, Dee. Er hat mir sein verdammtes Messer in die Schulter gerammt. Ich musste ihm irgendetwas geben … ich dachte, das würde ihn ablenken, ihn überzeugen, dass ich die Wahrheit sage. Es hat geklappt, bis er ein Foto von dir gesehen hat. Dann hat er …« Seine Stimme bricht ein wenig. »Dann hat er angefangen, mir die Finger abzuschneiden. Ich bin zusammengebrochen … ich konnte nicht …«

Ein Teil in meinem Inneren, ein Teil, von dem ich dachte, er wäre in der Küche meiner Familie gestorben, rollt in meinem Herzen herum. Ich räuspere mich und schlage einen harten Ton an. Einen, der nichts von dem sentimentalen Ziehen in meiner Brust verrät.

»Nächstes Mal gibst du ihm gefälligst dein eigenes Geld. Und nach dem, was dein Anstandswauwau mir erzählt hat, war es wohl eher ein *Teil* eines Fingers. Reiß dich zusammen. Vermutlich hat er dir nur einen Schreck einjagen wollen. Es ist ein Finger, Mike. Du hast noch neun andere.«

Meine Worte klingen nüchtern und beherrscht. Sie verbergen den Schmerz, den ich empfinde, als ich Mikes gebrochene Stimme höre. Er klingt wie ein Fremder, irgendein besiegter und verängstigter Junge. Nicht wie mein Mike, mein sarkastischer Fels in der Brandung, der virtuelle Draufgänger, der alles bewerkstelligen kann, was ich mir wünsche, der großspurige sexuelle Dämon, der aus einem Mundwinkel flirtet, während er mit dem anderen mein Ego in Schach hält.

Seine Stimme wird härter, und ein kleiner Teil des Mannes, den ich kenne, kehrt zurück. »Du nimmst diese Sache nicht ernst. Du musst aus deiner Wohnung verschwinden und weglaufen, so weit du kannst. Dieser Typ ist unheimlich. Er hat mich nicht erschrecken wollen. Er ist hierhergekommen, um dich zu töten, und er war stocksauer, als er nur mich angetroffen hat. Ich habe ein Loch in der Schulter, das groß genug ist, um mich umzubringen. Er hat es auf dich abgesehen, er ist …«

»Könnte es um Ralph gehen?«, unterbreche ich ihn. »Meinst du, darum geht es?«

»Hörst du mir überhaupt zu?«

Mikes Stimme klingt anders, als ich sie je gehört habe, und ich muss über ihren zitternden Ton lächeln. Kein Witz, der Mann hat Angst. Höllische Angst. Er macht sich in die Hose, und das alles wegen dieses schniefenden, sabbernden Weicheis auf meinem Boden. Ganz ehrlich, nachdem ich das Zittern in seiner Stimme gehört habe, wundere ich mich, dass er dem Wichser nicht auch noch mein Cayman-Geld ausgehändigt hat.

»Kannst du mein Geld zurückholen?«

»Das könnte ich, aber ich rühre diesen Scheiß nicht an. Dieser Psychopath hat mich am Leben gelassen. Ich hoffe, dass er meinen Namen vergisst und seiner Wege zieht. Ich werde nichts tun, was ihn wieder hierherführt. Es tut mir leid, Dee, aber ich kann nicht.«

»Keine Sorge«, fauche ich ihn an. »Er kommt nicht wieder. Aber soll das heißen, du brauchst keine Informationen von ihm, um das Geld zurückzuholen?«

»Nicht, wenn es noch dort ist, wo ich es hingetan habe.« Er seufzt, und seine Stimme wird etwas leiser, als würde er das Telefon von seinem Mund weghalten. »Aber wenn es bewegt wurde, wenn irgendjemand schlau vorgegangen ist, es aufgeteilt und herumgeschoben hat, es ins Ausland geschafft und ein paar Trans …«

»Überprüf es. Beweg das Geld nicht, aber überprüf das Konto. Stell sicher, dass es noch dort ist, wo du es hingetan hast. Und dann ruf mich zurück. *Bald.*« Ich halte einen Moment inne, warte auf eine Antwort. »Kriegst du das hin?«

»Ich glaube, dir ist nicht ganz klar, in was für einem Zustand mein Körper im Augenblick ist. Ich brauche ernsthafte Pflege. Zum Beispiel vom Typ ›Sexy Krankenschwester ohne Slip unter der Uniform‹.«

Ich lächele über seinen Ton. »Überprüf das Geld.«

»Hau ab, Deanna. Spiel nicht die Heldin. Er ist nicht Ralph.«

»Welcher Finger war es? Den er abgehackt hat?«

»Der rechte Zeigefinger. Und er ist nicht *abgehackt.* Ich kann den Knochen sehen. Na ja, im Augenblick nicht, weil sie …«

»Danke. Überprüf das Geld und schick mir deine Einschätzung per SMS.« Meine Mundwinkel wandern nach oben, während ich die Stimme dämpfe und den sexy Ton anschlage, den er liebt. »Bis später, Baby.«

Ich beende die Verbindung, stecke das Telefon ein und setze die Maske wieder auf, öffne die Tür und betrete die Wohnung. Der Boden fühlt sich feucht unter meinen Füßen an, während ich auf den Mann zugehe und einen Fuß auf seinen Körper setze, ihn anschubse, bis er sich auf die Seite rollt. Seine geschwollenen Augen gehen so weit auf, dass ich sehen kann, dass er sich beruhigt hat und *stocksauer* ist. Sein Gesicht bewegt sich unter dem Klebeband, als er einen erstickten Fluch ausstößt. Ich strecke eine Hand nach unten aus und gleite damit über seine Jeans, finde die Wölbung, greife in seine Gesäßtasche und zerre seine Brieftasche heraus. Ich richte mich auf und sehe zu ihm hinunter, und aus seinen rot umrandeten Augen sickern Tränen, während er auf eine lächerliche Art an meinem Körper hochblickt.

»Gefällt dir, was du siehst?«

Ich klappe die Brieftasche auf, finde einen Führerschein mit einem verblüffend ernst blickenden Gesicht, ein himmelweiter Unterschied zu dem rotäugigen Weichei vor mir. Mein Blick fällt auf seinen Namen, und ich zucke kurz zusammen. *Marcus Renza.* Der Fingerabschneider hat einen Namen. Einen Namen, der an meinem Gedächtnis nagt. Das ist der Schwachkopf vom Cammen. Der mit der Vorstrafe wegen

Vergewaltigung. Der, der mich unbedingt persönlich treffen wollte. Ein Name, der in einem einzigen Moment alles erklärt. Mein Gott. Männer und Muschis. Ich lache schallend auf, während ich mit einem Daumen über sein Foto gleite. Wow. Der erste Kunde, der all die Schritte unternommen hat, die notwendig sind, um meine bescheidene Hütte mit seinem Besuch zu beehren. Wie überaus freundlich von ihm. Ich stoße ihn mit einem Fuß an, rolle ihn auf den Bauch, nehme ihm mit einer einzigen kräftigen Bewegung die Sicht.

»Freut mich, dich persönlich kennenzulernen, Marcus. Mein Name ist, wie du inzwischen ja bereits weißt, Deanna.«

Ich gehe ein paar Schritte zurück, bis der Tresen in Reichweite ist, strecke die Hand aus und schnappe mir die Baumschere, die ich heute im Baumarkt erworben habe.

»Dieser Mann … der, den du gefoltert hast, um mich zu finden?« Ich trete wieder auf ihn zu, steige über seinen Körper und bücke mich, schnappe mir den Kabelbinder, mit dem er gefesselt ist, und zerre ihn hoch, sodass ich ihm die Hände in einem senkrechten Winkel schmerzhaft verrenke.

»Er gehört mir. Und du, Marcus Renza, legst dich besser nicht mit etwas an, was mir gehört.«

Ich reiße an seinem Handgelenk, genieße den Anblick, wie sich sein Gesicht verkrampft.

»Und jetzt, wenn du nichts dagegen hast, brauche ich einen deiner Finger.« Mit der Hand taste ich nach seinem rechten Zeigefinger und halte ihn fest. »Ich mache das zum ersten Mal. Daher entschuldige bitte, wenn ich ein paar Versuche brauche.«

Schreie. Ich habe so lange von ihnen geträumt. Es ist ein Jammer, dass sie jetzt, wo ich zum ersten Mal wirklich die Gelegenheit habe, sie zu genießen, von Klebeband gedämpft sind.

Auge um Auge. Zahn um Zahn.

Zeigefinger um Zeigefinger.

93

»SCHEISSE!«

Bei Mikes Aufschrei lässt Jamie das Glas um ein Haar fallen. Sie stellt das Wasser ab, legt das Glas sanft ins Spülwasser zurück und eilt in sein Schlafzimmer, drückt die Tür auf und wirft einen Blick hinein. Sein Handy liegt auf dem Bett, die Arme zerren an der Decke, jede Spur von Schläfrigkeit ist verschwunden. »Was ist los?«

»Ich brauche meinen Computer.«

»Leg dich wieder hin. Reicht der Laptop?« Sie eilt an seinen Schreibtisch und stöpselt das Gerät vom Strom.

»Ja. Bring ihn her. Gott, dieses Mädchen ist so stur!«

»Was ist denn los?«

»Sie führt irgendetwas im Schilde. Ich will wissen, was.«

»Wofür brauchst du denn den Laptop?« Jamie hockt sich zu ihm auf die Bettkante. Sieht zu, wie er zu tippen versucht, aber der Kokon, in dem seine rechte Hand steckt, macht die Aufgabe fast unmöglich.

»Ich will ihre Feeds überprüfen. Siehst du das da?«

Er dreht den Computer zu ihr herum, zeigt ihr eine absolut hinreißende Frau, ausgestreckt auf einem rosa Laken, mit einem breiten Lächeln im Gesicht, während sie eine Kusshand in die Kamera wirft.

Jamie verlagert ihre Haltung. Ihr ist unbehaglich zumute. »Ja.«

»Das ist Dee. Das hier ist als Live-Feed auf der Webcam

ihrer Seite zu sehen. Aber es ist nicht wirklich live. Ich kann das Feed zurückspulen, und es zeigt keine Unterbrechung während des Telefongesprächs, das wir eben geführt haben. Sie lässt ein älteres Feed in einer Schleife laufen. Ein normaler Mensch könnte das unmöglich wissen.« Er verzieht das Gesicht, dann legt er die rechte Hand in den Schoß und hackt einhändig auf die Laptop-Tastatur ein.

»Das ist Deanna? Die Tussi, die mir verbal den Arsch aufgerissen hat?«

Jamie kann die beiden Frauen nicht miteinander in Einklang bringen. Nicht diese Tussi mit den strahlenden Augen und dem Justin-Bieber-Poster, das an der Wand über ihrem Bett hängt, mit einem Körper, für den sich Jamie den rechten Arm abknabbern würde.

Er schnaubt verächtlich, und sein Mund verzieht sich zu einem Lächeln. »Sie ist etwas … eigen. Aber urteile nicht zu hart über sie. Zum Zeitpunkt eures Gesprächs stand ich unter Verdacht, ich hätte sie bestohlen.«

Jetzt ist es an Jamie, verächtlich zu schnauben. »Du wurdest niedergestochen! Dir fehlt ein halber Finger. Außerdem hast du genug Geld, um es ihr wiederzugeben. Sie hätte wissen müssen, dass du es ihr zurückzahlen würdest.«

Er wirft ihr einen zweifelnden Blick zu. »Nicht ganz. Nur wenige Leute können Schulden in Höhe von einer Million Dollar tilgen.«

Ihre Beine bewegen sich wie von selbst, stemmen sie hoch, und sie gafft, *gafft* im wahrsten Sinne des Wortes auf den Mann vor ihr. »Du hast eine Million Dollar genommen … sie hat *eine Million* Dollar?« Sie zeigt mit einem zitternden Finger auf den Laptop, voll neu gewonnenem Respekt und Anerkennung für die Frau, die vielleicht doch kein solches Biest ist.

Mike gibt keine Antwort, legt nur die Stirn in Falten, während seine Hand sich bewegt. Jamie klettert zu ihm aufs Bett und sieht zu, wie er tippt, während er Browserfenster öffnet und schließt.

»Was … was tust du denn da?«

»Ich zapfe jetzt ihre Webcams an. Ich aktiviere sie privat, um einen Blick in ihre Wohnung zu werfen, um zu sehen, ob sie da ist. Oder ob *er* da ist. Ein normales Mädchen hätte auf meinen Rat gehört und zugesehen, dass sie verschwindet, aber sie …«

Er drückt eine komplizierte Tastenkombination, irgendetwas, das den Bildschirm verändert und ein Fenster öffnet, das die Wohnung aus demselben Winkel wie davor zeigt, das rosa Bett und das Justin-Bieber-Poster, aber keine Frau ist zu sehen, nur leere Laken. Er tippt weiter, und die Kameraeinstellung ändert sich. Der nackte Boden, das Bild verschwommener als normal, fast als wäre irgendeine Art Rauch im Zimmer. Seine Finger fliegen über Tasten – so schnell er mit einer Hand eben tippen kann. Es kommt eine leere Wand. Dann das Bett. Dann wieder eine andere Kameraeinstellung.

Jamie stöhnt auf, als er die richtige Kamera findet, und sie beugen sich gleichzeitig vor und starren auf den Monitor. Ein Körper liegt zuckend am Boden, der Kopf nach hinten geworfen, das Gesicht unter einem Klebeband zu einem Schmerzensschrei verzerrt. Eine Gestalt sitzt rittlings auf ihm, den Kopf unter einer Gasmaske, während sich ihre Hände in irgendeiner Aktion bewegen, die dem Mann unsägliche Schmerzen zufügt.

Jamie schluckt, wendet den Blick vom Bildschirm ab und führt den Satz für ihn zu Ende. »Aber sie ist nicht normal.«

»Genau.« Seine Stimme klingt erschöpft. Besiegt. »Sie ist nicht normal.«

Er dreht den Laptop so von Jamie weg, dass sie nichts mehr sehen kann, versperrt ihr die Sicht darauf in dem Moment, in dem Deanna irgendetwas von der Hand des Mannes abtrennt. Mike schließt den Laptop vor dem Anblick, sein Magen rumort vor plötzlicher Übelkeit, und Jamie lehnt sich an seine Brust. Er bewegt den Arm, um sie an sich heranzulassen, und ihr Körper schmiegt sich an seinen, während sie ihr Gesicht in seinem Hals vergräbt. Und dann, die schmerzverzerrte Grimasse des Mannes in ihren Verstand eingebrannt, beginnt sie zu weinen.

94

Wie sich herausstellt, bin ich ungefähr so stark wie eine Neunjährige. Ich würde gern behaupten, ich hätte ihm den Finger vollständig abgetrennt – hätte den ganzen Finger erwischt, etwas mit ein bisschen Substanz, um ihn festzuhalten. Aber das tue ich nicht. Das kann ich nicht. Er zappelt und heult, und meine Muskeln sind so mickrig, dass ich die Baumschere weiter unten ansetzen muss. An seinem Knöchel, wo ich keinen Knochen durchtrennen muss. Wo ich nur den Knorpel eines Gelenks zerteilen muss. Das ist leichter. Ich bin trotzdem über und über mit Blut besudelt, als ich fertig bin.

Geschafft. Ich fühle mich, als wäre ich einen Marathon gelaufen, meine Brust bebt, mein Blut brodelt, und ich halte den bluttriefenden Finger triumphierend in einer Hand. Er hätte sich nicht mit Mike anlegen sollen. Nicht mit meinem Hacker, dem Mann, der mich schützt und die Datenautobahn so freizügig mit mir teilt. Ich habe keine Familie. Ich habe keine Freunde. Leg dich nicht mit dem einzigen Menschen auf meiner Gehaltsliste an.

Ich gehe zum Tresen und reiße ein Stück Küchenrolle ab, auf dem der Finger liegen bleiben kann. Dann spüle ich die Baumschere unter fließendem Wasser ab. Ich sehe zu, wie der verdünnte rötliche Strahl meinen weißen Ausguss hinabrinnt, bevor ich den Hahn zudrehe und die Baumschere in die Spüle lege. Ich wische mir die Hände ab und wende mich wieder zu dem Mann um.

Marcus Renza. Ich durchforste mein Gehirn. Der Username war Freebird irgendwas. Es ist schon eine Weile her, seit ich ihn gesperrt habe. Einen Monat oder so. Und wir hatten … drei Chats? Vier? Er wollte mich für eine persönliche Session buchen, wenn ich mich recht erinnere. Ich sehe auf den Mann unter mir. Ein langsames, gequältes Stöhnen entweicht ihm, sein Rücken krümmt sich, bäumt sich auf, während er sich vor Schmerzen windet. Ich grinse. Ich nehme an, er hat bekommen, was er wollte. Meine ungeteilte Aufmerksamkeit, meine Hände auf seiner Haut.

Ich umkreise ihn und mustere ihn genauer. Meine nackten Füße bewegen sich lautlos, während ich ihn anstarre. Ich kann nicht glauben, dass er hierhergekommen ist, dass er Mike etwas angetan hat, nur weil ich ihn gesperrt habe, etwas, was ich jede Woche mit hundert Männern mache. Die Reaktion scheint so übertrieben. Ich sehe auf seine sich windende Gestalt, höre sein Stöhnen durch den Raum schweben und frage mich, wofür er vier Wochen gebraucht hat. Warum er nicht schon früher aufgetaucht ist. Was er in dieser ganzen Zeit über mich herausgefunden hat. Wie seine Pläne für mich aussahen. Ich habe den bizarren Wunsch, ihn zu befragen, den Verstand eines bösen Individuums zu untersuchen und ihn mit meinem eigenen zu vergleichen. Ich bin mir sicher, dass seine Absicht böse war. Warum sonst die Kondome? Warum die Kabelbinder? Warum die Spritze? Er hat es nicht geschafft, online an mich heranzukommen. Vermutlich fühlte er sich respektlos behandelt, weil ich ihn gesperrt habe. Ist vorbeigekommen, um die Situation zu klären. Seine Männlichkeit wiederherzustellen. Aber ist es wirklich so einfach?

Ich ziehe die Maske hoch, teste die Luft. Besser. Immer noch so, dass ich wie ein kleines Mädchen weinen muss, aber nichts, womit ich nicht klarkomme. Ich ziehe die Maske trotzdem wieder auf. Tränen sind nicht sehr einschüchternd. Ich stehe auf und trete näher.

Töten oder nicht töten? Es wäre so einfach. Ich könnte meinen Safe öffnen und jedes Messer, das ich besitze, an seiner Haut ausprobieren. Seinen Schreien zuhören. Zusehen, wie sich der Tod langsam heranschleicht und von seiner Seele Besitz ergreift.

Ich brauche eine Minute. Um nachzudenken. Um intelligent vorzugehen.

Ich wende mich von meiner Trophäe ab und setze mich auf meinen Schreibtischstuhl. Rolle zurück und wieder vor, auf den Mann zu. Fort von ihm. Auf den Mann zu. Fort von ihm. Er liegt reglos da. Still. Das Schniefen hat aufgehört. Das Wimmern ist verstummt. Das ist der Moment. Der Moment, in dem die Flüsterstimmen in meinem Kopf still sind, meine Hände reglos, kein Schaudern oder Zittern in ihren Bewegungen. Ich habe mich unter Kontrolle.

Also … was soll ich jetzt tun?

95

»Was tut sie denn da?«

Jamie und Mike starren beide gleichzeitig auf den Bildschirm, diesmal eine andere Kameraeinstellung, die Deanna im Sitzen zeigt. Sie dreht sich langsam auf ihrem Schreibtischstuhl – nach links, dann nach rechts –, während sie auf ihrer Lippe kaut und mit ausdrucksloser Miene auf den Mann starrt.

»Ich weiß nicht …«, erwidert Mike. »Sieht aus, als ob sie nachdenkt.«

»Worüber denn?«

Er sieht sie verdutzt an. »Musst du das fragen?«

»Mein Gott. Sollen wir die Cops rufen?«

»Das werde ich nicht einmal mit einer Antwort würdigen.«

»Wir haben eben gesehen, wie sie dem Typen den Finger abgehackt hat!«

»Abgeschnitten. Sie hat ihm den Finger abge*schnitten.*«

»Und du glaubst, das ist der Typ, der dich so übel zugerichtet hat?«

Er nickt, streicht geistesabwesend über seine verletzte Hand. »Er ist es.«

»Was willst du denn, dass sie tut?«

Er gibt keine Antwort. Zieht nur den Laptop näher zu sich heran und beginnt zu tippen. Jamie sieht zu, wie sich der Bildschirm verändert; aufgrund von Mikes Verletzung dauert der Vorgang länger, als sie es sonst immer gesehen hat. Der Blick in die Wohnung wird weiter, und andere Seiten erscheinen an seiner Stelle.

»Schick ihr eine SMS«, sagt er.

Sie nimmt das Telefon, ruft seine SMS-Nachrichten auf, und ihre Wangen röten sich leicht, als sie hinunterscrollt und Mikes und Deannas bisherigen SMS-Austausch sieht, der im Wesentlichen um eine einzige Sache kreist.

»Was soll ich ihr schreiben?«

»Sag ihr, dass ich das Geld zurückholen kann.«

Sie tippt, ihre Daumen fliegen über die Metalltasten. »Kannst du das denn?«

»Ich weiß nicht. Es ist nicht leicht herauszufinden, wie das überhaupt geht. Normalerweise würde ich vielleicht zwanzig Minuten dafür brauchen. Aber mit meiner Hand …« Er zuckt mit den Schultern, den Blick auf den Monitor geheftet. »Vermutlich wird es ein, zwei Stunden dauern. Aber ich will nicht tatenlos hier herumsitzen und zusehen, wie sie ihn in Stücke schneidet. Die Neuigkeit wird sie vielleicht dazu bringen, von ihm abzulassen.« Er sieht auf, und seine blauen Augen fangen ihren Blick auf. »Hast du die SMS abgeschickt?«

Sie tippt zu Ende. »Ja.«

»Dann solltest du jetzt vermutlich besser gehen. Ich komme hier schon klar. Danke, dass du mein Fenster eingeschlagen hast.«

Sein Mund verzieht sich zu einem Grinsen, einem, bei dem sich ihr Herz verkrampft.

»Ich soll jetzt gehen? Während deine psychotische Freundin im Begriff ist, weiß Gott was zu tun?« Sie stemmt sich auf dem Bett hoch, lehnt sich mit ihrem Körper an ihn und handelt sich für ihre Bemühungen einen verärgerten Blick ein.

»Geh schon. Du sollst nicht meine Komplizin werden.«

Er klappt den Laptop zu. Fixiert sie mit einem Blick, der so entschlossen ist, dass es herzzerreißend sexy aussieht. Sexy und absolut ausdruckslos. Ein Blick von einem Mann, mit dem man sich besser nicht anlegt.

Sie steht auf, und ein eifersüchtiger Schmerz durchzuckt sie. Während sie ihm in die Augen starrt, wird ihr bewusst, dass er, indem er sie hinauswirft, indem er den Laptop zuklappt, eher Deanna schützen will als sie.

Sie zuckt mit den Schultern, versucht ihre Verletztheit mit einem Lächeln zu überspielen. »Kann ich noch irgendetwas für dich tun, bevor ich gehe?«

Er beobachtet sie, schweigt einen Moment, dann beugt er sich vor, streckt seine gesunde Hand nach ihrer aus und zieht sie an sich. Er lehnt den Kopf an ihre Brust. »Ich komme hier schon klar.« Er seufzt, hält sie noch immer an sich gedrückt. »Ich bin nur so … gestresst.«

Sie gibt ihm einen leichten Klaps auf den Kopf, sodass er zusammenzuckt.

»Was denn? Das bin ich wirklich!«

»Ich werde dir trotzdem nicht den Schwanz lutschen.«

Er macht ein mürrisches Gesicht, auf eine absolut entzückende Art. »Als ob ich das erwartet hätte.«

Sie grinst und beugt sich zu ihm hinunter, drückt ihm einen Kuss auf den Kopf und spürt dann, wie er den Arm um sie legt.

»Oh doch, das hast du.«

»Na schön, vielleicht. Man kann es einem Mann nicht verdenken, dass er es wenigstens versucht.« Er löst sich von ihr und sieht auf. »Danke, Süße. Im Ernst.«

Ihr Lächeln schwindet, und sie hockt sich auf die Bettkante. »Das ist ein ganz schöner Mist, weißt du? Du wärst um ein Haar gestorben. Ich hätte dich um ein Haar verloren.« Ihre Stimme bebt, und er streckt die Hand nach ihrer aus und drückt sie fest.

»Ich weiß. Es tut mir leid, dass du auch noch darunter zu leiden hattest.«

Sie lacht, die Reaktion klingt fast wie ein Schluchzen. »Entschuldige dich nicht, Mike! Lass dich einfach nicht …« Sie schnieft, zupft am Saum ihres Ärmels und verschmiert ihre Mascara. »Lass dich nicht in ihren Scheiß hineinziehen. Sie ist total durchgeknallt. Das ist dir doch klar, oder? Und sie hätte dich fast umgebracht! Also … halt dich bitte fern von ihr. Oder ruf die Cops und überlass die Sache ihnen.«

Er nickt. Erwidert ihren Blick auf eine Art, die ihr absolut nichts verrät. »Du bist die Beste, weißt du?«

Sie lächelt. »Ja. Ich weiß.« Sie wartet, ihr Blick fällt auf seine trommelnden Finger auf der Bettdecke. »Na ja«, sagt sie schließlich. »Ich rufe dich morgen Früh an, um zu hören, wie's dir geht. Ich kann vorbeikommen, deine Verbände wechseln.«

Er nickt wieder, und sie kann die Ungeduld in seinen Augen sehen, vermischt mit Dankbarkeit. Sie hasst die Tatsache, dass sie sich darüber ärgert. Dass sie sich aus einer Sache ausgeschlossen fühlt, von der sie sich freiwillig fernhalten sollte. Hasst die Tatsache, dass er mit dieser düsteren Gestalt befreundet ist, die ihn in eine solche Gefahr gebracht hat. Hasst die Tatsache, dass dieses düstere Biest so verdammt hinreißend ist.

96

Ich sitze noch immer da und starre den Mann an. Denke nach. Ich habe mich selbst ein bisschen in die Enge getrieben. Dieser Mann ist gekommen, um mich zu vergewaltigen, um mit vierzehn Kondomen weiß Gott was anzustellen. Um mich zu töten? Ich denke schon. Er hatte genügend Düsterkeit in sich, um Mike zu foltern und fünfzehnhundert Meilen weit zu mir zu fahren. Ich habe diese Wut zweifellos geschürt.

Jetzt, wo seine Hysterie, die das Gas in seinem Gehirn ausgelöst hat, abgeklungen ist, ist er wütend. Ich habe seine geschwollenen Augen beobachtet. Habe beobachtet, wie sie einen Teil ihres Sehvermögens wiedererlangten, genug, um mich mit einem Blick anzusehen, der eindeutig Hass beinhaltete. Ihm den verdammten Finger abzuschneiden, war der riesige Eimer Wasser, der sein ohnehin winziges Fass zum Überlaufen brachte. Daher habe ich in meiner Wohnung ein Arschloch sitzen, das die Absicht hat, mich zu töten, sollte er die Fähigkeit dazu je wiedererlangen. Das ist doch ein Grund für einen Mord, oder?

Mein Gewissen rumort unangenehm. Es ist fraglich. Ich kann nun wirklich nicht die Cops rufen. Und ich kann ihn nun wirklich nicht laufen lassen. Seine Kabelbinder durchtrennen und seine Handschellen aufschließen und ihm zum Abschied fröhlich zuwinken, während er, um einen Finger erleichtert, davonspaziert. Und ich werde den verdammten

Finger behalten. Ich werde ihn Mike als Antwort auf seine nächste Rechnung schicken. Ich lächele, aufgeregt bei dem Gedanken. Es ist ziemlich raffiniert, das muss er mir lassen.

Ich sehe auf meine Armbanduhr. 23:35 Uhr. Mein Handy piepst, und ich sehe auf das Display, lese eine SMS, kurz und süß, von Mike: »Ich kann die Dollars zurückholen.«

Gut. Eine Sache weniger, um die ich mich kümmern muss. Ich schreibe ihm eine SMS zurück: »Tu es.« Dann lege ich das Telefon hin, reiße mir die Maske herunter – scheiß auf die Dämpfe – und steige über meinen Besucher.

Ich sollte weggehen. Ich sollte in den Flur hinausgehen, die Treppe hinunter, unter den Nachthimmel, und mich von meinem Jaguar irgendwohin bringen lassen, nur weg von hier, von meiner Wohnung zur verdammten Geisterstunde, mit meinem Messer in der Hand und einem gefesselten Körper vor mir.

Das hier ist gefährlich. Es beinhaltet alle Elemente einer Versuchung, der ich nicht widerstehen kann. Ich fühle den Moment, in dem meine Entschlusskraft ins Wanken gerät, mein Wahn mit hemmungsloser Gier Besitz von mir ergreift. Der Damm bricht, ein Gefühl von Macht flutet durch meinen Körper, die Erregung dringt durch meine Adern, meine Gliedmaßen sind frei beweglich, und mein Verstand ist stark und wild entschlossen, diesen verdammten Scheißkerl zu töten.

Das alles ist sehr, sehr gefährlich. Nicht für mich, nicht für mein krankes Herz, das allein schon bei der Aussicht, wie ich mein Messer aus der Scheide ziehe, vor Aufregung hüpft, sondern für ihn. Das Blut pulsiert, und alle vernünftigen Gedanken verlassen meinen Kopf und schließen sich dem lautstarken Rausch der Erregung an. Ich kämpfe dagegen an, versuche mich zu einer Kugel zusammenzurollen, mir die Ohren zuzuhalten, aber all das verstärkt das Geräusch nur noch mehr. Es nützt alles nichts, und in dem Moment, in dem ich ihm erliege … ist es der beste Moment der Welt, ein Rausch völliger Euphorie, der mich mit klarer, perfekter Energie durchströmt. Ich fühle mich high, zu allem und jedem fähig, aber auf meinem Wunschzettel steht nur ein einziger Punkt.

Ich trete vor und beuge mich über ihn, rolle seinen Körper auf den Rücken und setze mich rittlings auf ihn. Ich presse mich mit meinem ganzen Gewicht auf seinen Bauch, erwidere seinen Versuch, mich abzuschütteln, mit einem warnenden Blick. Es ist gefährlich. Ich höre den Aufschrei in meinem Inneren, und ich ignoriere ihn, während ich nach meinem Messer taste.

Ich sollte weggehen.

Ich habe mich so wenig im Griff.

Ich lächele.

97

Trotz seines getrübten Sehvermögens, der Wellen von Übelkeit, die über ihn hinwegschwappen, der Tränen, die sich in seinen Augen sammeln, und der Schmerzen – schlimmer als alle, die er je erlitten hat, jeder Atemzug eine neue Ohrfeige des Wahnsinns – will Marcus sie. Es ist zwei Jahre her, seit er zuletzt eine Muschi hatte. Er stellt sie sich nackt vor, das Schimmern ihrer Haut, ihre Hitze, nur leicht gedämpft von den Kleidern, die ihre Haut bedecken. Hinreißend, ihre Beine zu beiden Seiten von ihm, das leichte Gewicht ihres Körpers auf ihm, als wäre sie im Begriff, ihm die tollste Nummer seines gottverdammten Lebens zu bereiten.

Aber ihr Lächeln beunruhigt ihn. Es ist strahlend, als wäre heute der schönste Tag in ihrem Leben, als wäre sie gerade die gottverdammte Ballkönigin geworden. Es passt nicht zu dem Messer in ihrer Hand, *seinem* Messer, dem, das sie erstaunlich geübt in der Hand hält, als wäre sie so geboren worden, als hätte sie noch Pläne damit.

Und auf einmal ist ihm ihr Aussehen völlig egal. Denn diese plötzliche Tatsache, eine, die ihm entgangen ist bislang, während er sich auf dem Boden gewunden hat und sein Verstand mit ihm durchzugehen drohte, wird ihm auf einmal mit voller Wucht bewusst: Sie, dieses zierliche Mädchen mit den langen dunklen Haaren und Augen, die ihren Blutrausch in die Welt hinausschreien, könnte sein Untergang sein. Und zwar durch den Tod, nicht durchs Gefängnis. Ein noch unerträglicheres Urteil, eines, von dem er unmöglich zurückkehren könnte, eines, das ihn mit Angst erfüllt, denn auf einmal hält ihm seine katholische Erziehung all seine Verbrechen vor Augen, die er begangen hat. All die Leute, die er mit Füßen getreten hat. Frauen, die er verletzt hat. Leben, die er zerstört hat. Er dachte, der Teufel wäre in Gestalt von Katie McLaughlin gekommen. Aber nein. Er ist *sie.*

Er blinzelt, vertreibt die Tränen, und jetzt kann er deutlicher erkennen, was mit ihm passiert. Seine Brust hebt und senkt sich mit jedem seiner Atemzüge, während sie mit dem Messer sachte über sein Hemd gleitet. Ihre Hand zittert, das Messer wackelt leicht in ihrer Hand, während es seine Bahn zieht. Nervös? Sie sieht nicht nervös aus. Sie sieht … erregt aus. Eifrig.

Es ist, in diesen letzten Augenblicken seines Lebens, fast tröstlich zu wissen, dass dieses wunderschöne Geschöpf die Kunst des Schmerzes zu schätzen weiß, sich darauf freut, sie *genießt.* Man sagt, Liebe heißt, seinen Seelenverwandten in einem anderen Menschen zu finden. Sein Schwanz wird von allein hart, und ihr Blick wandert zu seinem, als sie seine Erregung unter sich spürt. Er dehnt die Schultern, um den Schmerz zu lindern, den es ihm bereitet, in Handschellen auf dem Rücken zu liegen. Sie verlagert ihre Haltung, lehnt sich nach hinten, begutachtet die Beule in seiner Hose. Dann kichert sie, schnalzt missbilligend mit der Zunge und hebt die Arme in die Luft, das Messer mit beiden Händen umklammert, bevor sie es mit einer einzigen schnellen Bewegung in seinen Brustmuskeln vergräbt.

Sein Schwanz erschlafft und sackt nach unten, ungefähr in dem Augenblick, in dem sich seine Brust vor unerträglichen Schmerzen verkrampft.

98

Mike sitzt völlig reglos da, den Blick auf die rechte obere Ecke des Bildschirms geheftet, wo sich das Videofeed befindet. Das Video sieht aus, als wäre es in einer Wiederholungsschleife hängen geblieben; die schmale Gestalt oben bewegt immer wieder die Arme auf und ab, auf und ab, aber alle anderen Teile des Clips sind still, erstarrt. Der Körper unter ihr schlägt wild um sich, und ihre Bewegungen ähneln für einen kurzen Moment denen eines bockenden Broncos, bevor der Oberkörper des Mannes hochkommt und das Mädchen mit einer entschiedenen Bewegung an seinem Körper hochrutscht, bevor ein letzter schwungvoller Abwärtsschlag jede Bewegung unter ihr zum Stillstand bringt.

Mike atmet einmal tief aus, klappt den Laptop zu, nicht sicher, ob er noch mehr verkraften kann. Das Bild hat sich in sein Hirn eingebrannt, ein scharfer Kontrast zu dem sonnigen Lächeln, das ihm so ans Herz gewachsen ist. Er wusste, dass es eine dunkle Seite an ihr gibt, er hat einen Vorgeschmack darauf bekommen, als sie vor fünf Monaten das Unmögliche tat. Aber dieses Video, zu sehen, wie sie mit eigenen Händen ein Leben auslöscht … das übermalt jedes andere Bild von ihr mit einem düsteren Pinselstrich und ergänzt Schatten und Tiefen, die ihm höllisch Angst machen.

Er hat die letzten paar Tage damit zugebracht, diesen Mann zu hassen, hat ihn in Momenten geistiger Klarheit in dieser zwei Tage währenden Hölle immer wieder verflucht.

Hat ihn mehr gehasst, als er je für möglich gehalten hätte. Aber trotzdem – es lässt ihn nicht kalt, ihn sterben zu sehen. Mitleid, vermischt mit Schuldgefühlen, macht sich in seinem Magen breit, als hätte es vor, sich langfristig dort niederzulassen.

In diesen letzten paar Minuten hat er vieles über sie gelernt. Vieles, was er nicht wusste. Er schiebt den Laptop beiseite, schließt die Augen und schluckt eine Welle von Übelkeit hinunter.

99

Der erste Stich ist schwierig, und ich benötige beide Hände, als die Klinge in die Brust eindringt. Seine Reaktion kommt prompt, sein Körper bäumt sich unter mir auf. Er hat die Augen weit aufgerissen, und sein Atem geht keuchend, während er unter mir zappelt. Ich habe die Oberschenkel fest um ihn geschlungen, genieße es, so auf ihm zu sitzen, während meine Euphorie mit jedem Aufbäumen zunimmt.

Und noch einmal.

Unter enormer Anstrengung reiße ich das Messer aus seinem Brustkorb, Blut spritzt und strömt rasch aus der Stichwunde, während er noch immer zappelt. Ich hebe das Messer wieder, seine angsterfüllten Augen folgen der Bewegung, mein Blick verengt sich, und ich konzentriere mich auf mein nächstes Ziel, während ich die Klinge nach unten sausen lasse.

Und noch einmal. Ich treffe seinen Hals, ein völlig anderes Gefühl, ein klebriger, knackender Aufprall.

Und noch einmal. Ein Stich in den Magen. Seine Bewegungen werden langsamer, er hat die Augen noch immer geöffnet, noch immer auf mich geheftet, während ich ihn anlächele. Mein Gesicht ist mit seinem Blut bespritzt, und ich habe den Geschmack von Rost auf meinen Lippen, als ich sie befeuchte.

Und noch einmal. Ein letzter Stich, diesmal in die Brust. Ich versuche, den Stich mental nachzuverfolgen, versuche diesen Augenblick fest in meinem Gedächtnis zu verankern, in der Hoffnung, dass er mir für den Rest des Lebens genügen wird. Der beste Vergleich? Der Moment, wenn die Metallspitze der Kürette an einem Stückchen Zahnstein zwischen den Zahnzwischenräumen hängen bleibt und die man ein bisschen bearbeiten muss, um sie herauszubekommen.

Ich drehe das Messer, während ich es herausreiße, meine Brust bebt vor Anstrengung, und ich beobachte, wie die Atmung des Mannes unter mir langsam zum Stillstand kommt. Beobachte seine Augen, während der Hass aus ihnen weicht und sie sich schließen. Meine Nasenlöcher weiten sich, während ich den Kopf nach hinten lehne. Ich will am liebsten laut aufheulen. Will meine Heldentat in das ganze Gebäude hinausschreien. Ich habe genommen, ich habe erobert, ich habe getötet. Ich lehne mich zurück, meine Beine entspannt und gummiartig, und lasse mich nach hinten fallen, flach auf den Boden. Ich rudere mit gespreizten Armen, bis sie auf der blutdurchtränkten Plastikfolie, die unter uns auf dem Boden ausgebreitet ist, schließlich zur Ruhe kommen. Ich schließe die Augen, mein Herz hämmert in einem wilden Rhythmus, der sich allmählich verlangsamt, während ich bewusst ein- und ausatme. Der Rausch nach dem Töten ist orgastisch; er übertrifft jeden Traum, den ich gehabt habe, jedes Verlangen, das ich unterdrückt habe, jeden Wunsch, den ich mir verboten habe.

Und dann, mit einem Lächeln im Gesicht und einer glücklichen dunklen Seele, schlafe ich ein.

100

Mike sollte den Laptop nicht wieder öffnen. Er weiß, dass sie außer Gefahr ist, dass es keinen Grund gibt, sie weiter auszuspionieren. Und doch tut er es. Er hält eine Viertelstunde durch, bevor er sich wieder einloggt, klopft ungeduldig mit den Fingern, während der Bildschirm langsam, mit nervenaufreibenden Pausen, geladen wird.

Offenbar ist Deanna alias Jess, das Internet-Luder, das ihm mit virtuellem Schwanzlutschen unzählige Orgasmen bereitet hat, eingeschlafen. Ihr Körper liegt ausgestreckt auf dem Mann, den sie eben erstochen hat. Sie scheint völlig unberührt von seinem Ableben. Mehr als unberührt – sie scheint glückselig, lächelt breit, von einem Ohr zum anderen, deutlich sichtbar für das Auge der Kamera in über drei Metern Entfernung.

Mike öffnet ein zweites Fenster, nimmt sich einen Moment Zeit, um die Spur des Geldes zu verfolgen – aus keinem anderen Grund als dem, herauszufinden, ob sein eigenes Leben ebenfalls in Gefahr ist. Wenn das Geld bewegt, aufgeteilt und in die Welt hinausgeschickt wurde, dann könnte die nächste Leiche, auf der Dee liegt, seine eigene sein.

Ein erleichterter Atemzug entweicht seiner Brust, als er sieht, was er sehen will: 1,3 Millionen Dollar, sicher auf dem Geschäfts-Geldmarktkonto von RDC Enterprises. Nicht ein Cent angerührt. Seine Finger machen sich an die Arbeit, bewegen das Geld zurück, verstreuen es über dreißig verschiedene Transfers, auf Geisterkonten, Konten, die sie kaum berühren, bevor sie weiter durch die Welt sausen, sich hin und wieder zusammenschließen, nur um sich bald darauf erneut zu trennen. Der Prozess ist langwierig und ermüdend, jedes Versäumnis würde bedeuten, dass Tausende von Dollar verloren sind. Als alles wieder da ist, es sich auf ihrem Konto eingerichtet und bequem gemacht hat, entspannt er sich. Schaltet die Feeds für ihre Webcams aus und lehnt sich in einen Berg Kissen zurück. Seine Schulter ist noch immer steif, seine nicht bandagierte Hand findet auf dem Nachttisch ein Fläschchen Schmerzmittel, und er spült das Medikament mit einem Bier hinunter, das noch eine gute halbe Stunde bräuchte, bis es die richtige Temperatur hat.

Mike entspannt sich, lehnt den Kopf zurück und sinkt Sekunden später in einen von Medikamenten und Erschöpfung herbeigeführten Schlaf. Er ist so verwirrt und das alles nur ihretwegen.

101

Irgendwann erwache ich wieder. Stemme mich von meinem geheimnisvollen Gast hoch und stehe mühsam auf. Lasse mir einen Moment Zeit, um mich zu orientieren, während ich auf seine Leiche hinunterstarre. Begreife, während ich wach werde, dass ich keine Ahnung habe, was ich mit seinem toten Körper anstellen werde. Einhundertundfünfzig Pfund, die mir jetzt schon auf die Nerven gehen.

Die anderen Morde waren leichter. Ich beging sie und verschwand. Ließ die Leichname liegen, damit sich andere darum kümmerten. Diese Wahl habe ich jetzt nicht. Ich kann ihn nicht hier liegen lassen – er wird anfangen zu riechen. Einen Gestank verströmen, der Neugier wecken wird, bis die Cops vor meiner Tür stehen. Außerdem muss ich Jeremy vor all dem beschützen. Ich müsste mich von ihm trennen, nur damit er sich so lange von meiner Wohnung fernhält, bis der Fingerabschneider verwest ist. In meiner ach so sorgfältigen Planung war das ein Punkt, den ich übersehen habe.

Ich habe keine Ahnung, wie man eine Leiche beseitigt. Ich habe seit Jahren nicht mehr ferngesehen, und meine Freizeitlektüre ist eher im Bereich Erotik angesiedelt. Ich habe keine Badewanne, die ich mit Säure füllen könnte, keine Kettensäge, die ich verwenden könnte, um seine Leiche zu zerteilen und in Tüten zu verpacken, und selbst wenn ich eine hätte, wüsste ich nicht, wie ich sie bedienen sollte.

Mein Hausgast ist, im Licht der Küchenlampe betrachtet,

ziemlich übel zugerichtet. Geschwollenes Gesicht, verquollene Augen, als hätte er eine allergische Reaktion in Form eines anaphylaktischen Schocks erlitten. Sein Hals ist aufgeschlitzt, die Schnittwunde viel zu tief, wulstartig, und sie hängt offen wie der Reißverschluss einer prall gefüllten Tasche. Mit Wunden verziert, erinnert mich seine Brust auf eine unheimliche Weise an die meines Vaters; die Ähnlichkeit jagt mir einen Schauder über den Rücken.

Aber damit sind die Ähnlichkeiten auch schon erschöpft. Der Oberkörper des Fingerabschneiders ist noch immer nass von Blut, jeder Stich mit meinem Messer hat ihn bluten lassen, die dünne Abdeckplane unter meinen Füßen ist feucht, rote Rinnsale sammeln sich in den Falten und Vertiefungen des Plastiks. Die Wunden meines Vaters waren trocken, eine logische Folge davon, dass sein Herz bereits aufgehört hatte zu schlagen – der Schuss mit der Schrotflinte in seinen Hals hatte sein Leben beendet, Minuten, bevor ein Messer auch nur die oberste Schicht seiner Haut durchdrang.

Ich kann diesen Typen nicht einfach schultern, seine Leiche zum Aufzug schleppen und ihn dann in meinen Wagen verfrachten. Selbst hier, wo nächtliche Schreie und zersplitterndes Glas zur Tagesordnung gehören, wird eine Leiche Aufsehen erregen. Irgendein Gutmensch wird die Cops rufen. Und mein Jaguar zieht ohnehin schon jedes Mal Blicke auf sich, wenn ich mit ihm ausfahre. Hälse werden gereckt, die Insassen begutachtet – eine Leiche würde mit Sicherheit auffallen. Der Kofferraum ist absolut winzig. Groß genug für Designergepäck, zu klein für einen Toten. Ich hätte diese Dinge bei der Auswahl meines Wagens bedenken sollen. Ich drehe langsam eine Runde durch die Wohnung und versuche nachzudenken.

Der Motor heult auf, ein Kampfschrei, der mir aus der Seele spricht. Mein Wagen schießt los und jagt mit vierundneunzig Meilen in der Stunde die Straße hinunter, bevor ich ihn an die Kandare nehme. Mein Fuß geht sanft vom Gas, und ich schalte in den dritten Gang hinunter. Das Navi zeigt eine Autovermietung drei Blocks von Mulholland Oaks entfernt an, aber ich wollte die Geschwindigkeit. Den Highway. Die Gelegenheit, mir den Wind durchs Haar wehen zu lassen und mich vom Tod zu reinigen.

Daher fahre ich zwei Ausfahrten weiter und biege schließlich bei einer Hertz-Autovermietung ein, die rund um die Uhr geöffnet hat. Ich parke am hinteren Ende des Parkplatzes, weit weg von allen anderen Wagen. Ich steige aus, schließe die Tür, tätschele die Motorhaube des Jaguars und sperre den Wagen ab. Dann gehe ich vor zu dem Büro, öffne die Glastür und zucke zusammen, als eine Glocke über meinem Kopf laut bimmelt. Ein quadratischer Glaskasten. Leer, bis auf einen billigen Tresen und ausgelegte Broschüren, die für GPS und Zusatzversicherungen werben.

Es dauert drei Minuten, bis sich jemand blicken lässt, ein Kaugummi kauendes Mädchen, das mir ein Klemmbrett über den Tresen zuschiebt, ohne auch nur Guten Tag zu sagen.

Ich fasse das Formular nicht an. »Haben Sie Trucks?«

»Trucks?«

»Ja.«

Sie beugt sich vor, sodass sich ihr Shirt über ihrer üppigen Brust spannt, und ich fühle mich leicht verunsichert, als mein Blick auf meine eigene weitaus kleinere Oberweite fällt. Ihr Gewicht auf den Tresen gestützt, sodass ihre Titten zusammengequetscht werden und aus dem Ausschnitt ihres Polohemds hervorquellen, sieht sie über den hell erleuchteten Parkplatz. Links, rechts und wieder links.

Ich verlagere meine Haltung, überzeugt, dass es eine praktischere Vorgehensweise gibt als diese »Ich-hänge-mich-über-den-Tresen-und-sehe-mal-nach«-Methode.

»Sieht aus, als ob wir einen weißen Chevy haben. 1500. Single Cab, ist das okay?«

»Ja.«

Sie weist mit einem Nicken auf das Formular. »Unterschreiben Sie die Verzichtserklärung. Ich brauche einen Führerschein.« Sie hebt eine Pobacke hoch, stemmt sich auf einen Hocker und tippt dann auf ein paar Tasten. »Name?«

Ich nenne ihr einen Decknamen, den ich selten verwende, einen, den Mike sich ausgedacht hat, als ihm einmal langweilig war. Das Ergebnis war Beverly Jane Norcross, ausgestattet mit einem Führerschein und einer Prepaid-Kreditkarte. Er schickte mir beides über Nacht, zusammen mit einer Rechnung und den Worten »Sie gehört dir« an den Rand gekritzelt. Ich bezahlte die fünf Riesen, die er dafür haben wollte, in der Annahme, es würde sich irgendwann als nützlich erweisen, aber tatsächlich habe ich den Decknamen nur selten verwendet. Heute, der Tag der Leichenbeseitigung, scheint eine gute Gelegenheit, um ihn hervorzukramen.

»Wie viele Tage?«

Ich sehe auf meine Armbanduhr. 2:13 Uhr in der Früh. Draußen ist es noch dunkel. »Ich bringe ihn im Laufe des Tages wieder.«

»Morgens, nachmittags oder abends?«

»Ich weiß nicht. Schreiben Sie abends, nur zur Sicherheit.«

Sie unternimmt einen halbherzigen Versuch, mir ein Navi, ein Pannenhilfe-Premiumpaket und Versicherungen in drei verschiedenen Höhen zu verkaufen. Ich bin drauf und dran, sie mit ihrem billigen Kugelschreiber zu erstechen, als sie endlich den Mund hält, mir meine Kreditkarte wiedergibt und mit einer ironischen Miene, die offenbar ein Lächeln sein soll, zu mir aufsieht.

»Hier sind die Schlüssel. Bringen Sie ihn vollgetankt wieder, sonst werden wir Ihnen in Rechnung stellen, dass wir ihn volltanken müssen.«

»Steht mein Wagen auf Ihrem Parkplatz sicher?«

Sie blinzelt langsam, den Blick auf mich geheftet, und ich kann nicht sagen, ob sie dabei ist, die Frage zu verarbeiten, oder ob sie geistig ausgecheckt hat und ihre Fähigkeit zur Gedankenverarbeitung für den Tag erschöpft ist. Ich setze eben schon zu einer Wiederholung an, als die junge Frau langsam ihren Kaugummi platzen lässt und mit einem Ruck wieder zum Leben erwacht.

»Der Parkplatz ist eingezäunt. Ich bin sicher, Ihrem Wagen wird nichts passieren.«

Ich nicke, nehme die Schlüssel und gehe hinaus. Ich werfe einen wehmütigen Blick auf meinen Jaguar, während ich zu dem langweiligen weißen Truck gehe, der meinen verbrecherischen Absichten schon eher entspricht. Ich kann meinen Wagen fast knurren hören, während ich den Chevy anlasse und den Jaguar auf dem Parkplatz zurücklasse.

Den Truck zu fahren, erinnert mich an meinen letzten Ausflug mit einem solchen Auto – Jeremys. Eine ähnliche Größe, dieselben PS. Ich fahre zurück auf den Highway und bin nach zehn Minuten wieder bei meiner Wohnung. Mit lächerlichen 62 Meilen in der Stunde habe ich auf der Fahrt unendlich viel weniger Spaß als im Jaguar, aber der Truck zieht weniger Blicke auf sich, und als ich damit rückwärts bis an die Haustür heranfahre, achtet niemand auf mich. Ich lasse den Wagen stehen und gehe hinauf zu Apartment 6E.

Ich habe noch nie die Leiche eines Mannes bewegt. Ich habe Trent und Summer über die gewachsten Böden unseres

Hauses geschleift, habe sie hinten an ihren Jacken oder an den Hosenbeinen festgehalten, ihr vergnügtes Kreischen im Ohr. Aber sie waren leicht, dreißig oder vierzig Pfund. Dieser Mann hier ist schwer.

Ich räume Scheinwerfer, Ständer und Kartons beiseite, um in der Mitte des Zimmers Platz zu schaffen. Dann zerre ich meine Matratze vom Bett, lehne sie gegen die Wand und schleife mein Boxspringbett in die Mitte des Zimmers. Mithilfe eines Zimmermannshammers mit zwei Klauen entferne ich die Klammern, mit denen der Stoffbezug befestigt ist, und ziehe die Nägel heraus, die die Querbalken zusammenhalten. Die Arbeit ist nicht anstrengend, aber zeitraubend, und meine zarten Hände sind körperliche Arbeit nicht gewohnt. Splitter bohren sich in die empfindliche Haut, und es bilden sich bereits Schwielen an den Handflächen, als ich schließlich aufstehe, die Muskulatur am Nacken dehne und das Ergebnis begutachte.

Ein Kasten. Flach. So flach, dass ich einen Moment innehalte, ein Buch als Lineal benutze und mich vergewissere, dass er tief genug sein wird. Die Bodenbretter sind stark genug, vor allem da vermutlich nicht allzu viel Gewicht auf einem einzigen Punkt lasten wird.

Ich lege eine Pause ein, beantworte einige E-Mails und esse – Schweinebraten mit Füllung und grünen Bohnen, ein neues Diätmenü von Medifast. *Lecker.* Dann binde ich mir die Haare nach hinten, streife Handschuhe über und bereite mich auf schweres Heben vor.

Totgewicht ist eine treffende Bezeichnung. Ich gehe so vor, wie ich es gelernt habe. Hebe ihn mit den Beinen, nicht mit dem Rücken an. Stelle fest, dass es leichter ist, den Bettkasten zu ihm zu schieben, anstatt seinen schweren Arsch dorthin zu zerren.

Ich danke Gott dafür, dass er nicht Ralph ist. Ralph war über zweihundert Pfund schwer. Dieser Typ hier ist dünn. Dünn und klein, ohne Muskeltonus, ein Hinweis darauf, dass er kein Mitglied in einem Fitnessclub ist. Ich hebe ihn Gliedmaße für Gliedmaße hoch, rolle erst das eine und dann das andere Bein ein und kralle die Hände in seinen Hintern, während ich ihn über die Kante und auf den hölzernen Rahmen hieve. Er ist steif, die Totenstarre setzt bereits ein, sodass er sich nur schwer und umständlich bewegen lässt. Ich brauche einen Hebel, nehme einen Besenstiel und einen Karton Waschmittel zu Hilfe, um ihn über die Seitenwände in den Kasten zu hieven.

Sein Oberkörper ist leichter. Ich steige in den Bettkasten, packe den Leichnam an beiden Handgelenken und ziehe ihn hoch. Die Plastikfolie klebt an seinem Rücken, als ich ihn in den Kasten rolle, aber das Gewicht seines Unterkörpers, der bereits drin liegt, erleichtert mir die Arbeit. Dann ist er endlich drinnen, und sein Körper rollt an die richtige Stelle. Mit den steif abgeknickten Armen sieht er fast komisch aus, wie eine Schaufensterpuppe. Ich nehme den Hammer, nagle die Seitenbalken wieder fest, breite das Textil über ihm aus und gehe dann mit dem Tacker darüber, bis wenig später eine Lage Blümchenstoff jeden Blick auf Marcus' Leiche verbirgt.

Eine Stunde und vierzehn Minuten, nachdem ich den Truck geparkt habe, ist das Boxspringbett wieder zusammengebaut und allem Anschein nach völlig normal – vorausgesetzt, niemand versucht es hochzuheben. Ich wuchte es hochkant, lehne es mit einem lauten Rums gegen die Wand. Dann mache ich sauber, klappe die Enden der blutverschmierten Plastikfolie nach innen und rolle sie nach und nach zusammen, bis die schwarze Plane eine einzige feste Rolle ist.

Ich sehe zu meinem Mülleimer, dann wieder zu der Matratze. *Scheiße.* Ich entferne ein paar Klammern vom Bezug des Boxspringbetts, so viele, dass ich den Stoff etwas zurückschieben und die Plane in den Bettkasten stopfen kann. Dann tackere ich den Stoff wieder ans Holz, wobei ich mich für dieses Versäumnis verfluche. Zehn Minuten, eine Handvoll Papierhandtücher und zwei Flaschen Bleichmittel später ist jede Oberfläche, die er in meiner Wohnung berührt haben könnte, abgewischt und desinfiziert. Ich schlüpfe in ein Sweatshirt, ziehe die Kapuze hoch und mache mich auf jeden gefasst, der vor meiner Tür stehen könnte.

Ein Boxspringbett, hochkant, mit Möbeltransportrollern darunter, geht leicht über abgewetzten Teppich. Ich bin fast verblüfft, wie schnell wir es den Flur hinunter schaffen, schnurstracks auf den Aufzug zu. Mit gesenktem Kopf schiebe ich das Bett mit der Schulter vorwärts, die Seitenwände mit den Händen umklammernd, damit es nicht umfallen kann. Ich kann die Leiche nicht fühlen, aber das Bettgestell verhindert, dass sie verrutscht und mit dem Gesicht gegen den dünnen Stoff an den Seitenwänden knallt. Und so schieben der tote Marcus und ich uns den orangefarbenen Teppich hinunter, bis wir den Aufzug erreichen, den ich hasse, den Aufzug, den ich die seltenen Male, die ich mich hinaus in die Außenwelt gewagt habe, stets gemieden habe. Ich drücke auf den Knopf und bete, er möge leer sein.

Es klingelt, und die Tür geht auf. Die Liftkabine ist verlassen. Ich entsende ein stilles Dankeschön an den alten Mann dort oben, während ich mit den Gummirollen und dem veränderten Boden kämpfe, für einen Moment voller Angst, dass das Bett nicht hineinpassen wird, dass ich hier feststecke und versuchen muss, es wieder herauszuzerren, während sich der Aufzug auf einmal verselbstständigt und das Holzgestell mit einem kräftigen Ruck gegen die Wand donnert und zersplittert, sodass die blutige Leiche unangekündigt herauspurzelt und zwischen den Aufzugtüren, die in der ganzen Zeit wie verrückt bimmeln, stecken bleibt.

Aber es geht alles gut. Dieser Aufzug wurde dazu gebaut, Sofas, Haushaltsgeräte und Betten zu befördern. Die Matratze passt problemlos hinein, das Bettgestell ebenso. Die Fahrt nach unten verläuft ohne Zwischenfälle, und ich atme erleichtert aus, als wir das Erdgeschoss erreichen und die Türen aufgehen.

Fünf Minuten und ein schweißgetränktes T-Shirt später liegt das Bett flach auf der Ladefläche des Trucks, die Heckklappe steht offen, aber ich sitze hinter dem Steuer und verlasse Mulholland Oaks. Ich drehe das Radio auf und fahre nach Norden, ohne die geringste Ahnung, wohin ich ihn bringe.

102

Ein Frösteln durchzuckt Jeremys Körper, erweckt ihn wieder zum Leben, holt ihn zurück aus diesem dunklen Loch, in dem sein Verstand sich verkrochen hat. Er versucht die Augen zu öffnen, die Lider aufzuschlagen, aber sie sind zu schwer, sein Blick ist verschwommen, seine Zunge zu träge in seinem Mund, um Worte zu formen. Er schaudert. Seine Bauchmuskeln verkrampfen sich unwillkürlich, während er darum kämpft, seine Gliedmaßen unter Kontrolle zu bringen, und er kommt allmählich wieder zu Bewusstsein, während sein Verstand durch den Tunnel zum Leben hochkriecht.

Genug zu Bewusstsein, um zu begreifen, dass sein Verstand nicht das Einzige ist, was lahmgelegt wurde. Sein Körper steckt ebenfalls fest, seine Arme und Beine sind außerstande, sich zu bewegen. *Zwangsjacke.* Das ist sein erster Gedanke. Aber das ist falsch, zu viele Dinge sind falsch, als dass das möglich sein könnte, und jeder andere Gedanke löst sich in Luft auf, als Jeremy auf einmal nach vorn sackt. Sein Magen verkrampft sich, er würgt, ringt um Atem, während sein Verstand wach genug wird, um in Panik auszubrechen. Erbrechen. Gleich wird es passieren, dieses mulmige Rumoren seiner Organe kündigt an, dass er im Begriff ist, seinen gesamten Mageninhalt an die Oberfläche zu befördern. Er wird sich übergeben und ist sich nicht sicher, ob seine Zunge dabei überhaupt mitspielen und Platz machen wird. Aber dieses Detail ist kaum von Bedeutung, denn sein Mund ist ohnehin zugeklebt. Er kämpft gegen das Klebeband an, versucht die Lippen zu bewegen, von plötzlicher Klaustrophobie ergriffen, während er verzweifelt versucht, durch die Nase genügend Luft zu bekommen, um nicht zu ersticken.

Noch eine Welle überkommt ihn, die Kontraktionen seines Magens bestätigen es, und die Panik beschleunigt die Übelkeit. Jeremy schluckt schwer, versucht zu blinzeln, versucht die Augen aufzuschlagen, versucht die Orientierung wiederzufinden, während sein Sehvermögen noch immer nicht zurückkehren will.

103

Eine zarte Berührung, sanft, aber beharrlich an Mikes Schulter, holt ihn zurück ins Hier und Jetzt, und sein Zimmer nimmt Konturen an, als er ihre Hand wegschlägt und sich die Augen reibt. Tageslicht strömt durchs offene Fenster herein, während sich sein rettender Engel in Jeans und einem engen Pullover über ihn beugt.

»Scheiße.« Er setzt sich mit einem Ruck auf, jeder Muskel in seinem Körper protestiert. *Wenigstens kann ich es fühlen.* Sein verschwommener Blick findet die Uhr auf dem Nachttisch. »Du bist früh dran.«

»Du sagst das, als ob es etwas Schlechtes ist. Du hast noch mehr Medikamente gebraucht. Hier.« Jamie hält ihm ein Glas Wasser und eine Handvoll Pillen hin, die er widerspruchslos nimmt.

»Was ist mit der anderen los?«, will sie wissen.

Er rutscht mit seinen schwachen Beinen zur Bettkante und richtet sich auf. »Ich weiß nicht. Wie dir sicher klar ist, bin ich eben erst aufgewacht.«

»Kannst du nicht irgendwie nachsehen, was mit ihr ist? Dich in ihr Telefon oder ihre Webcams einhacken?«

Er verlagert seine Haltung, zeigt auf seinen Rollstuhl. »Ja und nein. Ja, ich kann, aber nein, ich werde es nicht tun. Gestern Nacht habe ich es getan, aber davor noch nie. Wir … die Hacker … Also die meisten von uns sind … na ja … wir kommen nicht viel aus dem Haus. Daher haben wir ein ungeschriebenes Gesetz: Kein Hacken zur emotionalen Befriedigung. Weißt du, wenn wir wollten, könnten wir uns in die Überwachungskameras von Umkleidekabinen oder in private Laptops einschleusen. Wir könnten uns jedes Mädchen ansehen, das wir unbedingt sehen wollten. Irgendwo, ob auf einem Handy oder einer Webcam, könnten wir sie zu sehen bekommen. Aber das wäre ein Einbruch in ihre Privatsphäre, ein Missbrauch unseres Wissens. Ich will nicht sagen, dass wir uns alle an diesen Kodex halten. Es gibt dort draußen etliche Hacker, die sich jeden Abend zum Anblick ihrer Nachbarinnen einen runterholen, die zusehen, wie sich Hausfrauen umziehen und Studentinnen vögeln. Aber es gehört sich nicht. Ich dringe den ganzen Tag in die amerikanische Unternehmenswelt ein, ändere die persönlichen und finanziellen Daten der Leute so, wie ich es für richtig halte. Ausspionieren ist nicht mein Ding. Ich habe Deannas Webcams gestern Abend nur eingeschaltet, um zu sehen, ob es ihr gut geht. Und dann … habe ich sie länger angelassen, als ich sollte.«

Sie verzieht angewidert das Gesicht, deutet in seinen Kommentar fälschlicherweise irgendetwas Sexuelles hinein. »Und? Geht es ihr gut? Meinst du, sie ist in Sicherheit vor diesem Typen?«

»Ich glaube, sie ist in Sicherheit.« Er rollt zu seinem Computer und schaltet ihn ein.

Sie folgt ihm, dringt in seine Komfortzone ein, allein schon die Hand, die sie auf seine Armlehne legt, empfindet er als aufdringlich.

»Wenn du sie nicht anrufst, wird das seltsam aussehen. Bei eurem letzten Telefongespräch hast du ihr gesagt, sie soll zusehen, dass sie verschwindet, als wärst du besorgt um ihr Leben. Es würde schon komisch aussehen, wenn du sie nicht zurückrufst.«

»Gib mir ein bisschen Privatsphäre – ich kann nicht nachdenken, wenn du mir so auf den Pelz rückst.« Er schließt die Augen und lehnt sich in seinem Rollstuhl zurück, entspannt sich in der sanft wippenden Bewegung. »Außerdem habe ich ihr das Geld zurückgegeben.«

Der Gedanke kommt ihm murmelnd über die Lippen, und ihm gefällt die Idee immer besser, während er sie hin und her wendet. Vielleicht braucht Deanna immer noch Hilfe. Vielleicht ist sie aufgewühlt. Er muss ihr unbedingt von dem Geld erzählen. Das wird diese blutrünstige Schönheit glücklich machen. Einen Moment lang fragt er sich, ob sie noch immer tief und fest auf dieser Leiche schläft.

Er streckt den verletzten Arm aus, genießt die Bewegung in seinem Gelenk, die Wunde hat ihn doch nicht so sehr geschwächt, wie es sich sein Verstand in den qualvollen Stunden ausmalte, in denen er in Handschellen zum Nachdenken verurteilt war. Er nimmt sein Handy, stöpselt es aus der Steckdose aus und lehnt sich wieder gegen das Leder. Jamie lässt endlich die Hand von seinem Stuhl sinken, und er sieht ihr zu, wie sie in Richtung Küche davonschlendert, während er nachzudenken versucht. Als er zu wählen beginnt, fragt er sich, was Deanna sagen wird.

104

Als ich das letzte Mal meine Stadt verließ und in Richtung Osten fuhr, tat ich es, um einen Menschen zu retten. Jetzt versuche ich einen verschwinden zu lassen. Beide Male in einem Truck unterwegs, meine damalige Fahrt ein Kampf zwischen Nervosität und Konzentration. Meine dunklen Triebe regten sich in unerwarteten Augenblicken, und die Freiheit und die Möglichkeiten, die sich mir boten, waren zu groß, um ihnen zu widerstehen. Ein schwarzer Sumpf der Verlockung füllte die Gräben zu beiden Seiten der Straße, und meine Hände hatten alle Mühe, den Truck in der Spur zu halten. Ich wollte nicht mit der Zehe irgendwo eintauchen, wo irgendetwas mich festhalten und nach unten ziehen würde.

Diese Fahrt jetzt ist besser. Meine Gedanken kreisen um das Problem in meinem Kofferraum, die Vorstellung, die nächstbeste Tankstelle anzufahren und ein Gemetzel anzurichten, liegt mir völlig fern. Ich will nur diesen Dämon loswerden und in meine Wohnung zurückkehren. Meine Psyche kann diesen Tag nur schwer verkraften, die letzten vierundzwanzig Stunden waren eine solch krasse Abweichung von meiner Norm.

Mein dritter Mord. Jeder von ihnen war so anders. Bei Ralph hatte ich keine Schuldgefühle. Dachte gar nicht darüber nach. Aber über diesen Mann hier weiß ich nicht genug. Ist der Versuch eines Mannes, mich zu vergewaltigen, ein berechtigter Grund für seine Hinrichtung? Für mich spricht seine Gewalt gegenüber Mike. Aber trotzdem. Ein Messerstich und ein angeschnittener Finger sind nicht dasselbe, wie jemanden bis in alle Ewigkeit in ein schwarzes Höllenloch zu schicken.

Ich lockere die Schultermuskulatur und versuche die Verspannungen in meinem Nacken zu lösen. Halte die Augen offen und denke nach, versuche einen Ort zu finden, an dem ich seine Leiche abladen kann, irgendwo, wo sie nicht entdeckt werden wird. Irgendwo, wo sie der Vergessenheit anheimfallen kann. Ich wünschte, ich wäre im Süden. Wo Sümpfe und Alligatoren lauern, bereit, eine saftige Leiche in Stücke zu reißen, binnen Minuten zu zermalmen und gierig zu verschlingen.

In Oklahoma gibt es keine Sümpfe. Wir haben weites, offenes Land, meilenweit nichts – eine Garantie dafür, aufzufallen wie ein bunter Hund, wenn man irgendetwas anderes tut, außer zu fahren. Ich fahre durch die Dunkelheit, bis der Himmel seine Farbe zu verändern beginnt, ein Hauch von Hellblau und ein etwas blasseres Rosa, gelbe Streifen, die sich über die Landschaft ziehen, wie das Fingerfarbenbild eines Kindes. Ich verlasse den Highway, schalte die Scheinwerfer aus und suche die Gegend ab. Ich mache mir Sorgen. Sobald es Tag wird, werde ich mich nicht mehr verstecken können. Ich könnte entdeckt werden, während ich dabei bin, eine Leiche abzuladen.

Ich fahre über Landstraßen, als mir auf einmal ein Schild zu einem Recyclinghof ins Auge springt, schief und verbogen, mit verblassten weißen Farbspritzern an seinem Metallende, die darauf hindeuten, dass es irgendwann einmal das Opfer einer Farbballpistole wurde. Ich biege ab und folge dem Pfeil, die asphaltierte Straße geht in einen unbefestigten Feldweg über, ich holpere zwischen Getreidefeldern hindurch und beschleunige das Tempo, bis ich schließlich einen Maschendrahtzaun und Müllcontainer sehe.

Eine Deponie des Bezirks. Kleinstädte haben keine Müllabfuhr vom Straßenrand. Im Zuhause meiner Kindheit gab es eine, und das Scheppern und Dröhnen um sechs Uhr morgens entlockte meiner Mutter oft einen Fluch, da unsere Mülltonnen meist abgeschlossen und versteckt in der Garage standen und niemand daran gedacht hatte, sie an den Straßenrand zu zerren. Aber das Haus meiner Großeltern, ein großes, altes, zweistöckiges Gebäude, das am nördlichen Ende einer langen Straße stand, kannte diesen Großstadtkomfort nicht. Wir stopften unseren Abfall in Tüten und bewahrten ihn in der Scheune auf, bis sich der Plastikhaufen immer höher auftürmte, dann warfen wir die Tüten auf die Ladefläche unseres Trucks. Fuhren vier Meilen weit zur Mülldeponie des Bezirks und standen dann da, in Tennisschuhen auf den Heckklappen, wuchteten die Tüten durch die Luft, von der Ladefläche in die riesigen grünen Müllcontainer, und beteten, die Säcke mögen nicht platzen. Unsere Mülltüten türmten sich übereinander und verwandelten sich in einen riesigen Berg.

Unsere wenigen Flaschen kamen in ein rundes Loch, eines von dreien an einem orangefarbenen Container – die anderen beiden Schlunde waren Dosen und Papier vorbehalten. Und ganz hinten, in einer Reihe aufgestellt wie ungezogene Kinder, standen die Müllcontainer, die für Gartenabfälle und größere Gegenstände bestimmt waren. Wir warfen die Dinge gedankenlos fort, türmten die Teile unseres Lebens hoch auf, und eine Presse zermalmte einmal täglich alles zu einem zusammengequetschten Müllwürfel.

Ich halte vor einem Tor, ein Vorhängeschloss hängt unverschlossen von dem Riegel. Ich springe aus dem Truck, öffne das Tor und fahre hindurch. Die Anlage ist etwas anders, aber ähnlich wie die bei meinen Großeltern. Ich bin allein. Die Nacht ist so still, dass ich einen einsamen Kojoten heulen hören kann, irgendwo über den Feldern, das Tier ist vermutlich eine halbe Meile weit entfernt. Ich finde den Sperrmüll auf der rechten Seite, die Müllcontainer sind deutlich gekennzeichnet, der Müll noch nicht gepresst. Vermutlich pressen sie ihn in ein paar Stunden, zu Beginn des Arbeitstages, zig Millionen Tonnen Kraft, die Toilettenschüsseln, Kanthölzer und fünfzehn Jahre alte Sofas mit einer einzigen mühelosen Druckbewegung flach zusammenpressen. Es wird den Zweck erfüllen.

Ich springe in den Müllcontainer, bewege mich vorsichtig um einen Autoreifen, etwas, was nach einem kaputten Rasenmäher aussieht, und irgendjemandes vorsintflutlichen Computerprozessor, schiebe ein paar Gegenstände beiseite, bis ein Loch entsteht. Eine Lücke zwischen weggeworfenen Dingen, die tief genug aussieht, um mindestens die Hälfte meines Bettes darin zu versenken.

Ich schwitze immer mehr. Diesmal ist es schwieriger, das Bett an einem Ende anzuheben, bis es so hoch ist, dass ich es über die Kante schieben kann. Die Ladefläche des Trucks und der Boden des Containers sind fast auf einer Höhe. Ich arbeite im trüben Licht der Morgendämmerung, der Motor des Trucks ist abgestellt, das Tor hinter mir geschlossen, mein Fahrzeug zwischen zwei Müllcontainern relativ gut versteckt. Aber ich bete trotzdem. Ich bete, niemand anders möge spontan beschließen, eine frühmorgendliche Fahrt zur Mülldeponie zu unternehmen. Ich hoffe, dass keine Jugendlichen auf ihren Quads kreischend über den nächsten Hügel gefahren kommen, ihre Scheinwerfer meine Gestalt entdecken, ihre Neugier sie näher bringt. Ich bin nur ein Mädchen, das sein altes Bett entsorgt. Kein Grund zur Beunruhigung.

Aber später, falls irgendetwas schiefgeht und seine Leiche gefunden wird … Dieses Mädchen, das dieses Bett abgeladen hat … Es wird nicht lange dauern, und sie werden eins und eins zusammenzählen. Also weiter.

Unter Aufbietung all meiner kaum vorhandenen Muskelkraft hieve ich das Boxspringbett hoch, bis es schließlich in den Container rutscht. Der Schwung, den das Bett plötzlich kriegt, zieht mich fast über die Kante der Ladefläche, und ich lasse mich nach hinten fallen und lande auf dem Hosenboden. Das Bett hängt in der Schwebe, mit einem Ende über dem Loch, das ich geschaufelt habe. Das gute Ende. Das, das Marcus' Leiche enthält, die Leiche, die trotz der kalten Temperaturen, bei denen mein Atem Wolken bildet und die Haut an meinen Händen rissig wird, bald anfangen wird zu riechen. Ich muss dafür sorgen, dass sie gepresst und wegbewegt wird. Muss sie im Müll versenken, zwischen den verfaulenden, von Maden und Ratten bevölkerten Abfallhaufen, wo sich ihr Geruch mit tausend anderen vermischen und ignoriert werden wird, bis sie verwest ist.

Wieder diese Schuldgefühle. Sie verfolgen mich, während ich das leichte Ende des Boxspringbetts anhebe. Die Physik folgt ihren Gesetzen, und das andere Ende neigt sich tiefer nach unten, lässt sich schieben und fällt schließlich etwa einen Meter weit hinunter, sodass die obere, leere Hälfte des Betts wie eine Flagge aus dem Container herausragt. Seht mich an, seht mich an!, scheint es zu rufen. Aber niemand sieht es. Hier ragen und hängen überall irgendwelche Dinge heraus. Toilettenschüsseln lassen sich nicht ordentlich über Falttüren und kaputte Laufbänder stapeln.

Die Schuldgefühle nagen weiter an mir, während ich mir meine behandschuhten Hände an der Jeans abwische. Es gibt keine ordentliche Beerdigung. Nicht für diesen Mann. Seine Frau oder seine Familie haben keine Ahnung, was aus ihm geworden ist. Eine Fahrt nach Mexiko, die schiefgegangen ist? Eine Kugel in einem schäbigen Motelzimmer, nachdem eine Affäre eine scheußliche Wendung genommen hat? Ich wünschte fast, ich könnte einen Brief schreiben. Es erklären. Aber ich bin mir nicht sicher, ob ihnen das helfen würde. Von seinem Tod zu erfahren, würde ihnen keinen Frieden bringen. Unwissenheit vielleicht schon.

Vielleicht bin ich auch nur ein selbstgerechtes Monster. Ja. Vermutlich bin ich das.

Die Schuldgefühle verfolgen mich noch immer, während ich das Tor öffne, in den Truck springe, ihn anlasse und wegfahre, nachdem ich das Tor hinter mir wieder geschlossen und abgesperrt habe. Ich wurde nie gesehen, also bin ich auch nie dort gewesen. Mit einer Leiche und einem Boxspringbett weniger fahre ich zurück in die Stadt; die Tat lastet schwer auf meinen Schultern. Letztes Mal war es so viel einfacher. Letztes Mal fühlte ich mich leichter. Freier. Diesmal spüre ich, wie sich mein Drang zu töten legt, aber auch das Gewicht von etwas anderem: Schuldgefühle. In vielerlei Hinsicht ein schwereres Gewicht. Eines, das ich nicht mit Dr. Derek erörtern kann. Eines, mit dem ich allein klarkommen muss. Ich hoffe, dieser Mann hatte keine Familie. Ich hoffe, er war wirklich ein Monster.

Ich bin aufgekratzt, mein Nickerchen nach dem Mord hat mich neu belebt, die nervöse Erkenntnis dessen, was ich getan habe, hält mich wach. Ich fahre zurück nach Hause, parke den Truck und gehe auf dem Weg in mein Apartment mit meinen noch immer behandschuhten Händen den Schlüsselbund durch, den ich in der Hosentasche des Mannes gefunden habe. Schlüssel und eine Rolle frische Dollarscheine, fast eintausend Dollar, ordentlich gefaltet und in eine Jeans gesteckt, die brandneu und gebügelt aussah.

An dem Schlüsselbund hängen ein Funkschlüssel für einen Mercedes, sieben oder acht Hausschlüssel und etwas, das ein Briefkasten- oder Schließfachschlüssel zu sein scheint. Keine Anhänger für ein Fitnessstudio, Einkaufswagenmarken oder Ähnliches. Der letzte Gegenstand an dem Bund ist irgendeine Art kleines Täschchen.

Ich muss mich um sein Fahrzeug kümmern. Es kann nicht bleiben, wo immer er es abgestellt hat. Es ist wie ein Signalfeuer, ein riesiges »Suchen-Sie-hier-nach-Ihrem-Vermissten«-Schild, vor allem ein Mercedes, in dieser Gegend. Ich trete ans Fenster meiner Wohnung, recke den Hals, bis ich ihn sehe, eine S-Klasse, fast außer Sichtweite, in einer Parklücke mit Parkuhr am Straßenrand. Ich trommele mit den Fingern gegen die Scheibe und denke nach. In dieser Gegend wird er aller Wahrscheinlichkeit nach früher oder später gestohlen werden – ich könnte die Schlüssel einfach auf dem Fahrersitz liegen lassen und abwarten. Aber das Risiko ist zu groß. Bei meinem Glück wird irgendein barmherziger Samariter das Richtige tun und die Cops rufen. Ich sollte den Wagen besser jetzt bewegen. Sollte besser meine Spuren verwischen und gleichzeitig ein paar Brotkrümel auslegen. Irgendetwas, worauf die Ehefrau und die Kinder dieses Mannes die nächsten zwei Jahrzehnte herumkauen können.

Gott, ich bin ein Biest.

Ich lasse das Sweatshirt an, froh über die kalten Temperaturen, die mir bei meiner Verkleidung zugutekommen. Hochgezogene Kapuze, Handschuhe und das Schlabber-Sweatshirt, das meine Figur kaschiert – nichts davon zieht irgendwelche Blicke auf sich. Die Straßen vor meiner Haustür sind leer, die meisten Leute hocken auf dem Sofa. Nur wenige haben irgendetwas Interessantes zu berichten, abgesehen von ihren Gelenkschmerzen oder ihren durchgefrorenen Zehen.

Ich verlasse die Wohnung, steige das Treppenhaus hinunter, gehe meinen Plan in Gedanken durch und überprüfe ihn auf Schwachpunkte, dann halte ich auf dem dritten Treppenabsatz inne. Ich entscheide, dass ich mehr brauche, mehr Requisiten. Ich sprinte die Treppe noch einmal hoch, mit schmerzenden Waden, und mir geht die Puste aus, noch bevor ich meine Etage erreiche. Ich bin ein Schwächling! Meine täglichen Liegestütze und Sit-ups, zum Celluliteabbau gedacht, haben mich nicht wirklich fit dafür gemacht, Leichen zu beseitigen. Keuchend schleppe ich mich in die Wohnung und zerre meinen Seesack heraus, den mit Abzeichen übersäten Beutel, der früher ein fester Bestandteil meines normalen Lebens war. Fußbälle teilten sich darin den Platz mit Kopfhörern, Windjacken und Tennisschuhen, angesagte Outfits stopfte ich früher ganz einfach zwischen Stöckelschuhe und Make-up-Täschchen, DVD-Hüllen und Gesichtswaschcreme. Jetzt, in meinem neuen Leben in dieser Wohnung? Jetzt hat der Seesack Staub angesammelt. Ein paar Taschenbücher habe ich irgendwann hineingetan, um auf dem Fußboden etwas Platz für Pappkartons mit Fertiggerichten oder Toilettenpapier zu schaffen.

Ich kippe die Bücher aus und stopfe ein paar Kleider und Schuhe hinein, werfe ein Make-up-Täschchen dazu und schnappe mir einen Schal. Irgendetwas, das ich mir um den Hals wickeln kann, um meine untere Gesichtshälfte zu verbergen. Ich setze eine Brille ohne Stärke auf – die, die ich vor der Kamera verwende, wenn ich eine ungehorsame Sekretärin oder eine puritanische Professorin sein will. Oder Landezone für einen Typen mit einem Ich-komme-auf-deine-Brille-Fetisch.

Ich gehe zu meinem Safe und nehme mir etwas Bargeld heraus. Eintausend Dollar in Zwanzigern. Zusammen mit Marcus' Geld ist es mehr als genug, um meinen Bedarf zu decken, ein bisschen Bestechungsgeld mit eingerechnet, sollte irgendjemand umgarnt werden müssen.

Dann setze ich meine Intelligenz ein. Stecke mir die Haare hoch. Wickele sie in Frischhaltefolie, wie ich es einmal in einem Film im Fernsehen gesehen habe. Setze darüber eine Wollmütze auf, ziehe die Kapuze wieder hoch und verlasse die Wohnung. Der Geruch des Bleichmittels ist noch sehr stark, als ich die Tür hinter mir abschließe, den Seesack über eine Schulter geworfen. Das Handy klingelt in meiner Tasche. Ich ignoriere es und gehe in Richtung Aufzug. Ignoriere den Eingang zum Treppenhaus und achte auf den Schmerz in meinen Beinen, das Gewicht des Seesacks. Schlucke meinen Ich-bin-knallhart-Stolz runter und steige in den Aufzug.

Der Mercedesschlüssel funktioniert, und meine Vermutung, dass dies sein Wagen ist, erweist sich einen Block weiter als richtig. Ich gehe rasch vor, werfe meinen Seesack auf den Beifahrersitz und schiebe den Sitz nach vorn, mache mir im Kopf eine Notiz, ihn wieder in die Ausgangsposition zu bringen, sobald ich fertig bin. Dann fahre ich los, lasse sogar das Radio auf dem Sender, auf dem es eingestellt ist, einem Sportsender. Die Diskussion sagt mir nichts, und ich höre eine Weile zu, bevor ich eine Hand ausstrecke und mit einem behandschuhten Finger auf den Knopf drücke. Für den Rest der Fahrt habe ich genug von Statistiken und Footballgequatsche.

Ich nehme den Highway und fahre einhundert Meilen

weit nach Westen, dann verlasse ich die Straße und folge der Ausschilderung zum Flughafen von Oklahoma City. Ich biege auf den Langzeitparkplatz ab, stecke das Parkticket ein, schiebe den Sitz zurück und schnappe mir meinen Seesack. Schließe den Wagen ab, behalte die Schlüssel und gehe in den Flughafen, den Seesack in der Hand, mit gesenktem Kopf. Niemand sieht mich an, niemand achtet auf mich. Ich gehe auf die Toilette von McDonalds, kaufe mir anschließend ein Happy Meal und verbringe zehn Minuten damit, auf einem zerkratzten Sitz neben der Gepäckausgabe zu sitzen und zu lesen. Dann schlendere ich an einem Schwingabfalleimer vorbei, werfe die Schlüssel zusammen mit meinem Abfall hinein und gehe hinaus. Steige in das erste Taxi in der Reihe.

»In die Innenstadt, bitte.«

Der Fahrer sagt nichts, nickt nur, lümmelt sich auf seinen Sitz und fährt los. Wir fahren schweigend, Achtzigerjahre-Rapmusik dröhnt aus den Lautsprechern, bis das gelbe Taxi die morgendlichen Straßen der Innenstadt erreicht. Ich lasse mich von dem Taxifahrer vor einer Apotheke im Industriegebiet absetzen, dann gehe ich zu Fuß in Richtung Innenstadt von Oklahoma City, winke mir ein neues Taxi und nenne dem Fahrer die Adresse eines Hotels vier Blocks von meiner Wohnung entfernt.

Er runzelt die Stirn und gibt die Adresse in sein Navi ein. »Das ist gut eineinhalb Stunden entfernt. Haben Sie so viel Geld dabei?«

Von der Rückbank aus zücke ich eine Handvoll Bargeld, zähle vier Hundertdollarscheine ab und stecke sie durch die Scheibe. »Reicht das?«

Er nimmt das Geld. »Schnallen Sie sich an.« Dann tut er genau das, was ich gehofft hatte. Er streckt eine Hand aus und schaltet den Taxameter aus.

Ich mache mich auf der Rückbank breit, lege den Kopf auf den Seesack, sodass mein Gesicht nicht zu sehen ist, und döse zu dem Geräusch der Straße unter unseren Reifen rasch ein. Die Stadt verschwindet hinter uns, vorbeihuschende Straßenlaternen werden immer seltener, bis ich nur noch von Dunkelheit, den leisen Klängen eines Radios und der Hitze umgeben bin, die durch die hinteren Lüftungsschlitze strömt. Ich werde immer schläfriger, und meine Schuldgefühle legen sich ein klein wenig, während ich den letzten Rest des Mannes einsam und allein auf dem Langzeitparkplatz des Flughafens von Oklahoma City zurücklasse.

Ich habe einmal einen Artikel über eine Frau gelesen, die 105 000 Dollar Parkgebühren am Flughafen angehäuft hatte, nachdem ihr Wagen drei Jahre auf dem Langzeitparkplatz stand. Während der Schlaf meinen Verstand allmählich benebelt, frage ich mich, wie lange es wohl dauern wird, bis der Mercedes von irgendjemandem bemerkt wird. Ob er beschlagnahmt und versteigert oder ob die Polizei eingeschaltet werden wird. Ob …

Ich schlafe ein.

Der Mann ruft irgendetwas, seine Stimme holt mich ins Bewusstsein zurück. »Sie sagten Red Roof Inn, richtig?«

Ich setze mich auf, rücke meine Mütze zurecht, um sicherzugehen, dass mein Gesicht verdeckt ist. »Ja.«

»Wir sind da. Sind Sie sicher, dass Sie hier bleiben wollen? Die Gegend sieht ziemlich übel aus.«

»Kein Problem.« Ich öffne die Tür einen Spaltbreit, und der plötzliche kalte Luftzug lässt mich meine Entscheidung, die vier Blocks zu Fuß nach Hause zu laufen, prompt bereuen. »Danke.«

»Schönen Tag noch.«

Ich sehe nicht zurück. Blinzele und versuche, vollständig wach zu werden. Meine Gliedmaßen sind träge, und mein linkes Bein ist eingeschlafen, als ich von dem Wagen weghumpele, in den kalten Tag hinaus. Die strahlende Sonne sollte meine Straße in ein fröhliches Licht tauchen, sollte den Straßenschmutz und die Hügel der Obdachlosen in den Hauseinfahrten beschönigen. Aber das tut sie nicht. Ich stecke meine freie Hand in die Jackentasche, werfe mir den Seesack über die Schulter und gehe weiter. Gehe weiter und versuche an meine Wohnung zu denken. Warm, sauber und leer. Selbst meine Dusche mit ihrem kümmerlichen Wasserstrahl erscheint mir in diesem Augenblick verlockend.

Als ich mich eine Stunde später geduscht und umgezogen habe, der Truck wieder bei Hertz steht und mein Jaguar und ich mit hundertundvier Meilen in der Stunde unter freiem Himmel über leere Highways geflogen sind – eine todesmutige Spritztour, die eines Tages dazu führen wird, dass ich herausgewinkt oder in hundert Teile zertrümmert werde –, klingelt mein Telefon. Ich nehme ab, bereit, Mikes Stimme zu hören. Bereit, ihm zu verzeihen. Bereit zu hören, dass mein Geld wieder dort ist, wo es hingehört.

Ich bin nicht darauf vorbereitet, aus seinem Mund zu hören: »Jeremy ist verschwunden.«

105

Jeremys Füße sind wie gelähmt. Er hat versucht, um sich zu treten, aber letztendlich nur irgendeinen entsetzlich nutzlosen Meerjungfrauen-Beinschlag zustande gebracht. Stattdessen bewegt er jetzt die Zehen, wackelt mit den Knöcheln, versucht irgendeine dehnbare Stelle in den Kabelbindern zu finden, mit denen seine Füße gefesselt sind. Wenn er heute doch bloß Stiefel angezogen hätte! Dann hätten seine Knöchel ein bisschen Schutz, ein bisschen Spielraum. Er hätte vielleicht einen Fuß aus dem Schuh herausziehen, sich freistrampeln können. Stattdessen trägt er Nikes mit hauchdünnen Socken, sodass seine Knöchel nackt und ungeschützt sind. Und sie sind nicht behaart genug, um zu verhindern, dass sich die Kabelbinder tief in seine Haut schneiden und warmes Blut sickert, wenn er die Füße allzu enthusiastisch bewegt.

Die Wirkung der Droge, was immer ihm verabreicht wurde, hat größtenteils nachgelassen. Ihm ist noch immer schwindelig, und auch ein bisschen Übelkeit quält ihn. Sie wird jedes Mal heftiger, wenn ihm wieder einfällt, dass der säuerliche Geschmack in seinem Mund Erbrochenes ist. Irgendwann muss er eine ganze Gallone davon geschluckt haben. Er weiß es nicht. Er weiß gar nichts. Er ist nach Hause gekommen, hat sich auf dem Weg ins Haus seine Post geschnappt und … Danach kann er sich an nichts mehr erinnern.

Er kann sich nicht erklären, warum er gefesselt auf dem Boden liegt, die Hände auf dem Rücken und die Fußknöchel aneinander gebunden, aber die Knie nicht, sodass er wie ein Verdächtiger aussieht, der von der Polizei niedergerungen wurde, weil er sich der Festnahme widersetzt hat. Der Dreckskerl, der ihm das angetan hat, hatte offenbar auch das Bedürfnis, ihm die Augen zuzukleben, denn ein Streifen Klebeband verläuft von einem Ohr zum anderen, die klebrige Seite fest in seine Augen gedrückt, als wollte dieses verdammte Arschloch sichergehen, dass jede einzelne Wimper dort kleben bleibt, und seine Lider garantiert geschlossen bleiben müssen, sodass er rein gar nichts sehen kann. Ein zweiter Klebestreifen verläuft quer über seinem Mund.

Er kann sich ein bisschen bewegen. Kann ein bisschen kriechen, bevor seine Beine aufgehalten werden. Offenbar sind sie an irgendetwas festgebunden, sein Bewegungsradius ist auf einen Bogen beschränkt, der sich von einem Tresen zum anderen spannt, und der Verbindungspunkt ist … die Küchenspüle? Er versucht den Rücken zu krümmen, mit den Händen die Kette von aneinandergebundenen Kabelbindern zu ertasten, die in den Küchenschrank führen, aber er kommt nicht weit. Er kann nur vermuten, dass seine Füße an ein Rohr oder den Müllschlucker gekettet sind. Was immer es ist, es ist robust. Er hat einmal daran gezerrt und sich dabei nur die Haut aufgeschürft.

Jeremy geht den Inhalt des Hauses in Gedanken durch, überlegt, was davon wertvoll ist, was sie gewollt haben könnten. War es eine ganze Bande? Profis oder kleine Ganoven aus der Nachbarschaft? Er fragt sich, ob sein ganzes Haus leer sein wird, wenn dieses Klebeband endlich entfernt ist, der Inhalt komplett ausgeräumt, sein Truck gestohlen mit den Schlüsseln, die sie ihm vermutlich aus der Tasche gezogen haben. Er versucht die Zeit zu schätzen. Es ist Donnerstagabend. Er muss erst am Samstag wieder arbeiten. Sechsunddreißig Stunden sollte er überleben. Er fehlt nie in der Arbeit. Irgendjemand wird sich Sorgen machen. Deanna wird es bemerken, irgendjemanden anrufen. Vielleicht herfahren – nicht dass sie weiß, wo er wohnt. Vergiss das, Jeremy. Angesichts des Tonfalls bei ihrem letzten Abschied könnte sie denken, dass sein Schweigen Absicht ist.

Bei den Pfadfindern hat er die Dreierregel gelernt. Der Tod tritt nach drei Minuten ohne Luft, drei Stunden ohne Unterstand, drei Tagen ohne Wasser ein. Sechsunddreißig Stunden sind kein Problem. Er wird das schon schaffen.

In diesem Augenblick, als er die Muskeln entspannt, der Stresspegel ein klein wenig nachlässt und seine Sinne etwas klarer werden, hört er das Piepsen. Es kommt von einem Punkt hinter seinem Kopf. Kommt, soweit Jeremy sagen kann, aus der Richtung des Herds.

Bei diesem einen Piepsen, als sein Gehirn die Verbindung zwischen dem Geräusch und dem Gerät herstellt, verspürt er den ersten Moment der Panik.

106

»Erklär es mir.« Ich stelle die anderen Fragen nicht, die mir aus allen Richtungen durch den Kopf schießen.

Wie viel weiß Mike über Jeremy? Welche Bereiche meines Lebens überwacht er? Woher weiß er, dass Jeremy verschwunden ist? Habe ich ihm zu viel Zugang gewährt? Gibt es irgendeine Möglichkeit, das rückgängig zu machen? Jeremy ist weg? Was habe ich getan? Ich sage nichts, gehe vom Gas, lenke den Jaguar auf die rechte Spur und höre zu, wie er redet.

»Ich weiß nicht mit Sicherheit, ob er verschwunden ist, aber ich habe ein bisschen herumgestochert. Ein paar Dinge sind mir wieder eingefallen … Dinge, die ich zu dem Typen, der hier war, gesagt habe. Ich habe mir unser Gespräch noch einmal durch den Kopf gehen lassen, habe überlegt, ob da irgendetwas war, was du vielleicht gern wissen würdest … nur für alle Fälle …«

»Komm auf den verdammten Punkt.«

»Du kannst nicht mehr sauer auf mich sein. Ich habe dein Geld zurückgeholt, und ich wurde gefoltert, weil ich versucht habe, dich zu schützen. Lass uns das nicht vergessen, bitte.«

In seiner Reaktion liegt ein etwas verängstigter Ton, und das beunruhigt mich. Bei all den Emotionen, die ich Mike je entlockt habe, klang er nie verängstigt. Und mit Sicherheit nicht verängstigt *von mir.* Erregt, amüsiert, von oben herab behandelt, aber nicht in Furcht vor mir. Und jetzt klingt er angsterfüllt und nervös, was mir beides nicht gefällt.

»Red nicht von dem Geld, erzähl mir, was mit Jeremy los ist. Schnell!«

»Er hat seit gestern fünf Uhr nicht mehr telefoniert. Oder sich in seinen Computer eingeloggt oder seine Handydaten verwendet – das heißt, er hat auch kein Spiel gespielt, keine E-Mails gelesen und keine SMS verschickt. Seit mindestens vierzehn, vielleicht fünfzehn Stunden. Ich habe ihn auf seinem Handy angerufen und wurde sofort auf die Mailbox umgeleitet.«

Ich atme einmal tief durch. Halb so schlimm. *Verschwunden* ist ein verdammt starkes Wort, mit dem Mike da um sich wirft.

»Vielleicht ist sein Akku über Nacht leer geworden.«

»Und er hat so früh am Tag aufgehört, sein Telefon zu benutzen? Außerdem, er ist den ganzen Abend zu Hause und kümmert sich nicht darum, es aufzuladen?«

»Was noch?«

»Na ja, Marcus hat etwas über Jeremy herausgefunden. Er wusste seine Adresse.«

Die Angst in Mikes Stimme hat jetzt ihren Höhepunkt erreicht. *Das* ist der Grund, weshalb er so besorgt ist.

»Er hat *was* herausgefunden?«, sage ich, vergeblich um einen gelassenen Ton bemüht.

Ich war das.

Ich habe Marcus auf die Palme gebracht.

Ich habe ihn blockiert.

Ich habe auf jeden Knopf gedrückt, der mir zur Verfügung stand, um ihn zu reizen, und ich habe es genossen.

Ich habe Mike in diese Lage gebracht.

Ich habe Jeremy ins Visier dieses Scheißkerls gebracht.

»Ich habe nichts *freiwillig* preisgegeben. Er hat ein Foto von ihm gesehen … und wollte mehr wissen. Seinen Namen.

Seine Adresse. Ich habe gesagt, ich wüsste nicht, wer er ist – ob er ein Bruder oder dein Freund von dir ist.«

»Wie interessiert schien er?«

»Interessiert genug, um sich die Info aufzuschreiben.«

Ich gebe Gas, während ich den Grünstreifen zwischen den beiden Fahrbahnen im Blick behalte und mich frage, ob der Wagen genügend Wums hat, um ihn einfach zu überfahren. Ein U-Turn auf der Autobahn? Hm, lieber nicht. Ich werde die nächste Ausfahrt nehmen. Ich muss diese verdammte Spritztour beenden, muss kehrtmachen und zusehen, dass ich zurück in die Stadt komme.

»Was weißt du sonst noch?«

Mike wird ein bisschen lebhafter, spricht schnell. »Ich habe mich bei Onstar eingehackt. Sein Truck ist ziemlich neu, und er hat sich für das Notrufsystem registriert. Offenbar steht der Wagen bei ihm zu Hause, aber ich kann nicht sagen, wie lange schon. Auf seinen Kreditkarten oder seinem Girokonto gab es seit gestern Abend keine Bewegungen.«

»Das heißt … du glaubst, er ist verschwunden, weil sein Handy keine Aktivität zeigt und sein Truck vor seinem Haus steht.«

Ich lasse den Jaguar ein bisschen ausrollen, atme in normalerem Tempo ein und aus. Ich entdecke ein Ausfahrtschild und bereite mich darauf vor, den Highway zu verlassen.

»Ja. Es ist nicht viel. Aber … ich weiß nicht. Als es mir klar wurde – dass ich ihm das gesagt habe –, da wollte ich es einfach überprüfen. Das mit der Handy-Aktivität ist seltsam. Selbst ein Telefon mit leerem Akku müsste ich eigentlich orten können. Aber dieses Teil ist einfach verschwunden, als hätte jemand die SIM-Karte herausgenommen oder es in die Toilette geworfen. Dieser Typ … dieser Marcus. Er ist nicht ganz bei Verstand. Wenn er gedacht hätte, dass ich dir wichtig bin, hätte er mich vermutlich mitgenommen, um dich einzuschüchtern.«

Irgendetwas an seiner Stimme berührt mich. Irgendetwas, was ich noch nie gehört habe. Eine Art Verletzlichkeit.

»Du bist mir wichtig, Mike.«

Er lacht, ein hohles Geräusch. »Dir ist nur wichtig, was ich für dich tue.«

»Ich werde dich jetzt nicht mit Komplimenten überschütten oder noch eine Ladung Süßholz für dich raspeln. Wenn du es nicht glauben willst, dann glaub es eben nicht.«

»Ich brauche deine Komplimente nicht. Sieh einfach nach deinem Freund, okay?«

Er legt auf, bevor ich ihn nach Jeremys Adresse fragen kann – eine Bitte, die mir etwas peinlich ist. Etwas, was eine richtige Freundin wissen sollte: wo ihr Freund wohnt.

Eine SMS von Mike, dreißig Sekunden später, liefert sie mir, ohne dass ich erst danach fragen muss. Ich schicke einen stillen Dank in seine Richtung und gebe die Adresse in das Navi ein. Acht Meilen entfernt – angeblich vierzehn Minuten von hier. Das schaffe ich in der Hälfte der Zeit, vorausgesetzt, ich werde unterwegs nicht herausgewinkt. Ich gehe leicht vom Gas, ich will nicht ungeduldig sein.

Ich komme, Schatz. Ich hoffe, dass es Jeremy gut geht, dass er auf der Couch liegt und schläft, seinen Knackpo zur Tür gedreht, die Abdrücke vom Kissen in seinem Gesicht. Ich gehe nicht vom Gas, als die Tachonadel langsam höher wandert.

107

Der Herd atmet, stößt unentwegt Seufzer aus, während er sich tickend aufheizt. Es ist beunruhigend, ihn so nah an seinem Kopf zu wissen. Jeremy weiß nicht, warum es beunruhigend ist, aber es gehört nicht hierher, dieses Gefühl, genau wie seine Hände und Füße und er selbst, auf dem Küchenboden gefesselt. Das Gefühl verunsichert ihn.

Er hat den Herd nicht oft benutzt, Tiefkühlpizzen waren die häufigsten Gerichte, die in seinen Tiefen verschwanden und wieder zum Vorschein kamen. Der alte Herd war defekt, hundert Grad in einem Moment, zweihundert im nächsten. Daher hat er ihn vor ein paar Monaten durch dieses Edelstahlgerät ersetzt, das einzige Teil in dieser Küche, das jünger ist als er selbst. Sechs oder sieben Pizzen haben den Weg durch diese Tür gefunden, ein paar Eier wurden auf seiner Herdplatte gekocht, gegrillte Käsesandwiches in Bratpfannen gewendet.

Es gibt keinen Grund, warum der Herd einfach so von allein angehen sollte. Das sollte er nicht.

Jeremy liegt da, während sein Verstand arbeitet, und der Duft von Pizza dringt ihm in die Nase.

108

Jeremys Wohngegend ist Beverly Hills verglichen mit meinem Getto, aber dennoch nichts, was meine snobistische Mutter gutgeheißen hätte. Kleine Häuschen, in den Vierziger- oder Fünfzigerjahren errichtet, mit Bäumen, die inzwischen hochgewachsen sind und alles andere im Vergleich winzig aussehen lassen. Sie werfen lange Schatten auf alles, was sie unter ihren riesigen Ästen verbergen wollen, die Häuser sind kaum noch zu sehen hinter seit Jahrzehnten gewucherten Hecken und kleinen Vorgärten.

In meiner Hast übersehe ich sein Haus, fahre einmal um den Block und suche noch einmal die Hausnummern ab. Erkenne seinen Truck und biege in die Auffahrt ein.

Marcus ist tot. Er kann nicht hinter Jeremys Tür lauern, ein Messer in der Hand, bereit mich anzugreifen, wenn ich eintrete. Aber ich bin trotzdem vorsichtig, stelle den Motor zögerlich ab.

Was, wenn er tot ist? Was, wenn dieser Mann Jeremy getötet hat, nur um mir wehzutun, und *dann* zu meiner Wohnung gekommen ist? Ich habe Marcus nie auch nur ein Wort reden lassen, ich war verdammt noch mal zu erregt und habe ihn zu früh getötet, um etwas von ihm zu erfahren.

Wenn Jeremy tot ist, dann werde ich Mike umbringen. Es spielt keine Rolle, dass es meine Schuld ist. Zum Teufel mit ihm, weil er ihn verraten hat! Er hätte seine Finger verlieren sollen wie ein Mann. Mein Geld hergeben, aber keine Details herausrücken, die einen Unschuldigen in Gefahr bringen, Herrgott!

Ich öffne die Wagentür, hole einmal tief Luft und schließe die Augen. Spreche ein rasches Gebet, er möge am Leben sein.

Ich habe die Augen noch immer geschlossen, als das Haus explodiert.

TEIL 5

Es gibt keine Scheinwerfer. Es gibt kein Rosa.

109

Ich habe geglaubt, dass Asche heiß ist. Dass sie durch die Luft schwebt, von einem Feuer kommend. Aber so ist es nicht. Sie ist wie ein Flüstern auf meinen Wangen. Wie grauer Schnee, leicht klebrig bei ihrer Ankunft.

Ich schlage die Augen auf und versuche die grauen Partikel in der Luft zu verstehen. Versuche zu begreifen, warum ich auf dem Boden liege, einem fremdartigen Boden, und zu Eichen hochstarre, die im Schein eines Feuers flackern. Ich hole zitternd Luft und höre das Knistern von Holz, das in sich zusammenfällt, das Krachen von etwas, das einstürzt.

Feuer.

Asche.

Ich springe mit einem Satz auf, die Welt neigt sich für einen Moment, und das gedämpfte Geräusch von Sirenen ertönt. Das Geräusch wird lauter. Kommt näher.

Ein Krankenwagen.

Cops.

Ich finde die Orientierung wieder, strecke eine Hand aus, halte mich seitlich an meinem Wagen fest und starre auf den Hochofen vor mir. Ein hell loderndes Haus, knisternd in der Nacht, Jeremys Truck nur mehr eine Silhouette davor. Ich lasse mich auf die Knie fallen und schreie seinen Namen.

Mein Schreien. Es ist mir so vertraut, dass ich versuche, es zu unterdrücken. Das Geräusch reißt mich mit einem Ruck zurück in die Küche meiner Kindheit, ein Heulen von Angst und Reue, ähnlich schrill wie das meiner Mutter, so schrill, dass mir schlecht davon wird. Hat sie sich auch so gefühlt? Als sie um sich blickte und die Zerstörung sah, die sie angerichtet hatte?

Ich versuche den Mund zu schließen, das Geräusch zu ersticken, das Feuer und das Blut und das Gesicht meiner Schwester und den Mann, den ich liebe, zu verdrängen, und alles, was ich denken kann, ist, dass ich ihn abgewiesen habe. Jeremy wollte mit mir mitkommen, und ich habe ihn auf dem Parkplatz weggestoßen. Ich habe ihn weggestoßen, und jetzt ist er tot. Er ist tot, und ich kann das Schreien nicht unterdrücken.

Ich rufe noch einmal seinen Namen, schreie in das Feuer, die Götter über uns, den Mann an, von dem ich hoffe, dass er am Leben ist, um es zu hören.

110

Es ist unwahrscheinlich, dass Mike je wieder in seinem leeren Haus sitzen und nicht an diese Stunden denken wird. Die Stunden, in denen er an sein Bett gefesselt war. Die Stunden, in denen er gewartet hat, seiner Zukunft ungewiss.

Jetzt verfolgt ihn diese Leere. Erinnert ihn allzu deutlich an diese Stunden. Erinnert ihn daran, wie allein er sich zum ersten Mal seit langer Zeit fühlt. Jamie ist vor ein paar Minuten gegangen, das Leben und die Arbeit rufen, irgendwo müssen Pflanzen versorgt werden. Ohne sie fühlt sich dieses Haus leer an. Als hätte er keine Seele. Als würde er diesem Raum nicht in gewisser Weise Leben einhauchen.

Er *muss* nicht hier drin bleiben. Leute in Rollstühlen gehen aus – haben normale Jobs, führen ein normales Leben. Aber ganz ehrlich, das Haus verlassen? Sich zwingen, an tagtäglichen Interaktionen mit normalen Ich-laufe-auf-zwei-Beinen-herum-Menschen teilzunehmen? Interessiert ihn nicht. Hat es noch nie. Alles, was er braucht, ist hier. Ein Job, den er liebt. Die Freiheit innerhalb dieser Wände. Scheiß auf das, was die Gesellschaft glaubt, dass man braucht, um glücklich zu sein. Er braucht nicht: die mitleidvollen Gesichter in der Öffentlichkeit, ihre verkniffenen Mienen. Er kann ihre Blicke lesen.

Eine Nutte hat es einmal ohne Zögern auf den Punkt gebracht, als sie sagte, was er in den Augen so vieler anderer sehen kann. »Du wärst so heiß«, sagte sie in einem gedehnten Ton, während sie ihren Kaugummi platzen ließ und auf ihn zukroch. »Wenn du nicht in diesem Rollstuhl sitzen würdest. Stört dich das?«

Danach spielte sein Schwanz nicht mehr mit.

Allein zu sein ist besser, als mit jemandem zusammen zu sein, der *trotz* der Behinderung da ist. Das Schlimmste ist das ständige Warten – mit dieser bekümmerten Miene zu rechnen, diesem Moment, in dem er das Mädchen bei einem mitleidigen Blick ertappt, wenn sie sich unbeobachtet fühlt und ihn nicht schnell genug verbirgt. Scheiß drauf.

Der Außenwelt ist es egal, ob er Paraplegie oder Paralyse hat. Für sie ist alles dasselbe. Rollstuhljunge mit hübschem Gesicht. Bekümmerte, entschuldigende »Ist-das-nicht-ein-Jammer«-Blicke kommen von jedem, dem er vorgestellt wird oder im Vorbeigehen begegnet. Daher bleibt Mike lieber in seinen eigenen vier Wänden. Seiner Onlinewelt. Hier ist er ein König. Hier ist er beliebt und schön und der Kapitän des verdammten Footballteams.

Aber im Augenblick ist er nur allein und hat Angst. Angst, dass er einen Teil von Deannas Leben in Stücke gerissen hat. Einen Teil, den Codes und Firewalls nicht wieder zusammenfügen werden. Und er hat Angst, dass sie, nach diesem Akt der Zerstörung, nicht mehr mit ihm reden wird. Seine Anrufe oder Nachrichten nicht erwidern wird, seine Chats nicht mehr annimmt, wenn er sie in den privaten Bereich einlädt. Angst, dass er einen Teil von seinem eigenen Leben zerstört hat, den die künstlichen Welten des Cyberspace nicht wieder zurückholen können.

Jeremy ist tot. Das muss er sein. Keine Anrufe, keine SMS, keine Internet-Aktivität? Hat gestern Nachmittag seinen Truck nach Hause gefahren, vor dem Haus geparkt und an diesem Abend *nichts* getan? In dieser Nacht nichts getan? Unwahrscheinlich. Mike hat seine Handydaten der letzten drei Jahre überprüft. Jeremy hat noch nie so lange geschwiegen. Und er hat ihn regelrecht mit Anrufen bombardiert, zuletzt. Hat die Anrufe so umgeleitet, dass es aussah, als würden sie von ihr kommen. Keine Reaktion, und jetzt ist sein Akku vermutlich leer, weil Mike seit Kurzem sofort auf die Mailbox umgeleitet wird.

Das heißt, er ist tot oder vielleicht gefesselt, so wie Mike selbst es war. Mit einem Knebel oder einem Klebeband über dem Mund, Handschellen um die Handgelenke. Es ist seine hoffnungsvolle Seite, die da spricht. Deanna wird hereinstürmen und ihn retten. Die Heldin sein. Den Typen küssen. Die Beine um ihn schlingen und ihn vermutlich gleich dort auf dem Wohnzimmerboden vögeln. Oder auf dem Bett, falls er so gefesselt ist, wie Mike es war. Willkommen zurück im Leben – du musstest nur eine Nacht lang leiden, und jetzt ist sie da, nackt und geil. Alles, was du je wolltest. Scheißkerl.

Für einen Moment verspürt er Schuldgefühle, weil er einen Mann verflucht, der aller Wahrscheinlichkeit nach tot ist. Zum x-ten Mal fragt sich Mike, ob er die Cops rufen und zu Pacers Haus schicken soll. Aber Deanna ist auf dem Weg dorthin. War ohnehin schon in der Nähe. Und sie wird stocksauer sein, wenn die Cops aufkreuzen. Vermutlich hat sie Marcus' verdammten Finger in ihrer Jeanstasche, seine Leiche in ihrem Kofferraum und sein Blut auf ihrem Shirt.

Eine Welle der Übelkeit überkommt Mike. Er beugt sich über den Abfalleimer, und während sein Körper es nicht vermag, sich zu übergeben, fällt ihm auf, dass der Eimer leer ist, mit einer frischen weißen Mülltüte darin. Jamie. Hilfsbereit wie immer. Da ist etwas, ein Geräusch im Hintergrund, das seine Aufmerksamkeit fesselt. Der Polizeifunk quasselt seit sechs Stunden, ohne dass irgendetwas Interessantes dabei ist. Er dreht die Lautstärke auf und hört zu.

»… Notruf wegen einer Explosion. Feuerwehr und Rettungskräfte sind unterwegs zu 23 Prestwick Place.«

Sein Herz setzt einen Schlag aus, und seine Hand dreht die Lautstärke noch ein bisschen höher.

Eine Explosion.

Auf einmal zurrt sich seine Welt ein klein wenig zusammen, seine Finger bewegen sich, noch bevor sein Verstand sie einholen kann, tippen wie wild und öffnen den Browser mit dem Ortungsdienst. Deannas Handy. Er sucht wie verrückt nach ihrem Telefon, bis der grüne Punkt seine Welt zerstört. Prestwick Place. Auf einem Quadrat, das Jeremys Haus sein muss. Deanna. Die Beine um seinen Körper geschlungen, während sie ihn auf dem Bett vögelt, seine Befreiung aus der Gefangenschaft mit einer schnellen Nummer feiert. *RUMS.* Mike spürt, wie sich sein Herzschlag unnatürlich schnell beschleunigt, sein Atem sich ihm anpasst.

Ach du Scheiße.

Ach du Scheiße.

»Feuerwehr und Rettungskräfte, bitte geben Sie ein Status-Update bezüglich 23 Prestwick Place!«

Knistern und Knacken in leerer Luft ertönt.

»Ähm … Captain Scott hier, mit Löschzug 29. Sieht nach irgendeiner chemischen Explosion aus. Komplettes Haus steht im Moment in Flammen. Wir bemühen uns, den Brand unter Kontrolle zu bringen und mögliche Überlebende zu finden. Eine weibliche Person gefunden, vor dem Feuer.«

Seine Worte werden von einem Schrei unterbrochen, einem Schrei, der – selbst über die Meilen, die Verzerrung und den Funk hinweg – furchteinflößend in seinem Schmerz ist.

Mike umklammert den Schreibtisch und lauscht auf diesen Schrei, der durchs Zimmer hallt, während sein Herz in einer einzigen schnellen Achterbahnfahrt auf und ab rast.

111

Ich werde von einem Mann in Gelb weggetragen. Meine Beine schleifen durch den Schmutz, und mein Körper ist schlaff. Der Mann spricht zu mir, Worte, die ich ignoriere, Worte, die ich kaum hören kann, so laut schreie ich Jeremys Namen. Es sind Schreie, bei denen ich mir nicht einmal sicher bin, dass sie aus meinem Mund kommen. Vielleicht kommen sie auch aus meiner Seele, meinem Kopf, imaginäre Luftlöcher in meinem Verstand, wie ein verdammt helles Licht, das durch einen nicht fest genug zugezogenen Vorhang flutet.

Ich werde weggezerrt, und die Sicht aufs Haus wird mir genommen und von der Tür eines Krankenwagens ersetzt.

Ich werde Mike umbringen. Es ist mir egal, ob ich Marcus zu ihm geführt habe. Ich werde ihn umbringen, und dann werde ich mich selbst töten. Langsam, auf eine Art, die so viele Schmerzen zufügen wird, wie mein Körper gerade noch so ertragen kann. Verdammt, vielleicht werde ich Mike auch gleich überspringen. Mein Selbsthass ist zu groß, um ihn zu bändigen. Ich, die Killerin, die eigentlich nur Gutes wollte, bin nicht fähig, mich weiter am Leben zu lassen.

Ich werde hochgehoben, ein zweites Gesicht gesellt sich zu dem ersten, und sie sprechen, leuchten mir mit einer Taschenlampe in die Augen, während ihnen sinnlose Fragen über die Lippen kommen. Durch die Schreie hindurch sage ich ihnen das Einzige, was sie wissen müssen.

»Jeremy.«

Ich wiederhole das Wort, nur für den Fall, dass sie es nicht gehört haben. Wiederhole es noch einmal, lauter diesmal. Und noch einmal. Meine Kraft lässt nach. Dann flüstere ich den Namen, und ich weiß nicht, ob irgendjemand, abgesehen von mir selbst, ihn hören kann.

»Jeremy.«

112

Warum liebt Jeremy sie? Warum liebt er ein Mädchen, das er nicht wirklich kennt? Ein Mädchen, bei dem er Angst hat, Fragen zu stellen, Angst, dass ihm die Antworten nicht gefallen werden, dass sein Gewissen dazwischengehen und ihre ineinander verschlungenen Hände mit Gewalt voneinander trennen wird, dass es sein Herz in einen Mixer stecken und die Tür zu Apartment 6E für immer schließen wird.

Vielleicht ist es am einfachsten, sich in kaputte Leute zu verlieben. Und sie ist kaputt, auf eine seltsame Art, in der Kraft liegt – eine unheimliche Öffne-diese-Tür-lieber-nicht-Kraft. Ihre Augen funkeln manchmal auf eine Art, die unnatürlich ist, und ihre Hände zittern vor irgendetwas anderem als Nervosität. Sie hat ihm gesagt, dass sie gefährlich ist, dass sie anderen Leuten etwas antun will, dass sie töten will. Das allein sollte für ihn Grund genug sein wegzugehen, sollte Abstand zwischen sie bringen. Er sollte sich ein Mädchen suchen, das normal ist, das er zu seiner Familie mitbringen kann, ohne dass er sich Sorgen wegen Ausgangssperren oder Moms Messerschublade machen muss.

Aber ihre Verletzlichkeit, ihre Angst, ihre Regeln, ihre strikte Isolation … in ihr steckt etwas Gutes. Sie ist so bemüht, so besorgt. Er wünschte, er könnte ihr diese Sorgen nehmen. Ihr ein völlig neues Leben mit Kindern und Fahrgemeinschaften und Einkaufslisten und Urlauben schenken. Ihr den Stress aus dem Gesicht wischen. Die Anspannung in ihrer Miene verblasst jedes Mal, wenn sie zusammen sind, ein wenig. Seine Stärke besänftigt sie, seine Fähigkeit, sie physisch unter Kontrolle zu halten, lindert ihre Angst, sie könnte ihm etwas antun, und erlaubt ihr, die Deckung aufzugeben. Sich von ihm berühren zu lassen. Ihren Verstand von ihm auf eine Weise ablenken zu lassen, bei der sein Schwanz hart wird.

Er weiß nicht, warum er sie liebt. Aber weiß denn überhaupt jemand, warum er liebt? Wir lieben andere Leute nicht um ihrer Wesenszüge willen – Wesenszüge sind gewöhnlich. Wir lieben sie um ihrer einzigartigen Fähigkeit willen, unsere Seele zu berühren, auf eine Weise mit uns zu verschmelzen, auf die es niemand sonst kann. Liebe ist unerklärlich, unberechenbar und oft unlogisch. Sie ergibt keinen Sinn und kümmert sich nicht darum, Erklärungen abzugeben.

Er hört seinen Namen, einen Schrei aus ihrem Mund, und alles andere steht still. Er versucht den Kopf zu heben, versucht sich zu bewegen, aber das Gewicht, das auf seinem Rücken liegt, ist quälend, sein Körper unter irgendetwas eingeklemmt, vermutlich Jahrzehnte alte Brocken aus Ziegelsteinen und Teilen eines Hauses, das nie einstürzen sollte. Er spürt Hitze, unglaubliche Hitze, und er wünschte, er könnte ihren Namen rufen. Wünschte, er könnte irgendetwas anderes tun, als in dieser finsteren Welt allein zu kämpfen.

Jeremy spürt die scharfe Kante von irgendetwas an seiner Wange und versucht es über seine Augen zu ziehen. Versucht es so zu bewegen, dass es das Klebeband aufreißen und ihm in diesen letzten Sekunden seines Lebens das Augenlicht wiedergeben wird. Er schafft es nicht, kratzt sich mit der scharfen Kante nur die Wange auf und bricht den Versuch beim ersten brennenden Schmerz ab.

Die Hitze ist unglaublich, wird immer heftiger. Stärker. Es fühlt sich an, als ob seine Haut Blasen wirft, aber er kann sich nicht bewegen, kann nur still daliegen, blind und gelähmt vor Schmerz.

Ihre Schreie halten noch immer an. Das Geräusch zerreißt ihm das Herz, und er betet, dass sie keine Schmerzen leidet.

113

Alles passiert in einem Moment, in dem ich nichts davon will. Ich will neben meinem Wagen stehen und noch mehr schreien. Ich will durch den brennenden Schutt laufen und Jeremy finden. Ich will nicht in Decken gewickelt und wie ein Opfer eingelullt werden, wenn das alles meine Schuld ist. Ich will nicht, dass wertvolles Personal mir hilft, wenn sie nach *ihm* suchen sollten.

Aber Schockopfer werden mit Wärme und Ruhe behandelt, und diese Therapie wird jetzt kurzerhand bei mir angewandt. Wärme und Ruhe. Ich bin dankbar für die Decken. Im Krankenwagen ist es viel zu kalt, niemand sonst scheint auf die eisige Luft zu achten. Ich klappere mit den Zähnen, eine Decke ist nicht genug, die zweite und dritte helfen ein wenig. Sie werden bewegt, die Decken, angehoben und angepasst, während verschiedene Teile meines Körpers untersucht werden. Ich verspüre einen stechenden Schmerz, als Glasscherben aus meiner Haut herausgezogen werden, und den nassen Blutfluss, der prompt gestillt wird.

Glasscherben. Jetzt erinnere ich mich an das Glas. Es fühlte sich wie ein Schwall heißer Wüstenluft an, mit Scherben anstelle von Sand, eine Wand, vor der ich mich schleunigst in Sicherheit hätte bringen sollen, die zu schnell, zu früh auf mich zuraste. Durch den Schock aufgrund der Explosion war ich für einen Moment zu gelähmt, bevor meine Reflexe sich einschalteten und ich mich duckte, mein Gesicht bedeckte, meinen Körper von der Druckwelle abwandte. Ich hatte die Augen geschlossen, mein Mund bewegte sich in einem stillen Gebet, das Geräusch der Explosion verwirrte mich, und für einen Moment herrschte völlige Stille, bevor das Chaos losbrach. In dieser kurzen Pause schlug ich die Augen auf, obwohl ich damit den verletzlichsten Teil meines Körpers bloßlegte. Aber ich musste es wissen, meine Neugier teilte sich den Raum mit meiner Angst.

Ich hätte sie geschlossen lassen sollen. Jetzt hat sich dieses Bild in mein Hirn eingebrannt. Das zweite Ende meines Lebens.

Wärme und Ruhe. Meine Körpertemperatur beginnt endlich zu steigen. Ich blinzele, sehe in das Gesicht der allzu freundlichen Rettungssanitäterin und beschwöre sie, ihren verdammten Mund zu halten. Ich will ihre Worte nicht hören, es sei denn, sie sprechen das Unmögliche aus. Ich will, dass sie den Mund hält, dass sie aufhört zu reden, bevor ich meinen gebrochenen Körper von diesem Bett rolle und sie eigenhändig zum Schweigen bringe.

»Jeremy«, flüstere ich.

Aber sie antwortet nicht. Sieht nicht auf. Bewegt weiter die Lippen und sagt Worte, die nicht helfen. Worte, die nicht sagen, was ich hören will.

»Jeremy?« Ich spreche lauter, spreche es mehr wie eine Frage aus, dann wiederhole ich mich. Lauter, da sie eine Augenbraue hochzieht, als ob sie mich nicht versteht.

Dann brüllt sie, ihre Stimme ist viel zu laut, nicht ruhig, und ich sehe sie verwirrt an. Das Geräusch durchdringt mich, und zusammen mit meinen klappernden Zähnen ist es zu laut, als dass ich irgendeinen klaren Gedanken fassen könnte. Es tauchen noch mehr Gesichter auf, sprenkeln die Landschaft, feste Hände drücken unaufhörlich auf meinen

Oberkörper, unnötig, da ich ohnehin schon flach auf dem Rücken liege, und eine Maske taucht auf und wird mir auf Nase und Mund gepresst, und schale Luft dringt unaufhörlich und zu kalt in meine Lungen ein. Meine ganze Welt ist kalt und dunkel. Ich kämpfe gegen den Drang an, aber meine Augen fallen mir zu, und der letzte Gedanke, an den ich mich klammere, ist einer, der keinen Sinn ergibt.

Jeremy.

114

Ich komme in einem Krankenhaus zu mir – oder zu dem, was von mir übrig geblieben ist. Ich blinzele, meine geschlossenen Augenlider sind verkrustet, sie bewegen sich langsam und schmerzhaft. Mein Zimmer ist leer, niemand sitzt auf dem Stuhl, keine Schwester steht bereit. Einen Moment lang genieße ich die Stille – sie bietet mir die Chance, die Reste meines Verstands zusammenzuklauben, bevor irgendjemand hereinkommt und mich in diesem Moment der Schwäche sieht.

Ich drehe den Kopf leicht zur Seite, überprüfe meinen Bewegungsradius. Bewege Arme und Beine. Alles funktioniert. Ein paar Verbände, nichts Ernstes.

Eine Frau in einem Schwesternkittel kommt an meiner offenen Tür vorbei, bleibt stehen und biegt dann, als sie mich sieht, in mein Zimmer ab. »Gut. Sie sind wach.« Sie nimmt mein Krankenblatt von der Tür, tritt mit einem freundlichen Lächeln näher. »Wie fühlen Sie sich?«

Ich zucke mit den Schultern, nicht sicher, wie die richtige Antwort lautet. Nicht sicher, was ich will. Will ich ein paar Nächte hier bleiben? Den Luxus genießen, einen Moment in der richtigen Welt auszuleben? Dann fällt mir wieder ein, wie ich hierhergekommen bin. Jeremy. Meine Welt fällt in sich zusammen.

»Es geht mir gut.«

»Wir können Sie nach Hause bringen, sobald der Arzt Sie untersucht hat. Aber Sie sollten jetzt erst einmal etwas essen.

Sie müssen am Verhungern sein. Fühlen Sie sich zu einem Telefongespräch imstande?«

»Einem Telefongespräch?«, frage ich langsam.

»Ihr Freund hat angerufen.« Sie lächelt. »Oft.«

Sie rollt einen Wagen an mein Bett, hebt den Plastikdeckel vom Tablett und entnimmt ihm irgendeine Art violetten Wackelpudding. Reißt mit geübter Effizienz den Deckel auf, während ich sie anstarre. Ich versuche meine ausgedörrten Lippen zu bewegen und Worte zu formen.

»Wir dürfen ohne Ihre Zustimmung keine Auskunft über Ihren Zustand erteilen, daher ist er ziemlich besorgt. Ich weiß, dass er sehr gern Ihre Stimme hören würde.«

»Er ist am Leben?«

Sie sieht mich seltsam an. »Aber ja. Soll ich ihn ans Telefon holen?«

Nach vier Minuten ungeduldigen Wartens klingelt mein Telefon, und die Schwester steckt den Kopf zur Tür herein. »Das ist er, Liebes.«

Ich greife mit begierigen Händen nach dem Telefon. Meine Kehle gehorcht mir nicht, und mein Gruß klingt kratzig und gedämpft. »Hallo?«

»Dee?«

Wut wallt in mir auf, so heftig, dass ich fast aus dem Bett falle. »Du Stück Scheiße!«

Das Lächeln der Schwester verblasst, und sie flüchtet zur Tür hinaus, die so schnell zuschlägt, dass ich einen Luftzug spüre.

»Deanna, bitte.« Mikes Stimme klingt so angespannt, dass ich sie kaum wiedererkenne.

»Du hast ihnen gesagt, ich wäre deine *Freundin?* Ich werde dich umbringen. Ich werde dich langsam umbringen, und du wirst jeden deiner Anrufe bereuen, während du unter mir qualvoll verblutest!« Ich zischele, mein Zorn dringt durch jedes meiner Worte. »Du hast mich glauben lassen, er wäre *am Leben,* du Arschloch. Als sie sagte …«

»Jeremy *ist* am Leben, Deanna.«

Seine Worte kommen so schnell, und sie klingen so verblüfft, dass ich zögere, überrumpelt von dem, was er sagt.

»Weiter«, knurre ich mit zusammengebissenen Zähnen. Ich will nicht zulassen, dass sich der glückliche Teil meines Herzens ohne guten Grund erleichtert fühlt.

»Ich meine … Ich weiß keine Details, aber dem Polizeifunk zufolge haben sie ihn aus dem Haus gezogen. Er war ansprechbar. Sie haben ihn ins Krankenhaus gebracht, er muss dort irgendwo sein, in demselben Krankenhaus wie du. Sie haben mir absolut nichts über seinen Zustand verraten, und über ihre Computer konnte ich nur herausfinden, dass er stabil ist. Alles über seinen Gesundheitszustand wird auf Krankenblättern in Papierform festgehalten – sie leben in der verdammten Steinzeit.« Er atmet einmal tief aus.

Ich schließe die Augen und lehne mich in die Matratze zurück. »Er ist am Leben?«

»Ja. Ich *schwöre,* er ist am Leben. Wenn er es nicht wäre, würde ich dich nicht anrufen. Ich würde mich irgendwo unter einem Felsen verkriechen und meine Reue in Tequila ertränken.«

Ich schlucke einen Klumpen in meinem Hals hinunter, lasse ein klein wenig Hoffnung in mir aufwallen. »Zum Teufel mit dir, Mike.«

»Ich habe dein Geld zurückgeholt. Deswegen kannst du nicht mehr sauer auf mich sein.«

»Ich war nur sauer wegen des Geldes, als ich dachte, du hättest es mir gestohlen! Darüber bin ich hinweg.« Das Geld ist nicht der Grund, weshalb ich böse bin. Es ist der Verrat von allem. »Gott, ich hasse dich.«

»Er ist am Leben, Dee.«

Ich schnaube verächtlich. »Du hast doch keine Ahnung! ›Am Leben‹ sagt mir nicht, ob er nur die Nacht überstehen oder hundert Jahre alt wird. Du willst Infos über mich herausgeben? Nur zu. Ich war es, mit der Marcus ein Problem hatte. Ich habe verdient, was immer er mir antun wollte. Aber du hättest nichts von Jeremy erwähnen sollen. Verdammt, du hättest von Anfang an nichts von ihm wissen sollen.« Ich beuge mich vor, zische mit dem letzten Rest meiner Energie ins Telefon: »Du hast eine Grenze überschritten, Mike.«

Es folgt Schweigen. Ich kann nicht sehen, wie sein Gesicht aussieht oder ob seine Schultern herunterhängen.

»Es tut mir leid.«

Ich sage nichts und lege auf. Drücke auf den Schwesternrufknopf, bis mein Finger schmerzt und ich das Trippeln eiliger Füße höre.

»Bei der Explosion war noch eine andere Person im Haus. Ein Jeremy Pacer. Ich würde ihn gern sehen.«

115

Mike hat recht. Jeremy ist am Leben. Ich stelle die Frage zwei Schwestern, überzeugt davon, dass irgendjemand sich irrt, dass Gott mich verarscht und irgendjemand gleich aufspringen und mit einer Sterbeurkunde herumfuchteln wird. Aber die Meinung ist einhellig, und sie erklären sich bereit, mich zu ihm zu bringen.

Es dauert seine Zeit, die drei Etagen hoch zu Jeremys Etage zu kommen. Schwachsinnig vergeudete Zeit, denn sie wollen mich nicht aus meinem Bett lassen, bevor der Arzt es abgesegnet hat. Bis der alte Mann schließlich hereinkommt, koche ich vor Wut, nur ein kleiner Teil von mir jubelt ganz nebenbei über die Tatsache, dass mein Freund überlebt hat.

Er hat die Explosion überlebt. Und ich habe, trotz dem, was ich zu Mike gesagt habe, keinen Zweifel, dass er auch die Intensivstation überstehen wird. Jeremy ist stark und gibt nicht auf. Aber ich muss ihn sehen. Muss mich entschuldigen. Muss die Schuld auf mich nehmen und ihm erklären, was passiert ist. Muss ihm genau sagen, womit er es bei mir zu tun hat.

Vielleicht werde ich es ihm nicht genau sagen. Nicht solange er an ein Beatmungsgerät angeschlossen ist und zwischen Leben und Tod schwebt. Der Schlag könnte zu hart sein. Vielleicht werde ich es noch ein paar Tage hinausschieben. Oder Wochen. Oder einfach ein paar Jahre. Nur um auf Nummer sicher zu gehen.

Scheiße, ich tue es schon jetzt. Suche Rechtfertigungen für meine Lügen. Lügen, indem ich den wichtigen Teil einfach weglasse.

»Ich brauche keinen Rollstuhl. Ich kann selbst gehen.«

»Aaaah … Aber wir müssen Sie in einem Rollstuhl behalten, bis Sie das Krankenhaus verlassen haben. Wird Sie jemand abholen?«

Dieses Biest ist bei Weitem zu fröhlich, um an einem Ort zu arbeiten, an dem Leute sterben. Kein Wunder, dass sie sie auf der Etage ihr Unwesen treiben lassen, wo Beulen und blaue Flecken mit Scooby-Doo-Heftpflastern und Wackelpudding behandelt werden.

»Ich werde mir ein Taxi nehmen.«

Ein Taxi. Drei Taxis in vierundzwanzig Stunden ist eindeutig ein Rekord für mich.

Ich habe nicht den Eindruck, dass dem kleinen Sonnenschein diese Antwort gefällt. Eine Pause tritt ein, ihre Schritte stocken für einen Moment, bevor der Rollstuhl weiterrollt. Das Schweigen zieht sich hin, während sie sich eine passende Reaktion auf meine Ankündigung überlegt.

»Es ist ja so süß von Ihnen, dass Sie Ihren Freunden nicht zur Last fallen wollen!«

Kein schlechter Schachzug, auch wenn er mir nur in Erinnerung ruft, dass ich gar keine Freunde habe.

Wir nähern uns einer gläsernen Doppeltür, und ich mache mich auf das gefasst, was dahinter auf mich wartet.

Ein Warteraum. Jeremy ist offenbar von Familienangehörigen und Freunden umgeben, das Zwei-Personen-Limit wurde in den vier Stunden, die seit unserer Einlieferung verstrichen sind, bereits ausgeschöpft, und auch jetzt ist jemand bei ihm. Ich fühle mich wie eine Invalidin, noch immer in diesem albernen Rollstuhl, während mich der kleine Sonnenschein mit einem Gurt festschnallt, als könnte ich plötzlich herausspringen. Sie setzt sich neben mich, schlägt ein *Woman's Day*-Magazin auf und macht es sich gemütlich.

»Ich brauche keinen Babysitter.«

Sie grinst fröhlich vor sich hin, wie ein Honigkuchenpferd auf Crack. »Oh, aber das ist das Beste an meinem Job! Ich helfe sehr gern.«

Du hilfst mir nicht. Du tust genau das Gegenteil. Du und dein breites weißes Lächeln und deine Fragen nach meinen Freunden. Du und dein klarer Verstand, ungetrübt von Gedanken an Schmerzen, die du anderen zufügen könntest. Ich knurre leise vor mich hin, umklammere den Stoff meines Kittels und versuche mich abzulenken. Ich blicke an mir hinunter.

»Wo sind meine Kleider?«

Sie sieht mich an, legt die Zeitschrift beiseite. »Ich glaube, sie wurden weggeworfen. Man musste Sie aus Ihren Kleidern herausschneiden. Es war alles blutverschmiert. Sie würden nicht glauben, wie sehr diese kleinen Schnittwunden, die Sie da haben, geblutet haben.«

Sie schüttelt bestürzt den Kopf, dann streckt sie einen Arm aus und tätschelt meine Hand. Als wären wir Freundinnen und sie hätte das Recht, mich anzufassen.

Blutverschmiert. Zum Glück habe ich mich umgezogen, nachdem ich Marcus beseitigt hatte.

»Ist das der Grund, weshalb ich ins Krankenhaus gebracht wurde?«

Sie schüttelt den Kopf. »Nein. Ihre Schnittwunden waren nur oberflächlich. Man hätte sie im Krankenwagen verbinden können. Aber Sie haben einen ziemlichen Schock erlitten. Man hat Sie ruhiggestellt, und dann sind Sie aufgewacht. Haben angefangen, wegen irgendetwas zu schreien und um sich zu schlagen. Haben sich ständig mit der Sanitäterin gestritten und behauptet, sie würde Dinge sagen, die sie nicht gesagt hat.« Sie errötet. »Sie sind ziemlich gewalttätig geworden. Sind auf sie losgegangen. Sie mussten sediert werden.«

Ich lehne mich zurück. Versuche mich an irgendetwas nach der Explosion zu erinnern, aber ich kann nicht. Es ist alles ein verworrener Brei aus Gedanken, vermutlich betäubt von Beruhigungsmitteln. Ich kann mich daran erinnern, wie der Boden gebebt hat, wie mich das Haus in seinen messerscharfen Klammergriff genommen hat. Kann mich erinnern, wie ich Jeremys Namen schrie, wie meine Welt in dem Augenblick endete, in dem ich dachte, ich hätte seinen Tod herbeigeführt. Sonst nichts. Sonst nichts bis auf dieses kesse Biest und dass ich herausfand, dass Jeremy noch immer am Leben ist.

Was dauert denn so lange? Ich drehe mich in dem Rollstuhl um, sehe die Frau am Empfang an, wende mich aber rasch wieder nach vorn um. Ich sollte nichts überstürzen. Und ich sollte keine Zeit damit verschwenden, mit dem kleinen Sonnenschein zu plaudern. Ich sollte nachdenken. Ich sollte planen. Ich sollte mir meine Worte so zurechtlegen, dass sie die Wahrheit abmildern.

116

Ich spüre, wie jemand meine Schulter drückt. Leicht, wie ein sanftes Schaukeln von einer Meereswelle, die mich nach hinten und dann wieder in meinen aufrechten Zustand schiebt. Noch einmal. Zurück und wieder vor. Dann wird die Welle unsanft, ich werde angestupst, und meine Augen gehen auf.

»Deanna«, säuselt der kleine Sonnenschein. »Zeit aufzuwachen. Wir können jetzt hineingehen.«

Zeit aufzuwachen. Als wäre ich sechs Jahre alt und sie meine Mutter. Ich blinzele sie an, blinzele den Schlaf weg. Ich kann nicht glauben, dass ich eingeschlafen bin.

»Das sind die Beruhigungsmittel«, sagt sie sanft. »Sie werden noch ein paar Stunden benommen sein.«

»Ich bin nicht benommen.«

Das Zimmer schwankt vor mir, und es dauert einen Moment, bevor es wieder Konturen annimmt. Ich lächele den verschwommenen Klecks an, hinter dem ich das Gesicht der Schwester erahne, und hoffe, dass es den Anforderungen genügt. Mein Blick wird wieder klar, und sie rollt mich vorwärts.

Ich sehe zu, wie die Tür aufgeht, und bete. Bete, dass ich, wenn ich ihn sehe, cool sein werde. Lächele. Ist das nicht das, was normale Frauen tun? Lächeln.

Ich sehe zu, wie die Tür aufgeht, und beuge mich angestrengt vor, während ich wünschte, diese Frau würde mich schneller ins Zimmer rollen.

Ich kann nur wenig von dem Mann sehen, den ich liebe, aber er sieht nicht weniger gut aus mit dem Beatmungsschlauch in der Nase, den Verbänden im Gesicht, dem Infusionsschlauch im Arm und den Decken über seinem Körper. Der kleine Sonnenschein rollt mich an sein Bett, und meine Hand kommt zögernd vor und ergreift vorsichtig seine, nicht sicher, wie schwer seine Verletzungen sind.

Er schlägt die Augen auf, ihr Grün findet mich, und sein Mund verzieht sich zu einem Lächeln.

»Deanna.«

Seine Stimme ist kratzig, schwach. Aber seine Hand drückt meine, und sie ist kräftig. Ich stehe auf, schiebe den Rollstuhl nach hinten weg und sehe den kleinen Sonnenschein an. »Können wir vielleicht ein bisschen Privatsphäre haben?«

Sie lächelt breit. »Aber natürlich. Ich werde in der Lobby warten. Die Frau am Empfang hat darum gebeten, dass Sie diesen Besuch auf dreißig Minuten beschränken.«

Ich sehe sie an, warte darauf, dass sich die Tür hinter ihrem mit Törtchen bedruckten Schwesternkittel schließt, und drehe mich dann wieder zu Jeremy um. Meine Hand gleitet zitternd an seinem Arm hoch und an der Seite wieder hinunter. »Wo wurdest du verletzt?«

Er streckt eine Hand aus und drückt auf einen Knopf an der Seite des Betts, um es etwas höher zu fahren, und sein Gesicht spannt sich an, verfärbt sich für einen Moment weiß vor Schmerz. Mein Herz verkrampft sich bei dem Anblick.

Das ist alles meine Schuld. Ich bin der Grund, weshalb er hier ist.

»Nichts Ernstes.«

»Du bist vollständig einbandagiert! Natürlich ist es etwas Ernstes.«

Er zuckt fast unmerklich mit den Schultern, die Bewegung ein zweiter Hinweis darauf, dass er Schmerzen leidet. »Ein paar innere Verletzungen. Als das Haus einstürzte, wurde ich unter einem Teil davon eingeklemmt. Ich habe viele Prellungen und ein paar kleine Verbrennungen.«

Ich lege die Stirn in Falten. »Und innere Verletzungen.«

»Ich weiß gar nicht, ob ich die noch habe. Ich wurde sofort operiert. Ich habe den Arzt seitdem nicht mehr gesprochen.« Er lächelt. »Kein Grund zur Beunruhigung.« Sein Blick wird schärfer, fällt auf den Rollstuhl. »Bist du in Ordnung?« Er stemmt sich hoch, bewegt sich vor Besorgnis zu hastig.

Ich schüttele rasch den Kopf und drücke seine Schultern wieder nach unten. »Leg dich wieder hin. Entspann dich. Es geht mir gut. Der Rollstuhl ist irgendeine idiotische Klinikvorschrift.«

Sein Blick wandert über mein Gesicht. »Aber dein Gesicht. Die Schnittwunden …«

»Oberflächlich«, tue ich seinen Einwand ab. »Ein Fall für die Wundheilsalbe, nichts weiter.«

Ich trete auf ihn zu, strecke eine Hand aus und beuge mich zu ihm hinunter. Umarme seine Brust so sanft wie möglich. Atme den Geruch ein, der nicht zu Jeremy gehört. Er ist medizinisch und kränklich, aber ich atme trotzdem so viel wie möglich davon ein. Ich entspanne mich, lege den Kopf an seine Brust.

»Tut das weh?«

Seine Hand kommt hoch, streicht mir sanft über den Rücken. »Nicht im Geringsten.«

So verharren wir einen langen Moment, dann richte ich mich auf. »Erzähl mir, was passiert ist. Ich habe gesehen, wie das Haus explodiert ist … Du kannst doch nicht …«

Er mustert mich. Mir gefällt nicht, wie seine Augen mich ansehen. Als ob sie einen Kampf austragen würden.

»Sag mir zuerst, was mit deinem Gesicht passiert ist.« Er senkt den Blick. »Und mit deinen Händen.« Er schiebt die Ärmel meines Kittels zurück und dreht meine Hände um, sodass die aufgeschürften Handflächen zu sehen sind. »Mein Gott, Dee.«

Ich schiebe ihn weg. »Es ist nichts. Ich habe unmittelbar vor der Explosion vor deinem Haus angehalten. Hab von der Druckwelle ein paar Kratzer abgekriegt. Aber jetzt sag mir endlich, was passiert ist!«

Ich halte den Blick auf ihn geheftet, mein Gesicht ist so angespannt, dass es sich anfühlt, als würde die Haut gleich zerreißen.

Er wendet den Kopf ab. »Ich weiß nicht genau. Ich bin von der Arbeit nach Hause gekommen. Bin ins Haus gegangen. Ich kann mich nicht erinnern, dass irgendetwas passiert ist, aber als ich aufgewacht bin, war ich gefesselt.«

»Gefesselt?« Meine Stimme ist schroffer als beabsichtigt. Die Wut zieht und zerrt an meinen Stimmbändern.

Jeremy sieht wieder zu mir, mit einer Spur Misstrauen in den Augen. »Ja. Meine Hände waren mit Kabelbindern auf dem Rücken gefesselt, meine Füße zusammengebunden. Und ich hatte irgendein Band – vermutlich Klebeband – über Mund und Augen.«

»Wie lange?«

Scheiße. Jedes Gefühl von Unschuld, das vielleicht noch irgendwo in mir schlummerte, in irgendeiner verräterischen Zelle in meinem Körper auf mich lauerte, löst sich in diesem Moment in Luft auf. Die Frage ist überflüssig. Ich weiß, wann Marcus zu meiner Wohnung gekommen ist. Ich weiß, wie viel Zeit ich mit ihm verbracht habe, damit, seine Leiche zu beseitigen. Ich habe in aller Ruhe gearbeitet, während Jeremy in seinem eigenen Blut lag.

Er zuckt mit den Schultern. »Bin mir nicht sicher.«

»Wie bist du entkommen?«

»Ich habe mit den Füßen gestrampelt, anstatt an den Fesseln zu zerren. Habe die halbe Küche kurz und klein geschlagen, bevor ich das Rohr getroffen habe, an dem ich festgebunden war. Habe mich seitlich ums Haus gerollt. Richtig heldenhaftes, männliches Zeug.«

Er lächelt, und ich versuche es auch, aber ich kann nicht.

»Das heißt, du hast den Typen nie gesehen?«

»Nein. Warum? Weißt du, wer er war?«

Die Frage verändert die Stimmung im Raum. Ich versuche in seinen Augen zu lesen. Versuche die Schwingungen zwischen uns zu analysieren. Keine Wut, sondern Vorsicht. Zögern, vermischt mit Neugier.

»Ja. Ein Kunde.«

Ich verrate ihm nicht mehr. Warte ab, um zu sehen, welche Schachfigur er vorschiebt. Ich will ihm nicht sagen, was ich getan habe. Es gibt keine Kurzfassung, um diese Geschichte zu erzählen. Es ist eine Büchse der Pandora, die meine Seele offenbart. Außerdem muss er erschöpft sein. Unter Medikamenteneinfluss. Es ist nur verantwortungsvoll, ihn noch etwas ausruhen zu lassen.

»Das war der Grund, weshalb ich gestern Nachmittag so unhöflich zu dir war. Ich dachte, er wäre auf dem Weg zu meiner Wohnung – ich wollte dich nicht in Gefahr bringen.«

Es ist eine schrecklich knappe Erklärung, eine, auf die eine Flut von Fragen folgen sollte, aber Jeremy schweigt.

»Willst du mehr wissen?«

Ein langes Schweigen folgt, dann schüttelt er den Kopf. »Ich will nicht, dass er dir etwas antut.«

Ich schüttele den Kopf. »Das wird er nicht.«

»Ich will nicht, dass du zurück zu deiner Wohnung fährst. Wenn er zu mir gekommen ist, dann könnte er als Nächstes zu dir gefahren sein. Er könnte dort auf dich warten, wie er es bei mir getan hat.«

Ich hebe das Kinn, sehe ihm mit so viel Entschlossenheit in die Augen, dass er verstummt.

»Er wird mir nichts antun. Ich sage das nicht, um dich zu beschwichtigen, ich sage es dir, weil es die Wahrheit ist.«

Er schweigt. Wir sehen uns lange an, und dann nickt er.

Ich habe Angst vor der Frage, aber ich stelle sie trotzdem. »Willst du *jetzt* mehr wissen?«

Er bewegt langsam den Kopf. Schüttelt ihn. »Im Moment nicht. Die, äh, Schwestern, sagten, die Polizei sei hier gewesen. Wollte mit mir reden. Ermittelt in dem Fall. Ich will so aufrichtig wie möglich sein, wenn ich mit ihnen rede. So unwissend wie möglich.« Er dämpft die Stimme, als ob ihm auf einmal wieder eingefallen wäre, wo wir sind. »Wenn du später reden willst, sobald ich hier draußen bin, dann können wir reden.« Er lässt den Kopf aufs Kissen sinken, dreht ihn zur Seite, um mir ins Gesicht zu sehen. »Willst du es mir sagen?«

Ich lache, während ich gleichzeitig ausatme, und schüttelte kurz den Kopf. »Nein.« Ich sehe zu ihm zurück. »Aber ich denke, ich sollte es tun. Es gibt Dinge über mich, die du wissen solltest.«

Er kneift die Augen leicht zusammen, während er den Blick auf mich richtet. »Nur weil wir ineinander verliebt sind, musst du noch lange nicht deine ganzen Geheimnisse mit mir teilen.«

»Du würdest mich vielleicht nicht lieben, wenn du sie alle wüsstest.« Ich lächele traurig.

Er zieht an meiner Hand, führt mit der anderen meinen Mund zu seinem. »Ich werde dich immer lieben«, flüstert er.

Ich neige den Kopf zu seiner Brust, um mich vor einer Antwort zu drücken. *Nein,* denke ich. *Das wirst du nicht.*

Ich kann das nicht. Ich kann den Eindruck, den dieser schöne, treue Mann von mir hat, nicht ruinieren. Ich kann den einzigen Menschen auf dieser Welt, der mich ansieht, als ob ich nicht total kaputt wäre, nicht von mir stoßen. Der von meinen dunklen Trieben weiß und mich dennoch liebt. Der vielleicht nicht damit umgehen könnte, dass ich diese Triebe ausgelebt habe.

Ich kann das nicht. Meine Schwäche, mein Mangel an Mut ist beängstigend, und mein Kopf entfernt sich mit beleidigtem Blick. Aber mein Herz ist zu stark. Es hämmert zu laut und zu rebellisch und erstickt den gesunden Menschenverstand, während es Straßensperren und Dämme errichtet und alles, einschließlich der Moral, fernhält, um seinen Anspruch zu schützen.

Ich liebe ihn.

Er liebt mich.

Ich kann nicht alles kaputtmachen. Nicht wenn er meine Geheimnisse nicht einmal kennen will, nicht einmal danach fragt, wenn ich ihn dazu einlade.

Ich versuche nachzudenken, versuche unser Schweigen mit irgendetwas auszufüllen, irgendeiner Reaktion auf seine Worte, irgendeiner Verzögerungstaktik, die mich auf sicheres Terrain zurückführt, das nicht das Ende unserer Beziehung bedeutet. Ich richte mich auf, und als meine Augen sein Gesicht finden, erkenne ich, dass er, der schöne Mann, Anwärter meines Herzens, eingeschlafen ist.

117

Einen Monat später

Es gibt keine Scheinwerfer. Es gibt kein Rosa. Ich trage keine Strumpfhose, Strumpfhalter oder einen sexy Slip. Es gibt nur mich, in einem Tanktop und Baumwollunterwäsche, auf den Laken des Hotels, Jeremys vorübergehendes Zuhause, bis er ein neues findet. Und seinen Körper über meinem, ohne Hemd, in einer Jogginghose, die so tief sitzt, dass ich das V seiner Hüften sehen kann.

»Bist du sicher?«, flüstert er.

Ich hebe eine Hand, fahre damit durch seine kurzen Haare. Folge sanft den Konturen seines kräftigen Kiefers und fühle die Stoppeln unter meinen Fingern. Seine Lippen öffnen sich leicht, als ich ihren Rand erreiche. Der verletzliche Ausdruck in seinen Augen macht mir Mut. Ich nicke. Lege eine Hand um seinen Hinterkopf und ziehe ihn zu mir hinunter, auf meinen Mund, und sein sanfter Kuss wird fester, während ich die Lippen öffne und er meine Bereitschaft erkundet und weiterdrängt.

Dann bewegt sich sein Körper, meine Beine spreizen sich und schlingen sich um ihn, er legt sich vorsichtig auf mich und rutscht leicht vor, und der harte Druck zwischen seinen Beinen beweist sein Verlangen. Jeremy hebt den Kopf, unterbricht den Kuss, gleitet mit seinem kratzigen Kiefer weiter nach unten und streicht mit dem Mund sanft über meine

Wange und an meinem Hals hinunter. Das Gewicht seines Körpers auf meinem verschwindet, als seine Hände den Saum meines Tanktops umfassen und sich darunterschieben.

Ich schließe die Augen, lege den Kopf entspannt aufs Kissen und atme aus. Ich schaudere, als sich seine Finger an meinem Bauch hochschieben, die Rundungen meiner Brüste erreichen und nach außen gleiten, nur um sich gleich darauf wieder zu vereinen. Er nimmt meinen Busen sanft in die Hände, während sein Mund weiter nach unten gleitet, über den Stoff meines dünnen Tops. Er küsst erst die eine, dann die andere Brustwarze, saugt sanft durch die Baumwolle, feucht und heiß, und das Gefühl des Stoffs und seines Mundes, seiner Zunge und seiner Zähne sorgt dafür, dass sich mein Becken auf die Seite neigt und heißes Verlangen durch mich schießt.

»Jeremy«, flehe ich. »Ich bin bereit.«

»Bald.«

»Jetzt.«

Er rutscht hinunter, zwischen meine Beine, verhakt die Finger unter der Baumwolle und zieht mir den Slip aus, hebt meine Beine an und drückt einen raschen Kuss auf die Unterseite meiner Schenkel. Sein Blick fängt meinen auf, und ein Lächeln umspielt seine Lippen.

»Gott, du weißt nicht, wie lange ich schon davon träume.«

»Wie lange?«

»Zu lange, um es jetzt zuzugeben. Es würde den Augenblick ruinieren.«

Ich lächele. »Echt?«

»Echt.«

Er wirft den Slip beiseite, gleitet mit kräftigen Fingern langsam an meinen Beinen nach unten. Sein Atem ist heiß, als er die zarte Haut über meinem Bauchnabel leicht mit den Lippen berührt, und seine Zähne lassen mich schaudern. Dann spreizt er meine Beine, rutscht an meinem Körper wieder nach oben, zwischen meine Schenkel, den Blick auf mich geheftet.

»Ich liebe dich.«

Ich betrachte seine dichten Wimpern, die Augen dahinter, die offen und vertrauensvoll sind. »Das solltest du nicht.«

Er neigt den Kopf, streift meine Lippen mit seinen, lässt sich Zeit mit dem Kuss. Seine Zunge ist sanft und suggestiv. »Aber ich tue es.«

»Ich liebe dich auch.«

Er lehnt sich zurück, den Blick auf mich geheftet, lockert die Kordel seiner Hose, das grüne Schimmern seiner Augen wird düster, und ich hole mit einem leisen Stöhnen Luft, als er den Stoff herunterzieht und sein Schwanz herausspringt. Hart. Bereit. Unsere sanften Küsse und süßen Worte haben seine Erregung nicht abgemildert.

»Bist du bereit?«, fragt er.

»Du musst nicht sanft sein.«

Mein Körper ist bereits mit der Penetration vertraut, auch wenn ich noch Jungfrau bin, es ist ein altes Spiel, das ich schon zu oft gespielt habe.

Aber er ignoriert meinen Einwand. Seine Finger wandern langsam an meinen Beinen nach unten, gleiten bedächtig über meine glatten Schamlippen, fluchen über die Feuchtigkeit dort. Ich wundere mich selbst noch immer über die Reaktion meines Körpers auf seine Berührungen. Wie heftig meine Vagina reagiert, wie mein Körper sich krümmt, wie mir ein Stöhnen entfährt, als er etwas so Schlichtes tut, wie seinen Finger in mich zu stecken.

Mein einziger Gedanke ist, wie sehr ich seinen Schwanz will, seine harte, steife Männlichkeit, die sich immer wieder gegen meinen Venushügel presst. Das düstere Verlangen in seinen Augen verrät mir, dass er es weiß. Dass er genau weiß, wie kurz er nur noch davon entfernt ist, sich in mich zu schieben.

Ich strecke rasch eine Hand nach unten aus und lege die Finger um seinen Schaft. Er schließt die Augen bei der Berührung, seine Hüften stoßen vor, sein Schwanz ist schockierend warm, unbiegsam und doch lebendig in meiner Hand. Ein Tropfen klarer Flüssigkeit erscheint an seiner Spitze, und ich gleite zögernd mit dem Daumen darüber. Mein Name kommt Jeremy über die Lippen bei dieser Bewegung, seine Hände schieben mein Shirt hoch und gleiten langsam über meine Haut. Er hat die Augen noch immer fest geschlossen. »Lass mich ein Kondom holen«, keucht er, dreht sich zur Seite und schlägt die Augen auf, voller purem Verlangen in ihren Tiefen.

Ich halte ihn auf, presse mich fest an ihn, und die Bewegung seines Körpers sorgt dafür, dass ich seinen Schwanz loslassen muss.

»Ich will es lieber so.«

Ich hatte genug Latex in meinem Leben. Das hier ist mein erster richtiger Augenblick mit einem Mann, die erste Chance für meinen Körper, einen echten Schwanz zu erleben, dieses unglaubliche pulsierende Organ, das bei meinen Worten zuckt.

»Nein.« Er schüttelt den Kopf, den Blick auf mich geheftet. »Ich kann nicht. Du …«

Ich bewege meine Hand wieder zu ihm zurück, genieße das Gefühl, mit dem sie über seine Haut gleitet, genieße die Art, wie seine Lider schwer werden und sein Mund sich leicht öffnet.

»Doch, du kannst.«

Ich drücke seinen Schwanz nach unten und reibe die geschwollene Eichel an meinen Schamlippen, was dafür sorgt, dass seine Hüften leicht vorstoßen. Ein Stöhnen entfährt ihm, als er sich zu mir hinunterbeugt, und auf einmal ist sein Mund auf meinem Hals und neckt die Haut dort, bevor er sich meinem Ohr zuwendet und ich die Hitze und das Knistern seiner Worte spüre.

»Ich weiß nicht, ob ich mich beherrschen kann.«

Ich übernehme die Kontrolle, die Jungfrau führt den Mann, nimmt ihm die Entscheidung ab. Ich schlinge die Beine um seine Hüfte, drücke seinen Schwanz mit der Hand leicht nach unten, ziehe ihn mit den überkreuzten Füßen näher und lege ihm die Arme um den Hals.

»Nimm mich, Jeremy. Jetzt sofort, ich brauche dich.«

Und so, in meinen Armen, die um seinen Hals geschlungen sind, dringt er in mich ein, das erste echte Mal, das mein Körper es je erfährt, und ich lasse los, lasse mich fallen. Ich lasse zu, dass ich mich vollständig in diesen Mann verliebe. Lasse zu, dass jeder Stoß von ihm ein klein wenig mehr von meiner Verletzlichkeit in die Welt hinausdrängt.

Jeremy nimmt meinen Kopf sanft in seine Hände, sein Atem geht abgehackt an meinem Nacken und meinen Lippen, und sein Mund übersät mich mit rauen Küssen zwischen atemlosen Worten der Liebe. Mein Name ist ein Keuchen auf seinen Lippen, als er ganz fest zustößt, tief in mich hinein, eine vollkommene Verbindung, bei der ich ihm mein Becken entgegenschiebe. Das Gefühl ist stärker als alles, was ich je gekannt habe, besser als meine Morde, besser als meine Freiheit.

Das hier ist alles, was ich brauche. Das hier ist stärker als mein Leiden, meine dunklen Triebe. Das hier ist, was wirklich wichtig ist.

Diese Liebe könnte meine Rettung sein.

Anmerkungen der Autorin

Ich wusste ganz ehrlich nicht, wo ich mit diesem Buch anfangen sollte. Ich wusste nicht, wohin ich wollte, dass Deanna sich entwickelte, wie ich wollte, dass ihre Reise weiterging und endete. Ich werde Ihnen zwei Geheimnisse verraten.

Geheimnis 1: Jeremy sollte ursprünglich sterben. Ich bin sehr froh, dass ich ihm das Leben gerettet habe. Es gab mir das surreale Gefühl, etwas unter Kontrolle zu haben, ein Gefühl, das ich nur sehr selten erlebe – außerdem haben er und Deanna dadurch eine echte Chance.

Geheimnis 2: Ich hatte eigentlich geschrieben, dass Mike seine Finger verlor, dass Marcus sie ihm während der Vernehmungsphase abschnitt. Alle. Als mein Mann das herausfand, rastete er aus. Im wahrsten Sinne des Wortes. Fuhr mit dem Wagen an den Straßenrand und wollte keinen Meter weiter fahren und nahm mir das Versprechen ab, die Szene umzuschreiben. Auf der Stelle. Wollte nicht mehr zu dem Restaurant zum Abendessen fahren, bis sie geändert war. Und mir das Abendessen vorzuenthalten, ist für mich eine absolute Grausamkeit.

Er hatte recht. Es wäre grausam gewesen, Mike all seine Finger zu nehmen. Manchmal stürzt mein Verstand mit voller Kraft in die Dunkelheit davon, und ich muss mühsam die Klippe wieder hochklettern. Das Verrückte dabei ist, dass ich Mike wirklich mag. Wie bei Jeremy bin ich auch hier froh, dass ich die Geschichte umgeschrieben habe. Ich danke dir, meinem wundervollen Ehemann, dafür, dass du in dem Punkt nicht nachgegeben hast.

Deanna. Ich liebe dieses Mädchen. Wirklich. Als ich den ersten Teil *Kill Girl – Tödliches Verlangen* schrieb, hatte ich nie vor, einen Nachfolger zu verfassen. Und doch halten Sie ihn nun in Ihren Händen. Ganz ehrlich? Es könnte gut sein, dass ich dieses Buch noch mehr liebe als das erste.

Nachdem ich weitere Zeit in Deannas Kopf verbracht habe, kann ich sie nicht einfach wieder loslassen, noch nicht. Halten Sie Ende 2015 nach mehr von ihr Ausschau – ich kann es kaum erwarten, dass Sie sehen, was in Deannas Welt als Nächstes passiert.

Bis zur nächsten Geschichte!

A. R. Torre

Dank

Für die Erschaffung eines Buches benötigt man eine Armee. Das war mir nie bewusst. Ich dachte immer, Autoren sitzen allein an würdevollen Orten und kreieren Meisterwerke. Jetzt weiß ich es besser.

Ich weiß, dass ich ohne meinen Ehemann nicht schreiben könnte. Danke, dass du eingesprungen bist, wenn ich keine Zeit zum Luftholen hatte. Dass du gekocht und mir Teller voll mit Essen gebracht hast. Dass du ein Teleskop mitten in unserem Wohnzimmer zusammengebaut hast, ohne mir auch nur eine einzige Frage zu stellen. Dass du Abende allein verbracht hast, weil ich mich zum Schreiben eingeschlossen habe. Dass du mit dem reizbaren Monster fertigwirst, zu dem ich werde, wenn ich zwei Tage nicht geschlafen habe. Dass du mich in deine Arme nimmst und mich umarmst, wenn mich eine Lücke in der Handlung zum Weinen bringt. Dass du dich um zwei Uhr morgens von mir wecken lässt, weil ich nach dem Schreiben meiner Mordszene Angst vor der Dunkelheit habe.

Ich weiß, dass ich mein Durcheinander von Wörtern ohne Susan Barnes nicht in ein Buch hätte verwandeln können. Danke, dass du uns durch sechs Entwürfe dieses Buches geführt hast. Danke, dass du kein Blatt vor den Mund nimmst, dass du drängst, nach mehr verlangst. Danke, dass du dieses

Buch durchgegraben und Schönheit hervorgezogen hast. Danke, dass du dich nicht vor meinem Blutrausch gescheut und mich herausgefordert hast, diese Seiten noch wilder zu gestalten.

Ich weiß, dass dieses Buch Sie, die Leser, ohne das Team bei Orbit/Redhook/Hachette niemals finden würde. Ich danke Wendy Chan, die ein Cover entworfen hat, bei dem die Leser stehen bleiben und die Luft anhalten. Ich danke Lindsey Hall und Angelina Krahn, die jeden Tippfehler, Irrtum und geistigen Aussetzer gefunden haben, den mein Gehirn auf diesen Seiten zu verbergen versucht hat. Ich danke Andromeda Macri und Giraud Lorber, die dieses Buch formatiert haben, und Alex Lencicki, Ellen Wright, Laura Fitzgerald, Andy Swist und Rachel Hairston, die es bekannt gemacht und den Lesern nahegebracht haben. Ich danke dem ganzen Redhook-Team dafür, dass sie an Deanna geglaubt und ihr eine Chance gegeben haben, zu glänzen.

Ich weiß, dass dieses Buch das Redhook-Team nicht ohne meine Agentin, Maura Kye-Casella, gefunden hätte. Du bist, mehr als irgendjemand sonst, der Grund, weshalb dieses Buch in Regalen steht. Danke, dass du an meine Arbeit geglaubt und mir gestattet hast, es auf jede Weise zu veröffentlichen, für die ich mich entschied. Danke, dass du meiner Arbeit zu einem höheren Niveau verholfen hast. Danke vor allem, dass du meine Freundin bist.

Ich weiß, dass mein Talent ohne Gott nicht möglich wäre. Diese Worte sind nicht genug, aber ich danke dir für alles, womit du mich segnest, in diesem Leben und im nächsten. Ich bin es nicht wert, aber ich bin wahrhaft dankbar.

Ich weiß, dass ich ohne die Leser nicht Vollzeit schreiben könnte. Danke, dass Sie dieses Buch in die Hand genommen haben. Dass Sie sich auch meine anderen Werke aussuchen und Gefallen an ihnen finden. Dass Sie meine Bücher anderen empfehlen, Rezensionen darüber schreiben und meine Worte lesen. Danke, danke, danke. Wirklich. Sie sind das, was diesen Beruf und diese Bücher möglich macht.

Herzlichst,

A. R. (Alessandra) Torre

Leseprobe

aus »Kill Girl – Tödliches Verlangen«
von A. R. Torre

Erschienen im April 2014 im Blanvalet Verlag.

WARTEN

Der Geist ist eine Welt für sich, in der er aus der Hölle einen Himmel und aus dem Himmel eine Hölle machen kann.
John Milton, *Das verlorene Paradies*

Sich auszuziehen ist eine alltägliche Angelegenheit. Die meisten Frauen tun es gedankenlos, mit automatischen Bewegungen, die zum gewünschten Resultat führen. Aber auf die richtige Art ausgeführt, kann das Entkleiden das ultimative Vorspiel sein, eine sexuelle Verführung, die jeden rationalen Gedanken ersticken und dir einen Mann auf Gedeih und Verderb ausliefern kann. Ich beherrsche diese Kunst meisterhaft.

Ich knie auf dem Bett und gleite mit den Fingern über meine Haut – mit leichten, neckenden Liebkosungen, die dazu gedacht sind, meine Sinne zu schärfen und meinen Körper zu stimulieren. Ich atme in langsamen, zitternden Zügen aus, während meine Hände in die Nähe empfindlicher Stellen wandern, meinen Brustansatz streicheln, die Spitzenborte über meinen Rundungen. Ich halte den Blick gesenkt, unterwürfig, und warte auf den Befehl. Es kommt immer einer.

»Zieh dich aus. Langsam.« Seine Stimme klingt fremdländisch, englische Worte in Kultur und Dialekt getaucht. Ich gehorche, hebe den Blick und beiße mir sanft auf die Unterlippe; meine Zunge schnellt hervor, und prompt höre ich ihn aufstöhnen. Meine Hände gleiten über meinen Hals und dann weiter nach unten, streifen die Oberseite meines Schlüsselbeins und wandern unter die Seide meines Negligés. Ich schiebe erst den einen, dann den anderen Träger von den Schultern, die Seide bauscht sich über meinen Brüsten, und der Stoff bleibt an meinen Brustwarzen hängen. Dann richte ich mich auf, verschränke die Arme vor dem Oberkörper und schiebe den Stoff höher, sodass er langsam, Zentimeter für Zentimeter, die Rundungen meiner Brüste enthüllt.

»Gut«, stöhnt er. »Sehr gut. Ich mag dich, Jessica.«

Jessica. Das ist nicht mein richtiger Name. Er denkt, er kennt mich. Sie alle denken, sie kennen mich. Schließlich haben sie meine Facebook-Seite gesehen, die mit Photoshop bearbeiteten Fotos, aus denen mein künstlich erschaffenes Leben aufgebaut ist. Sie glauben, was sie sehen – weil sie es glauben wollen. Sie wollen glauben, dass ich normal bin. Und in den kurzen Momenten, in denen ich mit ihnen zusammen bin, wiege ich mich ebenfalls in diesem Glauben.

Ich drehe mich zur Wand um und stehe auf, ziehe den teuren Tanga über meine straffen Pobacken, beuge mich vor und setze meinen intimsten Bereich seinem hungrigen Blick aus. Die gestickte Spitze rutscht das restliche Stück an meinen Beinen hinunter und fällt um meine Knöchel, bleibt an den italienischen Stilettos hängen, in denen perfekt pediküre Füße stecken. Jetzt bin ich nackt und lasse mich hinuntergleiten, lege mich auf einen Ellenbogen gestützt vor ihm auf die Seite, während sich seine Augen begierig an meinem Körper weiden. Die strahlend hellen und heißen Lichter beleuchten meine nackte Haut und lassen sie schimmern. Er spricht, und ihm ist die Erregung anzuhören, sein Akzent wird stärker.

»Berühre dich. Nur mit den Fingern. Ich will sehen, wie du kommst.«

Er will ein raffiniertes Vorspiel – eine verführerische Darbietung von Stöhnen, Keuchen und Fingerfertigkeit. Irgendwann werden ihm meine Finger nicht mehr genug sein. Bei seinem nächsten Besuch wird er mehr wollen, etwas Größeres, Tieferes – mein Stöhnen soll lauter werden, meine Orgasmen heftiger. Es wird keine Geheimnisse mehr geben, keine Grenzen, keine Wünsche, die er nicht gern äußern wird. In diesem Moment gehöre ich ihm, um zu tun, was immer er will. Und genau jetzt will er meine Finger.

Ich arrangiere mich so, dass er meine gespreizten Beine sehen kann, mein völlig entblößtes, feuchtes Geschlecht. Mit geübten Bewegungen dringe ich erst mit einem, dann mit zwei Fingern in mich ein, gleite immer wieder hinein und hinaus, mit langsamen, verführerischen, streichelnden Bewegungen. Ich habe die Augen geschlossen und den Kopf nach hinten gelegt. Ich höre sein Keuchen, das Rascheln von Kleidern, einen Reißverschluss und dann ein Aufstöhnen, als seine Hand seinen Schwanz findet. Unverständliche Worte, ein kurzes Abgleiten in eine andere Sprache, die Bedeutung ist klar trotz des fremden Zungenschlags. Ich beschleunige das Tempo meiner Finger, dann halte ich inne, spreize die Schamlippen und entblöße die empfindliche Knospe, die die Macht über meine Ekstase besitzt. Ich stöhne leise auf, ein gehauchter Seufzer, der von Begehren und Bedürfnissen spricht, und verteile den Beweis meiner Lust auf meiner geschwollenen Klitoris. Der Tempowechsel löst ein Stöhnen bei ihm aus.

»Jessica …« Er flüstert meinen Namen. Sehnsucht und Verlangen liegen in jeder Silbe. »Bitte. Ich muss sehen, wie du kommst.«

Ich blicke auf und starre in die grellen Lichter vor mir, ein dünner, feuchter Schimmer glänzt auf meiner Haut. Ich beiße mir auf die Unterlippe und reiße die Augen weit auf, während meine Finger mit schnellen, hastigen, zielsicheren Bewegungen erneut tief in mein Innerstes vorstoßen, Haut trifft auf Haut, mit jedem Stoß reibt mein Handballen über meine Klitoris in einer köstlichen Berührung, die mich in die ungefähre Richtung eines Orgasmus bringt.

Ich werde nicht kommen. Ein echter Orgasmus ist ein gelegentliches Vorkommnis, eines, das mein gemarterter Körper in erschöpfter Verzweiflung ausspuckt, eines dieser »Hier, nimm schon!«-Geschenke. Meistens bin ich völlig übersättigt von Sex, und mein Körper, meine Muschi, sind immun gegen die Stimulation. Aber das weiß dieser Mann nicht. Er weiß nur, dass ich zehn Minuten nachdem meine Finger zum ersten Mal in die feuchten Falten meines Allerheiligsten eingedrungen sind, den Rücken krümme, die Augen schließe und den absolut tollsten, fantastischsten, umwerfendsten Orgasmus meines Lebens habe. Ich schaudere, ich stöhne; ich hole alles aus diesem vorgetäuschten Orgasmus heraus. So wie immer.

Er ächzt bei meinem Höhepunkt, seine Hand erzeugt in einem unglaublichen Tempo glitschige Geräusche, und ein erstickter Laut dringt an meine Ohren, ein schauderndes Stöhnen, das schließlich in schwere, keuchende Atemzüge übergeht.

Dann absolute Stille. Kein Atmen, kein Rascheln von Stoff, keine zufriedenen Seufzer.

Ein elektronisches Piepsen ertönt, ein Signal, das ich schon Tausende Male gehört habe. Ich strecke mich, schnappe mir die Unterwäsche und rolle mich herum, springe vom Bett und gehe auf zehn Zentimeter hohen Absätzen vorsichtig über weichen Teppich, bis ich die Tastatur meines Computers erreiche. Ich drücke auf eine Taste und verlasse die Webseite.

Die Lichter gehen aus.

1

Ich habe seit drei Jahren keinen anderen Menschen berührt. Das hört sich schwierig an, ist es aber nicht. Nicht mehr, dank des Internets. Dem Ort, der mir mein Einkommen sichert und mich im Tausch gegen meine Kreditkartennummer mit allem versorgt, was ich mir wünsche. Ich musste wegen gewisser Umstände in den Untergrund gehen, und sobald ich in dieser Welt war, deckte ich mich mit ein paar praktischen Dingen ein, zum Beispiel einer neuen Identität. Jetzt bin ich, wenn nötig, Jessica Beth Reilly. Ich verwende einen Decknamen, um zu verhindern, dass andere Leute von meiner Vergangenheit erfahren. Mitleid ist ein Biest, dem ich lieber aus dem Weg gehe. Der Untergrund bietet eine Fülle von Versuchungen, aber bislang habe ich, mit einer bemerkenswerten Ausnahme, die Finger von illegalen Waffen und nicht registrierten Pistolen gelassen. Ich weiß, wo die Grenze ist.

Der UPS-Mann kennt mich inzwischen – er weiß, dass er die Päckchen für mich im Flur stehen lassen und meine Signatur selbst auf sein Unterschriftenpad kritzeln soll. Sein Name ist Jeremy. Vor etwa einem Jahr war er krank, und ein Fremder kam an meine Tür. Er weigerte sich, das Paket stehen zu lassen, ohne mich gesehen zu haben. Ich hätte fast die Tür geöffnet und ihm sein Kartonmesser aus der Hand gerissen. Sie tragen fast immer etwas Scharfes mit sich rum. Das ist eine der Sachen, die ich an Lieferanten liebe. Ich blieb jedenfalls hart und weigerte mich zu öffnen, und er blieb stur und stritt sich mit mir durch die geschlossene Tür hindurch, bis er es leid war und ging und das verdammte Paket wieder mitnahm. Seitdem ist Jeremy nicht wieder krank gewesen. Ich weiß nicht, was ich tun werde, sollte er je kündigen. Ich mag Jeremy. Aus meiner verzerrten Gucklochperspektive gibt es sogar vieles an ihm, was man mögen muss. Kräftig gebaut, kurze dunkle Haare und ein Lächeln, das sich schnell und leicht über sein ganzes Gesicht ausbreitet, selbst wenn es keinen einzigen verdammten Grund zu lächeln gibt.

Der erste Seelenklempner, den ich hatte, sagte, ich hätte Anthropophobie, was so viel wie Angst vor menschlicher Interaktion bedeutet. Das, gemischt mit einer ungesunden Dosis Daknomanie – der Besessenheit vom Töten. Das hat er mir über Skype erzählt. Als Gegenleistung für seine psychologischen Ansichten habe ich ihm dabei zugesehen, wie er sich einen runtergeholt hat. Er hatte einen kleinen Schwanz.

Ich glaube, mit der zweiten Hälfte seiner Diagnose hatte er recht. Aber ich habe keine Angst vor menschlicher Interaktion. Ich habe Angst davor, was passieren wird, wenn ich einem anderen Menschen nahe genug komme, um zu interagieren. Sagen wir einfach, ich kann nicht gut mit anderen Leuten umgehen. Obwohl ich mir alle Mühe gebe, direkte menschliche Kontakte zu vermeiden, verbringe ich den ganzen Tag mit virtueller Interaktion. Für die Leute, mit denen ich camme, bin ich JessReilly19, eine quirlige neunzehnjährige Collegestudentin mit Touristik im Hauptfach, die auf Popmusik, Alkoholausschank an Minderjährige und Shoppen steht. Keiner von ihnen kennt mein wahres Ich. Ich bin, was sie wollen, dass ich bin, und genau das gefällt ihnen. Mir auch. Mein wahres Ich zu kennen, würde ihnen den Spaß verderben. Mein wahres Ich ist Deanna Madden, deren Mutter ihre ganze Familie getötet und anschließend Selbstmord begangen hat. Damals war es eine Riesennachricht, die »Tragödie-trifft-Vorzeigefamilie«-Story des Sommers. Mein Name wurde mit Mitgefühl und Mitleid in Verbindung gebracht, und die ganze Geschichte machte mich zu einer traurigen Berühmtheit. Aber dann schlugen andere Tragödien zu, und meine Familie war Schnee von gestern. Ich habe viel von meiner Mutter geerbt, unter anderem die edlen Gesichtszüge, die langen Beine und das dunkle Haar. Doch das größte genetische Geschenk war ihr Drang zum Töten. *Das* ist der Grund, weshalb ich mich von anderen Leuten fernhalte. Weil ich töten will. Ständig. Es ist fast das Einzige, woran ich denken kann.

Meine inneren Dämonen haben mich hierhergetrieben, in Apartment 6E, seit drei Jahren meine Welt, wo auf achtzig Quadratmetern alles, was ich brauche, zu finden ist. Innerhalb dieser Wände habe ich gelernt, wie ich mein Einkommen erwirtschaften und kontinuierlich steigern kann. Von acht Uhr morgens bis drei Uhr nachmittags arbeite ich auf einer Webseite namens sexnow.com, deren Kundschaft überwiegend aus Asiaten, Europäern und Australiern besteht. Von sechs Uhr abends bis elf Uhr nachts bewege ich mich auf amerikanischem Gebiet, cams.com. Die Zeit zwischen den Schichten verbringe ich mit Essen, Trainieren, Duschen und dem Beantworten von E-Mails – immer in dieser Reihenfolge. Ich lebe nach einem strengen Zeitplan. Das hilft mir, meinem Gehirn zu sagen, wann es sich wie verhalten soll, und es hilft mir, meine Impulse und Fantasien zu kontrollieren.

Wenn möglich, versuche ich die Kunden zu bewegen, die Cam-Seiten zu umgehen und meine eigene Webseite zu benutzen, um einen Termin zu buchen und zu bezahlen. Wenn sie über meine Webseite gehen, bekomme ich 96,5 Prozent dessen, was sie bezahlen, außerdem kann ich das Geld am Fiskus vorbeischleusen. Die Cam-Seiten geben mir nur 28 Prozent von den Einnahmen, was an Wucher grenzt. Ich berechne 6,99 Dollar die Minute. In einem guten Monat mache ich um die 55 000 Dollar mit dem Camming – in einem schlechten ungefähr 30 000.

Dieser Verdienst macht 70 Prozent meines gesamten monatlichen Einkommens aus; der Rest kommt von den Abonnements meiner Webseite, die es den Männern ermöglichen, sich ein Videofeed meiner verschiedenen Cam-Sessions anzusehen. Ich sende mindestens vier Stunden täglich und berechne den Abonnenten zwanzig Dollar im Monat. Ich selbst würde ja keine zehn Cent bezahlen, um mich online masturbieren zu sehen, aber dreihundertfünfzig Abonnenten sehen das offenbar anders.

Die 6,99 Dollar pro Minute räumen den Kunden die Möglichkeit ein, ihre sexuellen Fantasien nach Herzenslust zu offenbaren, ohne Angst vor Bloßstellung oder Kritik haben zu müssen. Ich verurteile die Männer und Frauen, die mit mir chatten und ihre verborgensten Wünsche und Perversionen preisgeben, nicht. Wie könnte ich? Mein Geheimnis – meine Besessenheit – ist schlimmer als jede dunkle Seite von ihnen. Um sie unter Kontrolle zu halten, tue ich das Einzige, was ich tun kann: Ich schließe mich ein. Indem ich das tue, sorge ich dafür, dass ich selbst und alle anderen in Sicherheit sind.

Mein Vermögen ist riesig. Einfach ausgedrückt: ein gigantischer Haufen Geld, von dem ich nicht die geringste Ahnung habe, was ich damit anfangen soll. Ich kann nur in begrenztem Umfang in Sexspielzeug und Gleitmittel investieren. Und wenn ich darüber nachdenke, was ich mit all der Kohle anstellen könnte, muss ich an das Leben außerhalb dieses Apartments denken – daher rühre ich es nicht an. Die Beträge werden auf mein Konto eingezahlt und ignoriert. Vielleicht werden sie eines Tages verwendet werden, vielleicht auch nicht. Aber ich bin froh über dieses Polster. Ich fühle mich beschützt, weil ich es habe. Es gibt mir das Gefühl, dass wenigstens ein Teil meines Lebens richtig verläuft.

Ich versuche, jede Nacht mindestens acht Stunden zu schlafen. Die Nacht ist die Zeit, in der ich am schwersten zu kämpfen habe. Das ist die Zeit, in der es mich nach Blut dürstet, nach dem Saft des Lebens. Daher haben Simon Evans und ich eine Abmachung getroffen. Simon lebt drei Türen weiter in diesem Dreckloch, das wir »Apartmentkomplex« nennen. Im Laufe der letzten drei Jahre hat er eine starke Abhängigkeit von verschreibungspflichtigen Schmerzmitteln entwickelt. Ich sorge dafür, dass sein Pillenfläschchen stets gefüllt ist, und er schließt mich nachts ein. Meine Tür ist garantiert die einzige in diesem Wohnhaus ohne einen Schließriegel auf der Innen-, sondern einem auf der Außenseite.

Früher habe ich das von Marilyn erledigen lassen. Sie ist eine großmütterliche Frau, die sich mit dem bisschen Kleingeld über Wasser hält, das sie als Sozialhilfe erhält. Sie wohnt gegenüber von Simon. Aber Marilyn hat sich selbst zu viel Stress gemacht. Sie hatte ständig Angst, es könnte bei mir irgendeinen persönlichen Notfall oder ein Feuer oder sonst irgendetwas geben, und ich müsste die Wohnung verlassen können. Also musste ich jemand anderen finden. Weil ich weiß, was käme, wenn ich Ausnahmen erlauben würde. Nachts würden meine Finger anfangen zu jucken, und ich würde drauf und dran sein, das Telefon in die Hand zu nehmen und sie zu bitten, meine Tür aufzuschließen. Und dann würde ich danebenstehen und darauf warten, dass sich der

Riegel bewegt und meine Tür aufgeschlossen würde. Wenn ich sie öffnete und in Marilyns zerfurchtes und erschöpftes Gesicht sähe, würde ich sie töten. Nicht sofort. Ich würde ein paarmal auf sie einstechen, noch ein bisschen Leben in ihr lassen und darauf warten, dass sie wegrennen, dass sie schreien würde. Ich mag das Geräusch von Schreien – echten Schreien, nicht den erbärmlichen Abklatsch davon, den uns die meisten Filme als Laute des Entsetzens verkaufen wollen. Dann würde ich sie zur Strecke bringen und den Rest möglichst langsam erledigen. Ihren Schmerz, ihr Leiden, ihre Erkenntnis, dass sie ihren Tod selbst verschuldet hat, in die Länge ziehen. Ich hatte sogar schon ein Messer ausgewählt und angefangen, es in dem Pappkarton neben der Tür aufzubewahren, der meine ausgehende Post und allen möglichen anderen Kram enthält. Das war der Zeitpunkt, als ich wusste, dass es allmählich zu schlimm mit mir wurde. Das war der Zeitpunkt, als ich mich für Simon entschied. Seine Abhängigkeit ist stärker als jede Sorge, die er sich um mein Wohlbefinden machen könnte.

Ich weiß, was Sie denken. Dass ich theatralisch bin. Dass ich einmal einen Stephen-King-Film gesehen habe und von dem Gedanken an Blut erregt wurde. Aber Sie wissen nicht, wie verkommen mein Verstand ist. Sie kennen die Gedanken nicht, mit denen ich zu kämpfen habe, die Fantasien, die ich verzweifelt in Schach zu halten versuche. Simon kennt mich mit Sicherheit nicht. Er denkt, dass ich eine Einsiedlerin mit nächtlichen Ängsten bin – dass ich schlafwandle. Ich bin sicher, er hält die Hingabe, mit der ich an dem Schloss festhalte, für lächerlich, und die Hartnäckigkeit, mit der ich auf meine strengen Forderungen bestehe, für extrem. Meine Drohungen spitzen sich immer dann zu, wenn er sich verspätet, aber das kommt nicht oft vor. Ich muss die Unterbrechung seiner Versorgung nur erwähnen, und schon ist er wieder auf Zack. Das Verlässlichste auf der Welt sind die Begierden eines Süchtigen. Ich glaube, sie sind schlimmer als meine eigenen. Aber die einzige Person, der Simon mit seiner Sucht etwas antut, ist er selbst. Ich hingegen habe außerhalb dieser Wände eine ganze Welt von Opfern.

Wenn Sie wissen möchten,
wie es weitergeht, lesen Sie
A. R. Torre
KILL GIRL – TÖDLICHES VERLANGEN

978-3-442-38417-4
Blanvalet

Auch als E-Book erhältlich
978-3-641-14553-8